中华传世藏书

【图文珍藏版】

李渔全集

[明]李渔·原著

王艳军·整理

第一册

线装书局

图书在版编目（ＣＩＰ）数据

李渔全集：全6册 / (明) 李渔原著；王艳军整理
. -- 北京：线装书局, 2016.1

ISBN 978-7-5120-1954-6

Ⅰ.①李… Ⅱ.①李… ②王… Ⅲ.①李渔（1611～
约1679）－全集 Ⅳ.①I214.92

中国版本图书馆CIP数据核字(2015)第245542号

李渔全集

原　　著：［明］李　渔
整　　理：王艳军
责任编辑：高晓彬
装帧设计：博雅圣轩藏书馆 Boyashengxuan Cangshuguan
出版发行：线装書局
　　　　　地　址：北京市西城区鼓楼西大街41号（100009）
　　　　　电　话：010-64045283（发行部）　64045583（总编室）
　　　　　网　址：www.xzhbc.com
经　　销：新华书店
印　　制：北京彩虹伟业印刷有限公司
开　　本：787mm×1092mm　1/16
印　　张：168
字　　数：2040千字
版　　次：2016年1月第1版第1次印刷
印　　数：0001－3000套

定　　价：1580.00元（全六册）

一代宗师李渔

　　李渔（1611~1680），字谪凡，号笠翁。明末清初文学家、戏曲家。18岁补博士弟子员，在明代中过秀才，入清后无意仕进，从事著述和指导戏剧演出。后居于南京，把居所命名为"芥子园"，并开设书铺，倡编《芥子园画谱》，广交达官贵人、文坛名流。著有《凰求凤》、《奈何天》、《比目鱼》、《蜃中楼》、《意中缘》、《双瑞记》、《风筝误》、《慎鸾交》、《玉搔头》、《巧团圆》和《怜香伴》等戏剧，《肉蒲团》、《十二楼》、《无声戏》、《合锦回文传》等小说，以及《闲情偶寄》、《资政新书初集》、《资政新书二集》和《笠翁对韵》等书，他还批阅《三国演义》，改定《金瓶梅》，为中国文化史上不可多得的一位艺术天才。

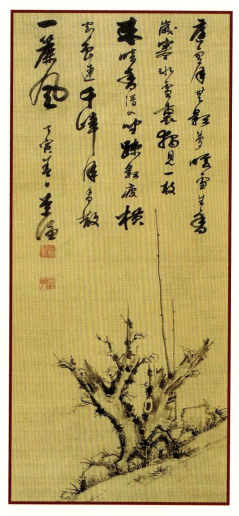

李渔《墨梅图》　　　　佚名《春庭行乐图》

梅花是李渔的冬日伴侣。他爱梅爱得几乎产生"妻梅之心"。他观赏梅花的方法有二，一为设帐法：他上山带帐篷，将三面围起来，留一面自己边喝暖酒边赏梅花；二为留窗法：他在自家花园里，用纸屏风将上面盖住，四面设窗户，花在哪边就把哪边窗户打开随时可以赏梅，并挂一小匾曰"就花居"。实在是古今中外少有这么诗意、浪漫的文人。李渔存世有一幅《墨梅图》，为经典的文人画，用笔寥寥，图中大片留白，此时无声胜有声，让人浮想这位旷代才子对梅花的挚爱深情。

此图描绘的是宫廷嫔妃在春天里消磨时光的行乐图，为典型的"院画"风格。此图用工笔重彩，布局背景界画精巧周密，一丝不苟，在绚丽中呈现精细、粗劲、灿烂、清雅等变化，所绘嫔妃宫女神态各异，或逗弄鹦鹉，或凭栏观鱼，或据几观鹤；神情或安闲适意，或愁肠暗结。画面以近似俯瞰的角度去描绘，以中国画特有的散点透视，描绘出宫门深深的景象。笔法细腻，花草树木、亭台楼阁刻画精密，与人物协调统一。文物原属不详，在笔法上和明四家之一的仇英十分相近。

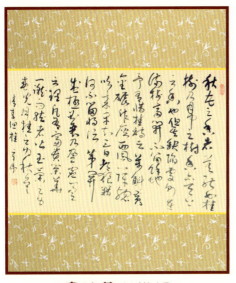

李渔草书横幅

【释文】秋花之香者，莫能如桂。树乃月中之树，香亦天上之香也。但其缺陷处，则在满树齐开，不留余地。予有'惜桂'诗云："万斛黄金碾作灰，西风一阵总吹来。早知三日都狼籍，何不留待次第开？"……

李渔隶书无颜对联

李渔一生著述有五百万言之多，但留传下来的手迹还不多见，他长于隶书，这副"江湖归白发，诗画醉红颜"对联正是隶书，字体很扁，几乎到了极限，似乎在暗喻社会和生活的沉重，直要把人压扁。

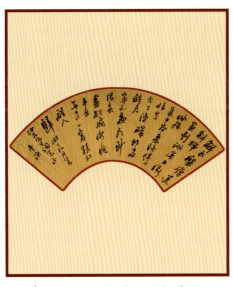

李渔行书七言律诗扇面

【释文】解衣盘礴送斜晖，暑劁湖滨力渐微。胜集止应来酒伴，世情岂合上渔矶。饮当皓月宁知夜，歌到阳春尽欲飞。惭愧平原无十日，一宵犹放醒人归。湖上玩月作，为汝翁先生词宗正，李渔。

李渔的小资情调

李渔在闲情逸趣和身心修养等方面，时时刻刻注意个人修养；他不讳谈女色，但不宣淫，提倡从容节度；他常常远离市井，还探究四季行乐之法，认为秋季是出游交际的最好季节，错过了此时也就错过了一年。

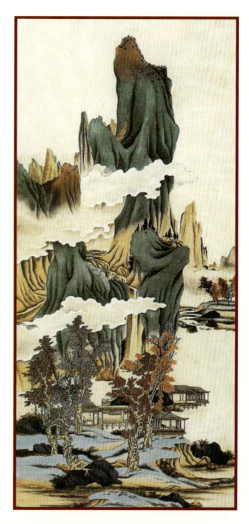

养生经典《闲情偶寄》

　　清代人李渔所撰写的《闲情偶寄》，是养生学的经典著作，它的撰写大约始于康熙六年（1667年），历时数载，分几次刊刻，最后成全本。康熙十年（1671年）翼圣堂刻为十六卷单行本发行，后又收入翼圣堂本《笠翁一家言全集》。它共包括《词曲部》、《演习部》、《声容部》、《居室部》、《器玩部》、《饮馔部》、《种植部》、《颐养部》等八个部分，论述了戏曲、歌舞、服饰、修容、园林、建筑、花卉、器玩、颐养、饮食等艺术和生活中的各种现象，并阐发了自己的主张，内容极为丰富。

启蒙读物《笠翁对韵》

　　《笠翁对韵》是李渔仿照《声律启蒙》写的旨在作诗的韵书，是训练儿童应对掌握声韵格律的启蒙读物。《笠翁对韵》以平水韵的三十个韵部为目，把常见的韵字都组织进了韵语，这些韵语又都是富有文采的符合格律的对子，单字对到双字对，三字对、五字对、七字对到十一字对，声韵协调，琅琅上口，从中得到语音、词汇、修辞的训练。该书的特点是词藻丰富、优美，曲故众多。熟读《笠翁对韵》对孩子遣词造句、作诗、对对子都有很大的帮助，要通晓中国文字韵律的精妙、优美，《笠翁对韵》是必不可少的。

话本小说《十二楼》

　　《十二楼》是李渔的白话短篇小说集，由十二篇可独立的以不同楼名为题的故事汇成。此书又名《觉世名言》，问世后流传很广。如《十二楼》是李渔的白话短篇小说集，由十二篇可独立的以不同楼名为题的故事汇成。如《三与楼》讲述了一个善读诗书却不会理财的高士虞素臣以全部家产辟园造楼，结果因财力不足而忍痛弃楼让人，尽受富人勒索而卒，直至后来因儿子科举中榜、衣锦还乡才使先父呕心沥血所造的楼归还的故事。有人认为这正是李渔在穷困中卖楼经历的凄凉写照。

短篇小说《无声戏》

　　《无声戏》另名《连城璧》，全书十二回。《无声戏》之名，取与"有声戏"、即戏曲相反之意，意在描绘一出出人生舞台上的活剧。其中所收录的故事大都是百姓喜闻乐见的民间传闻，涉及了社会生活的各方各面：士、农、工、商，无所不包。如《妻妾抱琵琶，梅香守节》一回，写罗氏、莫氏、碧莲三人周旋之际，把笔触深入到人物内心世界，不仅表现出人物的不同身份地位，而且维妙维肖地写出她们的心理状态，恰到好处地传达出她们的欲望和追求，成功地描绘出人物的性格特征。

爱情宝典《风筝误》

《风筝误》写茂陵书生韩世勋题诗风筝上，纨绔子弟戚施放风筝，风筝线断，飘落他处，被詹府才貌双全的二小姐淑娟拾到，重新题诗后再放，这回风筝却被爱娟拾得。爱娟冒充淑娟，约世勋夜间来会。世勋得信前往约会，被爱娟的丑貌劣性吓得落荒而逃。韩生入京应试，得中状元，后迫于戚天衮之命，入赘詹府，完婚之夜，误以为淑娟是爱娟，经家人张灯细认，方知是误会，一家人欢欢喜喜大团圆。由此引出一连串误会与巧合，生出了韩世勋、戚施与詹府两位小姐两桩相互对比而又相互纠葛的婚事。该剧脉络贯通，情节波澜起伏，引人入胜。

传奇戏曲《比目鱼》

传奇戏曲《比目鱼》，说青年谭楚玉和女艺人刘藐姑相爱，刘母却强将藐姑另嫁他人，藐姑万般无奈，假装答应母亲。当时恰巧在江边演出《荆钗记》，藐姑扮演戏中的钱玉莲投江，她利用这个机会，假戏真作，竟真的自投于江。楚玉也投江殉情。二人入水后，被水神平浪侯收容，在水府中，变作比目鱼。李渔写的《比目鱼》，和前人故事中的比翼鸟或连理枝一样，利用自然形态的并列的特征，以形喻意。"比翼"，可以双飞，"比目"，可以同游，这些奇异而符合理想的并列特征，常常被古人用来表达不弃不离的寄托。

前　言

　　李渔(1611~1680),初名仙侣,后改名渔,字谪凡,号笠翁。汉族,浙江金华人。明末清初文学家、戏剧家、戏剧理论家、美学家。李渔自幼聪颖,素有才子之誉,世称"李十郎",曾家设戏班,至各地演出,从而积累了丰富的戏曲创作、演出经验,提出了较为完善的戏剧理论体系,被后世誉为"中国戏剧理论始祖""世界喜剧大师""东方莎士比亚",是休闲文化的倡导者、文化产业的先行者,被列入世界文化名人之一。

　　李渔一生著述丰富,著有《笠翁十种曲》(含《风筝误》)、《无声戏》(又名《连城璧》)、《十二楼》《闲情偶寄》《笠翁一家言》等五百多万字。还批阅《三国志》,改定《金瓶梅》,倡编《芥子园画谱》等,是中国文化史上不可多得的一位艺术天才。

　　李渔出生时,由于其祖辈在如皋创业已久,此时"家素饶,其园亭罗绮甲邑内",故他一出生就享受了富足生活。其后由于在科举中失利,使肩负以仕途腾达为家庭光耀门户重任的李渔放弃了这一追求,毅然改走"人间大隐"之道。公元1666年(康熙五年)和1667年(康熙六年)先后获得乔、王二姬,李渔在对其进行细心调教后组建了以二姬为台柱的家庭戏班,常年巡回于各地为达官贵人作娱情之乐,收入颇丰,这也是李渔一生中生活得最得意的一个阶段,同时也是李渔文学创作中最丰产的一个时期,《闲情偶寄》一书就是在这一段内完成并付梓的。1672、1673年,随着乔、王二姬的先后离世,支撑李渔富足生活的家庭戏班也土崩瓦解了,李渔的生活从此转入了捉襟见肘的困顿之中,经常靠举贷度日,1680年,古稀之年的李渔于贫病交加中泯然于世。

　　说起李渔,一开始几乎是几个男人之间的谈资,稍稍有点隐私,关于如何挑选女人、关于《金瓶梅》的版本,诸如此类,以为都是秘不示人的。可是后来发现,喜欢李渔的人越来越多,不仅男人喜欢,连女人也很欣赏。是不是可以这么说,喜欢李渔,几乎出于男人的本能,因为李渔是一个热爱生活,并且生活得很艺术的人,而且他能够把生活的经验又很艺术地写成书,这也是他高出许多风流才子的地方。林语堂在谈到《闲情偶寄》这本书时说:"李笠翁的著作中,又一个重要部分,时专门研究生活乐趣,时中国人生活艺术的袖珍指南,从住室与庭院、室内装饰、界壁分隔到妇女梳妆、美容、烹调的艺术和美食的系列。富人穷人寻求乐趣的方法,一年四季消愁解闷的途径、性生活的节制、疾病的防治……"

　　李渔的戏曲论著存《闲情偶寄》词曲部,以结构、词采、音律、宾白、科诨、格局六方面论戏曲文学,以选剧、变调、授曲、教自、脱套五方面论戏曲表演,对我国古代戏曲理论有

1

较大的丰富和发展。《闲情偶寄》除戏曲理论外,还有饮食、营造、园艺等方面的内容。李渔在给礼部尚书龚芝麓的信中说:"庙堂智虑,百无一能;泉石经纶,则绰有余裕。……托之空言,稍舒蓄积。"可见此书足能反映他的文艺修养和生活情趣。

李渔称自己的作品是"新耳目之书",一意求新,不依傍他人,也不重复自己。他努力发现"前人未见之事","摹写未尽之情,描画不全之态",故事新鲜,情节奇特,布局巧妙,语言生动。他的小说重在劝善惩恶,同情贫穷的下层人物,歌颂男女青年恋爱婚姻自主,谴责父母之命、媒妁之言,批判假道学为主题,具有一定反封建的进步意义。后人在评论他的小说成就时,称他的《无声戏》《十二楼》两个短篇小说集是继冯梦龙、凌濛初的"三言""二拍"之后不可多得的优秀作品,是清代白话短篇小说中的上乘之作。

此套《李渔全集》以1991年本《李渔全集》为原本,补入自1990年到现在的研究论著索引,打造出一部最为全面的李渔著作集。此次出版的《李渔全集》收入《闲情偶寄》《笠翁对韵》《十二楼》《无声戏》《凰求凤》《奈何天》《合锦回文传》《比目鱼》《蜃中楼》《意中缘》《双瑞记》《风筝误》《慎鸾交》《玉搔头》《巧团圆》《怜香伴》《资治新书(初集)》和《资治新书(二集)》等,几乎囊括李渔已知的全部著作。阅读《李渔全集》,不仅可感受其著作的学术研究价值,更可学习李渔的人生态度和享受生活的乐趣。

目　　录

闲情偶寄

笠翁对韵

· 李渔全集 ·

闲情偶寄

[明] 李渔 ⊙ 原著

王艳军 ⊙ 整理

卷一

词曲部上

※ 结构第一

【原文】

　　填词一道①，文人之末技也。然能抑而为此，犹觉愈于驰马试剑，纵酒呼卢②。孔子有言："不有博弈者乎？为之犹贤乎已。"③博弈虽戏具，犹贤于"饱食终日，无所用心"；填词虽小道，不又贤于博弈乎？吾谓技无大小，贵在能精；才乏纤洪，利于善用；能精善用，虽寸长尺短亦可成名。否则才夸八斗，胸号五车④，为文仅称点鬼之谈⑤，著书惟供覆瓿之用⑥，虽多亦奚以为？填词一道，非特文人工此者足以成名，即前代帝王，亦有以本朝词曲擅长，遂能不泯其国事者。请历言之：高则诚、王实甫诸人⑦，元之名士也，舍填词一无表见；使两人不撰《琵琶》《西厢》，则沿至今日，谁复知

其姓字？是则诚、实甫之传，《琵琶》《西厢》传之也。汤若士⑧，明之才人也，诗文尺牍，尽有可观，而其脍炙人口者，不在尺牍诗文，而在《还魂》一剧。使若士

不草《还魂》，则当日之若士，已虽有而若无，况后代乎？是若士之传，《还魂》传之也。此人以填词而得名者也。历朝文字之盛，其名各有所归，"汉史""唐诗""宋文""元曲"，此世人口头语也。《汉书》《史记》，千古不磨，尚矣⑨；唐则诗人济济，宋有文士跄跄⑩，宜其鼎足文坛，为三代后之三代也⑪。元有天下，非特政刑礼乐一无可宗，即语言文学之末，图书翰墨之微，亦少概见；使非崇尚词曲，得《琵琶》《西厢》以及《元人百种》诸书传于后代⑫，则当日之元，亦与五代、金、辽同其泯灭，焉能附三朝骥尾⑬，而挂学士文人之齿颊哉？此帝王国事以填词而得名者也。由是观之，填词非末技，乃与史传诗文同源而异派者也。近日雅慕此道，刻欲追踪元人、配飨若士者尽多⑭，而究竟作者寥寥，未闻绝唱。其故维何？止因词曲一道，但有前书堪读，并无成法可宗。暗室无灯，有眼皆同瞽目，无怪乎觅途不得，问津无人，半途而废者居多，差毫厘而谬千里者，亦复不少也。尝怪天地之间有一种文字，即有一种文字之法脉准绳载之于书者，不异耳提面命；独于填词制曲之事，非但略而未详，亦且置之不道。揣摩其故，殆有三焉：一则为此理甚难，非可言传，止堪意会；想入云霄之际，作者神魂飞越，如在梦中，不至终篇，不能返魂收魄；谈真则易，说梦为难，非不欲传，不能传也。若是，则诚异诚难，诚为不可道矣。吾谓此等至理，皆言最上一乘，非填词之学节节皆如是也，岂可为精者难言，而粗者亦置弗道乎？一则为填词之理变幻不常，言当如是，又有不当如是者。如填生旦之词贵于庄雅，制净丑之曲务带诙谐，此理之常也；乃忽遇风流放佚之生旦，反觉庄雅为非，作迂腐不情之净丑，转以诙谐为忌。诸如此类者，悉难胶柱⑮。恐以一定之陈言，误泥古拘方之作者，是以宁为阙疑，不生蛇足⑯。若是，则此种变幻之理，不独词曲为然，帖括诗文皆若是也⑰，岂有执死法为文而能见赏于人、相传于后者乎？一则为从来名士以诗赋见重者十之九，以词曲相传者犹不及什一，盖千百人一见者也。凡有能此者，悉皆剖腹藏珠⑱，务求自秘，谓此法无人授我，我岂独肯传人。使家家制曲，户户填词，则无论《白雪》盈车，《阳春》遍世⑲，淘金选玉者未必不使后来居上，而觉糠秕在前⑳；且使周郎渐出，顾曲者

多㉑，攻出瑕疵，令前人无可藏拙，是自为后羿而教出无数逢蒙㉒，环执干戈而害我也，不如仍仿前人，缄口不提之为是。吾揣摩不传之故，虽三者并列，窃恐此意居多。以我论之：文章者，天下之公器，非我之所能私；是非者，千古之定评，岂人之所能倒？不若出我所有，公之于人，收天下后世之名贤悉为同调，胜我者我师之，仍不失为起予之高足㉓；类我者我友之，亦不愧为攻玉之他山㉔。持此为心，遂不觉以生平底里，和盘托出，并前人已传之书，亦为取长弃短，别出瑕瑜，使人知所从违，而不为诵读所误。知我，罪我，怜我，杀我，悉听世人，不复能顾其后矣。但恐我所言者，自以为是而未必果是；人所趋者，我以为非而未必尽非。但矢一字之公，可谢千秋之罚。噫，元人可作，当必赏予㉕。

【眉批】吴梅村评：真金不畏火。凡虑此者，必其金质有亏。

填词首重音律，而予独先结构者，以音律有书可考，其理彰明较著。自《中原音韵》一出㉖，则阴阳平仄画有胜区㉗，如舟行水中，车推岸上，稍知率由者㉘，虽欲故犯而不能矣。《啸余》《九宫》二谱一出㉙，则葫芦有样，粉本昭然。前人呼制曲为填词，填者，布也，犹棋秤之中画有定格，见一格，布一子，止有黑白之分，从无出入之弊，彼用韵而我叶之㉚，彼不用韵而我纵横流荡之。至于引商刻羽，戛玉敲金㉛，虽曰神而明之，匪可言喻，亦由勉强而臻自然，盖遵守成法之化境也。至于结构二字，则在引商刻羽之先，拈韵抽毫之始。如造物之赋形，当其精血初凝，胞胎未就，先为制定全形，使点血而具五官百骸之势。倘先无成局，而由项及踵，逐段滋生，则人之一身，当有无数断续之痕，而血气为之中阻矣。工师之建宅亦然。基址初平，间架未立，先筹何处建厅，何方开户，栋需何木，梁用何材，必俟成局了然，始可挥斤运斧。倘造成一架而后再筹一架，则便于前者，不便于后，势必改而就之，未成先毁，犹之筑舍道旁，兼数宅之匠资，不足供一厅一堂之用矣。故作传奇者㉜，不宜卒急拈毫，袖手于前，始能疾书于后。有奇事，方有奇文，未有命题不佳，而能出其锦心、扬为绣口者也。尝读时髦所撰，惜其惨淡经营，用心良苦，而不得被管弦、副优孟者㉝，非审音协律之难，而结构全部规模之未善也。

【眉批】陆丽京评：此等妙喻，惟心花笔花合而为一，开成并蒂者能之。他人即具此锦心，亦不能为此绣口。

【注释】

①填词：词本为中国古典诗歌的体裁之一，又称诗余或长短句；作词要求按词调所规定的字数、声韵和节拍填上文字，谓之填词。但在本书中词则是指戏曲而言，填词指编写戏曲剧本，词人或词家指戏曲作家。

②呼卢：赌博。古人掷骰子赌博时，常常口呼"卢、卢"，后人即以呼卢为赌博。

③"孔子有言"二句：见于《论语·阳货》："子曰：饱食终日，无所用心，难矣哉！不有博弈者乎！

为之犹贤乎已！"是说玩游戏（下棋等等）也比什么事儿都不干强。"为之犹贤乎已"的"已"，是结束、停止的意思，即"饱食终日，无所事事"，啥也不干；"之"指"博弈"；"贤乎……"是说"比……好"或"比……强"。

④才夸八斗，胸号五车：形容才华横溢，学识渊博。谢灵运曾说"天下才有一石，曹子建独占八斗"（见宋无名氏《释常谈·八斗之才》）。《庄子·天下》"惠施多方，其书五车"。

⑤点鬼之谈：指堆砌人名。人们讥笑唐代杨炯作文好引古人姓名，称之为点鬼簿。

⑥覆瓿之用：用之盖罐子。瓿，盛酱醋的罐子。覆，盖。此处是说，所写的书无人看，只能用来当罐子盖儿。《汉书·扬雄传下》中引刘歆的话说，扬雄的书难

懂，"吾恐后人用覆酱瓿也"。

⑦高则诚：名明，则诚是他的字，元末南戏作家，主要作品是《琵琶记》。王实甫：名德信，元代前期杂剧作家，其代表作品《西厢记》在中国文学史和戏剧史上有重要地位。

⑧汤若士：即汤显祖，字义仍，号若士，临川人，明代戏曲作家，代表作是《还魂记》即《牡丹亭》，诗、文、尺牍亦精，有《汤显祖集》。

⑨尚：久远。

⑩济济、跄跄：形容人才众多。

⑪"三代"句：儒家称赞夏商周三代为文化"盛世"。李渔认为"汉史、唐诗、宋文"亦文坛"盛世"，故说"三代后之三代也"。

⑫《元人百种》：明臧懋循编《元曲选》收杂剧百种，被称为《元人百种》或《百种》。

⑬骥尾：千里马的尾巴。"附骥尾"意谓"苍蝇附骥尾而致千里"，沾了千里马的光。

⑭配飨：指后死的人附于先祖接收祭献。飨，祭献。

⑮胶柱："胶柱鼓瑟"的省语，典出《史记·赵奢传》。

⑯蛇足："画蛇添足"的省语。

⑰帖括：科举考试文体之名，创之于唐，《资治通鉴·代宗广德元年》载杨绾议科举改革，云："其明经则诵帖括以求侥幸。"胡三省注谓："帖括者，举人应试帖，遂括取粹会为一书，相传习诵之，以应试，谓之帖括。"唐宋科举士子以"帖括"形式读书来应付科举考试，明清八股文也称之。

⑱剖腹藏珠：剖开肚子珍藏宝珠。《资治通鉴·唐太宗贞观元年》："上谓侍臣曰：'吾闻西域贾胡得美珠，剖身而藏之。'"李渔借此形容某些人"自秘"其戏曲经验和方法。

⑲《白雪》《阳春》：古代曲名，后泛指高雅文艺作品。

⑳糠秕在前：比喻微末无用的人物在前面。《晋书·孙绰传》："尝与习凿齿（人名）共行，绰在前，顾谓凿齿曰：'沙之汰之，瓦石在后。'凿齿曰：'簸之扬之，糠秕在前。'"

㉑周郎顾曲：古谚云："曲有误，周郎顾。"顾者，回视也。据说三国时的周瑜精通音乐，演奏有错，"瑜必知之，知之必顾"（《三国志·吴书·周瑜传》）。后以"顾曲"为鉴赏音乐和戏曲的代称。

㉒后羿：夏之善射者。逢蒙：是后羿的学生，学成后，为了成为天下第一而射杀了他的老师。

㉓起予之高足：起予，启发了我；高足，得意门生。《论语·八佾》："子曰：起予者商（子夏）也，始可与言诗也。"

㉔攻玉之他山：《诗经·鹤鸣》："它山之石，可以攻玉。"借助外力，改善自己。

㉕贳：宽容，原谅。

㉖《中原音韵》：我国第一部专讲戏曲音韵的著作，元周德清著。

㉗塍：田间的土埂子。画有塍区，指画出分明的界路，有所遵循。

㉘率由：意思是照成规行事。《诗经·假乐》："不愆不忘，率由旧章。"

㉙《啸余》：明程明善所辑戏曲、音乐论著。《九宫》：明沈璟所编《南九宫十三调曲谱》。

㉚叶：即协韵，押韵。

㉛引商刻羽，戛玉敲金：指讲求音韵、协调声律。"商"和"羽"，我国古代五声音阶中的两个音阶名；"玉"和"金"，指磬和钟等石属和金属乐器。（语出宋玉《对楚王问》）

㉜传奇：唐宋文言短篇小说和明清的南曲等戏曲作品，都称传奇。本书指后者。

㉝优孟：指演员。优孟本是春秋时楚国的乐人。优孟衣冠，指登场表演。

词采似属可缓，而亦置音律之前者，以有才技之分也。文词稍胜者即号才人，音律极精者终为艺士。师旷止能审乐，不能作乐；龟年但能度词，不能制词；使与作乐制词者同堂，吾知必居末席矣。事有极细而亦不可不严者，此类是也。

【眉批】尤展成云：此论极允。不则张打油塞满世界矣。

【点评】

《闲情偶寄》既然是谈"闲情"

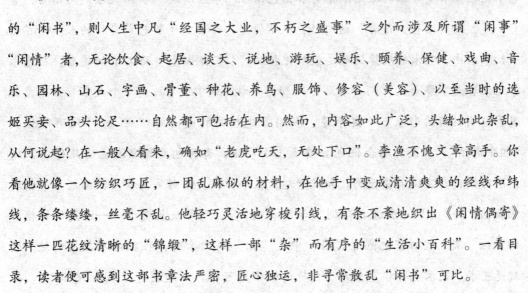

的"闲书"，则人生中凡"经国之大业，不朽之盛事"之外而涉及所谓"闲事""闲情"者，无论饮食、起居、谈天、说地、游玩、娱乐、颐养、保健、戏曲、音乐、园林、山石、字画、骨董、种花、养鸟、服饰、修容（美容）、以至当时的选姬买妾、品头论足……自然都可包括在内。然而，内容如此广泛，头绪如此杂乱，从何说起？在一般人看来，确如"老虎吃天，无处下口"。李渔不愧文章高手。你看他就像一个纺织巧匠，一团乱麻似的材料，在他手中变成清清爽爽的经线和纬线，条条缕缕，丝毫不乱。他轻巧灵活地穿梭引线，有条不紊地织出《闲情偶寄》这样一匹花纹清晰的"锦缎"，这样一部"杂"而有序的"生活小百科"。一看目录，读者便可感到这部书章法严密，匠心独运，非寻常散乱"闲书"可比。

按照《闲情偶寄》体例，全书共分《词曲》《演习》等八"部"（犹如现代著作的八"章"）；而每"部"又按内容和问题次序，列出"第一""第二"等若干标题；"节"下分"款"。在每一节的开头，各"款"之前，李渔都写一段或长或短的文字作为前言，或总括该"节"内容，或点拨该"节"主旨，或借题发挥，说些正文中不便说而他又想说的话，灵活自如，活泼自然，畅所欲言，尽兴而止。

《结构第一》下这段较长的前言，所谈的却并不限于本节内容或主旨。这段前言分两个部分。第一部分（自"填词一道"至"必当赏予"）是全书劈头第一段文字，其实可看作全书的总序。在这里，李渔首先要为戏曲争得一席地位。大家知道，在那些正统文人眼里，戏曲、小说始终只是"小道末技"，上不得大雅之堂。而李渔则反其道而行之，把"元曲"同"汉史""唐诗""宋文"并列，提出"填词（戏曲创作）"也可名垂千古，"帝王国事，以填词而得名"，实际上也把戏曲归入"经国之大业，不朽之盛事"（曹丕《典论·论文》）的范畴。就此而言，他与金圣叹之把《西厢记》《水浒传》同《离骚》《庄子》《史记》、杜诗并称"六才子书"，异曲同工，可谓志同道合的盟友。其次，李渔提出，必须寻求戏曲艺术的特殊规律，即他所谓戏曲之"法脉准绳"。一谈到这个问题，马上就显出李渔作为艺术论理家和美学家的深刻洞察力和出色悟性。李渔所说"填词之理变幻不常，言当如是，又有不当如是者"这句话，表明他是一个真正了解艺术奥秘的人。世界上一切事物中，艺术的规律的确是最难把握的。"言当如是"而又不如是者，在艺术中比比皆是。譬如说，在《水浒传》和许多水浒戏中，李逵是一个大家非常熟悉的具有鲜明性格的形象。一提李逵，人们首先想到的是他的"粗"；可他有时偏偏"粗中有细"：在某种场合他也会耍点儿小计谋，有时也要酸溜溜地唱几句"正是清明时候，却言风雨替花愁。和风渐起，暮雨初收。俺则见杨柳半藏沽酒市，桃花深映钓鱼舟"（见元康进之杂剧《李逵负荆》），欣赏良辰美景——这是他性格中的"细"处。当作家把他这"粗"中之"细"写出来时，往往令人拍案叫绝。这就是艺术。艺术也并非完全无"法"（规律）可寻，只是没有"死法"，只有"活法"。艺术之"法"是"无法之法"。艺术家说："无法之法，是为至法。"艺术有规律而无模式，一旦有了固定的模式，将丰富多彩、千变万化、不可重复的审美经验和艺术创造活动模式化，那也就从"活法"变成了"死法"，艺术也就不存在了。在一定意义上说，"无法之法"乃艺术的真正法则，最高法则。

第二部分（自"填词首重音律"至前言终了），才专谈结构问题。李渔是一个喜欢"自我作古"、敢于反传统的人。这段文字比较突出地表现了李渔的理论独创性。当然，反传统不是不要传统，独创不是瞎创。在李渔之前，也有人谈到戏曲结构。最著名的就是明代王骥德《曲律》之《论章法》中的一段话："作曲犹造宫室者然。工师之在室也，必先定规式，自前门而厅、而堂、而楼，或三进、或五进、或七进，又自两厢而及轩寮，以至廪庚、庖湢、藩垣、苑榭之类，前后、左右、高低、远近，尺寸无不了然胸中，而后可施斤斫。作曲者，亦必先分段数，以何意起，何意接，何意作中段敷衍，何意作后段收煞，整整在目，而后可施结撰。"还有凌濛初《谭曲杂札》："戏曲搭架（即指结构、布局），亦是要事，不妥则全传可憎矣。"祁彪佳《曲品》："作南传奇者，构局为难，曲白次之。"但是，他们谈的，一是比较简略，一是往往把戏曲当做诗文，以诗文例解戏曲，而不把戏曲作为一门独立的艺术看待，没有突出戏曲的特点。李渔显然吸收了他的前辈的某些优秀论点而加以发展、创造。李渔的"独先结构"，不是像前人那样摆脱不掉诗文"情结"，而是高举着戏曲独立的大旗，自觉而充分地考虑

到戏曲作为舞台叙事艺术的特点。因为戏曲不是或主要不是案头文字，它重在演出。演员要面对着观众，当场表演给他们看，唱给他们听。所以戏曲结构既要紧凑、简练，又要曲折动人，总之，要具有能够抓住人的手段和魅力。这就要求戏曲作家从立意、构思的时候起即煞费苦心，在考虑词采、音律等问题之前首先就特别讲究结构、布局，即李渔所谓"如造物之赋形，当其经血初凝，胞胎未就，先为制

定全形，使点血而具五官百骸之势"；"袖手于前，始能疾书于后"；"有奇事，方有奇文"，"命题"佳，才能"扬为绣口"。

这也就是"结构第一"的道理。

※ 戒讽刺

【原文】

武人之刀，文士之笔，皆杀人之具也。刀能杀人，人尽知之；笔能杀人，人则未尽知也。然笔能杀人，犹有或知之者；至笔之杀人较刀之杀人，其快其凶更加百倍，则未有能知之而明言以戒世者。予请深言其故。何以知之？知之于刑人之际。杀之与剐①，同是一死，而轻重别焉者。以杀止一刀，为时不久，头落而事毕矣；剐必数十百刀，为时必经数刻，死而不死，痛而复痛，求为头落事毕而不可得者，只在久与暂之分耳。然则笔之杀人，其为痛也，岂止数刻而已哉！窃怪传奇一书，昔人以代木铎②，因愚夫愚妇识字知书者少，劝使为善，诫使勿恶，其道无由，故设此种文词，借优人说法，与大众齐听。谓善者如此收场，不善者如此结果，使人知所趋避，是药人寿世之方，救苦弭灾之具也③。后世刻薄之流，以此意倒行逆施，借此文报仇泄怨。心之所喜者，处以生旦之位，意之所怒者，变以净丑之形，且举千百年未闻之丑行，幻设而加于一人之身，使梨园习而传之④，几为定案，虽有孝子慈孙，不能改也。噫，岂千古文章止为杀人而设？一生诵读徒备行凶造孽之需乎？苍颉造字而鬼夜哭⑤，造物之心，未必非逆料至此也。凡作传奇者，先要涤去此种肺肠，务存忠厚之心，勿为残毒之事。以之报恩则可，以之报怨则不可；以之劝善惩恶则可，以之欺善作恶则不可。

【眉批】余澹心云：文人笔舌，菩萨心肠，直欲以填词作《太上感应篇》矣。

人谓《琵琶》一书，为讥王四而设。因其不孝于亲，故加以入赘豪门，致亲饿死之事。何以知之？因"琵琶"二字，有四"王"字冒于其上，则其寓意可知也。

噫，此非君子之言，齐东野人之语也⑥。凡作传世之文者，必先有可以传世之心，而后鬼神效灵，予以生花之笔⑦，撰为倒峡之词⑧，使人人赞美，百世流芳。传非文字之传，一念之正气使传也。"五经""四书"《左》《国》《史》《汉》诸书⑨，与大地山河同其不朽，试问当年作者，有一不肖之人、轻薄之子厕于其间乎？但观《琵琶》得传至今，则高则诚之为人，必有善行可予，是以天寿其名，使不与身俱没，岂残忍刻薄之徒哉！即使当日与王四有隙，故以不孝加之，然则彼与蔡邕⑩未必有隙，何以有隙之人，止暗寓其姓，不明叱其名，而以未必有隙之人，反蒙李代桃僵之实乎⑪？此显而易见之事，从无一人辩之。创为是说者，其不学无术可知矣。

【眉批】尤展成云：《杜甫游春》一剧，终是文人轻薄。

【眉批】曹顾庵云：盛名必由盛德。千古至论，有功名教不浅！

予向梓传奇⑫，尝埒誓词于首⑬，其略云：加生旦以美名，原非市恩于有托；抹净丑以花面，亦属调笑于无心；凡以点缀词场，使不岑寂而已。但虑七情以内，无境不生，六合之中，何所不有。幻设一事，即有一事之偶同；乔命一名⑭，即有一名之巧合。焉知不以无基之楼阁，认为有样之葫芦？是用沥血鸣神，剖心告世，倘有一毫所指，甘为三世之喑，即漏显诛，难逭阴罚⑮。此种血忱，业已沁入梨枣⑯，印政寰中久矣。而好事之家，犹有不尽相谅者，每观一剧，必问所指何人。噫，如其尽有所指，则誓词之设，已经二十余年，上帝有赫，实式临之⑰，胡不降之以罚？兹以身后之事，且置勿论，论其现在者：年将六十，即旦夕就木，不为夭矣。向忧伯道之忧⑱，今且五其男，二其女，孕而未诞、诞而待孕者，尚不一其人，虽尽属景升豚犬⑲，然得此以慰桑榆⑳，不忧穷民之无告㉑矣。年虽迈而筋力未衰，涉水登山，少年场往往追予弗及；貌虽癯而精血未耗，寻花觅柳，儿女事犹然自觉情长。所患在贫，贫也，非病也；所少在贵，贵岂人人可幸致乎？是造物之悯予，亦云至矣。非悯其才，非悯其德，悯其方寸之无他也。生平所著之书，虽无裨于人心世道，若止论等身，几与曹交食粟之躯等其高下㉒。使其间稍伏机心，略藏匕首，造物且诛之夺之不暇，肯容自作孽者老而不死，犹得徉狂自肆于笔墨之林哉？吾于

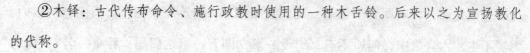

发端之始，即以讽刺戒人，且若器器自鸣得意者，非敢故作夜郎[23]，窃恐词人不究立言初意，谬信"琵琶王四"之说，因谬成真。谁无恩怨？谁乏牢骚？悉以填词泄愤，是此一书者，非阐明词学之书，乃教人行险播恶之书也。上帝讨无礼，予其首诛乎？现身说法，盖为此耳。

【注释】

①剐：古代酷刑，即凌迟。

②木铎：古代传布命令、施行政教时使用的一种木舌铃。后来以之为宣扬教化的代称。

③弭灾：消灾。

④梨园：唐玄宗曾在"梨园"教乐工、宫女演习乐、舞，后称戏院或演艺界为梨园。

⑤苍颉造字：传说苍颉是黄帝时造字的人。《淮南子·本经训》："苍颉作书而天雨粟、鬼夜哭。"

⑥齐东野人之语：乡下人的无稽之谈。《孟子·万章》："此非君子之言，齐东野人之语也。"

⑦生花之笔：五代后周王仁裕《开元天宝遗事·梦笔头生花》："李太白少时，梦所用之笔头上生花，后天才赡逸，名闻天下。"

⑧倒峡之词：杜甫《醉歌行》有"词源倒倾三峡水，笔阵横扫千人军"句。

⑨"五经"句："五经"，汉后以《易》《诗》《书》《礼记》《春秋》为"五经"；"四书"，宋朱熹把《大学》《中庸》《论语》《孟子》编在一起为"四书"；

《左》，《左传》；《国》，《国语》（《战国策》亦可称之）；《史》，《史记》；《汉》，《汉书》。

⑩蔡邕：字伯喈，汉末文学家、书法家，《琵琶记》主人公假名于他。

⑪李代桃僵：相互替代。古乐府《鸡鸣》中有"李树代桃僵"句。

⑫梓：在木板上刻字。此处指印行书籍。

⑬埒：原指田埂、堤防，此处"埒誓词于首"可当"镌刻誓词于书卷之首"讲。

⑭乔：假。乔命，假命。

⑮逋：逃逸。

⑯梨枣：书板之代称。古代多用梨木和枣木制版刻书。

⑰"上帝"句：用白话说大体是：显赫的上帝有眼，时时在监视着。《诗经·皇矣》："皇矣上帝，临下有赫。"赫，显赫，权威。

⑱伯道之忧：无子之忧。晋代邓攸，字伯道，战乱中为保全侄子而丢弃了儿子，终老无子。见《晋书·邓攸传》。

⑲景升豚犬：汉末刘表，字景升，死后，儿子降曹。曹操曾说"刘景升儿子若豚犬耳"（《三国志》注引《吴历》中曹操的话）。后"景升豚犬"指没出息的儿子，多为谦辞。

⑳桑榆：落日的余辉照在桑榆树梢，比喻老年的时光。

㉑穷民之无告：《孟子·梁惠王》："老而无妻曰鳏，老而无夫曰寡，老而无子曰独，幼而无父曰孤。此四者，天下之穷民而无告者。"

㉒"几与曹交"句：著作之多，几乎与曹交之身等高。战国时人曹交曾说"交九尺四寸以长，食粟而已"（语见《孟子·告子下》）。

㉓夜郎：夜郎国人，妄自尊大。有"夜郎自大"的成语。

【点评】

这一款的主旨是谈"文德"。

15

中华民族是一个道德文明特别发达的民族。如果说古代西方文明最突出的是一个"真"字，那么，古代中国文明最突出的则是一个"善"（道德）字。我们的古人（主要是儒家）特别讲究"内圣外王"。所谓"内圣"，其中一个重要因子甚至可以说核心因子就是道德修养。圣人必然是道德修养极高的人。自身道德修养高（再加上才、胆、识等其他条件），威望就高，便能一呼百应，成就一番"王"业。倘"内"不"圣"（无德、缺德），那么，"外"也就"王"不起来。

所以，按照中华民族的传统，无论哪行哪业，为人处事首先要讲的就是"德"。除了"王者"要有"为王之德"以外；其他如写史的，要有"史德"；作文的，要有"文德"；唱戏的，要有"戏德"；经商的，要有"商德"；为官的，要有"政德"；甚至，连很难同道德二字联系起来的小偷，都有他们那个"行业"的"道德"规范。关于"史德"，中国古代就有董狐、南史

这样非常光辉的样板。春秋时晋国史官董狐不怕威胁直书"赵盾弑其君"，一直被人们称道；春秋时齐国史官南史，在听到大夫崔杼弑君（庄公）、而太史兄弟数人前仆后继直书"崔杼弑其君"先后被杀后，仍然执简前往，准备冒死书写，也是历代史家的典范。这就是不畏强暴而"秉笔直书"的"史德"。

李渔倡导的是"文德"。他反对以"文"（包括戏曲）为手段来"报仇泄怨"，达到私人目的："心之所喜者，处以生旦之位；意之所怒者，变以净丑之形，且举千百年未闻之丑行，幻设而加于一人之身，使梨园习而传之，几为定案，虽有孝子慈孙，不能改也。"他提出，"凡作传奇者，先要涤去此种心肠，务存忠厚之心，勿

为残毒之事"；"以之劝善惩恶则可，以之欺善作恶则不可"。这就是"文德"。中国古代历来将"道德"与"文章"连在一起，并称为"道德文章"，这实际上内涵着对"文德"的提倡和遵从。写文章的第一要务是"修德"，至于"练意""练句""练字"，当在其次。道德好是文章好的必要条件。德高才会文高。有至德才会有至文。屈原的《离骚》之所以成为千古绝唱，文天祥的《正气歌》之所以感人肺腑……中国文学史和世界文学史上那些光辉篇章

之所以历久而弥新，根本原因在于这些诗词文章是它们的作者道德人格的化身。未有其人缺德败行，而其文能流传千古者。正如李渔在《【覆瓿草】序》中谈到人品与文品的关系时所说："未读其文，先视其人……其人为君子，则君子之言矣。"他还说："凡作传世之文者，必先有可以传世之心，而后鬼神效灵，予以生花之笔，撰为倒峡之词，使人人赞美，百世流芳；传非文字之传，一念之正气使传也。"五经""四书"《左》《国》《史》《汉》诸书，与大地山河同其不朽，试问当年作者，有一不肖之人、轻薄之子厕于其间乎？"的确如此。当然，"文德"是历史的、具体的；时代不同，"文德"的标准不会完全相同。我们今天的作家应当继承历代作家优秀的"文德"传统，不欺世、不媚俗、不粉饰、不诽谤、不为美言所诱惑、不为恫吓所动摇，富贵不淫、贫贱不移、威武不屈，以彻底的唯物主义精神做人和为文。

※ 立主脑

【原文】

　　古人作文一篇，定有一篇之主脑。主脑非他，即作者立言之本意也。传奇亦然。一本戏中，有无数人名，究竟俱属陪宾，原其初心，止为一人而设。即此一人之身，自始至终，离合悲欢，中具无限情由，无穷关目，究竟俱属衍文①，原其初心，又止为一事而设。此一人一事，即作传奇之主脑也。然必此一人一事果然奇特，实在可传而后传之，则不愧传奇之目，而其人其事与作者姓名皆千古矣。如一部《琵琶》②，止为蔡伯喈一人，而蔡伯喈一人又止为"重婚牛府"一事，其余枝节皆从此一事而生。二亲之遭凶，五娘之尽孝，拐儿之骗财匿书，张大公之疏财仗义，皆由于此。是"重婚牛府"四字，即作《琵琶记》之主脑也。一部《西厢》③，止为张君瑞一人，而张君瑞一人又止为"白马解围"一事，其余枝节皆从此一事而生。夫人之许婚，张生之望配，红娘之勇于作合，莺莺之敢于失身，与郑恒之力争原配而不得，皆由于此。是"白马解围"四字，即作《西厢记》之主脑也。余剧皆然，不能悉指。后人作传奇，但知为一人而作，不知为一事而作。尽此一人所行之事，逐节铺陈，有如散金碎玉，以作零出则可，谓之全本，则为断线之珠，无梁之屋。作者茫然无绪，观者寂然无声，无怪乎有识梨园，望之而却走也。此语未经提破，故犯者孔多，而今而后，吾知鲜矣。

　　【眉批】王左车云：金针度人，婆心尔尔。

【注释】

　　①衍文：多余的文字。

　　②《琵琶》：元末南戏《琵琶记》，写汉代书生蔡伯喈与赵五娘悲欢离合的故事。作者高明，字则诚，一字晦叔，号菜根道人，人称为东嘉先生。浙江瑞安人，

一云永嘉人，元至正五年（1345）进士。

③《西厢》：元杂剧《西厢记》，作者王实甫，大都（今北京）人，他一生写作了 14 种剧本，《西厢记》大约写于元贞、大德年间（1295—1307），是他的代表作。

【点评】

"主脑"这个术语，在中国古典剧论中为李渔第一个使用（明王骥德《曲律》、徐复祚《三家村老委谈》中有"头脑"一词，与笠翁之"主脑"虽有联系而不相同），创建之功，不可磨灭。前面我们曾讲到，李笠翁这个老头儿就是喜欢"自我作古"。此处"古"者，"祖"也。所以，"作古"的意思就是"当老祖宗"。笠翁老儿不过活了 70 岁，"以我为祖"的梦做了一辈子，而且他也的确时时把这个梦变成现实，创造了不少"老子天下第一"。这是十分可贵的精神，也是人之本性。正是赖此，人类才能繁衍、发展。若是人人都像老子那样"不为天下先"，人类大约仍在茹毛饮血。

李渔之"主脑"，有两个意思：一是"作者立言之本意"（今之所谓主题、主旨）；一是选择"一人一事"（今之所谓中心人物、中心事件）作为主干。这符合戏曲艺术的本性。众所周知，中国戏曲和外国戏剧都要受舞台空间和表演时间的双重限制，单就这一点而言，远不如小说那般自由。正如狄德罗在（论戏剧诗）中所说："小说家有的是时间和空间，而戏剧作家正缺乏这些东西。"而中国戏曲咿咿呀呀一唱就是半天，费时更多，也就更要惜时。所以，戏曲作家个个都是"吝啬鬼"，他们总是以寸时寸金的态度，在有限的时空里，在小小的舞台上，十分节省、十分有效地运用自己的艺术手段，最大限度地发挥自己的艺术魅力。在戏曲结构上，就要求比小说更加单纯、洗练、凝聚、紧缩。李渔"立主脑""一人一事"的主张于是应运而生。

李渔此论，真真是"中国特色"。西方古典剧论也有自己的主张，与中国可谓

李渔全集

闲情偶寄

19

异曲同工，这就是"古典主义"的"三一律"。曹禺在 1979 年第 3 期《人民戏剧》上《曹禺谈【雷雨】》中说："'三一律'不是完全没有道理。《雷雨》这个戏的时间，发生在不到二十四小时之内，时间统一，可以写得很集中。故事发生的地点是在一个城市里，这样容易写一些，而且显得紧张。还有一个动作统一，就是在几个人物当中同时挖一个动作、一种结构，动作在统一的结构里头，不乱搞一套，东一句、西一句弄得人家不爱看。"

我建议读者诸君把"立主脑"一款与后面的"减头绪"一款参照阅读。"立主脑"与"减头绪"实则是一体两面：从正面说是"立主脑"，从反面说则是"减头绪"。李渔说："头绪繁多，传奇之大病也。'荆'、'刘'、'拜'、'杀'之得传于后，止为一线到底，并无旁见侧出之情。三尺童子观演此剧，皆能了了于心，便便于口，以其始终无

二事，贯串只一人也。"显然，"减头绪"是"立主脑"的必要条件，不减头绪，则无以立主脑。当然，立主脑、减头绪，也不能绝对化。一绝对化，变成公式，则成谬误。

我还想指出一点，李渔的"立主脑""减头绪"及其他有关戏曲结构的主张，与他之前传统文论的重大不同在于，这是地地道道的戏曲叙事理论。说到这里，我想顺便提及中国古典文论的三个发展阶段：明中叶以前，主要是以诗文为主体的抒情文学理论，此为第一阶段；明中叶以后，自李贽、叶昼起到清初的金圣叹诸人，建立并发展了叙事艺术理论，但那主要是叙事文学（小说）理论，此为第二阶段；至李渔，才真正建立和发展了叙事戏曲理论，此为第三阶段。此后，这三者同时发

展，并互相影响。

※ 脱窠臼

【原文】

"人惟求旧，物惟求新。"①新也者，天下事物之美称也。而文章一道，较之他物，尤加倍焉。戛戛乎陈言务去②，求新之谓也。至于填词一道，较之诗赋古文，又加倍焉。非特前人所作，于今为旧，即出我一人之手，今之视昨，亦有间焉。昨已见而今未见也，知未见之为新，即知已见之为旧矣。古人呼剧本为"传奇"者，因其事甚奇特，未经人见而传之，是以得名，可见非奇不传。"新"即"奇"之别名也。若此等情节业已见之戏场，则千人共见，万人共见，绝无奇矣，焉用传之？是以填词之家，务解"传奇"二字。欲为此剧，先问古今院本中③，曾有此等情节与否，如其未有，则急急传之，否则枉费辛勤，徒作效颦之妇④。东施之貌未必丑于西施，止为效颦于人，遂蒙千古之诮。使当日逆料至此，即劝之捧心，知不屑矣。吾谓填词之难，莫难于洗涤窠臼，而填词之陋，亦莫陋于盗袭窠臼。吾观近日之新剧，非新剧也，皆老僧碎破之衲衣，医士合成之汤药。取众剧之所有，彼割一段，此割一段，合而成之，即是一种"传奇"。但有耳所未闻之姓名，从无目不经见之事实。语云"千金之裘，非一狐之腋"⑤，以此赞时人新剧，可谓定评。但不知前人所作，又从何处集来？岂《西厢》以前，别有跳墙之张珙？《琵琶》以上，另有剪发之赵五娘乎？若是，则何以原本不传，而传其抄本也？窠臼不脱，难语填词，凡我同心，急宜参酌。

【眉批】王左车云：此笠翁有本之言，自汤之盘铭得来。修身、作文，同是一理。

【注释】

①人惟求旧，物惟求新：见《尚书·盘庚上》："人惟求旧，器非求旧，

惟新。"

②戛戛乎陈言务去：韩愈《答李翊书》："惟陈言之务去，戛戛乎其难哉。"戛戛，形容困难。

③院本：宋金元南戏、杂剧演剧的脚本。

④效颦之妇：效颦，模仿。颦，皱眉。《庄子·天运》中说，美女西施心痛而皱眉，丑妇东施乃效仿之，愈丑。《庄子·天运》："故西施病心而颦其里，其里之丑人见而美之，归亦捧心而颦其里。其里之富人见之，坚闭门而不出；贫人见之，挈妻子而去之走。"成玄英疏："西施，越之美女也，貌极妍丽。既病心痛，嚬眉苦之。而端正之人，体多宜便，因其嚬蹙，更益其美。是以闾里见之，弥加爱重。邻里丑人见而学之，不病强嚬，倍增其陋。"

⑤千金之裘，非一狐之腋：见《史记·刘敬叔孙通列传赞》，意思是说千金之裘，不是一只狐狸腋下皮毛所能制成。

【点评】

"窠臼不脱，难语填词！"说得何等好啊！

其实，何止填词（戏曲创作）如此，一切艺术创造活动皆然。窠臼就是老俗套，旧公式，陈芝麻，烂谷子，用人家用了八百遍的比喻，讲一个令人耳朵起茧的老掉牙的故事。人们常说，第一个用花比喻女人的是天才，第二个是庸才，第三个是蠢材。那"第二个"和"第三个"（庸才和蠢材）的问题，就在于蹈袭窠臼，向为真正的艺术家所不为。艺术家应该是"第一个"（天才），在艺术大旗上写着的，永远是"第一"！德国古典美学第一人康德在《判断力批判》上卷第46节至第50节中，关于天才说了许多惊世骇俗（今天看来也许有点极端）的话，但我认为十分精彩。他给天才下的定义是："天才就是：一个主体在他的认识诸机能的自由运用里表现着他的天赋才能的典范式的独创性。"又说，"独创性必须是它的第一特性"，"天才是和摹仿的精神完全对立着的"。这就是说，真正的艺术家（天才），创造性、独创性是他的"第一特性"、本性；而"摹仿"（更甭说蹈袭窠臼了）同他"完全对立"，是他的天敌。艺术家必须不断创新，不但不能重复别人，而且也不能重复自己。在艺术家的眼里，已经存在的作品，不论是别人的还是自己的，都是旧的。李渔说："非特前人所作，于今为旧；即出我一人之手，今之视昨亦有间也。"于是，艺术创作就要"弃旧图新"。

在《闲情偶寄》中，李渔作为传奇作家特别强调传奇尤其要创新，他认为"传奇"之名，就是"非奇不传"的意思（在他之前已有"非奇不传"之说，如明代倪卓《二奇缘·小引》"传奇，纪异之书也，无传不奇，无奇不传"；茅瑛《题牡丹亭记》"传奇者，事不奇幻不传，辞不奇艳不传"），而"新即奇之别名也"（见茅瑛《题牡丹亭记》）；而且一有机会李渔必张扬创新。在《宾白第四》中他又倡"意取尖新"："同一话也，以尖新出之，则令人眉扬目展，有如闻所未闻；以老实出之，则令人意懒心灰，有如听所不必听。白有尖新之文，文有尖新之句，句有尖新之字，则列之案头，不观则已，观则欲罢不能；奏之场上，不听则已，听则求归不得。"

当然，创新也不是不要传统，而是继承中的革新。李渔在《格局第六》的前言中批评了"近日传奇，一味趋新，无论可变者变，即断断当仍者，亦加改窜，以示新奇"的不良倾向，将创新与继承联系起来。但是，新奇又绝非"荒唐怪异"，而须"新而妥，奇而确"，即符合"人情物理"。关于这一点，李渔在《戒荒唐》一款中有相当透辟的论述。

※ 密针线

编戏有如缝衣，其初则以完全者剪碎，其后又以剪碎者凑成。剪碎易，凑成难，凑成之工，全在针线紧密。一节偶疏，全篇之破绽出矣。每编一折，必须前顾数折，后顾数折。顾前者，欲其照映，顾后者，便于埋伏。照映埋伏，不止照映一人、埋伏一事，凡是此剧中有名之人、关涉之事，与前此后此所说之话，节节俱要想到。宁使想到而不用，勿使有用而忽之。吾观今日之传奇，事事皆逊元人，独于埋伏照映处，胜彼一筹。非今人之太工，以元人所长全不在此也。若以针线论，元曲之最疏者，莫过于《琵琶》。无论大关节目背谬甚多，如：子中状元三载，而家人不知；身赘相府，享尽荣华，不能自遣一仆，而附家报于路人；赵五娘千里寻夫，只身无伴，未审果能全节与否，其谁证之？诸如此类，皆背理妨伦之甚者。再取小节论之，如五娘之剪发，乃作者自为之，当日必无其事。以有疏财仗义之张大公在，受人之托，必能终人之事，未有坐视不顾，而致其剪发者也。然不剪发，不足以见五娘之孝。以我作《琵琶》，《剪发》一折亦必不能少，但须回护张大公，使之自留地步。吾读《剪发》之曲，并无一字照管大公，且若有心讥刺者。据五娘云："前日婆婆没了，亏大公周济。如今公公又死，无钱资送，不好再去求他，只得剪发"云云。若是，则剪发一事乃自愿为之，非时势迫之使然也，奈何曲中云："非奴苦要孝名传，只为上山擒虎易，开口告人难。"此二语虽属恒言，人人可道，独不宜出五娘之口。彼自不肯告人，何以言其难也？观此二语，不似怼怨大公之词乎[1]？然此犹属背后私言，或可免于照顾。迨其哭倒在地[2]，大公见之，许送钱米相资，以备衣衾棺椁，则感之颂之，当有不胜口出者矣[3]，奈何曲中又云："只恐奴身死也，兀自没人埋[4]，谁还你恩债？"试问公死而埋者何人？姑死而埋者何人？对埋殓公姑之人而自言暴露，将置大公于何地乎？且大公之相资，尚义也，非图利也，"谁还恩债"一语，不几抹倒大公，将一片热肠付之冷水乎？此等词曲，幸而出自元人，若出我辈，则群口讪之，不识置身何地矣！予非敢于仇古，既为词曲立言，必使人知取法，若扭于世俗之见，谓事事当法元人，吾恐未得其瑜，先有其瑕。人或非之，即举元人借口，乌知圣人千虑，必有一失；圣人之事，犹有不可尽法者，况其他乎？《琵琶》之可法者原多，请举所长以盖短。如《中秋赏月》一折，同一月也，出于牛氏之口者，言言欢悦；出于伯喈之口者，字字凄凉。一座两情，两情一事，此其针线之最密者。瑕不掩瑜，何妨并举其略。然传奇一事也，其中义理分为三项：曲也，白也，穿插联络之关目也。元人所长者止居其一，曲是也[5]，白与关目皆其所短[6]。吾于元人，但守其词中绳墨而已矣。

【眉批】宋澹仙云：余向读《琵琶》，曾作此论，不意被笠翁拈出，真堪折服则诚。

【眉批】一经点破，便觉拂情。则诚复生，何词以辩？

【注释】

①怼：怨恨。

②迨：等到。

③啻：但，只，仅，止于，限于。

④兀自：仍然，还是。

⑤曲：戏曲的演唱部分。

⑥白：宾白，或曰念白。关目：戏曲中关键情节的连接、处理，结构、布局的巧妙安排。

【点评】

"密针线"是一个极妙的比喻。君不见那些笨婆娘做的针线活乎？粗针大线，歪歪扭扭，裂裂邪邪，针脚忽大忽小，裤腿一长一短，袖口一肥一瘦，肩膀一高一低，顾了前襟忘了后腰，顾了肥瘦忘了身高。再看那些精心制作的高档服装则不同：不但纵观整体，裁剪得体，随体附形；而且每一个细部也极为精致考究。即使针脚，也有严格规定，假如你有兴趣，可以数一数世界名牌服装的缝线，每一寸缝几针，数目相同，丝毫不差。

进行戏曲创作乃至一切艺术创作，也是如此。特别是叙事艺术作品，其结构得精不精，布局得巧不巧，情节发展转换是否自然，人物相互关系是否入理……最终表现在针线是否紧密上。按照李渔的说法，"编戏有如缝衣"，其间有一个"剪碎""凑成"的过程，"凑成之工，全在针线紧密"，不然"一节偶疏，全篇之破绽出矣"；"一笔稍差便虑神情不似，一针偶缺即防花鸟变形"。这里还需要"前顾""后顾"："顾

前者欲其照映，顾后者便于埋伏。"其实，这个道理，古今中外普遍适用。亚里士多德《诗学》中就批评卡耳喀诺斯的剧本"有失照顾"，"剧本因此失败了"。狄德罗《论戏剧诗》中要求戏剧作家："更要注意，切勿安排没有着落的线索：你对我暗示一个关键而它终不出现，结果你会分散我的注意力。"李渔也对戏曲创作提出明确要求："一出接一出，一人顶一人，务使承上接下，血脉相连；即于情事截然、绝不相关之处，亦有连环细笋，伏于其中，看到后来，方知其妙，如藕于未切之时，先长暗丝以待，丝于络成之后，才知作茧之精。"李渔自己的传奇作品，就很注意照映、埋伏。《风筝误》第三出，爱娟挖苦淑娟："妹子，你聪明似我，我丑陋似你。你明日做了夫人皇后，带挈我些就是了。"到第三十出，淑娟的一段台词还照映前面那段话："你当初说我做了夫人须要带挈你带挈，谁想我还不曾做夫人，

你倒先做了夫人，我还不曾带挈你，你倒带挈我淘了那一夜好气。"针线紧密的另一个例子是后于李渔的清代传奇作家孔尚任的名剧《桃花扇》。作者要"借离合之情，写兴亡之感"，他以李香君、侯方域爱情上的悲欢离合为主线，苦心运筹，精巧安排，细针密线，将众多的人物、纷沓的事件、繁多的头绪、错杂的矛盾，组织成一个井井有条、错落有致的有机艺术整体，恍若天成，不见斧迹，表现了作者卓越的结构布局、穿针引线的才能。

元杂剧的成就，被公认在中国古典戏曲史上是最高的。但，李渔指出，元剧"独于埋伏照映处"粗疏，无论"大关"还是"小节"，纰漏甚多。他以《琵琶记》为例做了详尽分析，指出其穿插联络的背谬。并且为了弥补其不足，还亲自改写了《琵琶记·寻夫》和《明珠记·煎茶》，附于《演习部·变调第二》之中。然而，李渔只指出其然而没说出其所以然。在二百六十余年以后，王国维在《宋元戏曲史》第十二章《元剧之文章》中，对"元剧关目之拙"及其原因作了中肯的分析。他说，"元剧之佳处何在？一言以蔽之，曰：自然而已矣。古今之大文学，无不以自然胜，而莫著于元曲。盖元剧之作者，其人均非有名位学问也。其作剧也，非有藏之名山，传之其人之意也。彼以意兴之所至为之，以自娱娱人。关目之拙劣，所不问也；思想之卑陋，所不讳也；人物之矛盾，所不顾也。彼但摹写其胸中之感想与时代之情状，而真挚之理与秀杰之气，时流露于其间。故谓元曲为中国最自然之文学，无不可也。若其文字之自然，则又为其必然之结果，抑其次也。"这就是说，元剧率意而为，不精心于关目，故其疏也。

27

※ 减头绪

【原文】

头绪繁多，传奇之大病也。《荆》《刘》《拜》《杀》（《荆钗记》《刘知远》《拜月亭》《杀狗记》）之得传于后①，止为一线到底，并无旁见侧出之情。三尺童子观演此剧，皆能了了于心，便便于口，以其始终无二事，贯串只一人也。后来作者不讲根源，单筹枝节，谓多一人可增一人之事。事多则关目亦多，令观场者如人山阴道中，人人应接不暇②。殊不知戏场脚色，止此数人，便换千百个姓名，也只此数人装扮，止在上场之勤不勤，不在姓名之换不换。与其忽张忽李，令人莫识从来，何如只扮数人，使之频上频下，易其事而不易其人，使观者各畅怀来③，如逢故物之为愈乎？作传奇者，能以"头绪忌繁"四字刻刻关心，则思路不分，文情专一，其为词也，如孤桐劲竹，直上无枝，虽难保其必传，然已有《荆》《刘》《拜》《杀》之势矣。

【眉批】陆丽京云：说得病透，下得药真，笠翁诚医国手！

【注释】

①《荆》《刘》《拜》《杀》：宋元时的四大南戏。《荆钗记》传为柯丹丘作；《刘知远》即《白兔记》，作者待考；《拜月亭》即《幽闺记》，传为施惠作；《杀狗记》传为徐畛作。

②如入山阴道中，人人应接不暇：《世说新语·言语》王羲之语："从山阴道上行，山川自相映发，使人应接不暇。"

③各畅怀来：畅其怀来，是说畅快地满足观者的初衷。怀来，有所怀而来。《史记·司马相如列传》有"于是诸大夫茫然丧其所怀来，而失厥所以进"的话，此处变换用之，意思是使怀着不同兴趣而来看戏的观众得到各自的满足。

【点评】

世间往往只看到"加"是"增多"的手段，而没有看到"减"在某种情况下同样亦是"增多"的手段。譬如淘金。金在沙中，人们只见沙，不见金。按照常识，这时"只有"沙，"没有"金。淘金，就是不断"减"，减掉了沙子，"增加"了金；沙逐渐减少，金逐渐"增多"。炼铁也是如此。铁矿石在高炉里通过冶炼，最后"减"去了渣子，"增加"了铁。

艺术创作更是如此。雕刻家把大理石中多余的部分去掉（"减"），形象就显现了，美就被创造出来了（"加"）。而且，这里简直不是从少到多，而是从无到有。在艺术中，常常是"加"了反而贫乏，"减"了反而丰富。

这就是艺术的"加""减"辩证法。

"减头绪"中的"减"，应作如是观。

※ 戒荒唐

【原文】

昔人云："画鬼魅易，画狗马难。"①以鬼魅无形，画之不似，难于稽考；狗马为人所习见，一笔稍乖，是人得以指摘。可见事涉荒唐，即文人藏拙之具也。而近日传奇，独工于为此。噫，活人见鬼，其兆不祥，矧有吉事之家，动出魑魅魍魉为寿乎？移风易俗，当自此始。吾谓剧本非他，即三代以后之《韶》《濩》也②。殷俗尚鬼，犹不闻以怪诞不经之事被诸声乐、奏于庙堂，矧辟谬崇真之盛世乎③？王道本乎人情，凡作传奇，只当求于耳目之前，不当索诸闻见之外。无论词曲，古今文字皆然。凡说人情物理者，千古相传；凡涉荒唐怪异者，当日即朽。"五经""四书"、《左》《国》《史》《汉》，以及唐宋诸大家，何一不说人情？何一不关物理？及今家传户颂，有怪其平易而废之者乎？《齐谐》④，志怪之书也，当日仅存其

名，后世未见其实。此非平易可久、怪诞不传之明验欤？人谓家常日用之事，已被前人做尽，穷微极稳，纤芥无遗，非好奇也，求为平而不可得也。予曰：不然。世间奇事无多，常事为多；物理易尽，人情难尽。有一日之君臣父子，即有一日之忠孝节义。性之所发，愈出愈奇，尽有前人未作之事，留之以待后人，后人猛发之心，较之胜于先辈者。即就妇人女子言之，女德莫过于贞，妇愆无甚于妒⑤。古来贞女守节之事，自剪发、断臂、刺面、毁身，以至刎颈而止矣。近日矢贞之妇⑥，竟有刳肠剖腹⑦，自涂肝脑于贵人之庭以鸣不屈者；又有不持利器，谈笑而终其身，若老衲高僧之坐化者⑧。岂非五伦以内⑨，自有变化不穷之事乎？古来妒妇制夫之条，自罚跪、戒眠、捧灯、戴水，以至扑臀而止矣。近日妒悍之流，竟有锁门绝食，迁怒于人，使族党避祸难前，坐视

其死而莫之救者；又有鞭扑不加，囹圄不设，宽仁大度，若有刑措之风⑩，而其夫慑于不怒之威，自遣其妾而归化者。岂非闺阃以内，便有日异月新之事乎？此类繁多，不能枚举。此言前人未见之事，后人见之，可备填词制曲之用者也。即前人已见之事，尽有摹写未尽之情，描画不全之态。若能设身处地，伐隐攻微，彼泉下之人，自能效灵于我，授以生花之笔，假以蕴绣之肠，制为杂剧，使人但赏极新极艳之词，而意忘其为极腐极陈之事者。此为最上一乘，予有志焉，而未之逮也。

【眉批】尤展成云：昔人传奇，今则传怪矣。笠翁此论，真斩蛟手！

【眉批】王安节云：近日人情世故，总以翻案见奇，刑于之化，倒行逆施，其

一端也。

【注释】

①画鬼魅易，画狗马难：语见《韩非子·外储说·左上》。

②《韶》《濩》：传为虞舜和商汤时的乐舞。

③矧：何况，况且。

④《齐谐》：《庄子·逍遥游》："齐谐者，志怪者也。"成玄英疏："姓齐名谐，人姓名也；亦言书名也。"古时志怪之书多以"齐谐"为名。

⑤愆：罪过。

⑥矢贞：芥子园本为"失贞"，翼圣堂本为"矢贞"。

⑦刲：割。

⑧坐化：高僧临终，端坐而逝，称为"坐化"或"坐脱"。

⑨五伦：封建宗法社会以君臣、父子、夫妇、兄弟、朋友为五伦。

⑩刑措：刑罚废弃不用。措，废置。

【点评】

李渔在为他朋友的《香草亭传奇》作序时提出，创作传奇必须"既出寻常视听之外，又在人情物理之中"。在《戒荒唐》中又说："凡作传奇，只当求于耳目之前，不当索诸闻见之外。"

此两处所言，皆可谓至理名言！在这里，新奇与寻常、"耳目之前"与"闻见之外"，既是对立的，又是统一的。因为"世间奇事无多，常事为多；物理易尽，人情难尽"。而那"奇事"就包含在"常事"之中；那"难尽"的"人情"就包含在"易尽"的"物理"之中。若在"常事"之外去寻求"奇事"，在"易尽"的"物理"之外去寻求"难尽"的"人情"，就必然走上"荒唐怪异"的邪路。真真切切实实在在的寻常生活本身永远会有"变化不穷""日新月异"的奇事。戏

曲作家就应该寻找那些"寻常"的"奇事""真实"的"新奇"。三百年前李渔对新奇与真实的关系有如此辩证的认识，难得、难得。

明末清初在戏曲创作和理论上存在着要么蹈袭窠臼、要么"一味趋新"的两种偏向。陈多先生在 1980 年湖南人民出版社注释本《李笠翁曲话》中解释《脱窠臼》时，引述了明末清初倪卓《二奇缘小引》、茅瑛《题牡丹亭记》、张岱《答袁箨庵（袁于令）书》、周裕度《天马媒题辞》、朴斋主人《风筝误·总评》中的有关材料，介绍了他们对这两种倾向、特别是"一味趋新"的倾向的看法。有些人的意见与李渔相近。例如，张岱批评说，某些传奇"怪幻极矣，生甫登场，即思易姓；旦方出色，便要改装。兼以非想非因，无头无绪。只求热闹，不论根由；但要出奇，不顾文理"；他认为"布帛菽粟之中，自有许多滋味，咀嚼不尽，传之久远。愈久愈新，愈淡愈远"。周裕度说："尝谬论天下，有愈奇则愈传者。有愈实则愈奇者。奇而传者，不出之事是也。实而奇者，传事之情是也。"朴斋主人指出，"近来牛鬼蛇神之剧，充塞宇内，使庆贺宴集之家，终日见鬼遇怪，谓非此不足以悚夫观听"；"讵知家中常事，尽有绝好戏文未经做到"。他认为，传奇之"所谓奇者，皆理之极平；新者，皆事之常有"。可以参考。

※ 审虚实

【原文】

传奇所用之事，或古或今，有虚有实，随人拈取。古者，书籍所载，古人现成之事也；今者，耳目传闻，当时仅见之事也；实者，就事敷陈，不假造作，有根有据之谓也；虚者，空中楼阁，随意构成，无影无形之谓也。人谓古事多实，近事多虚。予曰：不然。传奇无实，大半皆寓言耳。欲劝人为孝，则举一孝子出名，但有一行可纪，则不必尽有其事，凡属孝亲所应有者，悉取而加之，亦犹纣之不善①，不如是之甚也，一居下流，天下之恶皆归焉。其余表忠表节，与种种劝人为善之剧，率同于此。若谓古事皆实，则《西厢》《琵琶》推为曲中之祖，莺莺果嫁君瑞乎？蔡邕之饿莩其亲[2]，五娘之干蛊其夫[3]，见于何书？果有实据乎？孟子云："尽信书，不如无书。[4]盖指《武成》而言也。经史且然，矧杂剧乎？凡阅传奇而必考其事从何来、人居何地者，皆说梦之痴人，可以不答者也。然作者秉笔，又不宜尽作是观。若纪目前之

事，无所考究，则非特事迹可以幻生，并其人之姓名亦可以凭空捏造，是谓虚则虚到底也。若用往事为题，以一古人出名，则满场脚色皆用古人，捏一姓名不得；其人所行之事，又必本于载籍，班班可考，创一事实不得。非用古人姓字为难，使与满场脚色同时共事之为难也；非查古人事实为难，使与本等情由贯串合一之为难也。予既谓传奇无实，大半寓言，何以又云姓名事实必须有本？要知古人填古事易，今人填古事难。古人填古事，犹之今人填今事，非其不虑人考，无可考也；传至于今，则其人其事，观者烂熟于胸中，欺之不得，罔之不能[5]，所以必求可据，是谓实则实到底也。若用一二古人作主，因无陪客，幻设姓名以代之，则虚不似虚，实不成实，词家之丑态也，切忌犯之。

【注释】

①纣之不善：《论语·子张》："子贡曰：纣之不善，不如是之甚也。是以君子恶居下流，天下之恶皆归矣。"纣，商（殷）末代君主，相传为暴君。

②饿莩其亲：让亲人成为饿莩。饿莩：莩通"殍"，一般用"饿殍"，即饿死的人。

③干蛊：担当应做之事。蛊，事。《易·蛊》："干父之蛊。"王弼注曰："干父之事，能承先轨，堪其任者也。"

④尽信书，不如无书：《孟子·尽心下》："孟子曰：尽信《书》，则不如无《书》。吾于《武成》，取二三策而已矣。"孟子认为《尚书·武成》记武王伐纣，流血漂杵，不实。

⑤罔：蒙蔽。

【点评】

"传奇无实，大半皆寓言耳"，一语道破传奇的"天机"！这是李笠翁这个老头儿的慧眼独具之处。古人常云"慧眼识英雄"，李渔乃"慧眼识传奇"。可世间偏偏慧眼无多。

传奇，"戏"也。"戏"，古书上有时把它作"角力"（竞赛体力）讲。《国语·晋》（九）："少室周为赵简子之右，闻牛谈有力，请与之戏，弗胜，致右焉。"这里的"戏"是竞赛体力，比一比谁的力气大。虽然比赛者还是满叫真儿的，但究竟不是真打仗，所以带点"游戏"的味道。《说文解字》上把"戏"解作"三军之偏也"。"偏"与"正"相对。"正"当然是很严肃的，相对而言，"偏"是否可以"轻松"一点，甭老那么"正襟危坐"、一本正经呢？所以，"戏"总包含着游戏、玩笑、逸乐，有时还带点嘲弄；而且既然是游戏、玩笑甚至嘲弄，那就不能那么认真，常常是"无实"的"寓言"，带点假定性、虚幻性、想象性。中国古代弄"戏"的，大多是些优人。他们常常在君主面前开开玩笑。据高彦休《唐阙史》（卷下）记载，咸通（唐懿宗年号）年间，有一个叫李可及的优人，在皇帝面前与人有一段滑稽对话："……问曰：'既言博通三教，释迦如来是何人？'对曰：'是妇人。'问者惊曰：'何也？'对曰：'《金刚经》云：敷座而坐。或非妇人，何烦夫坐，然后儿坐也。'上为之启齿。又问曰：'太上老君，何人也？'对曰：'亦妇人也。'问者益所不喻。乃曰：'《道德经》云：吾有大患，是吾有身，及吾无身，吾

复何患。倘非妇人，何患乎有娠乎?'上大悦。又问:'文宣王何人也?'对曰:'妇人也。'问者曰:'何以知之?'对曰:'《论语》云:沽之哉!沽之哉!吾待贾者也。向非妇人，待嫁奚为?'上意极欢，宠锡甚厚。翌日，授环卫之员外职。"李可及在皇帝面前说的这些不正经的话，惹得皇帝开怀大笑，实在有趣。

传奇，作为戏，总有它不"真实"、不"正经"的一面，即"无实"性、"寓言"性、游戏性、玩笑性、愉悦性、虚幻性、假定性、想象性。倘若把传奇中所写的人和事，都看作实有其人、实有其事，那真是愚不可及，至少他于传奇、于戏曲、于艺术是擀面杖吹火——一窍不通。可中外古今，却偏偏有不少这样的人，即李渔当年所说"凡阅传奇而必考其事从何来、人居何地者，皆说梦之痴人"。李渔在前面《戒讽刺》中所说的那个把《琵琶记》当作讽刺真人"王四"(因琵琶二字有四王字冒于其上)的人，就是这样的"痴人"。还有《音律第三》中提到的那个手中拿着"崔郑合葬墓志铭"、要李渔修改《西厢记》的魏贞庵相国，也是不折不扣的"痴人"。世间此类"痴人"如此之多，所以弄得戏剧家、作家常常不得不声明"本剧(或本小说)纯属虚构"云云。李渔也要在自己的传奇之首刻上誓词:"加生旦以美名，原非市恩于有托;抹净丑以花面，亦属调笑于无心:凡以点缀词场，使不岑寂而已。但虑七情以内无境不生，六合之中何所不有。幻设一事即有一事之偶同，乔命一名即有一名之巧合。焉知不以无基之楼阁，认为有样之葫芦? 是用沥血鸣神，剖心告世，

中华传世藏书 李渔全集 闲情偶寄

35

倘有一毫所指，甘为三世之喑，即漏显诛，难道阴罚。此种血忱，业已沁入梨枣，印政寰中久矣。而好事之家，犹有不尽相谅者，每观一剧，必问所指何人。"其实，何必如此信誓旦旦的表白？对这种"痴人"，不予理睬可矣。

然而，我们在看到传奇的不"正经"、不"真实"的一面的同时，还必须看到传奇十分正经、严肃，十分真实、可信的一面。原来，传奇的不"正经"中包含着正经，不"真实"中包含着真实。传奇的正经是艺术的正经，传奇的真实是艺术的真实。这艺术的正经，往往比生活的正经还正经；这艺术的真实，往往比生活的真实还真实。你看关汉卿《窦娥冤》中那社会恶势力使窦娥所遭受的冤屈，简直是天理难容。剧作家通过窦娥呼天号地所唱出来的那些冤情，真个是感天地、泣鬼神！虽然戏中所写，并不一定是现实中"曾有的实事"，但却是生活中必然"会有的实情"。这就是艺术的真实。你再看王实甫《西厢记》中莺莺、张生在红娘帮助下那段曲折的爱情，天底下凡是娘胎肉身、具有七情六欲者，无不受其感动、为之动情。历来封建腐儒骂《西厢记》是淫书。金圣叹出来打抱不平："有人来说《西厢记》是淫书，此人后日定堕拔舌地狱。何也？《西厢记》不同小可，乃是天地妙文。自从有此天地，他中间便定然有此妙文。不是何人做得出来，是他天地直会自己劈空结撰而出。若定要说是一个人做出来，圣叹便说，此一个人即是天地现身。"还说："人说《西厢记》是淫书，他止为中间有此一事（指男女之事）耳。细思此一事，何日无之，何地无之。不成天地中间有此一事，便废却天地耶？细思此身自何而来，便废却此身耶？一部书有如许洒洒洋洋无数文字，便须看其如许洒洒洋洋是何文字，从何处来，到何处去。"爱情乃人间之至情。《西厢记》成功地写了这种至情，乃是天底下最正经的事。某些人视为不"正经"，其实正如金圣叹所说，"文者见之为之文，淫者见之为之淫耳"，它比那些视它不"正经"的正人君子心目中的"正经"还要正经。如此而已，岂有他哉！

为什么艺术的真实比生活的真实还要真实？这是因为艺术的真实是经过批沙淘金所淘出来的黄金，是经过冶炼锻打所造出来的钢铁，是生活真实之精。艺术真实的这种创造、生成过程，就是现代美学、特别是现实主义美学所讲的典型化过程。李渔当年还不懂典型化这个词，但他所说的一些话，却颇合今天我们所谓典型化之意。"欲劝人为孝，则举一孝子出名，但有一行可纪，则不必尽有其事，凡属孝亲所应有者，悉取而加之。亦犹纣之不善，不如是之甚也，一居下流，天下之恶皆归焉。其余表忠表节，与种种劝人为善之剧，率同于此。"今天的现实主义艺术家在创造人物的时候，不也是这样吗？

李渔《闲情偶寄》可谓一部"生活小百科"。尽管有的人出于自私的计虑，"剖腹藏珠，务求自秘"，不肯把自己的心得体会向外人传授；但李渔还是要以"以平生底里，和盘托出，并前人已传之书，亦为取长弃短，别出瑕瑜，使人知所从违，而不为诵读所误"。作为戏曲家，李渔尽量把他所寻求到的戏曲艺术的规律告诉世人，为这个世界作了一件大好事。

※　词采第二

【原文】

曲与诗余①，同是一种文字。古今刻本中，诗余能佳而曲不能尽佳者，诗余可选而曲不可选也。诗余最短，每篇不过数十字，作者虽多，入选者不多，弃短取长，是以但见其美。曲文最长，每折必须数曲，每部必须数十折，非八斗长才，不能始终如一。微疵偶见者有之，瑕瑜并陈者有之，尚有踊跃于前懈弛于后，不得已而为狗尾貂续者亦有之②。演者观者既存此曲，只得取其所长，恕其所短，首尾并录。无一部而删去数折、止存数折，一出而抹去数曲、止存数曲之理。此戏曲不能尽佳，有为数折可取而掣带全篇，一曲可取而掣带全折，使瓦缶与金石齐鸣者③，职是故也。予谓既工此道，当如画士之传真，闺女之刺绣，一笔稍差便虑神情不似，一针偶缺即防花鸟变形。使全部传奇之曲，得似诗余选本如《花间》《草堂》诸集④，首首有可珍之句，句句有可宝之字，则不愧填词之名，无论必传，即传之

千万年，亦非侥幸而得者矣。吾于古曲之中，取其全本不懈、多瑜鲜瑕者，惟《西厢》能之。《琵琶》则如汉高用兵⑤，胜败不一，其得一胜而王者，命也，非战之力也。《荆》《刘》《拜》、《杀》之传，则全赖音律。文章一道，置之不论可矣。

【注释】

①诗余：词，或称长短句。

②狗尾貂续：《晋书·赵王伦传》有"每朝会，貂蝉盈坐，时人为之谚曰：貂不足，狗尾续"句。典由此来。

③瓦缶与金石齐鸣：劣与优并陈。瓦缶指劣质乐器，金石指优等乐器。《楚辞·卜居》："黄钟毁弃，瓦釜雷鸣。"

④《花间》《草堂》：《花间》即《花间集》，录晚唐、五代温庭筠、韦庄等词五百余首，五代后蜀赵崇祚编。《草堂》即《草堂诗余》，选两宋兼唐五代词，南宋何士信编。

⑤汉高：汉高祖刘邦。垓下一战，大败项羽。羽曰："天亡我，非战之罪也。"

【点评】

寻常人们所称"第一""第二"……一般有两个含义。一是指价值的大小、高低，地位的轻重、显卑，譬如楚汉相争项羽最盛的时候，那真是"力拔山兮气盖世"，何等英雄！"盖世"者，即老子天下"第一"。再如，各个国家的元首，有的国家叫国王或皇帝，有的国家叫总统，有的国家叫主席，不论怎么称呼，都是那个国家的"第一"。以上是就价值大小或地位显卑的意义上所说的第一、第二。

一是指时间的先后和程序的次第。譬如，抗日英雄吉鸿昌英勇就义时，同刑者数人，原安排他最先受刑——这是照顾他。按行刑旧例，先刑者沾"便宜"，而后刑者"吃亏"。为什么？因为先刑者，一刀下去或一声枪响，便人事不知，过到"那边"去了；而后刑者则还要细细"品尝"一个活人如何被杀的"味道"，承受一般人不堪忍受的精神折磨。但同刑者有人胆小。吉鸿昌对刽子手说，让我最后，我送送兄弟们。这里的"第一""第二""第三"……以至"最后"，是就时间先后和程序次第而言。

李渔所谓"结构第一""词采第二""音律第三"等等，不全是就"价值大小""地位显卑"的意义上来说的，恐怕在很大程度上是就"时间先后""程序次第"的意义而言。我更趋向于取后一种意义。因为，艺术中的各个组成因素和环节，都是不可缺少的有机成分，牵一发而动全身，少了哪一个都成不了"一桌席"。对于艺术中的各个因素，倘若按所谓"价值""意义"分出"一""二"，""，"优""劣"，我以为害多益少，甚至是有害无益。过去我们的文艺理论文章常常说内容比形式更重要，因而内容"第一"、形式"第二"。我自己也曾写文章这样说过。但现在我的观点有了改变。姑且不说把内容形式这样分开，是否合适、能否做到——我本人取否定态度；即使能分开，难道内容的价值一定比形式高？对此，我更持否定态度。打一个比方：一个大活人，你说他眼睛更重要、还是耳朵更重要？手更重要、还是脚更重要？心脏更重要、还是肝脏更重要？不好这么比。同样，戏曲中的结构、词采、音律等等，也不好就价值高低做类似的比较。若从时间先后或程序次第来分"一""二"，那还说得过去。就价值大小、高低而言，结构重要，词采、音律等等同样重要。切不可重结构而轻词采、音律等；或重词采、音律等而轻结构。就价值而言，我宁肯多发几块金牌，让它们并列第一。

说到这里，我想起了明代后期临川（汤显祖）与吴江（沈璟）关于词采与音律孰轻孰重的争论。当时争得沸沸扬扬，热火朝天，震动了整个曲坛。两家针尖对

麦芒，你来我往，水火不容。读者可以从他们两人以及他们的友人或同时代人的著作中找到关于这场争论的许多有趣的记述。王骥德《曲律》中曾评曰："临川之于吴江，故自冰炭。吴江守法，斤斤三尺，不欲令一字乖律，而毫锋殊拙。临川尚趣，直是横行，组织之工，几与天孙争巧，而屈曲聱牙，多令歌者齚舌。"关于吴江的"守法"（重音律之法），吕天成《曲品》曾引述沈璟的话说："宁律协而词不工。读之不成句而讴之始叶，是曲中之工巧。"沈璟自己在《二郎神套曲》中也说："宁使时人不鉴赏，无使人挠喉捩嗓。"关于临川的"尚趣"（词采、意趣），汤显祖自己在《玉茗堂尺牍·答吕姜山》信中说："凡文以意趣神色为主，四者到时，或有丽词俊音可用，尔时能——顾九宫四声否？如必按字模声，即有窒滞迸拽之苦，恐不能成句矣。"在《玉茗堂尺牍·答孙俟居》信中又说："词之为词，九调四声而已哉？……弟在此自谓知曲意者，笔懒韵落，时时有之。正不妨拗折天下人嗓子，兄达者，能信此乎？"好家伙！一个宁肯戏曲语言狗屁不是，也要唱起来嗓子眼儿舒服；一个宁肯把喉咙折断，也要语言"意趣神色"完美无缺。一对儿杠子头碰在一起了，各走极端。当时或稍后一些时候，有的曲论家就指出汤显祖和沈璟他们各自的偏颇。孟称舜《古今名剧合选序》就指出"沈宁庵（沈璟）专尚谐律，而汤义仍（汤显祖）专尚工辞，二者俱为偏见"。茅瑛《题牡丹亭记》中说："二者（指词采与音律）故合则并美，离则两伤。"孟、茅二公看法更为公允、辩证。我还是那句话：都是金牌，并列第一。可以在时序上分先后（便于操作而已），不必在价值上分高低。不知读者诸君以为然否？

※ 贵显浅

【原文】

曲文之词采，与诗文之词采非但不同，且要判然相反。何也？诗文之词采，贵典雅而贱粗俗，宜蕴藉而忌分明。词曲不然，话则本之街谈巷议，事则取其直说明言。凡读传奇而有令人费解，或初阅不见其佳，深思而后得其意之所在者，便非绝妙好词，不问而知为今曲，非元典也。元人非不读书，而所制之曲，绝无一毫书本气，以其有书而不用，非当用而无书也，后人之曲则满纸皆书矣。元人非不深心，而所填之词，皆觉过于浅近，以其深而出之以浅，非借浅以文其不深也，后人之词则心口皆深矣。无论其他，即汤若士《还魂》一剧，世以配飨元人，宜也。问其精华所在，则以《惊梦》《寻梦》二折对。予谓二折虽佳，犹是今曲，非元曲也。

《惊梦》首句云："袅晴丝，吹来闲庭院，摇漾春如线。"以游丝一缕，逗起情丝，发端一语，即费如许深心，可谓惨淡经营矣。然听歌《牡丹亭》者，百人之中有一二人解出此意否？若谓制曲初心并不在此，不过因所见以起兴①，则瞥见游丝，不妨直说，何须曲而又曲，由晴丝而说及春，由春与晴丝而悟其如线也？若云作此原有深心，则恐索解人不易得矣。索解人既不易得，又何必奏之歌筵，俾雅人俗子同闻而

共见乎？其余"停半晌，整花钿，没揣菱花，偷人半面"及"良辰美景奈何天，赏心乐事谁家院"，"遍青山，啼红了杜鹃"等语，字字俱费经营，字字皆欠明爽。此等妙语，止可作文字观，不得作传奇观。至如末幅"似虫儿般蠢动，把风情扇"与"恨不得肉儿般团成片也，逗的个日下胭脂雨上鲜"，《寻梦》曲云"明放着白日青天，猛教人抓不到梦魂前"，"是这答儿压黄金钏匾"……此等曲，则去元人不远矣。而予最赏心者，不专在《惊梦》《寻梦》二折，谓其心花笔蕊，散见于前后各折之中。《诊祟》曲云："看你春归何处归②，春睡何曾睡，气丝儿，怎度的长

天日。""梦去知他实实谁，病来只送得个虚虚的你。做行云，先渴倒在巫阳会③。""又不是困人天气，中酒心期，魆魆的常如醉。""承尊觑，何时何日，来看这女颜回④？"《忆女》曲云："地老天昏，没处把老娘安顿。""你怎撇得下万里无儿白发亲。""赏春香还是你旧罗裙。"《玩真》曲云："如愁欲语，只少口气儿呵。""叫的你喷嚏似天花唾。动凌波，盈盈欲下，不见影儿那。"此等曲，则纯乎元人，置之《百种》前后⑤，几不能辨，以其意深词浅，全无一毫书本气也。

若论填词家宜用之书，则无论经传子史以及诗赋古文，无一不当熟读，即道家佛氏、九流百工之书，下至孩童所习《千字文》《百家姓》⑥，无一不在所用之中。至于形之笔端，落于纸上，则宜洗濯殆尽。亦偶有用着成语之处，点出旧事之时，妙在信手拈来，无心巧合，竟似古人寻我，并非我觅古人。此等造诣，非可言传，只宜多购元曲，寝食其中，自能为其所化。而元曲之最佳者，不单在《西厢》《琵琶》二剧，而在《元人百种》之中。《百种》亦不能尽佳，十有一二可列高、王之上，其不致家弦户诵，出与二剧争雄者，以其是杂剧而非全本，多北曲而少南音，又止可被诸管弦⑦，不便奏之场上。今时所重，皆在彼而不在此。即欲不为纨扇之捐⑧，其可得乎？

【注释】

①起兴：作诗手法。兴，起也。清黄宗羲说："凡景物相感，以此言彼，皆谓之兴。"

②看你：冰丝馆重刻《还魂记》作"看他"。

③巫阳会：典出宋玉《高唐赋》，说楚怀王在梦中与住在巫山之阳的美女相会。

④女颜回：杜丽娘对塾师陈最良以女弟子自称。颜回，字子渊，是孔子的弟子。

⑤《百种》：即元臧懋循所编《元曲选》。

⑥《千字文》《百家姓》：《千字文》，古代儿童读的启蒙课本，拓取王羲之遗

书中一千个字编为四言韵语，梁周兴嗣编；《百家姓》，亦是启蒙课本，北宋时编，当时皇帝姓赵，故赵姓居首。

⑦止可被诸管弦：意思是说，只能清唱，不能在舞台演出。

⑧纨扇之捐：纨扇在秋天被放置一旁。汉班婕妤《纨扇诗》叹纨扇夏用而秋藏。

【点评】

李渔剧论确是他那个时代剧论的高峰。高在哪里？高就高在他十分清醒、十分自觉地把戏曲当作戏曲，而不是把戏曲当做诗文，也不是把戏曲当作小说。他论结构，所论确确实实是戏曲的结构；他论词采，所论也确确实实是戏曲的词采。李渔自己是戏曲作家、戏曲教师（"优师"）、戏曲导演、家庭戏班的班主，恐怕他的同代人中，没有一个像他那样对戏曲知根儿、知底儿，深得其三昧。李渔自称"曲中之老奴"，信然也！

李渔论剧，一切从戏曲的特点出发，而这种特点，则是从比较中来的；而且通过比较，戏曲的特点益发鲜明。《词采第二》前言中就从长短的角度对曲与诗余（词）做了比较："诗余最短，每篇不过数十字"，"曲文最长，每折必须数曲，每部必须数十折，非八斗长才，不能始终如一"而这种比较做得更精彩的，是《窥词管见二十二则》。

《窥词管见》是从词立论，以词为中心谈词与诗、曲的区别。这样一比较，诗、词、曲的不同特点，历历在目、了了分明。《闲情偶寄》则是从曲立论，以戏曲为中心谈曲与诗、词的区别。《词采第二》中，李渔就抓住戏曲不同于诗和词的特点，对戏曲语言提出要求。这些论述中肯、实在，没有花架子，便于操作。

戏曲最大的特点是什么？就是舞台性！"填词之设，专为登场"，要演给人看，唱给人听。戏曲语言的特点也就由此而来。

"贵显浅"是李渔对戏曲语言最先提出的要求。此款与后面的"戒浮泛""忌

填塞"又是一体两面，可以参照阅读。李渔说："曲文之词采，与诗文之词采非但不同，且要判然相反。何也？诗文之词采，贵典雅而贱粗俗，宜蕴藉而忌分明。词曲不然，话则本之街谈巷议，事则取其直说明言。"这就是"显浅"。李渔的"显浅"包含着好几重意思。其一，"显浅"是让普通观众（读书的与不读书的男女老幼）一听就懂的通俗性。"凡读传奇而有令人费解，或初阅不见其佳，深思而后得其意之所在者，便非绝妙好词"。汤显祖《牡

丹亭》作为案头文字可谓"绝妙好词"；可惜许多段落太深奥、欠明爽，"止可作文字观，不得作传奇观"。其二，"显浅"不是"粗俗"、满口脏话（如今天某些小说出口即在肚脐眼儿之下），也不是"借浅以文其不深"，而是"以其深而出之以浅"，也就是"意深"而"词浅"。"能于浅处见才，方是文章高手"。其三，"显浅"就是"绝无一毫书本气""忌填塞"。无书本气不是要戏曲作家不读书，相反，无论经传子史、诗赋古文、道家佛氏、九流百工、《千字文》《百家姓》都当读；但是，读书不是叫你掉书袋，不是"借典核以明博雅，假脂粉以见风姿，取现成以免思索"；而是必须胸中有书而笔下不见书，"至于形之笔端，落于纸上，则宜洗濯殆尽"，即使用典，亦应做到"信手拈来，无心巧合，竟似古人寻我，并非我觅古人"，令人绝无"填塞"之感。

李渔论"词采"，尤其在谈"贵显浅"时，处处以"今曲"（李渔当时之戏曲）与"元曲"对比，认为元曲词采之成就极高，而"今曲"则去之甚远，连汤显祖离元曲也有相当大的距离。此乃明清曲家公论。臧懋循在《<元曲选>序二》

中就指出元曲"事肖其本色，境无旁溢，语无外假"，"本色"几乎成了元曲语言以至一切优秀剧作的标志。徐渭《南词叙录》中赞扬南戏时，就说"句句是本色语"，认为"曲本取于感发人心，歌之使奴童妇女皆喻，乃为得体"。王骥德《曲律》中也说"曲之始，止本色一家"。"本色"的主要含义是要求质朴无华而又准确真切、活泼生动地描绘人物场景的本来面目。李渔继承了前人关于"本色"的思想，而又加以发展，使之具体化。"贵显浅"就是"本色"的一个方面。

※　重机趣

【原文】

"机趣"二字，填词家必不可少。机者，传奇之精神；趣者，传奇之风致。少此二物，则如泥人土马，有生形而无生气。因作者逐句凑成，遂使观场者逐段记忆，稍不留心，则看到第二曲，不记头一曲是何等情形，看到第二折，不知第三折要作何勾当。是心口徒劳，耳目俱涩，何必以此自苦，而复苦百千万亿之人哉？故填词之中，勿使有断续痕，勿使有道学气。所谓无断续痕者，非止一出接一出，一人顶一人，务使承上接下，血脉相连，即于情事截然绝不相关之处，亦有连环细笋伏于其中①，看到后来方知其妙，如藕于未切之时，先长暗丝以待，丝于络成之后，才知作茧之精，此言机之不可少也。所谓无道学气者，非但风流跌宕之曲、花前月下之情，当以板腐为戒，即谈忠孝节义与说悲苦哀怨之情，亦当抑圣为狂，寓哭于笑，如王阳明之讲道学②，则得词中三昧矣。阳明登坛讲学，反复辨说"良知"二字，一愚人讯之曰："请问'良知'这件东西，还是白的？还是黑的？"阳明曰："也不白，也不黑，只是一点带赤的，便是良知了。"照此法填词，则离合悲欢，嬉笑怒骂，无一语一字不带机趣而行矣③。予又谓填词种子，要在性中带来，性中无此，做杀不佳。人问：性之有无，何从辨识④？予曰：不难，观其说话行文，即知之矣。说话不迂腐，十句之中，定有一二句超脱，行文不板实，一篇之内，但有一

二段空灵，此即可以填词之人也。不则另寻别计，不当以有用精神，费之无益之地。噫，"性中带来"一语，事事皆然，不独填词一节。凡作诗文书画、饮酒斗棋与百工技艺之事，无一不具凤根，无一不本天授。强而后能者，毕竟是半路出家，止可冒斋饭吃，不能成佛作祖也。

【眉批】余澹心云：微妙语，从《楞严经》中参悟得来。

【眉批】余澹仙云：是汤、许真传，借此阐发笠翁之意，举业工矣。

【注释】

①其中：芥子园本作"其心"，翼圣堂本作"其中"。

②王阳明：即王守仁，字伯安，余姚人，因筑室读书于阳明洞，别号阳明子，世称阳明先生，我国古代著名的哲学家、教育家、政治家和军事家。

③行：翼圣堂本作"行"，芥子园本作"止"。

④何从：翼圣堂本作"何从"，芥子园本作"何处"。

【点评】

"机趣"乃与"板腐"相对，"机趣"就是不"板腐"。什么是"板腐"？你知道旧时的穷酸秀才吗？他满脸严肃，一身死灰，不露半点笑容，犹如"泥人土马"。他书读得不少，生活懂得不多，如鲁迅小说中的孔乙己，满口之乎者也，"多乎哉，不多也"，但对外在世界既不了解，也不适应。他口中一本正经说出来的话，陈腐古板，就叫"板腐"。

"机趣"乃与"八股"相对，"机趣"就是不"八股"。无论是古代八股（封建时代科举所用的八股）还是现代八股，无论土八股还是洋八股乃至党八股，都是死板的公式、俗套，无机、无趣，如毛泽东在《反对党八股》中列举党八股罪状时所说，"语言无味，像个瘪三"。

"板腐"和"八股"常常与李渔在《窥词管见》第八则中所批评的"道学气"

"书本气""禅和子气"结下不解之缘。但是，道学家有的时候却又恰恰不板腐，如李渔所举王阳明之说"良知"。一愚人问："请问'良知'这件东西，还是白的？还是黑的？"王阳明答："也不白，也不黑，只是一点带赤的，便是良知了。"假如真的像这样来写戏，就绝不会板腐，而是一字一句都充满机趣。

李渔解"机趣"说："'机'者，传奇之精神；'趣'者，传奇之风致。"但如果要我来解说，我宁愿把"机"看作是机智、智慧，把趣看作是风趣、趣味、笑。如果用一句话来说，"机趣"就是：智慧的笑。

"机趣"不讨厌"滑稽"，但更亲近"幽默"。如果说它和"滑稽"只是一般的朋友，那么它和"幽默"则可以成为亲密的情人；因为"机趣"和"幽默"都是高度智慧的结晶，而"滑稽"只具有中等智力水平。"滑稽""机趣""幽默"中都有笑；但如果说"滑稽"的笑是"三家村"中村人的笑，那么"机趣"和"幽默"的笑则是"理想国"里哲人的笑。因此，"机趣"和"幽默"的笑是比"滑稽"更高的笑，是更理性的笑、更智慧的笑、更有意味的笑、更深刻的笑。

李渔说："予又谓填词种子，要在性中带来；性中无此，做杀不佳。"此言不可不信，但切不可全信。不可不信者，艺术天赋似乎在某些人身上确实存在；不可全信者，世上又从未有过天生的艺术家。艺术才情不是父母生成的，而是社会造就的。

※ 戒浮泛

【原文】

词贵显浅之说，前已道之详矣。然一味显浅而不知分别，则将日流粗俗，求为文人之笔而不可得矣。元曲多犯此病，乃矫艰深隐晦之弊而过焉者也。极粗极俗之语，未尝不入填词，但宜从脚色起见。如在花面口中，则惟恐不粗不俗，一涉生旦之曲，便宜斟酌其词。无论生为衣冠仕宦，旦为小姐夫人，出言吐词当有隽雅春容之度①。即使生为仆从，旦作梅香，亦须择言而发，不与净丑同声。以生旦有生旦之体，净丑有净丑之腔故也。元人不察，多混用之。观《幽闺记》之陀满兴福②，乃小生脚色，初屈后伸之人也。其《避兵》曲云："遥观巡捕卒，都是棒和枪。"此花面口吻，非小生曲也。均是常谈俗语，有当用于此者，有当用于彼者。又有极粗极俗之语，止更一二字，或增减一二字，便成绝新绝雅之文者。神而明之，只在一熟。当存其说，以俟其人。

【注释】

①春容：语出《礼记·学记》，形容声调宏大响亮而又舒缓不迫。又，韩愈《送权秀才序》中有"寂寥乎短章，春容乎大篇"句。

②《幽闺记》：即《拜月亭记》或作《月亭记》。

【原文】

填词义理无穷，说何人，肖何人，议某事，切某事，文章头绪之最繁者，莫填词若矣。予谓总其大纲，则不出"情景"二字。景书所睹，情发欲言，情自中生，景由外得，二者难易之分，判如霄壤。以情乃一人之情，说张三要像张三，难通融于李四。景乃众人之景，写春夏尽是春夏，止分别于秋冬。善填词者，当为所难，勿趋其易。批点传奇者，每遇游山玩水、赏月观花等曲，见其止书所见、不及中情者，有十分佳处，只好算得五分，以风云月露之词，工者尽多，不从此剧始也。善咏物者，妙在即景生情。如前所云《琵琶·赏月》四曲，同一月也，牛氏有牛氏之月，伯喈有伯喈之月。所言者月，所寓者心。牛氏所说之月可移一句于伯喈，伯喈所说之月可挪一字于牛氏乎？夫妻二人之语，犹不可挪移混用，况他人乎？人谓此等

妙曲，工者有几，强人以所不能，是塞填词之路也。予曰：不然。作文之事，贵于专一。专则生巧，散乃入愚；专则易于奏工，散者难于责效。百工居肆，欲其专也③；众楚群咻④，喻其散也。舍情言景，不过图其省力，殊不知眼前景物繁多，当从何处说起？咏花既愁遗鸟，赋月又想兼风。若使逐件铺张，则虑事多曲少；欲以数言包括，又防事短情长。展转推敲，已费心思几许，何如只就本人生发，自有欲为之事，自有待说之情，念不旁分，妙理自出。如发科发甲之人⑤，窗下作文，每日止能一篇二篇，场中遂至七篇。窗下之一篇二篇未必尽好，而场中之七篇，反能尽发所长，而夺千人之帜者，以其念不旁分，舍本题之外，并无别题可做，只得走此一条路也。吾欲填词家舍景言情，非责人以难，正欲其舍难就易耳。

【注释】

③ "百工居肆"二句：众多工匠聚在作坊，欲使其专心致志。化用《论语·子张》"百工居肆，以成其事"意。

④众楚群咻:《孟子·滕文公下》中说,楚大夫请齐人教儿子学齐语,一齐人傅之,众楚人咻(喧嚣)之,虽日挞而求其齐也,不可得矣。

⑤发科发甲:指科举考试。古时科举,亦称科甲。

【点评】

此款标题虽是"戒浮泛",所论中心却是戏曲语言的个性化。这是李渔所关注的焦点问题之一。

语言和动作是戏剧刻画人物、创造艺术美的两个最重要的手段。除了哑剧只靠动作之外,戏剧的其他种类,包括西方的话剧、歌剧,中国的戏曲等等,都离不开语言。法国18世纪"百科全书"派首领狄德罗在《论戏剧诗》中称赞莫里哀喜剧"每个人只管说自己的话,可是所说的话符合于他的性格,刻画了他的性格"。俄国大作家高尔基也说,戏剧要求"每个剧中人物用自己的语言和行动来表现自己的特征","剧中人物之被创造出来,仅仅是依靠他们的台词,即纯粹的口语,而不是叙述的语言",这就"必须使每个人物的台词具有严格的独特性和充分的表现力"。他批评某些戏剧的缺点"在于作者的语言的贫乏、枯燥、贫血和没有个性,一切剧中人物都说结构相同的话,单调的陈词滥调讨厌到了惊人的程度"。我国明代著名选家臧懋循在《<元曲选>序二》中谈到戏曲的"当行"问题,其中就包含着如何用个性化的语言刻画人物的意思。他说:"行家者,随所妆演,无不摹拟曲尽,宛若身当其处,而几忘其事之乌有;能使人快者掀髯,愤者扼腕,悲者掩泣,美者色飞,是惟优孟衣冠,然后可与于此。故称曲上乘首日当行。"我国现代大作家、《茶馆》作者老舍也指出,戏剧必须"借着对话写出性格来"。看来,重视戏剧语言并要求戏剧语言个性化,古今中外皆然。

李渔剧论的重要成就之一就是对戏曲语言个性化问题做了很精彩的阐述。我认为李渔论戏曲语言个性化的高明之处,不仅在于他指出戏曲语言必须个性化,而且特别在于指出戏曲语言如何个性化。如何个性化?当然可以有多种方法,但关键的一条，是先摸透人物的"心"，才能真正准确地写出他的"言"。李渔说："言者，心之声也，欲代此一人立言，先宜代此一人立心。"这里的"心"，指人物的精神风貌，包括人物的心理、思想、情感等等一切性格特点。只有掌握他性格特点，才能写出符合他性格特点的个性化语言；反过来，也只有通过个性化语言，也才能更好地表现出他的性格特点。这就要求戏剧家下一番苦功夫。大家知道曹禺《日出》第三幕写妓女写得活灵活现，语言是充分个性化的。为了写好这些妓女，曹禺受了不少罪，到下等妓院体验生活。"我去了无数次这些地方，看到这些人，我真觉得可怜，假如我跟她们真诚地谈话，而非玩弄性质，她们真愿意偷偷背着老鸨告诉我她们的真心话。"这样，曹禺先掌握了她们的"心"，为她们立了"言"。

人物的"心"，是在人的生活践履中，在社会磨难下，生成的。戏剧家不可不知之，作家不可不知之。

※　忌填塞

【原文】

填塞之病有三：多引古事，迭用人名，直书成句。其所以致病之由亦有三：借典核以明博雅[①]，假脂粉以见风姿，取现成以免思索。而总此三病与致病之由之故，则在一语。一语维何？曰：从未经人道破；一经道破，则俗语云"说破不值半文钱"，再犯此病者鲜矣。古来填词之家，未尝不引古事，未尝不用人名，未尝不书现成之句，而所引所用与所书者，则有别焉：其事不取幽深，其人不搜隐僻，其句则采街谈巷议。即有时偶涉诗书，亦系耳根听熟之语，舌端调惯之文，虽出诗书，实与街谈巷议无别者。总而言之，传奇不比文章。文章做与读书人看，故不怪其深；戏文做与读书人与不读书人同看，又与不读书之妇人小儿同看，故贵浅不贵深。使文章之设，亦为与读书人、不读书人及妇人小儿同看，则古来圣贤所作之经传，亦只浅而不深，如今世之为小说矣。人曰：文人之作传奇与著书无别，假此以

见其才也，浅则才于何见？予曰：能于浅处见才，方是文章高手。施耐庵之《水浒》[2]，王实甫之《西厢》，世人尽作戏文小说看，金圣叹特标其名曰"五才子书"、"六才子书"者[3]，其意何居？盖愤天下之小视其道，不知为古今来绝大文章，故作此等惊人语以标其目。噫，知言哉！

【眉批】陆梯霞云："惊人语"三字，剖出圣叹心肝。立言之意，端的如此。

【注释】

①典核：典，典故。核，翔实考察。典核，可解释为用典丰富翔实。

②施耐庵：《水浒》作者。大概是元末明初人。关于他的情况，迄无定论。

③金圣叹：名人瑞，清初文学批评家，评点《水浒》《西厢》《离骚》《庄子》《史记》、杜诗等，称为六才子书。

※ 音律第三

【原文】

作文之最乐者，莫如填词，其最苦者，亦莫如填词。填词之乐，详后《宾白》之第二幅，上天入地，作佛成仙，无一不随意到，较之南面百城[1]，洵有过焉者矣[2]。至说其苦，亦有千态万状，拟之悲伤疾痛、桎梏幽囚诸逆境，殆有甚焉者[3]。请详言之。他种文字，随人长短，听我张弛，总无限定之资格。今置散体弗论，而论其分股、限字与调声叶律者。分股则帖括时文是已。先破后承，始开终结，内分八股[4]，股股相对，绳墨不为不严矣；然其股法、句法，长短由人，未尝限之以数，虽严而不谓之严也。限字则四六排偶之文是已[5]。语有一定之字，字有一定之声，对必同心，意难合掌[6]，矩度不为不肃矣；然止限以数，未定以位，止限以声，未拘以格，上四下六可，上六下四亦未尝不可，仄平平仄可，平仄仄平亦未尝不可，虽肃而实未尝肃也。调声叶律，又兼分股限字之文，则诗中之近体是已。起句五言，则句句五言，起句七言，则句句七言，起句用某韵，则以下俱用某韵，起句第二字用平声，则下句第二字定用仄声，第三、第四又复颠倒用之，前人立法亦云苛且密矣。然起句五言，句句五言，起句七言，句句七言，便有成法可守。想入五言一路，则七言之句不来矣；起句用某韵，以下俱用某韵，起句第二字用平声，下句第二字定用仄声，则拈得平声之韵，上去入三声之韵皆可置之不问矣；守定平仄、仄平二语，再无变更，自一首以至千百首皆出一辙，保无朝更夕改之令，阻人适从矣。是其苛犹未甚，密犹未至也。至于填词一道，则句之长短，字之多寡，声之平上去入，韵之清浊阴阳⑦，皆有一定不移之格。长者短一线不能，少者增一字不得，又复忽长忽短，时少时多，令人把握不定。当平者平，用一仄字不得；当阴者阴，换一阳字不能。调得平仄成文，又虑阴阳反复；分得阴阳清楚，又与声韵乖张。令人搅断肺肠，烦苦欲绝。此等苛法，尽勾磨人。作者处此，但能布置得宜，安顿极妥，便是千幸万幸之事，尚能计其词品之低昂，文情之工拙乎？予襁褓识字，总角成篇⑧，于诗书六艺之文⑨，虽未精穷其义，然皆浅涉一过。总诸体百家而论之，觉文字之难，未有过于填词者。予童而习之，于今老矣，尚未窥见一斑。只以管窥蛙见之识，谬语同心；虚赤帜于词坛⑩，以待将来。作者能于此种艰难文字显出奇能，字字在声音律法之中，言言无资格拘挛之苦，如莲花生在火上⑪，仙叟弈于桔中⑫，始为盘根错节之才，八面玲珑之笔，寿名千古，衾影何惭⑬！而千古上下之题品文艺者，看到传奇一种，当易心换眼，别置典刑⑭。要知此种文字作之可怜，出之不易，其楮墨笔砚非同己物⑮，有如假自他人，耳目心思效用不能，到处为人掣肘，非若诗赋古文，容其得意疾书，不受神牵鬼制者。七分

佳处，便可许作十分，若到十分，即可敌他种文字之二十分矣。予非左袒词家，实欲主持公道，如其不信，但请作者同拈一题，先作文一篇或诗一首，再作填词一曲，试其孰难孰易，谁拙谁工，即知予言之不谬矣。然难易自知，工拙必须人辨。

【眉批】王左车云：数语自道其实。

词曲中音律之坏，坏于《南西厢》[16]。凡有作者，当以之为戒，不当取之为法。非止音律，文艺亦然。请详言之。填词除杂剧不论，止论全本，其文字之佳，音律之妙，未有过于《北西厢》者。自南本一出，遂变极佳者为极不佳，极妙者为极不妙。推其初意，亦有可原，不过因北本为词曲之豪，人人赞美，但可被之管弦，不便奏诸场上，但宜于弋阳、四平等俗优[17]，不便强施于昆调[18]，以系北曲而非南曲也。兹请先言其故。北曲一折，止隶一人[19]，虽有数人在场，其曲止出一口，从无互歌迭咏之事。弋阳、四平等腔，字多音少，一泄而尽，又有一人启口，数人接腔者，名为一人，实出众口，故演《北西厢》甚易。昆调悠长，一字可抵数字，每唱一曲，又必一人始之，一人终之，无可助一臂者，以长江大河之全曲，而专责一人，即有铜喉铁齿，其能胜此重任乎？此北本虽佳，吴音不能奏也。作《南西厢》者，意在补此缺陷，遂割裂其词，增添其白，易北为南，撰成此剧，亦可谓善用古人，喜传佳事者矣。然自予论之，此人之于作者，可谓功之首而罪之魁矣。所谓功之首者，非得此人，则俗优竞演，雅调无闻，作者苦心，虽传实没。所谓罪之魁者，千金狐腋，剪作鸿毛，一片精金，点成顽铁。若是者何？以其有用古之心而无其具也。今之观演此剧者，但知关目动人，词曲悦耳，亦曾细尝其味，深绎其词乎？使读书作古之人，取《西厢》南本一阅，句栉字比，未有不废卷掩鼻，而怪秽气熏人者也。若曰：词曲情文不浃[20]，以其就北本增删，割彼凑此，自难帖合，虽有才力无所施也。然则宾白之文，皆由己作，并未依傍原本，何以有才不用，有力不施，而为俗口鄙恶之谈，以秽听者之耳乎？且曲文之中，尽有不就原本增删，或自填一折以补原本之缺略，自撰一曲以作诸曲之过文者[21]，此则束缚无人，操纵由我，何以有才不用，有力不施，亦作勉强支吾之句，以混观者之目乎？使王实甫复

生，看演此剧，非狂叫怒骂，索改本而付之祝融[22]，即痛哭流涕，对原本而悲其不幸矣。嘻！续《西厢》者之才[23]，去作《西厢》者，止争一间[24]，观者群加非议，谓《惊梦》以后诸曲，有如狗尾续貂。以彼之才，较之作《南西厢》者，岂特奴婢之于郎主，直帝王之视乞丐！乃今之观者，彼施责备，而此独包容，已不可解；且令家尸户

祝[25]，居然配飨《琵琶》，非特实甫呼冤，且使则诚号屈矣！予生平最恶弋阳、四平等剧，见则趋而避之，但闻其搬演《西厢》，则乐观恐后。何也？以其腔调虽恶，而曲文未改，仍是完全不破之《西厢》，非改头换面、折手跛足之《西厢》也。南本则聋瞽、喑哑、驼背、折腰诸恶状，无一不备于身矣。此但责其文词，未究音律。从来词曲之旨，首严宫调，次及声音，次及字格。九宫十三调，南曲之门户也。小出可以不拘，其成套大曲，则分门别户，各有依归，非但彼此不可通融，次第亦难紊乱。此剧只因改北成南，遂变尽词场格局：或因前曲与前曲字句相同，后曲与后曲体段不合，遂向别宫别调随取一曲以联络之，此宫调之不能尽合也；或彼曲与此曲牌名巧凑，其中但有一二句字数不符，如其可增可减，即增减就之，否则任其多寡，以解补凑不来之厄，此字格之不能尽符也；至于平仄阴阳与逐句所叶之韵，较此二者其难十倍，诛之将不胜诛，此声音之不能尽叶也。词家所重在此三者，而三者之弊，未尝缺一，能使天下相传，久而不废，岂非咄咄怪事乎？更可异者，近日词人因其熟于梨园之口，习于观者之目，谓此曲第一当行[26]，可以取法，用作曲谱；所填之词，凡有不合成律者，他人执而讯之，则曰："我用《南西厢》某折作对子，如何得错！"噫，玷《西厢》名目者此人[27]，坏词场矩度者此人，误

天下后世之苍生者，亦此人也。此等情弊，予不急为拈出，则《南西厢》之流毒，当至何年何代而已乎！

向在都门，魏贞庵相国取崔郑合葬墓志铭示予㉒，命予作《北西厢》翻本，以正从前之谬。予谢不敏㉙，谓天下已传之书，无论是非可否，悉宜听之，不当奋其死力与较短长。较之而非，举世起而非我；即较之而是，举世亦起而非我。何也？贵远贱近，慕古薄今，天下之通情也。谁肯以千古不朽之名人，抑之使出时流下？彼文足以传世，业有明征；我力足以降人，尚无实据。以无据敌有征，其败可立见也。时龚芝麓先生亦在座㉚，与贞庵相国均以予言为然。向有一人欲改《北西厢》，又有一人欲续《水浒传》，同商于予。予曰："《西厢》非不可改，《水浒》非不可续，然无奈二书已传，万口交赞，其高踞词坛之座位，业如泰山之隐，磐石之固，欲遽叱之使起而让席于予，此万不可得之数也。无论所改之《西厢》，所续之《水浒》，未必可继后尘，即使高出前人数倍，吾知举世之人不约而同，皆以'续貂蛇足'四字，为新作之定评矣。"二人唯唯而去。此予由衷之言，向以诚人，而今不以之绳己，动数前人之过者，其意何居？曰：存其是也。放郑声者㉛，非仇郑声，存雅乐也；辟异端者，非仇异端，存正道也；予之力斥《南西厢》，非仇《南西厢》，欲存《北西厢》之本来面目也。若谓前人尽不可议，前书尽不可毁，则杨朱、墨翟亦是前人㉜，郑声未必无底本，有之亦是前书，何以古圣贤放之辟之，不遗余力哉？予又谓《北西厢》不可改，《南西厢》则不可不翻。何也？世人喜观此剧，非故嗜痂㉝，因此剧之外别无善本，欲睹崔张旧事，舍此无由。地乏朱砂，赤土为佳，《南西厢》之得以浪传，职是故也。使得一人焉，起而痛反其失，别出新裁，创为南本，师实甫之意，而不必更袭其词，祖汉卿之心，而不独仅续其后，若与《北西厢》角胜争雄，则可谓难之又难。若止与《南西厢》赌长较短，则犹恐屑而不屑。予虽乏才，请当斯任，救饥有暇，当即拈毫。

《南西厢》翻本既不可无，予又因此及彼，而有志于《北琵琶》一剧。蔡中郎夫妇之传，既以《琵琶》得名，则"琵琶"二字乃一篇之主，而当年作者何以仅标其名，不见拈弄其实？使赵五娘描容之后，果然身背琵琶，往别张大公，弹出北曲哀声一大套，使观者听者涕泗横流，岂非《琵琶记》中一大畅事？而当年见不及此者，岂元人各有所长，工南词者不善制北曲耶？使王实甫作《琵琶》，吾知与千载后之李笠翁必有同心矣。予虽乏才，亦不敢不当斯任。向填一折付优人，补则诚原本之不逮，兹已附入四卷之末^㉟，尚思扩为全本，以备词人采择，如其可用，谱为弦索新声。若是，则《南西厢》《北琵琶》二

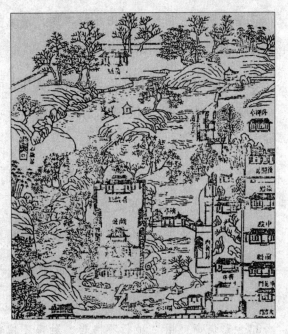

书可以并行。虽不敢望追踪前哲，并辔时贤，但能保与自手所填诸曲（如已经行世之前后八种，及已填未刻之内外八种）合而较之，必有浅深疏密之分矣。然著此二书，必须杜门累月，窃恐饥来驱人，势不由我。安得雨珠雨粟之天，为数十口家人筹生计乎？伤哉！贫也。

【注释】

①南面：古以面南而坐为尊。

②洵：诚然，实在。

③殆：大概，恐怕，几乎。

④八股：明清科举八股文有固定的格式。每篇八段：破题、承题、起讲、入手、虚比、中比、后比、大结。由虚比到大结四段，各须由两股排比对偶的文字组成，共八股。

⑤四六排偶之文：简称四六文。是一种以四、六字句排比对偶的骈体文。

⑥合掌：指作文的声律、联意重复。

⑦清浊阴阳：通常，阴阳多指声调，清浊多指音韵，清声母的字为阴调，浊声母的字为阳调。但说法不一。

⑧总角：古时小孩头发梳成小髻，故称儿时为总角。

⑨六艺：诗、书、礼、易、乐、春秋称六艺；或以礼、乐、射、御、书、数为六艺。

⑩赤炽：原指秦汉之际韩信与赵军大战时，汉军所用的赤色旗帜。典出《史记·淮阴侯列传》。此处借用之。

⑪莲花生在火上：佛家多有火中莲花的故事，表示历险而能自在存活。

⑫仙叟弈于桔中：东晋干宝《搜神记》中故事说，某人园中大桔内有仙叟对弈。

⑬衾影何惭：用"独行不愧影，独寝不愧衾"（《宋史·蔡元定传》）意，表示无所愧疚。

⑭典刑：即范型。刑通"型"。

⑮楮：纸。

⑯《南西厢》：明李日华等多人都曾将杂剧《西厢记》改为传奇剧本，称为《南西厢》（有《六十种曲》本），在曲牌上易北为南，且"增损字句以就腔"，受到许多词曲作家批评。下面所说《北西厢》即指王实甫的杂剧《西厢记》。

⑰弋阳、四平：弋阳腔、四平腔乃当时地方戏曲声腔，粗犷清越，但不被文人重视。

⑱昆调：昆山腔，或称昆曲，明末清初流行于江浙一带的曲种。今仍存在。

⑲隶：附属。

⑳不浃：不周全。浃：透，遍及。

㉑过文：过渡性的文字。

㉒祝融：传说中的火神。

㉓续《西厢》者：或曰王《西厢》只有四本，第五本乃关汉卿续。此说不可靠。

㉔问：距离，差别。

㉕家户户祝：家家户户祭拜。尸祝，祭拜称许。尸，祭祀时代表死者受祭的人；祝，司祭礼的人。

㉖当行：内行，合乎要求。臧懋循《元曲选序二》："故称曲上乘者首曰当行。"

㉗玷：白玉上面的污点。

㉘魏贞庵：即魏裔介，号贞庵，清顺治进士，官至保和殿大学士，清直隶柏乡人。

㉙不敏：不聪明。多谦称。《孟子·梁惠王上》："我虽不敏，请尝试之。"

㉚龚芝麓：即龚鼎孳，字孝升，号芝麓，合肥人，历官刑、兵、礼部尚书，善诗文，与李渔有交往。

㉛放：逐。郑声：春秋时郑国的音乐。孔子认为郑声"淫"（淫靡、过分），故"放"之："乐则韶舞，放郑声，远佞人；郑声淫，佞人殆。"（《论语·卫灵公》）

㉜杨朱、墨翟：战国时的思想家。孟子视之为"异端"，主张"距杨墨"。

㉝嗜痂：一种怪癖。南朝刘邕喜吃病人身上的疮痂，人称"嗜痂"。

㉞四卷之末：指《闲情偶寄》翼圣堂十六卷本卷四"演习部"之末，芥子园六卷本则在卷二《变旧为新》之后。

【点评】

在上面这段文字里，李渔不无矫情地诉说着填词之"苦"。李渔所诉之"苦"，无非是说创作传奇要受音律之"法"的限制，而且强调传奇的音律之"法"比其他种类（诗、词、文、赋）更为苛刻，是一种"苛法"，因此，"最苦""莫如填

词"。其实，诗、词、歌、赋，各有各的苦处和难处，岂独填词制曲？读者玩味这段文字，当体察笠翁苦心：把"填词"说得越难，就越能显出戏曲家才能之高，所谓"能于此种艰难文字显出奇能，字字在声音律法之中，言言无资格拘挛之苦，如莲花生在火上，仙叟弈于桔中，始为盘根错节之才，八面玲珑之笔"者也。

说到这里，使我想起现代大诗人闻一多先生关于写诗的一个著名比喻：带着镣铐的跳舞。其实，不只写诗如此，填词、制曲、作文、画画，没有一件不是戴着镣铐跳舞。再扩而大之，人按照规则做事，没有一件不是戴着镣铐跳舞。再扩而大之，人类一切文明活动，无一不是戴着镣铐跳舞。人类诞生之前的大自然，其本身作为纯粹的"天"，没有"镣铐"，但也没有文明；一有了"人"，为了利于人类的生存和发展，便有了维护生存和发展的人为的规则，即"镣铐"，但这"镣铐"（规则）却是文明的标志。这是多么无可奈何的事情啊！有人不喜欢文明"镣铐"的制约。如庄子认为"马四足"，是"天"，没有"镣铐"；"牛穿鼻"，是"人"（即荀子所说的"伪"，即人为），加上了"镣铐"：他反对"牛穿鼻"而赞赏"马四足"，主张返璞归真，回归自然。奥地利心理学家弗洛伊德也把文明（"人"）与本能（"天"）对立起来，认为心理疾病常常是"超我"的理性（即文明的"镣铐"）对"本我"的非理性（即自然本能）的压抑、束缚的结果。西方马克思主义代表人物之一马尔库塞写了一本书叫作《爱欲与文明》，吸收而又修正了弗洛伊德的思想，提出有一部分"文明"（理性、规则）并不与人的"爱欲"（非理性、原始的本能）相矛盾，文明并不必定压抑本能。但，这是将来的事，未来社会将会有一种没有压抑的文明、与本能相一致的文明诞生出来。然而迄今为止的人类，却一直是以文明规则（"镣铐"）去制约、规范、束缚自然本能，从而求得发展和进步。人类文明史，就是带着越来越精制的镣铐跳舞、而跳得越来越自由的历史。

古来填词制曲者，确实有戴着镣铐跳舞而跳得很自由、很美的。譬如马致远杂剧《汉宫秋》第三折这段唱词：

【梅花酒】……他他他，伤心辞汉主！我我我，携手上河梁。他部从入穷荒，我銮舆返咸阳。返咸阳，过宫墙；过宫墙，绕回廊；绕回廊，近椒房；近椒房，月昏黄；月昏黄，夜生凉；夜生凉，泣寒螿；泣寒螿，绿纱窗；绿纱窗，不思量！

【收江南】呀！不思量，除是铁心肠！铁心肠，也愁泪滴千行。

这里的叠字和重句，用得多好！韵也压得贴。字字铿锵，句句悦耳，而且一句紧似一句，步步紧逼，丝丝紧扣，非常真切地表现了主人公的神情。

还有王实甫《西厢记·哭宴》中莺莺这段唱：

【正宫·端正好】碧云天，黄花地，西风紧，北雁南飞。晓来谁染霜林醉？总是离人泪。

金圣叹《第六才子书》中在这段唱词后面批道："绝妙好辞。"的确是绝妙好辞！用字，用词，音律，才性，写景，抒情……浑然天成，可谓千古绝唱。

也有戴着镣铐跳舞跳得不好的。如李渔认为李日华所改编之《南西厢》便是"玷西厢名目者此人，坏词场矩度者此人，误天下后世之苍生者，亦此人也"。李渔之前之后，还有陆采、徐复祚、李调元诸人，对李日华《南西厢》亦颇有微词。

但是，也有为李日华辩护者，明末《衡曲麈谈》中说："王实甫《西厢》……日华翻之为南，时论颇弗取。不知其翻变之巧，顿能洗尽北习，协调自然，笔墨中之炉冶，非人官所易及。"从历史事实看，李日华《南西厢》不但数百年来频频上演，而且屡被选本（《六十种曲》等）所收，通行于世。

这段公案之是非，清官难断，姑且置之弗论：此处我想说的是，由"南""北"对举及"南""北"翻改，倒引起我另外的两点体味，就教于诸君。

其一，南曲、北曲之差别。明清学者对此多有探索，而青木正儿《中国近世戏曲史》第十四章加以总括，颇为精彩。（一）北主劲切雄丽；南主清峭柔远。（二）北气易粗；南气易弱。（三）北力在弦；南力在板。（四）北字多而调促，促处见筋；南字少而调缓，缓处见眼。（五）北则辞情多而声情少；南则辞情少而声情多。（六）北宜合歌；南宜独奏。

其二，翻改或续书，大多费力不讨好。李渔那个时候有改《西厢》、续《水浒》者；今天有续《红楼》、续《围城》者。我之认为《水浒》《红楼》不可续，倒不是李渔所谓"续貂蛇足"，而是因为它不符合艺术创作的规律。艺术是创造，是"自我作古"，是"第一次"。"续"者，沿着别人走过的路走，照着别人的样子描，与艺术本性向背。这样的人，如李渔所说，"止可冒斋饭吃，不能成佛作祖"，成不了大气候。

何不自己另外创造全新的作品？

※ 恪守词韵

【原文】

一出用一韵到底，半字不容出入，此为定格。旧曲韵杂出入无常者，因其法制未备，原无成格可守，不足怪也。既有《中原音韵》一书，则犹畛域画定[①]，寸步不容越矣。常见文人制曲，一折之中，定有一二出韵之字，非曰明知故犯，以偶得好句不在韵中，而又不肯割爱，故勉强入之，以快一时之目者也。杭有才人沈孚中者[②]，所制《绾春园》《息宰河》二剧[③]，不施浮采，纯用白描，大是元人后劲。予初阅时，不忍释卷，及考其声韵，则一无定轨，不惟偶犯数字，竟以寒山、桓欢二韵，合为一处用之，又有以支思、齐微、鱼模三韵并用者，甚至以真文、庚青、侵寻三韵，不论开口闭口，同作一韵用者。长于用才而短于择术，致使佳调不传，殊可痛惜！夫作诗填词同一理也。未有沈休文诗韵以前[④]，大同小异之韵，或可叶入诗中。既有此书，即三百篇之风人复作⑤，亦当俯就范围。李白诗仙，杜甫诗圣，其才岂出沈约下，未闻以才思纵横而跃出韵外，况其他乎？设有一诗于此，言言中的，字字惊人，而以一东二冬并叶，或三江七阳互施，吾知司选政者，必加摈黜，岂有以才高句美而破格收之者乎？词家绳墨，只在《谱》《韵》二书⑥，合谱合韵，方可言才，不则八斗难克升合，五车不敌片纸，虽多虽富，亦奚以为？

【注释】

①畛域：界限。畛，田地里的小路。

②沈孚中：即沈嵊，字孚中，一字唵庵，钱塘人，明末戏曲作家。

③《绾春园》《息宰河》：《绾春园》传奇，有《古今戏曲丛刊本》；《息宰河》传奇，存万历间且居刊本。

④沈休文：即沈约，字休文，南朝宋诗人，创四声八病之说。

⑤三百篇：《诗经》，收三百零五篇，后人称之为"三百篇"。风

人：即诗人，因《诗经》中有"国风"而来。

⑥《谱》《韵》：《谱》即沈约《四声韵谱》，《韵》即周德清《中原音韵》。

【点评】

所谓"音律"者，实则含有两个内容：其一是音韵，即填词制曲的用韵（按照字的韵脚押韵）问题；其二是曲律，即填词制曲的合律（符合曲谱规定的宫调、

平仄、词牌、句式）问题。这里涉及戏曲音律学的许多非常专门的学问，然而李渔以其丰富的实践经验，从应用的角度，把某些高深而又专门的学问讲得浅近易懂、便于操作，实在难得，非高手不能达此境界。

《音律第三》中有五款是谈音韵的，即《恪守词韵》《鱼模当分》《廉监宜避》《合韵易重》《少用入韵》。若仍然借用闻一多先生"戴着镣铐跳舞"的比喻，那么音韵就是一种"脚镣"。因为中国的诗词歌赋曲文押韵，极少句首或句中押韵，而主要是句末押韵，即押脚韵，故可称之为脚镣。戴着脚镣跳舞，是十分别扭的事。但是，事情总有两面。押韵押得好，又给戏曲诗词等增加了音韵美。而且这是别的手段所取代不了的；音韵的审美效果也是别的手段所创造不出的。试想，假若戏曲的唱词，如前面我们所举《汉宫秋》中那段《梅花酒》和《西厢记》中那段《正宫·端正好》，没有押韵，演员唱出来会是什么效果？观众听起来会是什么感受？既然如此，那么还是让戏曲戴着脚镣跳舞吧。

多么"残忍"！真正的艺术家却甘愿承受这种"残忍"。而且还有比"脚镣"更加"残忍"的。不是有的女演员为了创造角色的需要，把一头美发剃光吗？日本电影《望乡》的女主角，不是为了创造出一个受蹂躏的老年妓女的情状，拔掉了几颗牙齿吗？有时候，艺术美真是一种"残忍"的美！有时候，艺术真是一种"残忍"的事业！

然而，杰出的艺术家正是在这种"残忍"中创造了奇迹，取得了辉煌的成就。中国的戏曲艺术家们，包括京剧的四大名旦，评剧的筱白玉霜，豫剧的常香玉，哪一个不是通过艰苦卓绝的"残忍"磨炼才达到他们的艺术极致！台上三分钟，台下十年功。

※ 凛遵曲谱[①]

【原文】

曲谱者，填词之粉本，犹妇人刺绣之花样也，描一朵，刺一朵，画一叶，绣

一叶，拙者不可稍减，巧者亦不能略增。然花样无定式，尽可日新月异，曲谱则愈旧愈佳，稍稍趋新，则以毫厘之差而成千里之谬。情事新奇百出，文章变化无穷，总不出谱内刊成之定格。是束缚文人而使有才不得自展者，曲谱是也；私厚词人而使有才得以独展者，亦曲谱是也。使曲无定谱，亦可日新月异，则凡属淹通文艺者，皆可填词，何元人、我辈之足重哉？"依样画葫芦"一语，竟似为填词而发。妙在依样之中，别出好歹，稍有一线之出入，则葫芦体样不圆，非近于方，则类乎扁矣。葫芦岂易画者哉！明朝三百年，善画葫芦者，止有汤临川一人，而犹有病其声韵偶乖，字句多寡之不合者。甚矣，画葫芦之难，而一定之成样不可擅改也。

曲谱无新，曲牌名有新。盖词人好奇嗜巧，而又不得展其伎俩，无可奈何，故以二曲三曲合为一曲，熔铸成名，如【金索挂梧桐】、【倾杯赏芙蓉】、【倚马待风云】之类是也。此皆老于词学、文人善歌者能之，不则上调不接下调，徒受歌者揶揄。然音调虽协，亦须文理贯通，始可串离使合。如【金络索】、【梧桐树】是两曲，串为一曲，而名曰【金索挂梧桐】，以金索挂树，是情理所有之事也。【倾杯序】、【玉芙

蓉】是两曲，串为一曲，而名曰【倾杯赏芙蓉】，倾杯酒而赏芙蓉，虽系捏成，犹口头语也。【驻马听】、【一江风】、【驻云飞】是三曲，串为一曲，而名曰【倚马待风云】，倚马而待风云之会，此语即入诗文中，亦自成句。凡此皆系有伦有脊之言②，虽巧而不厌其巧。竟有只顾串合，不询文义之通塞，事理之有无，生扭数字

作曲名者，殊失顾名思义之体③，反不若前人不列名目，只以"犯"字加之。如本曲【江儿水】而串人二别曲，则曰【二犯江儿水】；本曲【集贤宾】而串人三别曲，则曰【三犯集贤宾】。又有以"摊破"二字概之者，如本曲【簇御林】、本曲【地锦花】而串人别曲，则曰【摊破簇御林】、【摊破地锦花】之类，何等浑然，何等藏拙。更有以十数曲串为一曲而标以总名，如【六犯清音】、【七贤过关】、【九回肠】、【十二峰】之类，更觉浑雅。予谓串旧作新，终是填词末着。只求文字好，音律正，即牌名旧杀，终觉新奇可喜。如以极新极美之名，而填以庸腐乖张之曲，谁其好之？善恶在实，不在名也。

【注释】

①凛遵：严肃地遵照。曲谱：指规定曲子字数、句数、四声、协韵的《啸余》《九宫》等谱。

②有伦有脊：意思是有根有据、有模有样。《诗经·正月》："维号斯言，有伦有脊。"毛传："伦，道；脊，理也。"

③殊：很，极。

【点评】

《凛遵曲谱》《拗句难好》《慎用上声》三款是谈曲律的。

曲律是在长期艺术实践中形成的模式，凝聚为"曲谱"。诚如李渔所说："束缚文人而使有才不得自展者，曲谱是也；私厚词人而使有才得以独展者，亦曲谱是也。"李渔所说的还是那句话，"戴着镣铐跳舞"跳得好的，就是英雄；而去掉"镣铐"，则算不得好汉。

具体讲，曲律是许多因素包括音、律、宫、调、平、仄等等的有序组合模式。那么，何谓音、律、宫、调、平、仄？曲学大师吴梅先生《词学通论》论之甚详。其第四章《论音律》云："音者何？宫、商、角、徵、羽、变宫、变徵七音也。律者何？黄钟、大吕、太簇、夹钟、姑洗、中吕、蕤宾、林钟、夷则、南吕、无射、应钟之十二律也。以七音乘十二律，则得八十四音。此八十四音，不名曰音，别名曰宫调。何谓宫调？以宫音乘十二律，名曰宫。以商、角、徵、羽、变宫、变徵乘十二律，名曰调。故宫有十二，调有七十二。"其第二章《论平仄四声》中，把汉语四声平、上、去、入，分为"两平"（阴平、阳平）、"三仄"（上、去、入）。黄九烟论曲的诗句云："三仄应须分上去，两平还要辨阴阳。"实际上，"平仄之道，仅止两途"，即四声只是平、仄而已。各种曲牌、词调，就是上述诸种因素的不同组合。

李渔说："曲谱者，填词之粉本，犹妇人刺绣之花样也，描一朵，刺一朵，画一叶，绣一叶，拙者不可稍减，巧者亦不能略增。"又说："曲谱则愈旧愈佳，稍稍趋新，则以毫厘之差而成千里之谬。"

李渔此言太绝对。一贯主张创新的李渔，怎么一下子变得保守起来？包括戏曲和其他艺术在内的一切事物的发展、运动，都是在"破"与"立"的辩证交替中进行的。在一定时间内，"立"起相对固定的模式也许是必要的；但事物的进一步发展必然会突破旧有的模式，这就是"破"。"破"，才有新质产生。曲谱难道就千古不变？作曲者就得世世代代"依样画葫芦"？非也。李渔自己不是说么："明朝三百年，善画葫芦者，止有汤临川一人，而犹有病其声韵偶乖，字句多寡之不合者。"李渔视此为"病"，即不正常；而我则恰恰认为是正常现象。就是说，在传奇创作中，时不时地出现"越轨"行为、突破原有模式的束缚和限制，这是正常现象。突破得多了，某种新的形式可能就会出现，于是就有了发展。而且，对突破曲谱的"越轨"行为的"规"字，还应做具体分析。什么是"规"？符合事物自然规律的，就是"规"；不符合的，就不是"规"，或称伪"规"；事物自身发展了、变化了，那"规"也要随之发展、变化，要有新"规"产生、建立起来。由此看来，"规"的标准只有一个，就是客观、自然本身。

一般地说，艺术是不应该有模式的，更不应该有千古不变、"愈旧愈佳"的模式。然而，中国戏曲的顽固的"程式"（包括角色行当、唱、念、做、打等等，都有自己的程式）却是个非常奇特的现象。也许这是个例外？也许人们的审美心理中还潜藏着某种"程式"因子？也许应该把这些"程式"仅仅看作是完成艺术创作的常用工具，犹如耕地的犁，写字的笔，代步的车等等？然而，犁、笔、车……也是变的呀。相对稳定一段时间是可能的，也是可以的；千古不变、"愈旧愈佳"则是不可能的。

我有一种想法：戏曲及戏曲程式是中国人在"机械时代"（人类的农业社会、工业社会）的审美产物和审美形式，它适应于"机械时代"人们的审美习惯和审美需求；于是它在"机械时代"产生了、形成了、发展了、完善了，但它也在"机械时代"停滞了；进一步，在"电子时代"衰退了；再进一步，在"信息时代"，它会不会消亡呢？也许不可避免。

以上所有这些问题，一两句话说不清楚，需要美学家进行专门研究，做出专门回答。

※ 鱼模当分

【原文】

词曲韵书，止靠《中原音韵》一种，此系北韵，非南韵也。十年之前，武林陈次升先生欲补此缺陷①，作《南词音韵》一书，工垂成而复辍，殊为可惜。予谓南韵深渺，卒难成书。填词之家即将《中原音韵》一书，就平上去三音之中，抽出入声字，另为一声，私置案头，亦可暂备南词之用。然此犹可缓。更有急于此者，则鱼模一韵，断宜分别为二。鱼之与模，相去甚远，不知周德清当日何故比而同之，岂仿沈休文诗韵之例，以元、繁、孙三韵，合为十三元之一韵，必欲于纯中示杂，以存"大音希声"之一线耶②？无论一曲数音，听到歇脚处，觉其散漫无归，即我辈置之案头，自作文字读，亦觉字句聱牙，声韵逆耳。倘有词学专家，欲其文字与声音媲美者，当令鱼自鱼而模自模，两不相混，斯为极妥。即不能全出皆分，或每曲各为一韵，如前曲用鱼，则用鱼韵到底，后曲用模，则用模韵到底，犹之一诗一韵，

后不同前，亦简便可行之法也。自愚见推之，作诗用韵，亦当仿此。另钞元字一韵，区别为三，拈得十三元者，首句用元，则用元韵到底，凡涉繁、孙二韵者勿用。拈得繁、孙者亦然。出韵则犯诗家之忌，未有以用韵太严而反来指谪者也。

【注释】

①武林：杭州。陈次升：清初词曲论家。梁廷枏《曲话》说："顺治末，武林陈次升作《南曲词韵》，欲与周韵并行，缘事中辍。"

②大音希声：字面上的意思是，大音反而听不见声音。《老子》："大音希声，大象无形，道褒无名。"

※ 廉监宜避

【原文】

侵寻、监咸、廉纤三韵[1]，同属闭口之音，而侵寻一韵，较之监咸、廉纤，独觉稍异。每至收音处，侵寻闭口，而其音犹带清亮，至监咸、廉纤二韵，则微有不同。此二韵者，以作急板小曲则可，若填悠扬大套之词[2]，则宜避之。《西厢》"不念《法华经》，不理《梁王忏》"一折用之者[3]，以出惠明口中，声口恰相合耳。此二韵宜避者，不止单为声音，以其一韵之中，可用者不过数字，余皆险僻艰生，备而不用者也。若惠明曲中之"揸"字、"搀"字、"燂"字、"膳"字、"馅"字、"蘸"字、"飐"字，惟惠明可用，亦惟才大如天之王实甫能用，以第二人作《西厢》，即不敢用此险韵矣。初学填词者不知，每于一折开手处，误用此韵，致累全篇无好句；又有作不终篇，弃去此韵而另作者，失计妨时。故用韵不可不择。

【注释】

①侵寻、监咸、廉纤：周德清《中原音韵》称它们为闭口韵，李渔认为是险韵。尤其是监咸，应该避免使用。

②急板小曲、悠扬大套：小曲与大套都是昆曲中的曲调，前者急促短小，有板无眼或一板一眼；后者则舒缓悠长。

③"《西厢》"句：此段是《西厢记·惠明下书》（《西厢记》第二本）中惠明的一段唱。后面所举惠明唱词中的韵脚，都是李渔所谓"监咸"险韵。不理《梁王忏》：上海古籍出版社1978年版《西厢记》作"不礼《梁皇忏》"。

※ 拗句难好①

【原文】

音律之难，不难于铿锵顺口之文，而难于倔强聱牙之句。铿锵顺口者，如此字声韵不合，随取一字换之，纵横顺逆，皆可成文，何难一时数曲。至于倔强聱牙之句，即不拘音律，任意挥写，尚难见才，况有清浊阴阳，及明用韵，暗用韵②，又断断不宜用韵之成格，死死限在其中乎？词名之最易填者，如【皂罗袍】、【醉扶归】、【解三酲】、【步步娇】、【园林好】、【江儿水】等曲，韵脚虽多，字句虽有长短，然读者顺口，作者自能随笔。即有一二句宜作拗体，亦如诗内之古风③，无才者处此，亦能勉力见才。至如【小桃红】、【下山虎】等曲，则有最难下笔之句矣。《幽闺记》【小桃红】之中段云④："轻轻将袖儿掀，露春纤，盏儿拈，低娇面也。"每句只三字，末

字叶韵⑤；而每句之第二字，又断该用平，不可犯仄。此等处，似难而尚未尽难。其【下山虎】云："大人家体面，委实多般，有眼何曾见！懒能向前，弄盏传杯，怎般腼腆。这里新人忒杀虔，待推怎的展？主婚人，不见怜，配合夫妻，事事非偶然。好恶姻缘总在天。"只须"懒能向前""待推怎地展""事非偶然"之三句，便能搅断词肠。"懒能向前""事非偶然"二句，每句四字，两平两仄，末字叶韵。"待推怎地展"一句五字，末字叶韵，五字之中，平居其一，仄居其四。此等拗句，如何措手？南曲中此类极多，其难有十倍于此者，若逐个牌名援引，则不胜其繁，

而观者厌矣；不引一二处定其难易，人又未必尽晓；兹只随拈旧诗一句，颠倒声韵以喻之。如"云淡风轻近午天"，此等句法自然容易见好，若变为"风轻云淡近午天"，则虽有好句，不夺目矣。况"风轻云淡近午天"七字之中，未必言言合律，或是阴阳相左，或是平仄尚乖，必须再易数字，始能合拍。或改为"风轻云淡午近天"，或又改为"风轻午近云淡天"，此等句法，揆之音律则或谐矣，若以文理绳之，尚得名为词曲乎？海内观者，肯曰此句为音律所限，自难求工，姑为体贴人情之善念而恕之乎？曰：不能也。既曰不能，则作者将删去此句而不作乎？抑自创一格而畅我所欲言乎？曰：亦不能也。然则攻此道者，亦甚难矣！

变难成易，其道何居？曰：有一方便法门，词人或有行之者，未必尽有知之者。行之者偶然合拍，如路逢故人，出之不意，非我知其在路而往投之也。凡作倔强聱牙之句，不合自造新言，只当引用成语。成语在人口头，即稍更数字，略变声音，念来亦觉顺口。新造之句，一字聱牙，非止念不顺口，且令人不解其意。今亦随拈一二句试之。如"柴米油盐酱醋茶"，口头语也，试变为"油盐柴米酱醋茶"，或再变为"酱醋油盐柴米茶"，未有不明其义、不辨其声者。"东边日出西边雨，道是无情却有情"，口头语也，试将上句变为"日出东边西边雨"，下句变为"道是有情却无情"，亦未有不明其义、不辨其声音。若使新造之言而作此等拗句，则几与海外方言无别，必经重译而后知之矣。即取前引《幽闺》之二句，定其工拙。"懒能向前""事非偶然"二句，皆拗体也。"懒能向前"一句，系作者新构，此句便觉生涩，读不顺口；"事非偶然"一句，系家常俗语，此句便觉自然，读之溜亮。岂非用成语易工、作新句难好之验乎？予作传奇数十种，所谓"三折肱为良医"[6]，此折肱语也。因觅知音，尽倾肝膈。孔子云："益者三友：友直，友谅，友多闻。"[7]多闻，吾不敢居，谨自呼为直谅。

【注释】

①拗句：或称拗体，不合平仄格律的句子。

②暗用韵：一般押韵是在句末，但也有时句中押韵，即李渔所谓"暗用韵"。

③古风：形成于六朝时期、相对比较自由的一种诗体形式。如李白之《古风》（"大雅久不作"等五十九首）、《蜀道难》，杜甫之《兵车行》等等。

④《幽闺记》【小桃红】：查今汲古阁本《幽闺记》，未见此曲。

⑤末字：各本皆作"未句"，依文意应为"末字"。

⑥三折肱为良医：实践出真知、出技能。肱是由肘至肩的臂骨，若折断三次，自己就会得到医治的经验了。语出《左传·定公十三年》："三折肱，知为良医。"

⑦益者三友：友直，友谅，友多闻：见《论语·季氏》。

※ 合韵易重

【原文】

句末一字之当叶者，名为韵脚。一曲之中，有几韵脚，前后各别，不可犯重。此理谁不知之？谁其犯之？所不尽知而易犯者，惟有"合前"数句。兹请先言合前之故。同一牌名而为数曲者，止于首只列名其后，在南曲则曰"前腔"，在北曲则曰"么篇"，犹诗题之有其二、其三、其四也。末后数语，在前后各别者，有前后相同，不复另作，名为"合前"者。此虽词人躲懒法，然付之优人，实有二便：初学之时，少读数句新词，省费几番记忆，一便也；登场之际，前曲各人分唱，合前之曲必通场合唱，既省精神，又不寂寞，二便也。然合前之韵脚最易犯重。何也？大凡作首曲，则知查韵，用过之字不肯复用，迨做到第二、三曲，则止图省力，但做前词，不顾后语，置合前数句于度外，谓前曲已有，不必费心，而乌知此数句之韵脚在前曲则语语各别①，凑入此曲，焉知不有偶合者乎？故作前腔之曲，而有合前之句者，必将末后数句之韵脚紧记在心，不可复用；作完之后，又必再查，始能不犯此病。此就韵脚而言也。韵脚犯重，犹是小病，更有大于此者，则在词意与人不相合。何也？合前之曲既使同唱②，则此数句之词意必有同情。如生旦净丑四人

73

在场，生旦之意如是，净丑之意亦如是，即可谓之同情，即可使之同唱；若生旦如是，净丑未尽如是，则两情不一，已无同唱之理；况有生旦如是，净丑必不如是，则岂有相反之曲而同唱者乎？此等关窍，若不经人道破，则填词之家既顾阴阳平仄，又调角徵宫商③，心绪万端，岂能复筹及此？予作是编，其于词学之精微，则万不得一，如此等粗浅之论，则可谓知无不言，言无不尽者矣。后来作者，当锡④予一字，命曰"词奴"，以其为千古词人，尝效纪纲⑤奔走之力也。

【眉批】尤展成云：笠翁真曲夫子，允宜俎豆词场。"词奴"之称，无乃过抑。

【注释】

①乌知：哪里知道。乌，何，哪里。"乌知"与后面的"焉知"（焉，怎么，哪里）相近。

②合前之曲既使同唱：李渔强调的是，在场的演员在"合前之曲"进行"同唱"时，众演员同唱的词意必须相同。

③角徵宫商：中国古代音乐术语。宫商角徵羽，代表五声音阶中的五个音级，又指发音部位。

④锡：同"赐"，赐予。

⑤纪纲：原为管理，后代指仆人。

※ 慎用上声

【原文】

　　平上去入四声，惟上声一音最别。用之词曲，较他音独低，用之宾白，又较他音独高。填词者每用此声，最宜斟酌。此声利于幽静之词，不利于发扬之曲；即幽静之词，亦宜偶用、间用，切忌一句之中连用二三四字。盖曲到上声字，不求低而自低，不低则此字唱不出口。如十数字高而忽有一字之低，亦觉抑扬有致；若重复数字皆低，则不特无音，且无曲矣。至于发扬之曲，每到吃紧关头，即当用阴字①，而易以阳字尚不发调，况为上声之极细者乎？予尝谓物有雌雄，字亦有雌雄。平去入三声以及阴字，乃字与声之雄飞者也；上声及阳字，乃字与声之雌伏者也。此理不明，难于制曲。初学填词者，每犯抑扬倒置之病，其故何居？正为上声之字入曲低，而入白反高耳。

词人之能度曲者②，世间颇少。其握管捻髭之际，大约口内吟哦，皆同说话，每逢此字，即作高声；且上声之字出口最高，入耳极清，因其高而且清，清而且亮，自然得意疾书。孰知唱曲之道与此相反，念来高者，唱出反低，此文人妙曲利于案头，而不利于场上之通病也。非笠翁为千古痴人，不分一毫人我，不留一点渣滓者，孰肯尽出家私底蕴，以博慷慨好义之虚名乎？

【注释】

①阴字：阴声字，大都尾韵为元音。后面所说阳字，即阳声字，大都尾音为辅音。

②度曲：作曲，或按曲谱唱曲。

※ 少填入韵

【原文】

入声韵脚，宜于北而不宜于南。以韵脚一字之音，较他字更须明亮，北曲止有三声，有平上去而无入，用入声字作韵脚，与用他声无异也。南曲四声俱备，遇入声之字，定宜唱作入声，稍类三音，即同北调矣。以北音唱南曲可乎？予每以入韵作南词，随口念来，皆似北调，是以知之。若填北曲，则莫妙于此，一用入声，即是天然北调。然入声韵脚，最易见才，而又最难藏拙。工于入韵，即是词坛祭酒①。以入韵之字，雅驯自然者少，粗俗倔强者多。填词老手，用惯此等字样，始能点铁成金。浅乎此者，运用不来，熔铸不出，非失之太生，则失之太鄙。但以《西厢》《琵琶》二剧较其短长。作《西厢》者，工于北调，用入韵是其所长。如《闹会》曲中"二月春雷响殿角"②，"早成就了幽期密约"，"内性儿聪明，冠世才学；扭捏着身子，百般做作"。"角"字，"约"字，"学"字，"作"字，何等雅驯！何等自然！《琵琶》工于南曲，用入韵是其所短。如《描容》曲中"两处堪悲，万愁怎摸"。愁是何物，而可摸乎？入声韵脚宜北不宜南之论，盖为初学者设，久于此道而得三昧者③，则左之右之，无不宜之矣。

【注释】

①祭酒：本是祭祀或宴席举酒祭神的人，后来指学官，即学界领袖，如六经祭

酒、博士祭酒、国子祭酒等等，隋唐称国子监祭酒，即国子监的领袖，犹如现在的大学校长。

②《闹会》：《西厢记》第一本第四折，又叫《斋坛闹会》。

③三昧：佛教用语，来自梵文，也译作"三摩地""三摩提"。后用三昧指事物之精义或秘诀。

※　别解务头

【原文】

填词者必讲"务头"，然务头二字，千古难明。《啸余谱》中载《务头》一卷，前后胪列①，岂止万言，究竟务头二字，未经说明，不知何物。止于卷尾开列诸旧曲，以为体样，言某曲中第几句是务头，其间阴阳不可混用，去上、上去等字，不可混施。若迹此求之，则除却此句之外，其平仄阴阳，皆可混用混施而不论矣。又云某句是务头，可施俊语于其上。若是，则一曲之中，止该用一俊语，其余字句皆可潦草涂鸦②，而不必计其工拙矣。予谓立言之人，与当权秉轴者无异③。政令之出，关乎从违，断断可从，而后使民从之，稍背于此者，即在当违之列。凿凿能信，始可发令，措词又须言之极明，论之极畅，使人一目了然。今单提某句为务头，谓阴阳平仄，断宜加严，俊语可施于上。此言未尝不是，其如举一废百，当从者寡，当违者众，是我欲加严，而天下之法律反从此而宽矣。况又噯嘬其词④，吞多吐少，何所取义而称为务头，绝无一字之诠释。然则"葫芦提"三字④，何以服天下？吾恐狐疑者读之，愈重其狐疑，明了者观之，顿丧其明了，非立言之善策也。予谓务头二字，既然不得其解，只当以不解解之。曲中有务头，犹棋中有眼，有此则活，无此则死。进不可战，退不可守者，无眼之棋，死棋也；看不动情，唱不发调者，无务头之曲，死曲也。一曲有一曲之务头，一句有一句之务头。字不聱牙，音不泛调，一曲中得此一句，即使全曲皆灵，一句中得此一二字，即使全句皆

健者，务头也。由此推之，则不特曲有务头，诗词歌赋以及举子业，无一不有务头矣。人亦照谱按格，发舒性灵，求为一代之传书而已矣，岂得为谜语欺人者所惑，而阻塞词源，使不得顺流而下乎？

【注释】

①胪列：列举。

②涂鸦：胡乱涂写。唐卢仝《添丁诗》："忽赖案上翻墨汁，涂抹诗书如老鸦。"

③秉轴：掌握轴心。

④嗫嚅：即吞吞吐吐。

⑤葫芦提：糊里糊涂。乃宋元口语。

【点评】

关于"务头"之说，向来众说纷纭。据我所知，"务头"较早见于元代周德清《中原音韵》。该书《作词十法》之第七法即"务头"："要知某调、某句、某字是务头，可施俊语于其上，后注于定格各调内。"关于"务头"是什么，这里等于什么也没说；所谓"后注于定格各调内"，是指在《作词十法》的第十法"定格"中，举出四十首曲子作为例证，点出何为"务头"。其中，有的曲子某几句是"务头"，如《山坡羊》："云松螺髻，香温鸳鸯被，掩春闺一觉伤春睡。柳花飞，小琼姬，一片声雪下呈祥瑞，把团圆梦儿生唤起。谁？不做美。呸！却是你！"周德清点出"务头在第七句至尾"。有的曲子某一句是"务头"，如《醉中天》："疑是杨妃在，怎脱马嵬灾？曾与明皇捧砚来。美脸风流杀，巨奈挥毫李白，觑着娇态，洒松烟点破桃腮。"周德清评曰"第四句、末句是务头"。有的曲子某一词或一字是"务头"，如《寄生草——饮》"长醉后方何碍？不醒时有何思？糟腌两个功名字，醅渰千古兴亡事，麴埋万丈虹霓志。不达时皆笑屈原非，但知音尽说陶潜是"中，

"虹霓志""陶潜"是"务头";《朝天子——庐山》"早霞，晚霞，妆点庐山画。仙翁何处炼丹砂？一缕白云下。客去斋余，人来茶罢。叹浮生指落花。楚家，汉家，做了渔樵话"中"人"是"务头"。有的曲子某一字的平仄声调是"务头"，如《凭栏人——章台行》"花阵赢输随镘生，桃扇炎凉逐世情。双郎空藏瓶，小卿一块冰"中"妙在'小'字'上'声，务头在'小'";《满庭芳——春晚》"知音

到此，舞雩点也，修禊义之。海棠春已无多事，雨洗胭脂。谁感慨兰亭古纸？自沉吟桃扇新词。急管催银子，哀弦玉指，忙过赏花时"中"'扇'字'去'声取务头"，等等。此后，明代程明善《啸余谱》一书的《凡例》中，也说"以平声用阴阳各当者为务头"。具体说，即"盖轻清处当用阴字，重浊处当用阳字";王骥德《曲律》之《论务头》中认为务头是"调中最紧要句子，凡曲遇揭起其音，而婉转其调，如俗之所谓做腔处，每调或一句、或二三句，每句或一字、或二三字，即是务头"。

但是，正如李渔所批评的，单指出某句某字为"务头"，"俊语可施于上"云云，"嗫嚅其词，吞多吐少，何所取义而称务头，绝无一字之诠释"，仍然是糊里糊涂。倒是李渔以"不解解之"的方法解说务头，更实在。务头是什么？就是"曲眼"。棋有"棋眼"，诗有"诗眼"，词有"词眼"，曲也有"曲眼":"一曲有一曲之务头，一句有一句之务头。字不聱牙，音不泛调，一曲中得此一句，即使全曲皆灵；一句中得此一二字，即使全句皆健者，务头也。"换句话说，"务头"就是曲

中"警策"（陆机语）之句，句中"警策"之字；或者说是曲中发光的句子，句中发光的词或字。"山不在高，有仙则名；水不在深，有龙则灵"。务头，就是一曲或一句中的"仙"和"龙"。但是，需要特别指出的是，"务头"绝不是可以离开整体的孤零零的发光体，而是整体的一个有机组成部分。有了"务头"，可以使"全句皆健"，"全曲皆灵"。如果作为"务头"的某句、某字，可以离开"全曲"或"全句"而独自发光，那就只能是孤芳自赏，那也就不是该曲或该句的"务头"；而且，一旦离开有机整体，它自身也必然枯萎。

李渔之后，也有些曲家不同意李渔对于"务头"的解释而做出了自己的定义。例如清末民初的吴梅《顾曲麈谈》说："务头者，曲中平、上、去三声联串之处也。如七字句，则第三、第四、第五之三字，不可用同一之音；大抵阳去与阴上相连、阴上与阴平相连，或阴去与阳上相连、阳上与阴平相连亦可。每一曲中必须有三音相连之一二语或二音（或去上、或去平、或上平，看牌名以定之）相连之一二语，此即为务头处。"

吴梅当然是曲中大家。但他对务头的解说，我总觉得格局太小。吴梅似乎没有着眼于整体的戏曲美的创造，而是斤斤玩味于某字某词的平仄清浊。他这样一解说，务头完全变成了音律学上的一种技术术语，从操作的角度说，甚至成了一种纯粹的技术规程。一比较，单就这个问题而言，我觉得还是三百年前的李渔更高明。

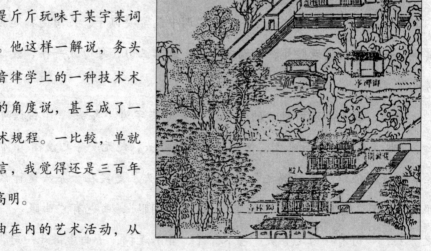

包括戏曲在内的艺术活动，从根本上说乃是一种心灵的创造，情感的迸发，精神的升华，其中常常充满着灵感的

袭击，无意识、非理性的捉弄。有时候，有心栽花花不活，无心插柳柳成荫。"感应之会，通塞之纪，来不可遏，去不可止"（陆机）；"意静神王，佳句纵横，若不可遏，宛如神助"（皎然）；"文之为物，自然灵气，惚恍而来，不思而至"（李德裕）；"文章本天然，妙手偶得之"（陆游）；"有时忽得惊人句，费尽心机做不成"（戴复古）；"得之在俄顷，积之在平日"（袁守定）；"到老始知非力取，三分人事七分天"（赵翼），等等。技巧在这里须完全化为灵气；至于机械的技术因素，几乎没有什么地位。

回来说到吴梅的主张。即使戏曲作家完全按照吴梅关于务头的"技术"要求去做了，就一定能够创造出声情并茂的作品来吗？

卷二

词曲部下

※ 宾白第四

【原文】

自来作传奇者，止重填词，视宾白为末着①，常有"白雪阳春"其调，而"巴人下里"其言者②，予窃怪之。原其所以轻此之故，殆有说焉。元以填词擅长，名人所作，北曲多而南曲少。北曲之介白者，每折不过数言，即抹去宾白而止阅填词，亦皆一气呵成，无有断续，似并此数言亦可略而不备者。由是观之，则初时止有填词，其介白之文，未必不系后来添设③。在元人，则以当时所重不在于此，是以轻之。后来之人，又谓元人尚在不重，我辈工此何为？遂不觉日轻一日，而竟置此道于不讲也。予则不然。尝谓曲之有白，就文字论之，则犹经文之于传注④；就物理论之，则如栋梁之于榱桷⑤；就人身论之，则如肢体之于血脉，非但不可相无，且觉稍有不称，即因此贱彼，竟作无用观者。故知宾白一道，当与曲文等视，有最得意之曲文，即当有最得意之宾白，但使笔酣墨饱，其势自能相生。常有因得一句好白，而引起无限曲情，又有因填一首好词，而生出无穷话柄者。是文与文自相触发，我止乐观厥成⑥，无所容其思议。此系作文恒情，不得幽渺其说⑦，而作化境观也。

【眉批】王安节曰：先生之恒情，即他人之化境。

【注释】

①宾白：通常所说戏曲中"唱念做打"之"念"，即说白。"介白"亦是。

②"白雪阳春""巴人下里"：白雪阳春为古代楚国的高雅歌曲，巴人下里为古代楚国的流俗歌曲。宋玉《对楚王问》："客有歌于郢中者，其始'下里'、'巴人'，国中属而和者数千人……其为'阳春'、'白雪'，国中属而和者数十人。"

③介白之文，未必不系后来添设：臧懋循《元曲选序》说，宾白或谓"演剧时伶人自为之"。

④传注：经文的注释解说。

⑤榱桷：榱，椽子（放在檩子上架着屋面板和瓦的木条）。方形的椽子叫桷。

⑥乐观厥成：高兴地视其自我完成。厥，其。

⑦幽渺其说：把它说得虚无缥缈。

【点评】

中国戏曲既是带"唱"的话剧，又是带"说"的歌剧，唱、念（说）、做、打，熔为一炉，有着十分丰富的艺术表现手段。"说"即李渔所说的"宾白"。他对"宾白"高度重视，认为"宾白一道，当与曲文等视"；而且认为，不但"唱"

要讲韵律美，"说"同样也要讲韵律美。李渔还对包括宾白在内的戏曲语言提出了"文贵洁净"的要求。此外，李渔在谈戏曲语言问题时，还顺便谈到了艺术想象，并有精彩见解。

李渔当年所说的"宾白",乃与"曲文"相对。如果说"曲文"是"唱"出来的,那么"宾白"就是"说(念)"出来的。中国戏曲中"宾白"与"曲文"并现,是我们的民族特色,为西洋戏剧所无。西洋话剧只说不唱,西洋歌剧只唱不说;中国戏曲则兼而有之,又唱又说。

在先秦时代或再前推若干世纪,我们祖先那里曾经是乐、舞、诗混沌一体的;后来才逐渐分立,各自成为独立的艺术门类。然而,事物常常是分久必合、合久必分,宋元时代正式形成的戏曲,实际上是把乐、舞、诗(再加上词和文等等)合在一起而成的艺术新品种。在这里,乐、舞、诗、词、文等并不是机械地凑合在一起,而是如化学反应那样化合在一起。戏曲,其中有乐而不是乐,其中有舞而不是舞,其中有诗而不是诗,其中有词而不是词,其中有文而不是文,它是乐、舞、诗、词、文放在一个大熔炉里冶炼而产生的全新品种。它的名字只能叫作:戏曲。

"说"何以叫作"宾白"?有三种说法。(一)《戒庵漫笔》曰:"两人对说曰宾,一人自说曰白。"就是说,宾是对话,白是自白。(二)凌濛初不同意这种说法。他在《谭曲杂札》中引了《戒庵漫笔》上面那句话后,说"未必确。古戏之白,皆直截道意而已;惟《琵琶》始作四六偶句,然皆浅浅易晓"。他还说:"白谓之'宾白',盖曲为主也。"就是说,宾乃与"主"相对的"宾客"之"宾",即曲为主,白为宾。其实,早凌濛初约六十年的徐渭也是这样主张。他在《南词叙录》中说:"唱为主,白为宾,故曰宾白,言其明白易晓也。"(三)李渔所持的是第三种意见。他不同意凌濛初等人"曲(唱)""白"的主次之分,而是认为"传奇一事也,其中义理,分为三项:曲也,白也,穿插联络之关目也",三项并重。他还说:"故知宾白一道,当与曲文等视。有最得意之曲文,即当有最得意之宾白。"李渔之前、之后的一些曲家也有与李渔意见相同或相近者。如明代王骥德《曲律·论宾白》中说,宾白"其难不下于曲","句子长短平仄,须调停得好,令情意婉转,音调铿锵,虽不是曲,却要美听"。明代柳浪馆《批评玉茗堂紫钗记·

总评》认为，传奇的"曲、白、介、诨"四个要素中，"词是肉，介是筋骨，白、诨是颜色。如《紫钗》者，第有肉耳，如何转动，却不是一块肉尸而何！此词家所大忌"。清代黄振《石榴记·凡例》："词曲譬画家之颜色，科白则勾染处也。勾染不清，不几将花之瓣、鸟之翎混而为一乎？故折中如彼此应答，前后线索转弯承接处，必挑剔得如，须眉毕露，不敢稍有模棱，致多沉晦。"

李渔等人的意见是对的。对于中国的戏曲来说，曲、白、科（介）、诨，唱、念、做、打都是戏曲美创造中不可缺少的有机环节，哪一个都不能忽视。正是从这个意义上，对李渔"宾白一道，当与曲文等视"的意见应该予以高度评价。

※ 声务铿锵

【原文】

宾白之学，首务铿锵。一句聱牙，俾听者耳中生棘；数言清亮，使观者倦处生神。世人但以音韵二字用之曲中，不知宾白之文，更宜调声协律。世人但知四六之句平间仄，仄间平，非可混施迭用，不知散体之文亦复如是。"平仄仄平平仄仄，仄平平仄仄平平"二语，乃千古作文之通诀，无一语一字可废声音者也。如上句末一字用平，则下句末一字定宜用仄，连用二平，则声带暗哑，不能耸听。下句末一字用仄，则接此一句之上句，其末一字定宜用平，连用二仄，则音类咆哮，不能悦耳。此言通篇之大较，非逐句逐字皆然也。能以作四六平仄之法，用于宾白之中，则字字铿锵，人人乐听，有"金声掷地"之评矣[①]。

声务铿锵之法，不出平仄、仄平二语是已。然有时连用数平，或连用数仄，明知声欠铿锵，而限于情事，欲改平为仄，改仄为平，而决无平声仄声之字可代者。此则千古词人未穷其秘，予以探骊觅珠之苦[②]，入万丈深潭者，既久而后得之，以告同心。虽示无私，然未免可惜。字有四声，平上去入是也。平居其一，仄居其三，是上去入三声皆丽于仄[③]。而不知上之为声，虽与去入无异，而实可介于平仄

之间，以其别有一种声音，较之于平则略高，比之去入则又略低。古人造字审音，使居平仄之介，明明是一过文，由平至仄，从此始也。譬如四方声音，到处各别，吴有吴音，越有越语，相去不啻天渊，而一至接壤之处，则吴越之音相半，吴人听之觉其同，越人听之亦不觉其异。晋、楚、燕、秦以至黔、蜀，在在皆然。此即声音之过文，犹上声介于平去入之间

也。作宾白者，欲求声韵铿锵，而限于情事，求一可代之字而不得者，即当用此法以济其穷。如两句三句皆平，或两句三句皆仄，求一可代之字而不得，即用一上声之字介乎其间，以之代平可，以之代去入亦可。如两句三句皆平，间一上声之字，则其声是仄，不必言矣；即两句三句皆去声入声，而间一上声之字，则其字明明是仄而却似平，令

人听之不知其为连用数仄者。此理可解而不可解，此法可传而实不当传，一传之后，则遍地金声，求一瓦缶之鸣而不可得矣。

【眉批】 余云：泄从前未泄之秘，铿锵鼓舞，绝倒平子矣。

【眉批】 余云：周挺斋以入声派入平上去三声，令笠翁以上声介于仄平之间，皆扼隐侯之吭而夺其帜者。

【注释】

①金声掷地：《晋书·孙绰传》："尝作《天台山赋》，辞致甚工，初成，以示友人范荣期，云：'卿试掷地，当作金石声也。'"

②探骊觅珠：骊珠，传说出自骊龙颔下的一种珍贵的珠。《庄子·列御寇》：

"河上有家贫恃纬萧而食者，其子没于渊，得千金之珠。其父谓其子曰：'取石来锻之。夫千金之珠，必在九重之渊，而骊龙颔下，子能得珠者，必遭其睡也。使骊龙而寤，子尚奚微之有哉?'"

③丽于：附于，属于。丽，附也。

【点评】

汉语的音韵声调奇妙无穷。在组合一个句子的时候，字的四声、平仄、清浊、轻重等等不同，读出来，不但意思大不相同，而且听起来或逆耳或顺耳，美感享受判然有别。字、词、句子的读音"轻重""清浊"，这在外国语言中也有，没什么稀罕；但"四声""平仄"，则纯属中国特色。在《声务铿锵》中，李渔正是谈如何运用"四声""平仄"使得宾白铿锵动听。

中国古代很早就讲究音律。《左传·襄公二十九年》季札观乐，当听到《颂》时，就有"五声和，八风平，节有度，守有序"之赞。《左传·昭公二十五年》子产论礼，也谈到"为九歌、八风、七音、六律，以奉五声"。《国语·郑语》中史伯也有"和六律以聪耳"和"声一无听"之论。《吕氏春秋·仲夏纪》论"适音"谈道："何为适？衷音之适也。何为衷？大不出钧，重不过石，大小轻重之衷也。黄钟之宫，音之本也，清浊之衷也。衷也者，适也。以适听适则和矣。"刘向《说苑·修文》中说："言语顺，应对给，则民之耳悦矣。"陆机《文赋》说："暨音声之迭代，若五色之相宜。"范晔《狱中与甥侄书》说："性别宫商，识清浊，斯自然也。"到沈约，中国的语言音律学臻于完备，其《宋书》卷六十七列传第二十七

《谢灵运》中说："夫五色相宜，八音协畅，由乎玄黄律吕，各适物宜。欲使宫羽相变，低昂互节。若前有浮声，则后须切响。一简之内，音韵尽殊，两句之中，轻重悉异。妙达此旨，始可言文。"这对中国文学语言讲究音韵、律调、四声、平仄等奠定了基础。中国诗、词、歌、赋、戏曲等的韵律美，正是通过"四声""平仄"等创造出来的。戏曲常常讲"声情并茂"，那"声茂"，就是韵律美；而且，不但"唱"要讲韵律美，"说白"同样也要讲韵律美。京剧大师周信芳的道白之美，堪称一绝，那真是声情并茂。其情茂姑且不论；其声茂，那就是运用字音的四声、平仄、清浊、轻重、缓急、顿挫、高低、抑扬而创造出来的韵律美。你听他《宋士杰》等戏中的道白，比听唱还过瘾。

不但古典诗词戏曲讲究韵律美，而且现代诗也应该讲究韵律美。闻一多的诗之韵律，就常常令人陶醉。我的一位老师高兰教授是现代著名的朗诵诗人，他就专门研究诗朗诵中，如何通过掌握语言的发声规律，平上去入、清浊轻重，选配得当，从而创造出高低抑扬、缓急顿挫的韵律美。他不但有理论，而且有实践。抗战时，他写了许多优秀的朗诵诗，在民众中朗诵，常催人泪下。有一次他朗诵《哭亡女苏菲》，满座唏嘘，他自己也泣不成声。直到建国后，在给我们讲课时，还常常在课堂上朗诵。那真是一种美的享受。

※ 语求肖似

【原文】

文字之最豪宕，最风雅，作之最健人脾胃者，莫过填词一种。若无此种，几于闷杀才人，困死豪杰。予生忧患之中，处落魄之境，自幼至长，自长至老，总无一刻舒眉，惟于制曲填词之顷，非但郁藉以舒①，愠为之解，且尝僭作两间最乐之人②，觉富贵荣华，其受用不过如此，未有真境之为所欲为，能出幻境纵横之上者。我欲做官，则顷刻之间便臻荣贵③；我欲致仕④，则转盼之际又入山林；我欲作人间才子，即为杜甫、李白之后身；我欲娶绝代佳人，即作王嫱、西施之元配⑤；我欲成仙作佛，则西天蓬岛即在砚池笔架之前⑥；我欲尽孝输忠，则君治亲年，可跻尧、舜、彭篯之上⑦。非若他种文字，欲作寓言，必须远引曲譬，蕴藉包含，十分牢骚，还须留住六七分，八斗才学，止可使出二三升，稍欠和平，略施纵送，即谓失风人之旨，犯佻达之嫌⑧，求为家弦户诵者难矣。填词一家，则惟恐其蓄而不言，言之不尽。是则是矣，须知畅所欲言亦非易事。言者，心之声也⑨，欲代此一人立言，先宜代此一人立心⑩，若非梦往神游，何谓设身处地？无论立心端正者，我当设身处地，代生端正之想；即遇立心邪辟者，我亦当舍经从权⑪，暂为邪辟之思。务使心曲隐微，随口唾出，说一人，肖一人，勿使雷同，弗使浮泛，若《水浒传》之叙事，吴道子之写生⑫，斯称此道中之绝技。果能若此，即欲不传，其可得乎？

【注释】

①郁：闷。

②僭：超越本分。

③臻：达到。

④致仕：辞官。致，交还。仕，做官。《公羊传·宣公元年》："退而致仕。"

⑤王嫱：即王昭君，汉元帝时出嫁匈奴。西施：春秋时越国美女。

⑥西天：佛祖居住之地。蓬岛：蓬莱仙岛。

⑦跻：登，上升。彭篯：传说中活到八百岁的长寿者，姓篯名铿，颛顼玄孙，封于彭城，故称为"彭篯"或"彭祖"。

⑧佻达：轻薄。

⑨言者，心之声也：《吕氏春秋·淫辞》："凡言者以谕心也。"《礼记·乐记》："凡音之起，由人心生也。"扬雄《法言·问神》："故言，心声也。"

⑩宜：翼圣堂本作"宜"，芥子园本作"以"。

⑪舍经从权：舍去正经的做法而取权宜之计。

⑫吴道子：唐玄宗时著名画家，亦名道玄，被称为画圣，阳翟（今河南禹县）人。

【点评】

这是一篇谈艺术想象的妙文。妙在哪里？妙在李渔不但能把艺术家进行创造性想象时"为所欲为""畅所欲言"的自由驰骋的状态描绘得活灵活现；而且，还特别妙在李渔揭示出艺术家进行想象时必须具有自觉控制的意识，所谓"设身处地"，代人"立心"。艺术想象，看似无拘无束、绝对自由，"精骛八极，心游万仞"（陆机），"思接千载"，"视通万里"（刘勰），好像艺术家在想象时完全处于一种失去理智的不清醒的疯狂的无意识状态；实则"自由"并非"绝对"，"疯狂"却又"清醒"，"无意识"中有"理智"在，即刘勰所谓"神居胸臆，而志气统其关键；物沿耳目，而辞令管其枢机"。艺术想象是"醉"与"醒"的统一，是"有意识"与"无意识"的融合。艺术想象好像作家放到空中的一只风筝，人们看到那风筝伴着

蓝天白云，自由自在、随意飘弋；但是，在放那只"风筝"时，始终有一根线攥在作家手里，那"线"，就是自觉的"意识"和"理智"。艺术想象有点像"打醉拳"，亦醉亦醒，半醉半醒，醒中有醉，醉中有醒，表面醉、内里醒。全醉，会失了拳的套数，打的不是"拳"；全醒，会失掉醉拳的灵气，醉意中"打"出来的风采和意想不到的效果丢失殆尽。李渔既看到"醉"的一面，所谓"梦往神游"；也

看到"醒"的一面，即作家对"梦往神游"的有意识控制。他认为作家必须清醒地为人物"立心"："立心端正者"，要"代生端正之想"；"立心邪辟者，我亦当舍经从权，暂为邪辟之思"。这段话使我想起俄国大作家高尔基关于艺术想象的有关论述。高尔基在《论文学技巧》一文中比较科学家与文学家之不同时说："科学工作者研究公羊时，用不着想象自己也是一头公羊，但是文学家则不然，他虽慷慨，却必须想象自己是个吝啬鬼，他虽毫无私心，却必须觉得自己是个贪婪的守财奴，他虽意志薄弱，但却必须令人信服地描写出一个意志坚强的人。"你看，这两位不同民族、不同时代的艺术家，在谈到艺术想象时，几乎连用语都一样，真所谓英雄所见略同。然而，李渔却早高尔基近三百年。

由此，我惊叹李渔的才智。

※　词别繁减

【原文】

传奇中宾白之繁，实自予始。海内知我者与罪我者半。知我者曰：从来宾白作说话观，随口出之即是，笠翁宾白当文章做，字字俱费推敲。从来宾白只要纸上分明，不顾口中顺逆，常有观刻本极其透彻，奏之场上便觉糊涂者，岂一人之耳目，有聪明聋聩之分乎①？因作者只顾挥毫，并未设身处地，既以口代优人，复以耳当听者，心口相维②，询其好说不好说，中听不中听，此其所以判然之故也。笠翁手则握笔，口却登场，全以身代梨园，复以神魂四绕，考其关目，试其声音，好则直书，否则搁笔，此其所以观听咸宜也。罪我者曰：填词既曰"填词"，即当以词为主；宾白既名"宾白"，明言白乃其宾，奈何反主作客，而犯树大于根之弊乎？笠翁曰：始作俑者③，实实为予，责之诚是也。但其敢于若是，与其不得不若是者，则均有说焉。请先白其不得不若是者。前人宾白之少，非有一定当少之成格。盖彼只以填词自任，留余地以待优人，谓引商刻羽我为政④，饰听美观彼为政⑤，我以

91

约略数言，示之以意，彼自能增益成文。如今世之演《琵琶》《西厢》《荆》《刘》《拜》《杀》等曲，曲则仍之，其间宾白、科诨等事，有几处合于原本，以寥寥数言塞责者乎？且作新与演旧有别。《琵琶》《西厢》《荆》《刘》《拜》《杀》等曲，家弦户诵已久，童叟男妇皆能备悉情由，即使一句宾白不道，止唱曲文，观者亦能默会，是其宾白繁减可不问也。至于新演一剧，其间情事，观者茫然；词曲一道，止能传声，不能传情。欲观者悉其颠末，洞其幽微，单靠宾白一着。予非不图省力，亦留余地以待优人。但优人之中，智愚不等，能保其增益成文者悉如作者之意，毫无赘疣蛇足于其间乎？与其留余地以待增，不若留余地以待减，减之不当，犹存作者深心之半，犹病不服药之得中医也[6]。此予不得不若是之故也。至其敢于若是者，则谓千古文章，总无定格，有创始之人，即有守成不变之人；有守成不变之人，即有大仍其意，小变其形，自成一家而不顾天下非笑之人。古来文字之正变为奇，奇翻为正者，不知凡几，吾不具论，止以多寡增益之数论之。《左传》、《国语》，纪事之书也，每一事不过数行，每一语不过数字，初时未病其少；迨班固之作

《汉书》，司马迁之为《史记》，亦纪事之书也，遂益数行为数十百行，数字为数十百字，岂有病其过多，而废《史记》《汉书》于不读者乎？此言少之可变为多也。诗之为道，当日但有古风，古风之体，多则数十百句，少亦十数句[7]，初时亦未病其多；迨近体一出，则约数十百句为八句；绝句一出，又敛八句为四句，岂有病其渐少，而选诗之家止载古风，删近体绝句于不录者乎？此言多之可变为少也。总

之，文字短长，视其人之笔性。笔性遒劲者，不能强之使长；笔性纵肆者，不能缩之使短。文患不能长，又患其可以不长而必欲使之长。如其能长而又使人不可删逸，则虽为宾白中之古风《史》《汉》，亦何患哉？予则乌能当此，但为糠秕之导，以俟后来居上之人。

予之宾白，虽有微长，然初作之时，竿头未进^⑧，常有当俭不俭，因留余幅以俟剪裁，遂不觉流为散漫者。自今观之，皆吴下阿蒙手笔也^⑨。如其天假以年，得于所传十种之外^⑩，别有新词，则能保为犬夜鸡晨^⑪，鸣乎其所当鸣，默乎其所不得不默者矣。

【注释】

①聩：聋。

②维：联系。

③始作俑者：开先例者。语出《孟子·梁惠王》："仲尼曰：始作俑者，其无后乎！"

④引商刻羽我为政：引商刻羽，指填词作曲；为政，指主持政务，负责者。

⑤饰听美观彼为政：是说舞台表演是演员的事儿。听与观，指观众的观赏表演；饰与美，指演员"装饰"和"美化"自己的表演，以使观众更好地观赏。

⑥病不服药之得中医：古成语"有病不治，恒得中医"，是说不去看病有不看病的好处，医生有好有坏，不看病至少不会碰到坏的医生，得其中也。《汉书·艺文志》："有病不治，常得中医。"

⑦十数：翼圣堂本作"十数"，芥子园本作"数十"。

⑧竿头未进：未达顶点也。《景德传灯录》："百尺竿头须进步，十方世界是全身。"

⑨吴下阿蒙：喻学习不努力，学问粗浅。据说三国时吴人吕蒙少小不喜读书，经孙权劝说才知努力，鲁肃见此状曰："吾谓大弟但有武略耳，至于今昔，学识英

⑩十种：李渔有《笠翁十种曲》传世。但是他自己在另外的地方说，他有前后八种传奇，约十六种之多。

⑪犬夜晨鸡：犬守夜，鸡报晓。

【点评】

"词别繁简"和后面的"文贵洁净"，这两款前后照应，谈宾白如何做到"繁""简"得当；其中道理也适用于整个戏曲和一切文章的写作。

何为"繁"，何为"简"？这不能简单地以文字多少而论。李渔有一句话说得特别好："多而不觉其多者，多即是洁；少而尚病其多者，少亦近芜。"譬如，由"诗三百"一般四言数句之"简"，到"楚辞"，特别是屈原《离骚》一般六言、七言，数十句、数百句之"繁"；由》《每语数字之"简"，到》《《汉书》一事数百行，洋洋千言、万言之"繁"，人们既不感到前者太"少"，也并不觉得后者太"多"，这就是它们写得都很"洁净"、精粹，话说得得当，恰到好处，没有多余的东西。如果以为话说得愈多愈好，文章写得愈长愈好，"唱沙作米""强兔变鹤"，杂芜散漫，废话连篇，如现在某些电视连续剧那样，一集的内容硬拉为两集、三集，一部连续剧非要数十集、上百集才完，那真是读者和观众的灾难！

必须学会以"意则期多，字惟求少"的标准删改文章。李渔说："每作一段，即自删一段，万不可删者始存，稍有可删者即去。""凡作传奇，当于开笔之初，以至脱稿之后，隔日一删，逾月一改，始能淘沙得金……"鲁迅和许多外国大作家也说过差不多同样的话。鲁迅主张把一切多余的字、词、句都毫不可惜地删去，并且尽量不用形容词；宁肯把小说压缩为速写，绝不肯把速写拉成小说。列夫·托尔斯泰说，"应该毫不惋惜地删去一切含糊、冗长、不恰当的地方"。契诃夫说："写作的技巧，其实并不是写作的技巧，而是……删掉写得不好的地方的技巧。"

修改和删节的结果，就是使得每个字、每个词、每句话，都用得是地方，即李渔所谓"犬夜鸡晨，鸣乎其所当鸣，默乎其所不得不默"。有时候，说不如不说，多说不如少说。列夫·托尔斯泰说："与其说得过分，不如说得不全。"语言的锤炼工夫是一个很苦的过程。福楼拜谈到他写作的情况时这样说："转折的地方，只有八行……却费了我三天。"中国古代诗人为了锤炼语言也费尽心机："两句三年得，一吟泪双流"（贾岛），"只将五字句，用破一生心"（李频），"吟安一个字，拈断数茎须"（卢延让）……还有那个为写诗而呕心沥血的李贺。《新唐书·李贺传》中说，李贺每天一早骑一瘦马出门，一路吟哦，得句便写在纸条上投入囊中，暮归，再补足成一首首诗。他母亲十分心疼，说："是儿要呕出心乃已耳。"

※ 字分南北

【原文】

北曲有北音之字，南曲有南音之字，如南音自呼为"我"，呼人为"你"，北音呼人为"您"，自呼为"俺"为"咱"之类是也。世人但知曲内宜分，乌知白随曲转，不应两截。此一折之曲为南，则此一折之白悉用南音之字；此一折之曲为北，则此一折之白悉用北音之字。时人传奇多有混用者，即能间施于净丑，不知加严于生旦；此能分用于男子，不知区别于妇人。以北字近于粗豪，易人刚劲之口，南音悉多娇媚，便施窈窕之人[1]。殊不知声音驳杂，俗语呼为"两头蛮"，说话且然，况登场演剧乎？此论为全套南曲、全套北曲者言之，南北相间，如《新水令》《步步娇》之类，则在所不拘。

【注释】

①窈窕：（女子）文静而美好。《诗经·关雎》有"窈窕淑女，君子好逑"句。

※ 文贵洁净

　　白不厌多之说，前论极详，而此复言洁净。洁净者，简省之别名也。洁则忌多，减始能净，二说不无相悖乎？曰：不然。多而不觉其多者，多即是洁；少而尚病其多者，少亦近芜。予所谓多，谓不可删逸之多，非唱沙作米、强凫变鹤之多也①。作宾白者，意则期多，字惟求少，爱虽难割，嗜亦宜专。每作一段，即自删一段，万不可删者始存，稍有可削者即去。此言逐出初填之际②，全稿未脱之先，所谓慎之于始也。然我辈作文，常有人以为非，而自认作是者；又有初信为是，而后悔其非者。文章出自己手，无一非佳；诗赋论其初成，无语不妙。迨易日经时之后，取而观之，则妍媸好丑之间，非特人能辨别，我亦自解雌黄矣③。此论虽说填词，实各种诗文之通病，古今才士之恒

情也。凡作传奇，当于开笔之初，以至脱稿之后，隔日一删，逾月一改，始能淘沙得金，无瑕瑜互见之失矣。此说予能言之不能行之者，则人与我中分其咎。予终岁饥驱，杜门日少，每有所作，率多草草成篇，章名急就，非不欲删，非不欲改，无可删可改之时也。每成一剧，才落毫端，即为坊人攫去，下半犹未脱稿，上半业已灾梨；非止灾梨④，彼伶工之捷足者，又复灾其肺肠，灾其唇舌，遂使一成不改，

终为痼疾难医⑤。予非不务洁净，天实使之，谓之何哉！

【眉批】赵声伯云：文章至此，可称无翼而飞。"曲子相公"之不能收拾，即若是也。快哉！文人古今有几？

【注释】

①唱沙作米、强凫变鹤：以少充多、强短为长。《南史·檀道济传》载，南朝（宋）檀道济领军，唱沙作米，以示粮足；《庄子·骈拇》："长者不为有余，短者不为不足，是故凫胫虽短，续之则忧；鹤胫虽长，断之则悲。"

②出：芥子园本作"出"，有的本子作"龆"，有的作"龀"。待推敲。

③雌黄：古人校书，常用雌黄涂改文字，故雌黄有涂改推敲文字之意。

④灾梨：灾及梨木，即以梨木为板刻印发表。

⑤痼疾：芥子园本作"痼疾"，有的本子作"锢疾"。

※　意取尖新

【原文】

纤巧二字，行文之大忌也，处处皆然，而独不戒于传奇一种。传奇之为道也，愈纤愈密，愈巧愈精。词人忌在老实，老实二字，即纤巧之仇家敌国也。然纤巧二字，为文人鄙贱已久，言之似不中听，易以尖新二字，则似变瑕成瑜。其实尖新即是纤巧，犹之暮四朝三①，未尝稍异。同一话也，以尖新出之，则令人眉扬目展，有如闻所未闻；以老实出之，则令人意懒心灰，有如听所不必听。白有尖新之文，文有尖新之句，句有尖新之字，则列之案头，不观则已，观则欲罢不能；奏之场上，不听则已，听则求归不得。尤物足以移人②，尖新二字，即文中之尤物也。

【注释】

①暮四朝三：《庄子·齐物论》中讲一个人用"芧"喂猕猴，说"朝三而暮四"，众猴皆怒；说"朝四而暮三"，则众猴皆喜。只是换一个说法，实质未变。

②尤物：特美之女子。《左传·昭公二十八年》："夫有尤物，足以移人。"

※　少用方言

【原文】

填词中方言之多，莫过于《西厢》一种，其余今词古曲，在在有之。非止词曲，即"四书"之中，《孟子》一书亦有方言，天下不知而予独知之，予读《孟子》五十余年不知，而今知之，请先毕其说。儿时读"自反而缩，虽褐宽博，吾不惴焉"①，观朱注云："褐，贱者之服；宽博，宽大之衣。"心甚惑之。因生南方，南方衣褐者寡，间有服者，强半富贵之家，名虽褐而实则绒也。因讯蒙师，谓褐乃贵人之衣，胡云贱者之服？既云贱衣②，则当从约，短一尺，省一尺购办之资，少一寸，免一寸缝纫之力，胡不窄小其制而反宽大其形，是何以故？师默然不答。再询，则顾左右而言他③。具此狐疑，数十年未解。及近游秦塞，见其土著之民，人人衣褐，无论丝罗罕觏④，即见一二衣布者，亦类空谷足音。因地寒不毛，止以牧养自活，织牛羊之毛以为衣，又皆粗而不密，其形似毯，诚哉其为贱者之服，非若南方贵人之衣也！又见其宽则倍身，长复扫地。即而讯之，则曰："此衣之外，不复有他，衫裳襦裤，总以一物代之，日则披之当服，夜则拥以为衾，非宽不能周遭其身，非长不能尽覆其足。《鲁论》'必有寝衣，长一身有半'⑤即是类也。"予始幡然大悟曰："太史公著书，必游名山大川，其斯之谓欤！"盖古来圣贤多生西北，所见皆然，故方言随口而出。朱文公南人也⑥，彼乌知之？故但释字义，不求甚解，使千古疑团，至今未破，非予远游绝塞，亲觏其人，乌知斯言之不谬哉？由是观

之，"四书"之文犹不可尽法，况《西厢》之为词曲乎？凡作传奇，不宜频用方言，令人不解。近日填词家，见花面登场悉作姑苏口吻⑦，遂以此为成律，每作净丑之白，即用方言，不知此等声音，止能通于吴越，过此以往，则听者茫然。传奇天下之书，岂仅为吴越而设？至于他处方言，虽云入曲者少，亦视填词者所生之地。如汤若士生于江右⑧，即当规避江右之方言，粲花主人吴石渠生于阳羡⑨，即当规避阳羡之方言。盖生此一方，未免为一方所囿。有明是方言，而我不知其为方言，及入他境，对人言之而人不解，始知其为方言者。诸如此类，易地皆然。欲作传奇，不可不存桑弧蓬矢之志⑩。

【眉批】王宓草云：石破天惊，轰雷四起。

【眉批】胆大包身，始能发此快论。然有此识，方有此胆，胆亦不易大也。

【注释】

①"自反而缩"三句：见《孟子·公孙丑》。原文是"自反而不缩，虽褐宽博，吾不惴焉"。杨伯峻译文：反躬自问，正义不在我，对方纵是卑贱的人，我不去恐吓他。不惴焉，不使他惧怕。

②贱衣：有的本子作"贱矣"。

③顾左右而言他：躲避正面回答问题。语见《孟子·梁惠王下》。

④觏：遇见。

⑤《鲁论》：鲁派《论语》。语见《论语·乡党》："必有寝衣，长一身有半。"寝衣即被，长度是身长的一又二分之一。

⑥朱文公：即朱熹，字元晦，号晦庵，徽州婺源（今属江西）人，南宋诗人、哲学家，宋代理学的集大成者，绍兴十八年（1148）中进士，历仕高宗、孝宗、光宗、宁宗四朝，嘉定二年（1209）诏赐遗表恩泽，谥曰文，故称朱文公。

⑦姑苏：即江苏吴县。

⑧江右：长江之右。汤显祖是临川人，故称江右。

⑨吴石渠：名炳，号粲花主人，江苏阳羡（今宜兴）人，明末戏曲家，著有传奇《画中人》《西园记》《情邮记》《绿牡丹》《疗妒羹》等，称为《粲花五种》。

⑩桑弧蓬矢之志：古代诸侯生子仪式，桑作弓蓬作箭，射向四方，象征志在四方。

【点评】

使用方言，的确是一个值得讨论的问题。李渔当年不主张使用方言，是为了戏曲能够让不同地区的观众都听得懂。然而方言有时也可以成为塑造形象的有效手段，在现代戏剧、相声、小品中尤其如此。所以，使用方言的功过是非须具体辨析，不可一概而论。

我最感兴趣的是李渔在这一节无意中触及了创作的一个重要问题，用我们今天的话来说就是：生活是创作的源泉。他是从对《孟子》中"褐"字如何释义悟出这个道理来的。李渔认为连博学如朱熹者，对"褐"字也未能甚解，原因何在？在于朱熹生活在南方而不了解北方的生活。李渔游历西北，见"土著之民，人人衣褐"，才知道《孟子》"自反而缩，虽褐宽博，吾不惴焉"中"褐"之真义。原来，当地土著，以此一物而总"衫裳襦裤"，"日则披之当服，夜则拥以为衾"，是以"宽博"。由此，李渔幡然大悟："太史公著书，必游名山大川，其斯之谓欤！"创作无诀窍，生活是基础。大约古今中外概莫能外。

当然，有了生活并不一定就能创作出好作品来；但是没有生活肯定不会有好作品产生。

<h2 align="center">※ 时防漏孔</h2>

【原文】

一部传奇之宾白，自始自终，奚啻千言万语①。多言多失，保无前是后非，

有呼不应，自相矛盾之病乎？如《玉簪记》之陈妙常，道姑也，非尼僧也，其白云"姑娘在禅堂打坐"，其曲云"从今擘债染缁衣"，"禅堂""缁衣"皆尼僧字面，而用入道家，有是理乎？诸如此类者，不能枚举。总之，文字短少者易为检点，长大者难于照顾。吾于古今文字中，取其最长最大，而寻不出纤毫渗漏者，惟《水浒传》一书。设以他人为此，几同笊篱贮水，珠箔遮风，出者多而进者少，岂止三十六漏孔而已哉！

【注释】

①奚啻：哪里止于的意思。奚，古疑问词；啻，只，仅，但。

科诨第五

【原文】

插科打诨，填词之末技也，然欲雅俗同欢，智愚共赏，则当全在此处留神。文字佳，情节佳，而科诨不佳①，非特俗人怕看，即雅人韵士，亦有瞌睡之时。作传奇者，全要善驱睡魔，睡魔一至，则后乎此者虽有《钧天》之乐②，《霓裳羽衣》之舞③，皆付之不见不闻，如对泥人作揖、土佛谈经矣。予尝以此告优人，谓戏文好处，全在下半本。只消三两个瞌睡，便隔断一部神情，瞌睡醒时，上文下文已不接续，即使抖起精神再看，只好断章取义，作零出观。若是，则科诨非科诨，乃看戏之人参汤也。养精益神，使人不倦，全在于此，可作小道观乎？

【注释】

①科：古代戏曲剧本指示角色动作的用语。诨：诙谐逗趣的话。
②钧天：神话中天上的音乐"钧天广乐"的简称。
③霓裳羽衣舞：唐代著名歌舞，白居易《长恨歌》曾写及。

※ 戒淫亵

【原文】

观文中花面插科，动及淫邪之事，有房中道不出口之话，公然道之戏场者。无论雅人塞耳，正士低头，惟恐恶声之污听，且防男女同观，共闻亵语，未必不开窥窃之门①，郑声宜放，正为此也。不知科诨之设，止为发笑，人间戏语尽多，何必专谈欲事？即谈欲事，亦有"善戏谑兮，不为虐兮"之法②，何必以口代笔，画出一幅春意图，始为善谈欲事者哉？人问：善谈欲事，当用何法，请言一二以概之。予曰：如说口头俗语，人尽知之者，则说半句，留半句，或说一句，留一句，令人自思。则欲事不挂齿颊，而与说出相同，此一法也。如讲最亵之话虑人触耳者，则借他事喻之，言虽在此，意实在彼，人尽了然，则欲事未入耳中，实与听见无异，此又一法也。得此二法，则无处不可类推矣。

【注释】

①窥窃：男女情爱之事。

②善戏谑兮，不为虐兮：戏谑，开玩笑；虐，过分。语出《诗经·卫风·淇奥》，意思是善于开玩笑，不过分。

※ 忌俗恶

【原文】

科诨之妙，在于近俗，而所忌者，又在于太俗。不俗则类腐儒之谈，太俗即非文人之笔。吾于近剧中，取其俗而不俗者，《还魂》而外，则有《粲花五种》①，皆文人最妙之笔也。《粲花五种》之长，不仅在此，才锋笔藻，可继《还魂》，其稍逊一筹者，则在气与力之间耳。《还魂》气长，《粲花》稍促；《还魂》力足，《粲花》略亏。虽然，汤若士之《四梦》[2]，求其气长力足者，惟《远魂》一种，其余三剧则与《粲花》并肩。使粲花主人及今犹在，奋其全力，另制一种新词，则词坛赤帜[3]，岂仅为若士一人所揽哉？所恨予生也晚，不及与二老同时。他日追及泉台[4]，定有一番倾倒，必不作妒而欲杀之状，向阎罗天子掉舌，排挤后来人也。

【注释】

①粲花五种：见前《少用方言》注⑨。

②汤若士之《四梦》：汤显祖之《牡丹亭》《邯郸记》《南柯记》《紫钗记》四剧都写到梦，世称《四梦》。

③赤帜：《史记·淮阴侯列传》中韩信与赵王战，"拔赵帜立汉赤帜"，因而"赤帜"表示胜利的旗帜。

④泉台：九泉之下，坟墓。

重关系

【原文】

科诨二字，不止为花面而设，通场脚色皆不可少。生旦有生旦之科诨，外末有外末之科诨，净丑之科诨则其分内事也。然为净丑之科诨易，为生旦外末之科诨难。雅中带俗，又于俗中见雅；活处寓板，即于板处证活。此等虽难，犹是词客优为之事。所难者，要有关系。关系维何？曰：于嬉笑诙谐之处，包含绝大文章；使忠孝节义之心，得此愈显。如老莱子之舞斑衣①，简雍之说淫具，东方朔之笑彭祖面长②，此皆古人中之善于插科打诨者也。作传奇者，苟能取法于此，是科诨非科诨，乃引人入道之方便法门耳。

【注释】

①老莱子之舞斑衣：传说老莱子年七十，为娱双亲而着五彩斑衣、作婴儿状，戏舞于父母面前。

②"简雍"二句：见下面《贵自然》条正文。

贵自然

【原文】

科诨虽不可少，然非有意为之。如必欲于某折之中，插入某科诨一段，或预设某科诨一段，插入某折之中，则是觅妓追欢，寻人卖笑，其为笑也不真，其为乐也亦甚苦矣。妙在水到渠成，天机自露。"我本无心说笑话，谁知笑话逼人来"，斯为科诨之妙境耳。如前所云简雍说淫具，东方朔笑彭祖。即取二事论之。蜀先主时，天旱禁酒，有吏向一人家索出酿酒之具，论者欲置之法。雍与先主游，见男女各行道上，雍谓先主曰："彼欲行淫，请缚之。"先主曰："何以知其行淫？"雍曰："各有其具，与欲酿未酿者同，是以知之。"先主大笑，而释蓄酿具者。汉武帝时，有善相者，谓人中长一寸①，寿当百岁。东方朔大笑，有司奏以不敬。帝责之，朔曰："臣非笑陛下，乃笑彭祖耳。人中一寸则百岁，彭祖岁八百，其人中不几八寸乎？人中八寸，则面几长一丈矣，是以笑之。"此二事，可谓绝妙之诙谐，戏场有此，岂非绝妙之科诨？然当时必亲见男女同行，因而说及淫具；必亲听人中一寸寿当百岁之说，始及彭祖面长，是以可笑，是以能悟人主。如其未见未闻，突然引此为喻，则怒之不暇，笑从何来？笑既不得，悟从何有？此即贵自然、不贵勉强之明证也。吾看演《南西厢》，见法聪口中所说科诨，迂奇诞妄，不知何处生来，真令人欲逃欲呕，而观者听者绝无厌倦之色，岂文章一道，俗则争取，雅则共弃乎？

【注释】

①人中：面部上唇正中的一个穴位。

【点评】

戏曲中插科打诨并非"小道"，也非易事。李渔把它比作"看戏之人参汤"，乃取其"养精益神"之意。这个比喻虽不甚确切，却很有味道。

科诨是什么？表面看来，就是逗乐、调笑；但是，往内里想想，其中有深意存焉。人生有悲有喜，有哭有笑。悲和哭固然是免不了的，喜和笑也是不可缺少的。试想，如果一个人不会笑、不懂得笑，那将何等悲哀、何等乏味？戏剧的功能之一就是娱乐性；娱乐，就不能没有笑。戏曲中的笑（包括某部戏中的插科打诨，也包括整部喜剧），说到底也是基于人的本性。但是，观众笑什么？为什么笑？如何引他们发笑？这里面大有学问。笑有不同种类、不同性质、不同内涵。譬如有纯生理的笑，刚出生不久的婴儿的笑、用手胳肢使人发笑等等即属此类；

但人的大多数笑都有社会的、文化的意义。有无意识、下意识的笑，但大多数笑是有意识的。有肯定性的、赞许的笑，但有相当多的笑是否定性的、像刀子一样尖利的。有的笑是爱，有的笑是恨。有的笑是笑自己，有的笑是笑别人。有的自以为是笑别人，实际上是笑自己，果戈理《钦差大臣》演到最后，演员指着满场笑着的观众说："你们是在笑自己！"笑的样子也几乎是无穷无尽的：微笑、大笑、狂笑、傻笑、苦笑、讪笑、淫笑、冷笑、得意的笑、放肆的笑、皮笑肉不笑、含着眼泪笑、无可奈何的笑、歇斯底里的笑……那么，戏曲中的笑是什么样的笑？我想，这种笑就其种类、性质、内涵和形态来说，应该是比较宽泛的；现实中自然状态的一切笑都可以作为它的原料。但是，它有一个最低限，那就是经过戏曲家的艺术创造，它必须是具有审美意味的、对人类无害有益的。这是戏曲中笑的起跑线。从这里起跑，戏曲家有着无限广阔的创造天地，可以是低级的滑稽，可以是高级的幽默，可以是正剧里偶尔出现的笑谑（插科打诨），可以是整部精彩的喜剧……当然，不管是什么情况，观众期盼着的都是艺术精品，是戏曲作家和演员的"绝活"。

李渔在《科诨第五》的四款中所探讨的就是这个范围里的部分问题。前两款，"戒淫亵"和"忌俗恶"，是从反面对科诨提出的要求，要避免低级下流和庸俗不堪——这个问题现在仍然是需要注意的，有的戏，喜欢用些"赃话"和"赃事"（不堪入目的动作）来引人发笑，实在是应该禁戒的恶习。后两款，"重关系"和

"贵自然"，是从正面对科诨提出的要求，要提倡寓意深刻和自然天成，"我本无心说笑话，谁知笑话逼人来"。他所举"简雍之说淫具"和"东方朔之笑彭祖面长"，雅俗共赏，非常有趣，的确是令人捧腹的好例子。

格局第六

【原文】

传奇格局，有一定而不可移者，有可仍可改，听人自为政者。开场用末①，冲场用生；开场数语，包括通篇，冲场一出，蕴酿全部，此一定不可移者。开手宜静不宜喧，终场忌冷不忌热，生旦合为夫妇，外与老旦非充父母即作翁姑，此常格也。然遇情事变更，势难仍旧，不得不通融兑换而用之，诸如此类，皆其可仍可改，听人为政者也。近日传奇，一味趋新，无论可变者变，即断断当仍者，亦加改窜，以示新奇。予谓文字之新奇，在中藏，不在外貌，在精液，不在渣滓，犹之诗赋古文以及时艺，其中人才辈出，一人胜似一人，一作奇于一作，然止别其词华，未闻异其资格。有以古风之局而为近律者乎？有以时艺之体而作古文者乎？绳墨不改，斧斤自若，而工师之奇巧出焉。行文之道，亦若是焉。

【注释】

①开场用末：元杂剧和明清传奇的角色行当，主要有生、旦、净、末、丑，还有外。末扮演中年男子，生主要扮演青年男子，外主要扮演老年男子。

※ 家门

【原文】

开场数语，谓之"家门"①。虽云为字不多，然非结构已完、胸有成竹者，不能措手。即使规模已定，犹虑做到其间，势有阻挠，不得顺流而下，未免小有更张，是以此折最难下笔。如机锋锐利，一往而前，所谓信手拈来，头头是道，则从此折做起；不则姑缺首篇，以俟终场补入。犹塑佛者不即开光②，画龙者点睛有待③，非故迟之，欲俟全像告成，其身向左则目宜左视，其身向右则目宜右观，俯仰低徊，皆从身转，非可预为计也。此是词家讨便宜法，开手即以告人，使后来作者未经捉笔，先省一番无益之劳，知笠翁为此道功臣，凡其所言，皆真切可行之事，非大言欺世者比也。

未说家门，先有一上场小曲，如《西江月》《蝶恋花》之类，总无成格，听人拈取。此曲向来不切本题，止是劝人对酒忘忧、逢场作戏诸套语。予谓词曲中开场一折，即古文之冒头④，时文之破题⑤，务使开门见山，不当借帽覆顶。即将本传中立言大意，包括成文，与后所说家门一词相为表里。前是暗说，后是明说，暗说似破题，明说似承题⑥，如此立格，始为有根有据之文。场中阅卷，看至第二三行而始觉其好者，即是可取可弃之文；开卷之初，能将试官眼睛一把拿住，不放转移，始为必售之技。吾愿才人举笔，尽作是观，不止填词而已也。

【眉批】王左车云：先生之文，篇篇若是，先生之书，部部若是。所谓现身说法者也。

【注释】

①家门：明清戏曲（如传奇）一般先以副末登场说的几句话，简述写作缘起和剧情，称为家门。

②开光：佛像雕塑完成后，举行仪式，开始供奉。

③画龙者点晴有待：南朝梁武帝时画家张僧繇在金陵安乐寺画四龙，其中两龙点睛后飞走，未点睛者仍留在壁上。见唐张彦远《历代名画记》。

④冒头：作古文时的开端、引子之类。

⑤破题：作时文（应科举试）的起首数语，点破题目。

⑥承题：作时文，第二部分承接破题而往下写，谓之承题。

元词开场，止有冒头数语，谓之"正名"，又曰"楔子"，多则四句，少则二句，似为简捷。然不登场则已，既用副末上场，脚才点地，遂尔抽身，亦觉张皇失次。增出家门一段，甚为有理。然家门之前，另有一词，今之梨园皆略去前词，只就家门说起，止图省力，埋没作者一段深心。大凡说话作文，同是一理，入手之初，不宜太远，亦正不宜太近。文章所忌者，开口骂题，便说几句闲文，才归正传，亦未尝不可，胡遽惜字如金，而作此卤莽灭裂之状也？作者万勿因其不读而作省文。至于末后四句，非止全该，又宜别俗。元人楔子，太近老实，不足法也。

※ 冲场

【原文】

开场第二折，谓之"冲场"。冲场者，人未上而我先上也，必用一悠长引

子①。引子唱完，继以诗词及四六排语，谓之"定场白"，言其未说之先，人不知所演何剧，耳目摇摇，得此数语，方知下落，始未定而今方定也。此折之一引一词，较之前折家门一曲，犹难措手。务以寥寥数言，道尽本人一腔心事，又且蕴酿全部精神，犹家门之括尽无遗也。同属包括之词，而分难易于其间者，以家门可以明说，而冲场引子及定场诗词全用暗射②，无一字可以明言故也。非特一本戏文之节目全于此处埋根，而作此一本戏文之好歹，亦即于此时定价。何也？开手笔机飞舞，墨势淋漓，有自由自得之妙，则把握在手，破竹之势已成，不忧此后不成完璧。如此时此际文情艰涩，勉强支吾，则朝气昏昏，到晚终无晴色，不如不作之为愈也。然则开手锐利者宁有几人？不几阻抑后辈，而塞填词之路乎？曰：不然。有养机使动之法在：如入手艰涩，姑置勿填，以避烦苦之势；自寻乐境，养动生机，俟襟怀略展之后，仍复拈毫，有兴即填，否则又置，如是者数四，未有不忽撞天机者。若因好句不来，遂以俚词塞责，则走入荒芜一路，求辟草昧而致文明③，不可得矣。

【注释】

①引子：人物上场所唱之曲，常为散板，唱腔悠长，故曰"悠长引子"。

②暗射：暗里点破也。

③草昧：未开化的状态。

※　出脚色

【原文】

本传中有名脚色，不宜出之太迟。如生为一家，旦为一家，生之父母随生而出，旦之父母随旦而出，以其为一部之主，余皆客也。虽不定在一出二出，然不得出四五折之后。太迟则先有他脚色上场，观者反认为主，及见后来人，势必反认为客矣。即净丑脚色之关乎全部者，亦不宜出之太迟。善观场者，止于前数出所见，记其人之姓名；十出以后，皆是枝外生枝，节中长节，如遇行路之人，非止不问姓字，并形体面目皆可不必认矣。

※ 小收煞

【原文】

上半部之末出，暂摄情形，略收锣鼓，名为"小收煞"①。宜紧忌宽，宜热忌冷，宜作郑五歇后②，令人揣摩下文，不知此事如何结果。如做把戏者，暗藏一物于盆盏衣袖之中，做定而令人射覆③，此正做定之际，众人射覆之时也。戏法无真假，戏文无工拙，只是使人想不到、猜不着，便是好戏法、好戏文。猜破而后出之，则观者索然，作者赧然④，不如藏拙之为妙矣。

【注释】

①小收煞：传奇结构分为上下部，上部结尾告一段落，为"小收煞"。

②郑五歇后：唐人郑綮作诗多用歇后语，时称"郑五歇后体"。

③射覆：古代游戏。置物于覆器之下"令暗射之"（令人猜度）。《汉书·东方朔传》颜师古注："于覆器之下而置诸物，令暗射之，故云射覆。"

④赧然：难为情的样子。

※ 大收煞

【原文】

全本收场，名为"大收煞"。此折之难，在无包括之痕，而有团圆之趣。如一部之内，要紧脚色共有五人，其先东西南北各自分开，至此必须会合。此理谁

不知之？但其会合之故，须要自然而然，水到渠成，非由车戽①。最忌无因而至，突如其来，与勉强生情，拉成一处，令观者识其有心如此，与恕其无可奈何者，皆非此道中绝技，因有包括之痕也。骨肉团聚，不过欢笑一场，以此收锣罢鼓，有何趣味？水穷山尽之处，偏宜突起波澜，或先惊而后喜，或始疑而终信，或喜极信极而反致惊疑，务使一折之中，七情俱备，始为到底不懈之笔，愈远愈大之才，所谓有团圆之趣者也。予训儿辈，尝云："场中作文，有倒骗主司入彀之法②：开卷之初，当以奇句夺目，使之一见而惊，不敢弃去，此一法也；终篇之际，当以媚语摄魂，使之执卷留连，若难遽别，此一法也。"收场一出，即勾魂摄魄之具，使人看过数日，而犹觉声音在耳、情形在目者，全亏此出撒娇，作"临去秋波那一转"也③。

【注释】

①车戽：用水车汲水。戽，汲。

②入彀：进入射程范围之内。彀：使劲张弓，引申为射程范围。

③临去秋波那一转：语出《西厢记》第一本张生初见莺莺，莺莺临走回头一望，使张生觉得收魂摄魄，唱词中有"临去秋波那一转"。

【点评】

谈到"格局"，中国戏曲与西洋戏剧虽有某些相近的地方，但又显出自己的民族特色。一部完整的戏剧，总是有"开端""进展""高潮""结尾"等几个部分，无论中国戏曲还是西洋戏剧大致都如此。但是如何"开端"，如何"进展"，"高潮"是怎样的，"结尾"又是何种样态，中、西又有明显的不同。李渔《格局第六》中所谈五款"家门""冲场""出脚色""小收煞""大收煞"，总结的纯粹是中国戏曲的艺术经验。其中，"家门"和"冲场"，谈戏曲的"开端"；"出脚色"涉及戏曲"进展"中的问题；"小收煞"和"大收煞"谈戏曲的"结尾"。与西洋戏剧相比，不但这里所用的术语很特别，而且内涵也大相径庭。我们不妨将二者加以对照。

西洋戏剧的所谓"开端"，是指"戏剧冲突的开端"，而不是中国人习惯上的那种"故事的开端"。开端之后随着冲突的迅速展开和进展很快就达到高潮，而高潮是冲突的顶点，也就意味着冲突的很快解决，于是跟着高潮马上就是结尾。例如古希腊著名悲剧《俄狄浦斯王》，开端是忒拜城发生大瘟疫，冲突很快展开并迅速进展，马上就要查出造成瘟疫的原因——找到杀死前国王的凶手，而找到凶手（俄狄浦斯王自己），也就是高潮，紧接着就是结尾，全剧结束，显得十分紧凑。至于故事的全过程，冲突的"前史"，如俄狄浦斯王从出生到弑父、娶母、生儿育女……则在剧情发展中通过人物之口补叙。易卜生的《玩偶之家》更是善于从收场处开幕，然后再用简短的台词说明过去的事件。全剧从开端到结尾，写了两天多一点时间，冲突展开得很迅速，高潮后也不拖泥带水。一部西洋戏剧，其舞台时间一般都只有两三个小时，戏剧家就要让观众在这两三个小时内，看到一个戏剧冲突从开端到结尾的全过程。所以，西方戏剧家写戏，认为关键在于找到戏剧冲突，特别要抓住冲突的高潮。而高潮又总是连着结尾。找到冲突的高潮和冲突的解决（结尾），一部戏剧自然也就瓜熟蒂落。因此，西方戏剧家往往从结尾写起。这样写出来的戏，其格局的各个环节自然连接得十分紧密。

但是，中国人的审美习惯则不同。中国人喜欢看有头有尾的故事。所以，中国戏曲作家写戏，往往着重寻找一个有趣的、有意义的故事，而不是像西方戏剧家那

样着眼于冲突。中国戏曲当然不是不要冲突，而是让冲突包含在故事之中；西洋戏剧当然也不是不要故事，而是在冲突中附带展开故事。由此，中国戏曲的开场（开端）往往不是像西洋戏剧那样从戏剧冲突的开端开始，而是从整个故事的开端开始。李渔所说的"""冲场"，就是通过演员出场自报家门和定场诗、定场白，或"明说"或"暗射"，以引起故事的开头。中国戏曲，特别是宋元南戏和明清传奇，叙述故事总是从开天辟地讲起，而且故事情节进展较慢，开端离高潮相当远，结尾又离高潮相当远，一部传奇往往数十出，还要分上半部、下半部，整部戏演完，费时十天半月是常事，这就像中国数千年的农业社会那样漫长。例如，李渔自己的传奇《比目鱼》，从开端到矛盾冲突展开到高潮（谭楚玉、刘藐姑二人双双殉情），演了整整十六出戏；然而达到高潮只是戏的上半部，高潮之后又敷衍出许多情节，最后才走到结尾——这下半部又是整整十六出戏。所以，看中国戏，性急不得，你得慢悠悠耐着性子来，骑驴看唱本——慢慢走来慢慢瞧。正因为中国戏曲从开头到结尾如此漫长，并且分上半部、下半部，所以，在上半部之末，有一个小结尾，"暂摄精神，略收锣鼓，名为小收煞"，并且，通过"小收煞"留下一个"悬念""扣子"，"令人揣摩下文"，增加吸引力。这在西洋戏剧中是根本没有的。在全剧终了，又有一个总的结尾，叫作"大收煞"。中国人喜欢看大团圆的结局，因此，"大收煞"如李渔所说要追求"团圆之趣"，所谓"一部之内，要紧脚色共有五人，其先东西南北各自分开，到此必须会合"。这种大团圆结局一般是一种喜剧结局，即使是悲剧，也往往硬是来一个喜剧结尾。何以如此？也许是因为中国人的心太善，看不得悲惨场面，最向往美好结局；也许与中国传统中一贯追求的"中和"境界有关。不管怎样，在这一点上，中国戏曲与西洋戏剧讲究对立斗争、喜爱悲剧又有明显不同。中国戏曲多喜剧、多喜剧结尾，而西洋戏剧多悲剧、多悲剧结尾。

说到中国追求"中和"而西方讲究"对立"，又引出中国戏曲与西洋戏剧"高潮"的差别。因追求"中和"，中国戏曲的"高潮"，往往更多地表现为矛盾激化中情感运行的内涵式的"情感高潮"；因讲究"对立"，西洋戏剧的"高潮"，往往

更多地表现为戏剧冲突逻辑发展中外露型的"逻辑高潮"。细细考察，中西戏剧的一系列差别，深深扎根于它们各自民族文化和审美心理结构的底层差异。这是一个大题目，需要专门研究。

※ 填词余论

【原文】

读金圣叹所评《西厢记》，能令千古才人心死。夫人作文传世，欲天下后代知之也，且欲天下后代称许而赞叹之也。殆其文成矣，其书传矣，天下后代既群然知之，复群然称许而赞叹之矣，作者之苦心，不几大慰乎哉？予曰：未甚慰也。誉人而不得其实，其去毁也几希[①]。但云千古传奇当推《西厢》第一，而不明言其所以为第一之故，是西施之美，不特有目者赞之，盲人亦能赞之矣。自有《西厢》以迄于今，四百余载，推《西厢》为填词第一者，不知几千万人，而能历指其所以为第一之故者，独出一金圣叹。是作《西厢》者之心，四百余年未死，而今死矣。不特作《西厢》者心死，凡千古上下操觚立言者之心[②]，无不死矣。人患不为王实甫耳，焉知数百年后，不复有金圣叹其人哉！

圣叹之评《西厢》，可谓晰毛辨发，穷幽极微[③]，无复有遗议于其间矣。然以予论之，圣叹所评，乃文人把玩之《西厢》，非优人搬弄之《西厢》也。文字之三昧，圣叹已得之；优人搬弄之三昧，圣叹犹有待焉。如其至今不死，自撰新词几部，由浅及深，自生而熟，则又当自火其书而别出一番诠解。甚矣，此道之难言也。

圣叹之评《西厢》，其长在密，其短在拘，拘即密之已甚者也。无一句一字不逆溯其源，而求命意之所在，是则密矣，然亦知作者于此有出于有心，有不必尽出于有心者乎？心之所至，笔亦至焉，是人之所能为也；若夫笔之所至，心亦至焉，则人不能尽主之矣。且有心不欲然，而笔使之然，若有鬼物主持其间者，此等文

字. 尚可谓之有意乎哉？文章一道，实实通神，非欺人语。千古奇文，非人为之，神为之、鬼为之也，人则鬼神所附者耳。

【注释】

①几希：很少。

②操觚立言：即写文章。觚，古代写字用的木板。

③极：《中国文学珍本丛书》本作"极"，翼圣堂本和芥子园本作"晰"。

【点评】

金圣叹堪称大家。尤其是在中国特有的"评点"（或称"点评"）文字方面，他是名副其实的第一把手。金圣叹的评点，高就高在富于深刻的哲学意味。这一点远在李渔之上。你看他评《水浒》、评《西厢》，你会看到他对人生、对社会、对自然、对宇宙、对生、对死的深刻思考。

然而，也的确如李渔所说："圣叹所评，乃文人把玩之《西厢》，非优人搬弄之《西厢》也。"若论"优人搬弄"，李渔又在金圣叹之上。

明至清初数百年间，在戏曲方面又懂创作又懂理论的，尤其是深知戏曲的舞台性特点的，当推李渔为第一人；李渔之后以至清末数百年间，亦鲜有过其右者。你看，李渔是这样写戏的："笠翁手则握笔，口却登场，全以身代梨园，复以神魂四绕，考其关目，试其声音，好则直书，否则搁笔，此其所以观听咸宜也。"这使我想起徐渭《南词叙录》中所记高明（则诚）写《琵琶记》的情形："相传：则诚坐卧一小楼，三年而后成。其足按拍处，板皆为穿。"如果徐渭所说真是如此，那么高明在写戏方面的确是十分高明的。然而，我认为李渔比高明更胜一筹。高明写戏，注意了音律（以足按拍）；而李渔，不但注意音律、关目等等，而且还特别注意了"隐形演员"和"隐形观众"。他写戏，完全把自己设身于"梨园"之中，"既以口代优人"（隐形演员），"复以耳当听者"（隐形观众），这样，作家、演

116

员、观众三堂会审，"考其关目，试其声音"，"询其好说不好说，中听不中听"，哪有写不出"观听咸宜"的好戏来的道理呢？李渔的这个写戏理论，即使拿到今天，也是十分精到的，值得现在的戏剧作家借鉴。

此外，李渔还谈到写作中"心不欲然，而笔使之然"的情形。这的确抓住了创作中常常出现的一个相当普遍的奇妙现象。前面谈想象问题时，我们曾谈到想象中"醉"与"醒"的结合。其实，整个创作，都存在这个问题。据说，作家陆文夫曾说过写作是先醒后醉。先醒者，作家在未动笔之前对所写对象须有清醒的把握；后醉者，作家下笔之后要进入七分醉的状态，也即"打醉拳"。这样就会出现李渔所谓"心不欲然，而笔使之然"的情形。这真是作家的折肱之言。全醒，太理智，写不出好作品。大概七分醉是运笔时的比较理想的状态。另外，李渔所谓"心不欲然，而笔使之然"，也即艺术创作的无意识问题，三百年后弗洛伊德从心理学角度细论之。

演习部

【原文】

选脚色、正音韵等事，载在《歌舞》项下。男优女乐，事理相同，欲习声乐者，两类互观，始无缺略。

※　选剧第一

【原文】

填词之设，专为登场；登场之道，盖亦难言之矣。词曲佳而搬演不得其人，歌童好而教率不得其法，皆是暴殄天物，此等罪过，与裂缯毁璧等也①。方今贵戚通侯②，恶谈杂技③，单重声音，可谓雅人深致④，崇尚得宜者矣。所可惜者：演剧之人美，而所演之剧难称尽美；崇雅之念真，而所崇之雅未必果真。尤可怪者：最有识见之客，亦作矮人观场⑤，人言此本最佳，而辄随声附和，见单即点⑥，不问情理之有无，以致牛鬼蛇神塞满氍毹之上⑦。极长词赋之人，偏与文章为难，明知此剧最好，但恐偶违时好，呼名即避，不顾才士之屈伸，遂使锦篇绣帙，沉埋瓿瓮之间。汤若士之《牡丹亭》《邯郸梦》得以盛传于世，吴石渠之《绿牡丹》《画中人》得以偶登于场者，皆才人侥幸之事，非文至必传之常理也。若据时优本念，则愿秦皇复出，尽火文人已刻之书，止存

优伶所撰诸抄本，以备家弦户诵而后已。伤哉，文字声音之厄⑧，遂至此乎！吾谓《春秋》之法⑨，责备贤者，当今瓦缶雷鸣，金石绝响，非歌者投胎之误，优师指路之迷⑩，皆顾曲周郎之过也。使要津之上⑪，得一二主持风雅之人，凡见此等无情之剧，或弃而不点，或演不终篇而斥之使罢，上有憎者，下必有甚焉者矣。观者

求精，则演者不敢浪习，黄绢色丝之曲，外孙齑臼之词[12]，不求而自至矣。吾论演习之工而首重选剧者，诚恐剧本不佳，则主人之心血，歌者之精神，皆施于无用之地。使观者口虽赞叹，心实咨嗟[13]，何如择术务精，使人心口皆羡之为得也。

【注释】

①裂缯毁璧：传说夏桀宠妃妹喜爱听"裂缯"（撕绸子）之声。缯，古代丝绸总称。璧，玉器。

②通侯：秦代的爵位有二十等级，其最高者为通侯。

③杂技：杂艺，即各等技艺。

④致：情趣。

⑤矮人观场：朱熹："如矮子看戏相似，见人道好，他亦道好。"（《朱子语类》）

⑥单：戏单。

⑦氍毹：地毯，指演出的舞台。

⑧厄：灾，险，受困。

⑨吾谓《春秋》之法：《新唐书·太宗本纪赞》："《春秋》之法，常责备于贤者。"

⑩优师：优伶的老师，排演戏曲时的"导演"。

⑪要津之上：指身在重要岗位上的达官要员。要津：水陆要冲。

⑫黄绢色丝之曲，外孙齑臼之词："绝妙好辞"的隐语。《世说新语·捷悟》："魏武尝过曹娥碑下，杨修从。碑背上见题作'黄绢幼妇，外孙齑臼'八字……修曰：'黄绢，色丝也，于字为绝。幼妇，少女也，于字为妙。外孙，女子也，于字为好。齑臼，受辛也，于字为辞。所谓绝妙好辞也。'"

⑬咨嗟：可释为因疑惑而询问嗟叹。咨，商量于人。嗟，叹息。

【点评】

　　《演习部》的全部篇幅都是谈"登场之道"的，即对表演和导演的艺术经验进行总结。李渔说："登场之道，盖亦难言之矣。词曲佳而搬演不得其人，歌童好而教率不得其法，皆是暴殄天物。"即使搬演得其人、教率得其法，就能保证演得一出好戏吗？不然。它们仍然不是演出成功的充足条件。戏剧是名副其实的综合艺术，剧本、演员、伴奏、服装、切末（道具）、灯光……都是演好戏的必要条件，哪个环节出了毛病，都可能导致演出失败。而上述所有这些因素，在戏剧演出中必须组合成一个有机整体，这个组合工作，是由导演来完成的。导演是舞台艺术的灵魂，是全部舞台行动的组织者和领导者。一部戏的成功演出，正是通过导演独创性的艺术构思，运用以演员的表演为中心环节的种种综合手段，对剧本进行再创造，把舞台形象展现在观众面前。

　　中国的表演艺术源远流长，它萌芽于周秦"乐舞"、汉魏"百戏"；发展于隋唐"弄参军""踏摇娘"；成熟于宋元明的"南戏""杂剧""传奇"；至清，"昆""弋"两腔争胜，地方剧种蜂起，达到空前繁荣。伴随其间，导演艺术也必然发展起来。宋代乐舞中的"执竹竿者"，南戏中的"末泥色"，元杂剧中的"教坊色长"、戏班班主，明清戏曲中的一些著名演员和李渔

说的"优师"，都做着或部分做着类似于导演的工作。元代陶宗仪《南村辍耕录》中说："教坊色长魏、武、刘三人，鼎新编辑。"此处"编辑"者，即指舞台演出

的组织、设计。魏、武、刘三人，也都有各自的"绝活"："魏长于念诵，武长于筋斗，刘长于科泛。"明末著名女演员刘晖吉（若是现在就是女明星）导排《唐明皇游月宫》，也曾轰动一时。李渔自己也可以说是一个出色的导演——虽然那时还没有导演这个名称，也没有专职导演这个位置。他是个多面手，自己写戏，自己教戏，自己导戏，造诣高深。正是因此，李渔才能在继承前人成果的基础上，总结自己的艺术经验，在《演习部》中对表演，尤其是导演问题提出许多至今仍令人叹服的精彩见解。有人说，《闲情偶寄》的《词曲部》再加上其他谈导演的有关部分，就是我国乃至世界戏剧史上最早的一部导演学。这话不是没有道理的。按照现代导演学的奠基者之一、俄国大导演斯坦尼拉夫斯基的说法，导演学的基本内容分三部分：一是跟作者一起钻研剧本，对剧本进行导演分析；二是指导演员排演；三是跟美术家、作曲家以及演出部门一起工作，把舞美、音乐、道具、灯光、服装、效果等等同演员的表演有机组合起来，成为一个完美的艺术整体。早于斯坦尼拉夫斯基二百多年，李渔对上述几项基本内容就已有相当精辟的论述，例如《选剧第一》《变调第二》谈对剧本的导演处理；《授曲第三》《教白第四》谈如何教育演员和指导排戏；《脱套第五》涉及服装、音乐（伴奏）等许多问题。尽管今天看来有些论述还嫌简略，但在当时是难能可贵的。

※ 别古今

【原文】

选剧授歌童，当自古本始。古本既熟，然后间以新词，切勿先今而后古。何也？优师教曲，每加工于旧而草草于新，以旧本人人皆习，稍有谬误，即形出短长；新本偶尔一见，即有破绽，观者听者未必尽晓，其拙尽有可藏。且古本相传至今，历过几许名师，传有衣钵[1]，未当而必归于当，已精而益求其精，犹时文中"大学之道""学而时习之"诸篇[2]，名作如林，非敢草草动笔者也。新剧则如巧搭

新题，偶有微长，则动主司之目矣。故开手学戏，必宗古本。而古本又必从》《《荆钗》《幽闺》《寻亲》等曲唱起③，盖腔板之正，未有正于此者。此曲善唱，则以后所唱之曲，腔板皆不谬矣。旧曲既熟，必须间以新词。切勿听拘士腐儒之言，谓新剧不如旧剧，一概弃而不习。盖演古戏，如唱清曲④，只可悦知音数人之耳，不能娱满座宾朋之目。听古乐而思卧，听新乐而忘倦⑤。古乐不必《箫》《韶》《琵琶》《幽闺》等曲，即今之古乐也。但选旧剧易，选新剧难。教歌习舞之家，主人必多冗事，且恐未必知音，势必委诸门客，询之优师。门客岂尽周郎，大半以优师之耳目为耳目。而优师之中，淹通文墨者少，每见才人所作，辄思避之⑥，以凿枘不相入也⑦。故延优师者⑧，必择文理稍通

之人，使阅新词，方能定其美恶。又必藉文人墨客参酌其间，两议佥同⑨，方可授之使习。此为主人多冗，不谙音乐者而言。若系风雅主盟，词坛领袖，则独断有余，何必知而故询。噫，欲使梨园风气丕变维新，必得一二缙绅长者主持公道⑩，俾词之佳音必传，剧之陋者必黜，则千古才人心死，现在名流，有不以沉香刻木而祀之者乎⑪？

【注释】

①衣钵：原指佛教中师傅传给弟子的袈裟和钵，泛指传授下来的学术思想、技能等。

②大学之道：《大学》第一句。学而时习之：《论语》第一句。都是当时作时

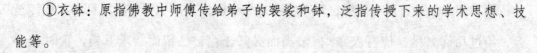

文常用之题。

③《寻亲》：即《寻亲记》，又名《教子记》《周羽教子寻亲记》，明代徐渭《南词叙录》"宋元旧篇"中曾提到《教子寻亲》。

④唱清曲：清唱，不用扮演。

⑤听古乐而思卧，听新乐而忘倦：《乐记》："魏文侯问于子夏曰：'吾端冕而听古乐则唯恐卧，听郑卫之音则不知倦。'"

⑥辄：总是。

⑦以凿枘不相入：凿，圆榫；枘，方榫。故说"凿枘不相入"。《楚辞·九辩》："圆凿而方枘兮，吾固知其龃龉而难入。"

⑧延：聘请。

⑨佥同：一致，都同意。佥，全，都。

⑩缙绅：古代称有官职或做过官的人。

⑪祀：祭祀。

※ 剂冷热

【原文】

今人之所尚，时优之所习，皆在热闹二字；冷静之词，文雅之曲，皆其深恶而痛绝者也。然戏文太冷，词曲太雅，原足令人生倦，此作者自取厌弃，非人有心置之也。然尽有外貌似冷而中藏极热，文章极雅而情事近俗者，何难稍加润色，播入管弦？乃不问短长，一概以冷落弃之，则难服才人之心矣。予谓传奇无冷热，只怕不合人情。如其离合悲欢，皆为人情所必至，能使人哭，能使人笑，能使人怒发冲冠，能使人惊魂欲绝，即使鼓板不动，场上寂然，而观者叫绝之声，反能震天动地。是以人口代鼓乐，赞叹为战争，较之满场杀伐，钲鼓雷鸣，而人心不动，反欲掩耳避喧者为何如？岂非冷中之热，胜于热中之冷；俗中之雅，逊于雅中之俗

乎哉？

【点评】

"别古今"和"剂冷热"是李渔当时提出的选剧标准。

"别古今"主要从教率歌童的角度着眼，提出要选取那些经过长期磨炼、"精而益求其精"、腔板纯正的古本作为歌童学习的教材。这也是由中国戏曲特殊教育方式和长期形成的程式化特点所决定的。一方面，中国古代没有戏曲学校，教戏都是通过师傅带徒弟的方式进行，老师一招一式、一字一句地教，学生也就一招一式、一字一句地学，可能还要一面教学、一面演出，因此，就必须找可靠的戏曲范本。另一方面，中国戏曲的程式化要求十

分严格，生、旦、净、末，唱、念、做、打，出场、下场，服装、切末（道具），音乐、效果等等，都有自己的"死"规定，一旦哪个地方出点差错，内行的观众就可能叫倒好。这样，也就要求选择久经考验的"古本"作为模范。

"剂冷热"则是从演出角度着眼，提出要选择那些雅俗共赏的剧目上演。在这里，李渔有一个观点是十分高明的："予谓传奇无冷热，只怕不合人情。如其离合悲欢，皆为人情所必至，能使人哭，能使人笑，能使人怒发冲冠，能使人惊魂欲绝，即使鼓板不动，场上寂然，而观者叫绝之声，反能震天动地。"所以，选择剧目不能只图"热闹"，而要注重其是否"为人情所必至"；戏曲作家则更应以这个

标准要求自己的创作。现在有些戏剧、电影、电视剧作品，只顾"热闹"，不管"人情"，难道不值得深思吗？

※　变调第二

【原文】

变调者，变古调为新调也。此事甚难，非其人不行，存此说以俟作者[1]。才人所撰诗赋古文，与佳人所制锦绣花样，无不随时更变。变则新，不变则腐；变则活，不变则板。至于传奇一道，尤是新人耳目之事，与玩花赏月同一致也。使今日看此花，明日复看此花，昨夜对此月，今夜复对此月，则不特我厌其旧，而花与月亦自愧其不新矣。故桃陈则李代，月满即哉生[2]。花月无知，亦能自变其调，矧词曲出生人之口，独不能稍变其音，而百岁登场，乃为三万六千日雷同合掌之事乎？吾每观旧剧，一则以喜，一则以惧。喜则喜其音节不乖，耳中免生芒刺[3]；惧则惧其情事太熟，眼角如悬赘疣。学书学画者，贵在仿佛大都[4]，而细微曲折之间，正不妨增减出入，若止为依样葫芦，则是以纸印纸，虽云一线不差，少天然生动之趣矣。因创二法，以告世之执郢斤者[5]。

【注释】

①俟：等待。

②月满即哉生：意思是月满就开始月阙，事物不断变化。《尚书·康诰》："惟三月，哉生魄。"农历每月十六日，月始缺。哉，开始，才。

③耳：芥子园本作"而"，翼圣堂本作"耳"。

④大都：韩愈《画记》："乃命工人存其大都焉。"大都即大略、大致、差不多，北京话"大概其"。

⑤执郢斤者：技能高超的工匠，此指文章高手。《庄子·徐无鬼》中说，郢

（楚国首都）匠运斧成风，能把人鼻子尖儿上的白粉削去，而不伤鼻子。

※ 缩长为短

【原文】

观场之事，宜晦不宜明。其说有二：优孟衣冠[1]，原非实事，妙在隐隐跃跃之间[2]。若于日间搬弄，则太觉分明，演者难施幻巧，十分音容，止作得五分观听，以耳目声音散而不聚故也。且人无论富贵贫贱，日间尽有当行之事，阅之未免妨工。抵暮登场，则主客心安，无妨时失事之虑，古人秉烛夜游，正为此也。然戏之好者必长，又不宜草草完事，势必阐扬志趣，摹拟神情，非达旦不能告阕[3]。然求其可以达旦之人，十中不得一二，非迫于来朝之有事，即限于此际之欲眠，往往半部即行，使佳话截然而止。予尝谓好戏若逢贵客，必受腰斩之刑。虽属谑言，然实事也。与其长而不终，无宁短而有尾，故作传奇付优人，必先示以可长可短之法：取其情节可省之数折，另作暗号记之，遇清闲无事之人，则增人全演，否则拔而去之。此法是人皆知，在梨园亦乐于为此。但不知减省之中，又有增益之法，使所省数折，虽去若存，而无断文截角之患者，则在秉笔之人略加之意而已。法于所删之下折，另增数语，点出中间一段情节，如云昨日某人来说某话，我如何答应之类是也；或于所删之前一折，预为吸起，如云我明日当差某人去干某事之类是也。如此，则数语可当一折，观者虽未及看，实与看过无异，此一法也。予又谓多冗之客，并此最约者亦难终场，是删与不删等耳。尝见贵介命题，止索杂单，不用全本，皆为可行即行，不受戏文牵制计也。予谓全本太长，零出太短，酌乎二者之间，当仿《元人百种》之意，而稍稍扩充之，另编十折一本，或十二折一本之新剧，以备应付忙人之用。或即将古书旧戏，用长房妙手[4]，缩而成之。但能沙汰得宜，一可当百，则寸金丈铁，贵贱攸分，识者重其简贵，未必不弃长取短，另开一种风气，亦未可知也。此等传奇，可以一席两本，如佳客并坐，势不低昂，皆当在

命题之列者，则一后一先，皆可为政，是一举两得之法也。有暇即当属草，请以下里巴人，为白雪阳春之倡。

【注释】

①优孟衣冠：《史记·滑稽列传》中说，楚相孙叔敖死后，优孟穿上孙叔敖的衣服与楚王谈话，酷似。

②隐隐跃跃：亦作隐隐约约。

③告阕：终了。阕，乐终。

④长房妙手：费长房，东汉方士，汝南（今河南上蔡西南）人。传说他从壶公入山学仙，一日之间，人见其在千里之外者数处，因称其有缩地术。见《后汉书·方术列传》。

【点评】

"变调"者，指导演对原剧文本进行"缩长为短"和"变旧为新"的导演处理。这里的精彩之处不仅仅在于李渔所提出的导演工作的一般原则，而尤其在于三百多年前提出这些原则时所具有的戏剧心理学的眼光。在今天，戏剧心理学、观众心理学乃至一般的艺术心理学，几乎已经成为导演、演员的常识，甚至普通观众和读者也都略知一二；然而在三百多年前的清初，能从戏剧心理学、观众心理学的角度提出问题，却并非易事。要知道，心理学作为一门学科的建立，就世界范围来说，从德国的冯特算起不过一百三四十年的历史；而艺术心理学、戏剧心理学、观众心理学、读者心理学的出现，则是20世纪的事情，甚至是更晚近的事情。上述学科作为西学的一部分东渐到中国，更是晚了半拍甚至一拍。

而李渔则在心理学、艺术心理学、戏剧心理学、观众心理学等学科建立并介绍到中国来之前很久，就从戏剧心理学、观众心理学甚至剧场心理学的角度对中国戏曲的导演和表演提出要求。譬如，首先，李渔注意到了日场演出和夜场演出

对观众接受所造成的不同心理效果。艺术不同于其他事物，它有一种朦胧美。戏曲亦不例外，李渔认为它"妙在隐隐跃跃之间"，"观场之事，宜晦不宜明"。限于当时的灯光照明和剧场环境，日场演出，太觉分明，观众心理上不容易唤起朦胧的审美效果，此其一；其二，大白天，难旋幻巧，演员表演"十分音容"，观众"止作得五分观听"，这是因为从心理学上讲，

"耳目声音散而不聚故也"；其三，白天，"无论富贵贫贱，尽有当行之事"，观众心理上往往有"妨时失事之虑"，而"抵暮登场，则主客心安"。其次，李渔体察到忙、闲两种不同的观众会有不同的观看心态。中国人的欣赏习惯是喜欢看有头有尾的故事，但一整部传奇往往太长，需演数日以至十数日才能演完。若遇到闲人，一部传奇可以数日看下去而心安理得；若是忙人，必然有头无尾，留下深深遗憾。正是考虑到这两种观众的不同心理，李渔认为应该预备两套演出方案：对清闲无事之人，可演全本；对忙人，则将情节可省者省去，"与其长而不终，无宁短而有尾"。在其他地方，李渔也讲到戏剧心理学方面许多问题。例如谈"出脚色"，提出主要脚色不应出得太迟；太迟，主角可能被认为是配角，而配角反误为主角。讲开头，提出要做到"开卷之初，当以奇句夺目，使之一见而惊，不敢弃去"。讲"小收煞"，提出"宜作郑五歇后，令人揣摩下文"，"使人想不到、猜不着"；若能猜破，"则观者索然，作者赧然"。谈"大收煞"，提出要能"勾魂摄魄"，"使人看过数日，而犹觉声音在耳、情形在目"，等等。

这些思想由一个距今三百多年前的古人说出来，实在令人佩服。

※ 变旧成新

【原文】

演新剧如看时文，妙在闻所未闻，见所未见；演旧剧如看古董，妙在身生后世，眼对前朝。然而古董之可爱者，以其体质愈陈愈古，色相愈变愈奇。如铜器玉器之在当年，不过一刮磨光莹之物耳，迨其历年既久，刮磨者浑全无迹，光莹者斑驳成文，是以人人相宝，非宝其本质如常，宝其能新而善变也。使其不异当年，犹然是一刮磨光莹之物，则与今时旋造者无别[1]，何事什佰其价而购之哉[2]？旧剧之可珍，亦若是也。今之梨园，购得一新本，则因其新而愈新之，饰怪妆奇，不遗余力；演到旧剧，则千人一辙，万人一辙，不求稍异。观者如听蒙童背书，但赏其熟，求一换耳换目之字而不得，则是古董便为古董，却未尝易色生斑，依然是一刮磨光莹之物，我何不取旋造者观之，犹觉耳目一新，何必定为村学究，听蒙童背书之为乐哉？然则生斑易色，其理甚难，当用何法以处此？曰：有道焉。仍其体质，变其丰姿。如同一美人，而稍更衣饰，便足令人改观，不俟变形易貌，而始知别一神情也。体质维何？曲文与大段关目是已。丰姿维何？科诨与细微说白是已。曲文与大段关目不可改者，古人既费一片心血，自合常留天地之间，我与何仇，而必欲使之埋没？且时人是古非今，改之徒来讪笑，仍其大体，既慰作者之心，且杜时人之

口。科诨与细微说白不可不变者，凡人作事，贵于见景生情，世道迁移，人心非旧，当日有当日之情态，今日有今日之情态，传奇妙在入情，即使作者至今未死，亦当与世迁移，自啧其舌，必不为胶柱鼓瑟之谈，以拂听者之耳。况古人脱稿之初，便觉其新，一经传播，演过数番，即觉听熟之言难于复听，即在当年，亦未必不自厌其繁，而思陈言之务去也。我能易以新词，透人世情三昧，虽观旧剧，如阅新篇，岂非作者功臣？使得为鸡皮三少之女③，前鱼不泣之男④，地下有灵，方颂德歌功之不暇，而忍以矫制责之哉⑤？但须点铁成金，勿令画虎类狗⑥。又须择其可增者增，当改者改，万勿故作知音，强为解事，令观者当场喷饭，而群罪作俑之人，则湖上笠翁不任咎也。此言润泽枯槁，变易陈腐之事。予尝痛改《南西厢》，如《游殿》《问斋》《逾墙》《惊梦》等科诨，及《玉簪·偷词》《幽闺·旅婚》诸宾白，付伶工搬演，以试旧新，业经词人谬赏，不以点窜为非矣。

　　尚有拾遗补缺之法，未语同人，兹请并终其说。旧本传奇，每多缺略不全之事，刺谬⑦难解之情。非前人故为破绽，留话柄以贻后人，若唐诗所谓"欲得周郎顾，时时误拂弦"⑧，乃一时照管不到，致生漏孔，所谓"至人千虑，必有一失"。此等空隙，全靠后人泥补，不得听其缺陷，而使千古无全文也。女娲氏炼石补天⑨，天尚可补，况其他乎？但恐不得五色石耳。姑举二事以概之。赵五娘于归两月⑩，即别蔡邕，是一桃夭新妇。算至公姑已死，别墓寻夫之日，不及数年，是犹然一冶容诲淫之少妇也⑪。身背琵琶，独行千里，即能自保无他，能免当时物议乎⑫？张大公重诺轻财，资其困乏，仁人也，义士也。试问衣食名节，二者孰重？衣食不继则周之，名节所关则听之，义士仁人，曾若是乎？此等缺陷，就词人论之，几与天倾西北、地陷东南无异矣，可少补天塞地之人乎？若欲于本传之外，劈空添出一人送赵五娘入京，与之随身做伴，妥则妥矣，犹觉伤筋动骨，太涉更张。不想本传内现有一人，尽可用之而不用，竟似张大公止图卸肩，不顾赵五娘之去后者。其人为谁？着送钱米助丧之小二是也。《剪发》白云："你先回去，我少顷就着小二送来。"则是大公非无仆从之人，何以吝而不使？予为略增数语，补此缺略，附刻于

后,以政同心⑬。此一事也。《明珠记》之《煎茶》⑭,所用为传消递息之人者,塞鸿是也。塞鸿一男子,何以得事嫔妃?使宫禁之内,可用男子煎茶,又得密谈私语,则此事可为,何事不可为乎?此等破绽,妇人小儿皆能指出,而作者绝不经心,观者亦听其疏漏;然明眼人遇之,未尝不哑然一笑,而作无是公看者也⑮。若欲于本家之外,凿空构一妇人,与无双小姐从不谋面,而送进驿内煎茶,使之先通姓名,后说情事,便则便矣,犹觉生枝长节,难免赘瘤。不知眼前现有一妇,理合使之而不使,非特王仙客至愚,亦觉彼妇太忍。彼妇为谁?无双自幼跟随之婢,仙客现在作妾之人,名为采苹是也。无论仙客觅人将意,计当出此,即就采苹论之,岂有主人一别数年,无由把臂,今在咫尺,不图一见,普天之下有若是之忍人乎?予亦为正此迷谬,止换宾白,不易填词,与《琵

琶》改本并列于后,以政同心。又一事也。其余改本尚多,以篇帙浩繁,不能尽附。总之,凡予所改者,皆出万不得已,眼看不过,耳听不过,故为铲削不平,以归至当,非勉强出头,与前人为难者比也。凡属高明,自能谅其心曲。

【眉批】尤展成云:予亲见笠翁家姬演此二折。使高、陆二君复生,定当绝倒。

【注释】

①旋造:现时创造,临时创造。

②什佰其价:十倍百倍于它的价钱。

③鸡皮三少之女:传说春秋时陈国夏姬掌握一种技术,可以"老而复壮",使

老得鸡皮似的皮肤三次变得少女般稚嫩，故说"夏姬得道，鸡皮三少"。见宇文士及《妆台记序》。

④前鱼不泣之男：战国时魏国宠臣龙阳君因钓鱼联想到自己可能的命运而哭泣。他想：后来钓到更大的鱼就不想要前面的鱼了，自己失宠时大概和前面钓到的鱼有一样的命运。《战国策·魏策四》。

⑤矫制：假命而改制。矫，假托。

⑥画虎类狗：《后汉书·马援传》："效（杜）季良不得，陷为天下轻薄子，所谓'画虎不成反类狗'者也。"

⑦刺谬：乖僻不合常情。刺，乖僻。司马迁《报任少卿书》有"今少卿乃教以推贤进士，无乃与仆私心刺谬乎"句。

⑧欲得周郎顾，时时误拂弦：见唐诗人李端《听筝》诗。

⑨女娲氏炼石补天：《列子·汤问》："天地亦物也，物有不足，故昔者女娲氏炼五色石以补其阙，断鳌之足以立四极。"

⑩于归：出嫁。《诗经·桃夭》："桃之夭夭，灼灼其华，之子于归，宜其室家。"

⑪冶容诲淫：容貌鲜丽而易惹是非。

⑫物议：众人的批评。

⑬以政同心：梁廷枏《曲话》评论李渔此举曰："毋论其才不逮元人，即使能之，殊觉多此一事耳。"对李渔的改本不以为然。

⑭《明珠记》：明代陆采取材于唐传奇《刘无双传》的传奇剧本。

⑮无是公：司马相如《子虚赋》有托名"无是公"者，即"没有此人"的意思。

插科打诨之语，若欲变旧为新，其难易较此奚止百倍。无论剧剧可增，出出可改，即欲隔日一新，逾月一换，亦诚易事。可惜当世贵人，家蓄名优数辈，不得一诙谐弄笔之人，为种词林萱草，使之刻刻忘忧。若天假笠翁以年，授以黄金一斗，使得自买歌童，自编词曲，口授而身导之，则戏场关目，日日更新，氍上诙谐，时时变相。此种技艺，非特自能夸之，天下人亦共信之。然谋生不给，遑问其他？只好作贫女缝衣，为他人助娇，看他人出阁而已矣。

【点评】

导演艺术是对原剧文本进行再创造的二度创作艺术。所谓二度创作，一是指要把剧作家用文字创造的形象（它只能通过读者的阅读在想象中呈现出来）变成可视、可听、活动着的舞台形象，即在导演领导下，以演员的表演（如戏曲舞台上的唱、念、做、打等等）为中心，调动音乐、舞美、服装、道具、灯光、效果等等各方面的艺术力量，协同作战，熔为一炉，创造出看得见、听得到、摸得着的综合性的舞台艺术形象。二是指通过导演独特的艺术构思和辛勤劳动，使这种综合性的舞台艺术形象体现出导演、演员等新的艺术创造：或者是遵循剧作家的原有思路而使原剧文本得到丰富、深化、升华；或者是对原剧文本进行部分改变，弥补纰漏、突出精粹；或者是加进原剧文本所没有的新的内容。但是无论进行怎样的导演处理，都必须尊重原作，使其更加完美，而不是损害原作，使其面目全非。

李渔关于对原剧文本进行导演处理的意见，与现代导演学的有关思想大体相近。他提出八字方针："仍其体质，变其丰姿。"即对原剧文本的主体如"曲文与大段关目"，不要改变，以示对原作的尊重；而对原剧文本的枝节部分如"科诨与细微说白"，则可作适当变动，以适应新的审美需要。其实，李渔所谓导演可作变动者，不只"科诨与细微说白"，还包括原作的某些纰漏，不合理的情节布局和人物形象。如李渔指出《琵琶记》中赵五娘这样一个"桃夭新妇"千里独行，《明珠记》中写一男子塞鸿为无双小姐煎茶，都不尽合理。他根据自己长期的导演经验，对这些缺略之处进行了弥补，写出了《琵琶记·寻夫》改本和《明珠记·煎茶》改本（实际上是导演脚本）附于《变调第二》之后，为同行如何进行导演处理提供了一个例证和样本。李渔关于对原剧文本进行导演处理的上述意见，有一个总的目的，即如何创造良好的舞台效果以适应观众的审美需要，这是十分可贵的，至今仍有重要参考价值。我国现代大导演焦菊隐在《导演的构思》一文中曾说："戏是演给广大观众看的，检验演出效果的好坏，首先应该是广大观众。因此，导演构思一个剧本的舞台处理，心目中永远要有广大观众，要不断从普通观众的角度来考虑舞台上的艺术处理，检查表现手法，看看一般的普通观众是否能接受，能欣赏。"

当然，关于对原剧文本进行导演处理时导演究竟有多大"权限"，仍存在不同意见。

※ 授曲第三

【原文】

声音之道，幽渺难知。予作一生柳七①，交无数周郎，虽未能如曲子相公身都通显，然论其生平制作，塞满人间，亦类此君之不可收拾②。然究竟于声音之道未尝尽解，所能解者，不过词学之章句，音理之皮毛，比之观场矮人，略高寸许，人赞美而我先之，我憎丑而人和之，举世不察，遂群然许为知音。噫，音岂易知者哉？人问：既不知音，何以制曲？予曰：酿酒之家，不必尽知酒味，然秫多水少则醇酿③，曲好糵精则香洌④，此理则易谙也；此理既谙，则杜康不难为矣⑤。造弓造矢之人，未必尽娴决拾⑥，然曲而劲者利于矢，直而锐者宜于鹄⑦，此道则易明也；既明此道，即世为弓人矢人可矣。虽然，山民善跋，水民善涉，术疏则巧者亦拙，业久则粗者亦精；填过数十种新词，悉付优人，听其歌演，近朱者赤，近墨者黑⑧，况为朱墨所从出者乎？粗者自然拂耳，精者自能娱神，是其中菽麦亦稍辨矣。语云："耕当问奴，织当访婢。"⑨予虽不敏，亦曲中之老奴，歌中之黠婢也⑩。请述所知，以备裁择。

【注释】

①柳七：即宋代词人柳永，字耆卿，初号三变。因排行七，又称柳七。祖籍河东（今属山西），后移居崇安（今属福建）。他的词当时可谓家喻户晓。

②此君之不可收拾：五代词人和凝，官至太子太保，封鲁国公，人称"曲子相公"，他少时好作艳词，后悔其少作，想收集销毁旧作，终因流散太广而不可收拾。

③秫：高粱，造酒的粮食。

④糵：酿酒的麴。

⑤杜康：传说发明酿酒的人。《说文解字·巾部》："古者少康初作箕帚，秫酒。少康，杜康也。"

⑥决拾：射箭的工具，此处即指射箭。

⑦鹄：箭靶的中心。

⑧近朱者赤，近墨者黑：语见晋·傅玄《少傅箴》。

⑨耕当问奴，织当访婢：语见《宋书·沈庆之传》。

⑩黠：聪明而狡猾。

【点评】

这一节五款是谈如何教演员唱曲的。李渔集戏曲作家、戏班班主、"优师"、导演于一身，有着丰富的艺术经验。他自称"曲中之老奴，歌中之黠婢"，凭借"作一生柳七，交无数周郎"的阅历和体验，道出常人所道不出的精彩见解。其实，不只言传身教，而且无形的熏陶也会使人受益无穷，演员在李渔这样的"优师"和导演身边长期生活，近朱者赤、近墨者黑，潜移默化，自有长进。

然而，亦需演员自己刻苦磨炼，才能成为真正的表演艺术家。明李开先《词谑》中记载了颜容刻苦练功的故事。颜容实际上是一个"下海"的票友："……乃良家子，性好为戏，每登场，务备极情态；喉音响亮，又足以助之。尝与众扮

《赵氏孤儿》戏文，容为公孙杵臼，见听者无戚容，归即左手捋须，右手打其两颊尽赤，取一穿衣镜，抱一木雕孤儿，说一番，唱一番，哭一番，其孤苦感怆，真有可怜之色，难已之情。异日复为此戏，千百人哭皆失声。归，又至镜前，含笑深揖曰：'颜容，真可观矣！'"。倘若没有在穿衣镜前，怀抱木雕孤儿，说一番、唱一番、哭一番的训练和如此投入的情感体验，绝不会有"千百人哭皆失声"

的巨大成功。还有一个例子。明末清初的侯方域《马伶传》写南京一个名叫马锦的演员，因演《鸣凤记》中严嵩这个奸臣而不如别的演员演得好，便到京城一个相国（也是奸臣）家，为其门卒三年，服侍相国，察其举止，聆其语言，揣摩其形态，体验其心理。三年后重新扮演严嵩这个角色，大获成功，连三年前扮演严嵩比他强的那个演员，也要拜他为师。为了演好一个角色，刻苦磨炼三年，令人钦佩！

※ 解明曲意

【原文】

唱曲宜有曲情，曲情者，曲中之情节也。解明情节，知其意之所在，则唱出口时，俨然此种神情，问者是问，答者是答，悲者黯然魂消而不致反有喜色，欢者怡然自得而不见稍有瘁容。且其声音齿颊之间，各种俱有分别，此所谓曲情是也。吾

観今世学曲者，始则诵读，继则歌咏，歌咏既成而事毕矣。至于讲解二字，非特废而不行，亦且从无此例。有终日唱此曲，终年唱此曲，甚至一生唱此曲，而不知此曲所言何事，所指何人。口唱而心不唱，口中有曲而面上身上无曲，此所谓无情之曲，与蒙童背书，同一勉强而非自然者也。虽腔板极正，喉舌齿牙极清，终是第二、第三等词曲，非登峰造极之技也。欲唱好曲者，必先求明师讲明曲义。师或不解，不妨转询文人，得其义而后唱。唱时以精神贯串其中，务求酷肖。若是，则同一唱也，同一曲也，其转腔换字之间，别有一种声口，举目回头之际，另是一副神情，较之时优，自然迥别。变死音为活曲，化歌者为文人，只在能解二字，解之时义大矣哉！

【点评】

这一款中我最感兴趣的是李渔关于"死音""活曲"的见解。他认为那种不解曲意，"口唱而心不唱，口中有曲而面上身上无曲，此之谓无情之曲"，也即"死音"；只有解明曲意，全身心地、全神贯注地演唱，才是"活曲"。这里的"死""活"二字，道出了艺术的真谛。在我看来，艺术（审美）本来就是一种生命活动。它是人类生命的一种存在方式，是人类生命的一种活动形式。"活"是生命的显著标志；"死"则意味着生命的消失。"死音"，犹如行尸走肉，无生命可言，无美可言，自然也即无艺术可言；只有"活曲"，有生命流注其中，才美，才是真正的艺术。真正的艺术家，是把自己的生命投入艺术之中的，他的艺术就是他的生命的一部分。俄国大作家列夫·托尔斯泰说过："只有当你每次浸下了笔，就像把一块肉浸到墨水瓶里的时候，你才应该写作。"演员的表演亦如是。清代著名小生演员徐小香有"活公瑾"之称，为什么？因为他用自己的生命去演周瑜，因而把人物演活了；即使"冠上雉尾"，也流注着生命，"观者咸觉其栩栩欲活"。现代著名武生演员盖叫天有"活武松"之称，也是因为他把自己的生命化为角色（武松）的生命。

※ 调熟字音

【原文】

调平仄，别阴阳，学歌之首务也。然世上歌童解此二事者，百不得一。不过口传心授，依样葫芦，求其师不甚谬，则习而不察，亦可以混过一生。独有必不可少之一事，较阴阳平仄为稍难，又不得因其难而忽视者，则为"出口""收音"二诀窍。世间有一字，即有一字之头，所谓出口者是也；有一字，即有一字之尾，所谓收音者是也。尾后又有余音，收煞此字，方能了局。譬如吹箫、姓萧诸"箫"字，本音为箫，其出口之字头与收音之字尾，并不是"箫"。若出口作"箫"，收音作"箫"，其中间一段正音并不是"箫"，而反为别一字之音矣。且出口作"箫"，其音一泄而尽，曲之缓者，如何接得下板？故必有一字为之头，以备出口之用，有一字为之尾，以备收音之用，又有一字为余音，以备煞板之用。字头为何？"西"字是也。字尾为何？"天"字是也。尾后余

音为何？"鸟"字是也。字字皆然，不能枚纪[①]。《弦索辨讹》等书载此颇详[②]，阅之自得。要知此等字头、字尾及余音，乃天造地设，自然而然，非后人扭捏成者也，但观切字之法，即知之矣。《篇海》《字汇》等书[③]，逐字载有注脚，以两字切成一字。其两字者，上一字即为字头，出口者也；下一字即为字尾，收音者也；但

不及余音之一字耳。无此上下二字，切不出中间一字，其为天造地设可知。此理不明，如何唱曲？出口一错，即差谬到底，唱此字而讹为彼字，可使知音者听乎？故教曲必先审音。即使不能尽解，亦须讲明此义，使知字有头尾以及余音，则不敢轻易开口，每字必询，久之自能惯熟。"曲有误，周郎顾。"苟明此道，即遇最刻之周郎，亦不能拂情而左顾矣④。

【眉批】余澹心云：门外汉那得知。

【眉批】尤展成云：妙喻。

字头、字尾及余音，皆为慢曲而设，一字一板或一字数板者，皆不可无。其快板曲，止有正音，不及头尾。

缓音长曲之字，若无头尾，非止不合韵，唱者亦大费精神，但看青衿赞礼之法⑤，即知之矣。"拜""兴"二字皆属长音。"拜"字出口以至收音，必俟其人揖毕而跪，跪毕而拜，为时甚久。若止唱一"拜"字到底，则其音一泄而尽，不当歇而不得不歇，失傧相之体矣⑥。得其窍者，以"不""爱"二字代之。"不"乃"拜"之头，"爱"乃"拜"之尾，中间恰好是一"拜"字。以一字而延数晷⑦，则气力不足；分为三字，即有余矣。"兴"字亦然，以"希""因"二字代之。赞礼且然，况于唱曲？婉譬曲喻，以至于此，总出一片苦心。审乐诸公，定须怜我。

【眉批】尤展成云：又是妙喻。

字头、字尾及余音，皆须隐而不现，使听者闻之，但有其音，并无其字，始称善用头尾者；一有字迹，则沾泥带水，有不如无矣。

【注释】

①枚纪：一个一个的记下来。

②《弦索辨讹》：一部研究戏曲演唱格律的专著，明代沈宠绥著。

③《篇海》：即《四声篇海》，韵书，金代韩孝彦著。《字汇》：即明代梅膺祚

著的一部字书。

④拂：违背、拂逆。左顾：小看、卑视。

⑤青衿赞礼之法：指典礼时司仪的发音方法。青衿，青领的衣服，学子所服，后青衿泛指读书人，《诗·郑风·子衿》有"青青子衿"句。赞礼，典礼的司仪。

⑥傧相：接待宾客之人。《周礼·司仪》："掌九仪之宾客摈（傧）相之礼。"

⑦晷：日影，引申为时光。

※　字忌模糊

【原文】

学唱之人，勿论巧拙，只看有口无口；听曲之人，慢讲精粗，先问有字无字①。字从口出，有字即有口。如出口不分明，有字若无字，是说话有口，唱曲无口，与哑人何异哉？哑人亦能唱曲，听其呼号之声即可见矣。常有唱完一曲，听者止闻其声，辨不出一字者，令人闷杀。此非唱曲之料，选材者任其咎，非本优之罪也。舌本生成，似难强造，然于开口学曲之初，先能净其齿颊，使出口之际，字字分明，然后使工腔板，此回天大力，无异点铁成金，然百中遇一，不能多也。

【注释】

①有口无口、有字无字：是说唱曲要字正腔圆、字音清晰。

【点评】

李渔可谓真精通音律者也。他摸透了汉字的发声规律，并且非常贴切地运用于戏曲演员的演唱之中。当然，李渔之前也有人对此提出过很好的见解，明代沈宠绥《度曲须知》就谈到字的发音可以有"头、腹、尾"三个成分，例如"箫"字的"头"是"西"，"腹"是"鏖"，"尾"是"呜"。唱"箫"字时，要把上述三个成分唱出来，不过，"尾音十居五六，腹音十有二三，若字头之音，则十且不能及一"。李渔吸收、继承了沈氏的思想，提出曲文每个字的演唱要注意"出口（字头）""收音（字尾）""余音（尾后）"。如唱"箫"字时，"出口"是"西"，"收音"是"夭"，"余音"是"乌"。熟悉演唱的人一比较就会知道，李渔所提出的"出口""收音""余音"的演唱发声方法，比沈宠绥的方法，观众听起来更清晰。因为，沈氏的"尾""腹""头"的时

间比例不尽合理。

在后面的"字忌模糊"一款中，李渔还提出"有口""无口"的问题，是说演员演唱时出口要分明，吐字要清楚。这使我想起当年周总理对北京人民艺术剧院演员提出的要求："你们的台词要让观众听清楚。"今天的演员，不论是话剧演员还是戏曲演员，都应该借鉴李渔的思想，提高自己的演出水平。

※　曲严分合

【原文】

同场之曲^①，定宜同场，独唱之曲，还须独唱，词意分明，不可犯也。常有数人登场，每人一只之曲，而众口同声以出之者，在授曲之人，原有浅深二意：浅者虑其冷静，故以发越见长^②；深者示不参差，欲以翕如见好^③。尝见《琵琶·赏月》一折，自"长空万里"以至"几处寒衣织未成"，俱作合唱之曲，谛听其声，如出

一口，无高低断续之痕者，虽曰良工心苦，然作者深心，于兹埋没。此折之妙，全在共对月光，各谈心事，曲既分唱，身段即可分做，是清淡之内原有波澜。若混作同场，则无所见其情，亦无可施其态矣。惟"峭寒生"二曲可以同唱，首四曲定该分唱，况有"合前"数句振起神情，原不虑其太冷。他剧类此者甚多，举一可以概百。戏场之曲，虽属一人而可以同唱者，惟行路出师等剧，不问词理异同，皆可使众声合一。场面似闹，曲声亦宜闹，静之则相反矣。

【注释】

①同场之曲：指合唱、齐唱。

②发越：发声宏扬。

③翕如：声音柔顺。翕，和顺、协调。

※ 锣鼓忌杂

【原文】

戏场锣鼓，筋节所关，当敲不敲，不当敲百敲，与宜重而轻，宜轻反重者，均足令戏文减价。此中亦具至理，非老于优孟者不知。最忌在要紧关头，忽然打断。如说白未了之际，曲调初起之时，横敲乱打，盖却声音，使听白者少听数句，以致前后情事不连，审音者未闻起调，不知以后所唱何曲。打断曲文，罪犹可恕，抹杀宾白，情理难容。予观场每见此等，故为揭出。又有一出戏文将了，止余数句宾白未完，而此未完之数句，又系关键所在，乃戏房锣鼓早已催促收场，使说与不说同者，殊可痛恨。故疾徐轻重之间，不可不急讲也。场上之人将要说白，见锣鼓未歇，宜少停以待之，不则过难专委，曲白锣鼓，均分其咎矣。

※　吹合宜低

【原文】

　　丝、竹、肉三音[1]，向皆孤行独立，未有合用之者，合之自近年始。三籁齐鸣[2]，天人合一，亦金声玉振之遗意也[3]，未尝不佳；但须以肉为主，而丝竹副之，使不出自然者，亦渐近自然，始有主行客随之妙。迩来戏房吹合之声，皆高于场上之曲，反以丝竹为主，而曲声和之，是座客非为听歌而来，乃听鼓乐而至矣。从来名优教曲，总使声与乐齐，箫笛高一字，曲亦高一字，箫笛低一字，曲亦低一字。然相同之中，即有高低轻重之别，以其教曲之初，即以箫笛代口，引之使唱，原系声随箫笛，非以箫笛随声，习久成性，一到场上，不知不觉而以曲随箫笛矣。正之当用何法？曰：家常理曲，不用吹合，止于场上用之，则有吹合亦唱，无吹合亦唱，不靠吹合为主。譬之小儿学行，终日倚墙靠壁，舍此不能举步，一旦去其墙壁，偏使独行，行过一次两次，则虽见墙壁而不靠矣。以予见论之，和箫和笛之时，当比曲低一字，曲声高于吹合，则丝竹之声亦变为肉，寻其附和之痕而不得矣。正音之法，有过此者乎？然此法不宜概行，当视唱曲之人之本领。如一班之中，有一二喉音最亮者，以此法行之，其余中人以下之材，俱照常格。倘不分高下，一例举行，则良法不终，而怪予立言之误矣。

【注释】

　　①丝：弦乐。竹：管乐。肉：人唱。

　　②三籁：按庄子《齐物论》的说法，是天籁、地籁、人籁；此处指丝竹肉三种声音。籁，指从孔穴中发出的声音。

　　③金声玉振：《孟子·万章下》："孔子之谓集大成；集大成也者，金声而玉振之也。"

吹合之声，场上可少，教曲学唱之时，必不可少，以其能代师口，而司熔铸变化之权也。何则？不用箫笛，止凭口授，则师唱一遍，徒亦唱一遍，师住口而徒亦住口，聪慧者数遍即熟，资质稍钝者，非数十百遍不能，以师徒之间无一转相授受之人也。自有此物，只须师教数遍，齿牙稍利，即有箫笛引之。随箫随笛之际，若曰无师，则轻重疾徐之间，原有法脉准

绳，引人归于胜地；若曰有师，则师口并无一字，已将此曲交付其徒。先则人随箫笛，后则箫笛随人，是金蝉脱壳之法也。"庾公之斯，学射于尹公之他；尹公之他，学射于我。"箫笛二物，即曲中之尹公他也。但庾公之斯与子濯孺子，昔未见面，而今同在一堂耳。若是，则吹合之力讵可少哉？予恐此书一出，好事者过听予言，谬视箫笛为可弃，故复补论及此。

【点评】

舞台艺术作为综合性的艺术，其综合性的好坏就表现在舞台上的各个成分是否配合默契。李渔在这里提到了合唱与独唱的"分合"，戏场锣鼓的协调，丝、竹、肉（演唱与伴奏）的一致等等。成功的导演，应该像一个优秀的钢琴家，十个指头左移右挪、按下抬上、此起彼伏、相得益彰，把各个音符组合成一支美妙的乐曲。如果一个指头按的不是地方，或者拍节不对，都是对有机整体的破坏。然而，将舞台上所有这些因素都配合有致，的确不太容易。有一次我们在开封开会，正赶上中秋节，主人热情为我们组织了一台晚会。古筝演奏、二胡演奏、琵

琵演奏、男声独唱、女声独唱，都
很精彩，演员的确是用自己的心在
演奏、在歌唱；但美中不足在伴奏
和锣鼓。场地本来不大，观众也不
足百人；可锣鼓却震耳欲聋，伴奏
也常常盖过了歌声。这正犯了李渔
当年所批评的戏场锣鼓"当敲不
敲，不当敲而敲"，"宜重而轻，
宜轻反重"，锣鼓"盖过声音"，
"戏房吹合之声高于场上之曲"的
毛病。

　　李渔在"吹合宜低"款中，还
谈到优师教演员唱曲的方法。这里
又使我想起李开先《词谑》中所写优师周全授徒的情形：徐州人周全，善唱南北词
……曾授二徒：一徐锁，一王明，皆兖人也，亦能传其妙。人每有从之者，先令唱
一两曲，其声属宫属商，则就其近似者而教之。教必以昏夜，师徒对坐，点一炷
香，师执之，高举则声随之高，香住则声住，低亦如是。盖唱词惟在抑扬中节，非
香，则用口说，一心听说，一心唱词，未免相夺；若以目视香，词则心口相应也。
在当时的条件下，周全可谓一个善于因材施教，而且方法巧妙的戏曲教师；即使今
天，亦可列入优秀。

※　教白第四

【原文】

　　教习歌舞之家，演习声容之辈，咸谓唱曲难，说白易。宾白熟念即是，曲文念

熟而后唱，唱必数十遍而始熟，是唱曲与说白之工，难易判如霄壤。时论皆然，予独怪其非是。唱曲难而易，说白易而难，知其难者始易，视为易者必难。盖词曲中之高低抑扬，缓急顿挫，皆有一定不移之格，谱载分明，师传严切，习之既惯，自然不出范围。至宾白中之高低抑扬，缓急顿挫，则无腔板可按、谱籍可查，止靠曲师口授；而曲师入门之初，亦系暗中摸索，彼既无传于人，何从转授于我？讹以传讹，此说白之理，日晦一日而人不知。人既不知，无怪乎念熟即以为是，而且以为易也。吾观梨园之中，善唱曲者，十中必有二三；工说白者，百中仅可一二。此一二人之工说白，若非本人自通文理，则其所传之师，乃一读书明理之人也。故曲师不可不择。教者通文识字，则学者之受益，东君之省力①，非止一端。苟得其人，必破优伶之格以待之，不则鹤困鸡群，与侪众无异②，孰肯抑而就之乎？然于此中索全人，颇不易得。不如仍苦立言者，再费几升心血，创为成格以示人。自制曲选词，以至登场演习，无一不作功臣，庶于为人为彻之义，无少缺陷。虽然，成格即设，亦止可为通文达理者道，不识字者闻之，未有不喷饭胡卢③，而怪迂人之多事者也。

【注释】

①东君：主人。

②侪：同类的人。

③喷饭：苏东坡《箟筜谷偃竹记》中说，他寄诗给文与可，文与可夫妇收到时恰好吃饭，阅后大笑，喷饭满桌。胡卢：《孔丛子·抗志》有"卫君乃胡卢大笑"句，胡卢乃笑声也。

※　高低抑扬

【原文】

宾白虽系常谈，其中悉具至理，请以寻常讲话喻之。明理人讲话，一句可当十

146

句，不明理人讲话，十句抵不过一句，以其不中肯綮也①。宾白虽系编就之言，说之不得法，其不中肯綮等也。犹之倩人传语②，教之使说，亦与念白相同，善传者以之成事，不善传者以之偾事③，即此理也。此理甚难亦甚易，得其孔窍则易，不得孔窍则难。此等孔窍，天下人不知，予独知之。天下人即能知之，不能言之，而予复能言之。请揭出以示歌者。白有高低抑扬。何者当高而扬？何者当低而抑？曰：若唱曲然。曲文之中，有正字，有衬字。每遇正字，必声高而气长；若遇衬字，则声低气短而疾忙带过，此分别主客之法也。说白之中，亦有正字，亦有衬字，其理同，则其法亦同。一段有一段之主客，一句有一句之主客。主高而扬，客低而抑，此至当不易之理，即最简极便之法也。凡人说话，其理亦然。譬如呼人取茶取酒，其声云："取茶来！""取酒来！"此二句既为茶酒而发，则"茶""酒"二字为正字，其声必高而长，"取"字"来"字为衬字，其音必低而短。再取旧曲中宾白一段论之。《琵琶·分别》白云："云情雨意，虽可抛两月之夫妻；雪鬓霜鬟，竟不念八旬之父母！功名之念一起，甘旨之心顿忘④，是何道理？"首四句之中，前二句是客，宜略轻而稍快，后二句是主，宜略重而稍迟。"功名""甘旨"二句亦然。此句中之主客也。"虽可抛""竟不念"六个字，较之"两月夫妻""八旬父母"，虽非衬字，却与衬字相同，其为轻快，又当稍别。至于"夫妻""父母"之上二"之"字，又为衬中之衬，其为轻快，更宜倍之。是白皆然，此字中之主客也。常见不解事梨园，每于四六句中之"之"字，与上下正文同其轻重疾徐，是谓菽麦不辨，尚可谓之能说白乎？此等皆言宾白，盖

场上所说之话也。至于上场诗，定场白，以及长篇大幅叙事之文，定宜高低相错，缓急得宜，切勿作一片高声，或一派细语，俗言"水平调"是也。上场诗四句之中，三句皆高而缓，一句宜低而快。低而快者，大率宜在第三句，至第四句之高而缓，较首二句更宜倍之。如《浣纱记》定场诗云⑤："少小豪雄侠气闻，飘零仗剑学从军。何年事了拂衣去，归卧荆南梦泽云。""少小"二句宜高而缓，不待言矣。"何年"一句必须轻轻带过，若与前二句相同，则煞尾一句不求低而自低矣。末句一低，则懈而无势，况其下接着通名道姓之语。如"下官姓范名蠡，字少伯"，"下官"二字例应稍低，若末句低而接者又低，则神气索然不振矣。故第三句之稍低而快，势有不得不然者。此理此法，谁能穷究至此？然不如此，则是寻常应付之戏，非孤标特出之戏也。高低抑扬之法，尽乎此矣。

优师既明此理，则授徒之际，又有一简便可行之法，索性取而予之：但于点脚本时，将宜高宜长之字用朱笔圈之，凡类衬字者不圈。至于衬中之衬，与当急急赶下、断断不宜沾滞者，亦用朱笔抹以细纹，如流水状，使一一皆能识认。则于念剧之初，便有高低抑扬，不俟登场摹拟。如此教曲，有不妙绝天下，而使百千万亿之人赞美者，吾不信也。

【眉批】尤展成云：方便法门，然太便宜此辈。

【注释】

①肯綮：筋骨结合的地方，比喻事物的关键。

②倩：请。

③偾事：坏事。《礼记·大学》："此谓一言偾事，一言定国。"

④甘旨之心：孝敬奉养父母之心。

⑤《浣纱记》：明代梁伯龙所著传奇，叙西施与范蠡故事。梁辰鱼，字伯龙，号少白，昆山人，明嘉靖年间戏曲家。

※ 缓急顿挫

【原文】

　　缓急顿挫之法，较之高低抑扬，其理愈精，非数言可了。然了之必须数言，辩者愈繁，则听者愈惑，终身不能解矣。优师点脚本授歌童，不过一句一点，求其点不刺谬，一句还一句，不致断者联而联者断，亦云幸矣，尚能询及其他？即以脚本授文人，倩其画文断句，亦不过每句一点，无他法也。而不知场上说白，尽有当断处不断，反至不当断处而忽断；当联处不联，忽至不当联处而反联者。此之谓缓急顿挫。此中微渺，但可意会，不可言传；但能口授，不能以笔舌喻者。不能言而强之使言，只有一法：大约两句三句而止言一事者，当一气赶下，中间断句处勿太迟缓；或一句止言一事，而下句又言别事，或同一事而另分一意者，则当稍断，不可竟连下句。是亦简

便可行之法也。此言其粗，非论其精；此言其略，未及其详。精详之理，则终不可言也。

　　当断当联之处，亦照前法，分别于脚本之中，当断处用朱笔一画，使至此稍顿，余俱连读，则无缓急相左之患矣。

　　妇人之态，不可明言，宾白中之缓急顿挫，亦不可明言，是二事一致。轻盈袅娜，妇人身上之态也；缓急顿挫，优人口中之态也。予欲使优人之口，变为美人之身，故为讲究至此。欲为戏场尤物者，请从事予言，不则仍其故步。

149

【点评】

宾白（亦称念白、说白）易乎？非也。听李渔在《教白第四》的"高低抑扬""缓急顿挫"两款中谈念白的奥妙和教习的秘诀，的确大长见识。本以为唱曲难、念白易，却原来念白比唱曲更难。为什么？因为唱曲有曲谱可依，而念白则无腔板可按，全凭实践体验、暗中摸索。难怪梨园行中"善唱曲者十中必有二三，工说白者百中仅可一二"。念白必须念出高低抑扬、缓急顿挫，要"高低相错，缓急得宜"。李渔根据自己长期的实践经验，总结出念白的一些要领，譬如，一句念白，要分出"正""衬"，"主""客"，"主"高而扬，"客"低而抑；一段念白，要找出"断""连"的地方，当断则断，应连即连。大约两三句话只说一事，当一气赶下；若言两事，则当稍断，不可竟连。此中奥妙，往往止可意会，难以言传。

现代京剧念白一般分为两种：一是"韵白"，用湖广音、中州音，青衣、花脸、老生、老旦说的就是韵白；一是"京白"，用北京话说，常带"儿"音，通常由小丑、太监、花旦、彩旦用之。如《法门寺》中小丑贾桂念状纸的一大段"贯口白"，以及贾桂和大太监刘瑾之间的大段对白，就是用的北京话。那段"贯口白"越念越快，表现了演员的高超技巧；那段对白声色俱妙，味道十足，酣畅淋漓地刻画出人物性格。京剧念白继承了数百年来戏曲念白的经验，并加以发展，甚至形成了专工念白的所谓"念工戏"。如《连升店》就是以扮演秀才的小生和扮演店主的小丑之间的长篇对白作为主要部分。有的演员念白达到炉火纯青的地步。如现代京剧表演艺术家周信芳在《四进士》中扮演的小吏宋士杰，在公堂上与赃官的唇枪舌剑，大段念白精妙绝伦，堪称绝"唱"。俗话说，说的比唱的还好听。周先生的这段"说"，的确比"唱"的好听。

※ 脱套第五

【原文】

戏场恶套，情事多端，不能枚纪。以极鄙极俗之关目，一人作之，千万人效之，以致一定不移，守为成格，殊为怪也。西子捧心，尚不可效，况效东施之颦乎？且戏场关目，全在出奇变相，令人不能悬拟。若人人如是，事事皆然，则彼未演出而我先知之，忧者不觉其可忧，苦者不觉其为苦，即能令人发笑，亦笑其雷同他剧，不出范围，非有新奇莫测之可喜也。扫除恶习，拔去眼钉，亦高人造福之一事耳。

※ 衣冠恶习

【原文】

记予幼时观场，凡遇秀才赶考及谒见当涂贵人①，所衣之服，皆青素圆领，未有着蓝衫者，三十年来始见此服。近则蓝衫与青衫并用，即以之别君子小人。凡以正生、小生及外末脚色而为君子者，照旧衣青圆领，惟以净丑脚色而为小人者，则着蓝衫。此例始于何人，殊不可解。夫青衿，乾廷之名器也②。以贤愚而论，则为圣人之徒者始得衣之；以贵贱而论，则备缙绅之选者始得衣之。名宦大贤尽于此出，何所见而为小人之服，必使净丑衣之？此戏场恶习所当首革者也。或仍照旧例，止用青衫而不设蓝衫。若照新例，则君子小人互用，万勿独归花面，而令士子蒙羞也。

【眉批】余澹心云：余向有此三疑，今得笠翁喝破，若披雾而睹天矣。然此物误人不浅，即以花面着之，亦不为过，但恐着青衫者未必尽君子耳。

近来歌舞之衣，可谓穷奢极侈。富贵娱情之物，不得不然，似难责以俭朴。但

有不可解者：妇人之服，贵在轻柔，而近日舞衣，其坚硬有如盔甲。云肩大而且厚③，面夹两层之外，又以销金锦缎围之。其下体前后二幅，名曰"遮羞"者，必以硬布裱骨而为之，此战场所用之物，名为"纸甲"者是也，歌台舞榭之上，胡为乎来哉？易以轻软之衣，使得随身环绕，似不容已。至于衣上所绣之物，止宜两种，勿及其他。上体凤

鸟，下体云霞，此为定制。盖"霓裳羽衣"四字，业有成宪，非若点缀他衣，可以浑施色相者也。予非能创新，但能复古。

方巾与有带飘巾，同为儒者之服。飘巾儒雅风流，方巾老成持重，以之分别老少，可称得宜。近日梨园，每遇穷愁患难之士，即戴方巾，不知何所取义？至纱帽巾之有飘带者，制原不佳，戴于粗豪公子之首，果觉相称。至于软翅纱帽，极美观瞻，曩时《张生逾墙》等剧往往用之，近皆除去，亦不得其解。

【注释】

①当涂贵人：即权要之人。《韩非子·孤愤》："当涂之人擅事要，则外内为之用矣。"

②名器：古人将表示等级的称号和车服礼制叫作名器。《左传·成公二年》："唯器与名，不可以假人。"

③云肩：妇人的一种衣饰，披在肩上。

※ 声音恶习

【原文】

　　花面口中，声音宜杂。如作各处乡语，及一切可憎可厌之声，无非为发笑计耳，然亦必须有故而然。如所演之剧，人系吴人，则作吴音，人系越人，则作越音，此从人起见者也。如演剧之地在吴则作吴音，在越则作越音，此从地起见者也。可怪近日之梨园，无论在南在北，在西在东，亦无论剧中之人生于何地，长于何方，凡系花面脚色，即作吴音，岂吴人尽属花面乎？此与净丑着蓝衫，同一覆盆之事也①。使范文正、韩襄毅诸公有灵②，闻此声，观此剧，未有不抱恨九原，而思痛革其弊者也。今三吴缙绅之居要路者③，

欲易此俗，不过启吻之劳；从未有计及此者，度量优容，真不可及。且梨园尽属吴人，凡事皆能自顾，独此一着，不惟不自争气，偏欲故形其丑，岂非天下古今一绝大怪事乎？且三吴之音，止能通于三吴，出境言之，人多不解，求其发笑，而反使听者茫然，亦失计甚矣。吾请为词场易之④：花面声音，亦如生旦外末，悉作官音，止以话头惹笑，不必故作方言。即作方言，亦随地转。如在杭州，即学杭人之话，在徽州，即学徽人之话，使妇人小儿皆能识辨。识者多，则笑者众矣。

【注释】

　　①覆盆：盆子盖着，不透阳光。喻不白之冤。司马迁《报任少卿书》有"仆以为覆盆何以望天"句。

　　②范文正：即范仲淹，北宋政治家、文学家，吴县人，死后谥文正。韩襄毅：

中华传世藏书

即韩雍，明代正统、成化间大臣，亦吴县人，死后谥襄毅。

③三吴：宋代税安礼《历代地理指掌图》称苏州、湖州、常州为三吴。

④请：翼圣堂本作"请"，芥子园本作"故"。

※ 语言恶习

【原文】

白中有"呀"字，惊骇之声也。如意中并无此事，而猝然遇之，一向未见其人，而偶尔逢之，则用此字开口，以示异也。近日梨园不明此义，凡见一人，凡遇一事，不论意中意外，久逢乍逢，即用此字开口，甚有差人请客而客至，亦以"呀"字为接见之声者[①]，此等迷谬，尚可言乎？故为揭出，使知斟酌用之。

戏场惯用者，又有"且住"二字。此二字有两种用法。一则相反之事，用作过文，如正说此事，忽然想及彼事，彼事与此事势难并行，才想及而未曾出口，先以此二字截断前言，"且住"者，住此说以听彼说也。一则心上犹豫，假此以待沉吟，如此说自以为善，恐未尽善，务期必妥，当于是处寻非，故以此代心口相商，"且住"者，稍迟以待，不可竟行之意也。而今之梨园，

不问是非好歹，开口说话，即用此二字作助语词，常有一段宾白之中，连说数十个"且住"者，此皆不详字义之故。一经点破，犯此病者鲜矣。

上场引子下场诗，此一出戏文之首尾。尾后不可增尾，犹头上不可加头也。可

怪近时新例，下场诗念毕，仍不落台，定增几句淡话，以极紧凑之文，翻成极宽缓之局。此义何居，令人不解。曲有尾声及下场诗者，以曲音散漫，不得几句紧腔，如何截得板住？白文冗杂，不得几句约语，如何结得话成？若使结过之后，又复说起，何如不收竟下之为愈乎？且首尾一理，诗后既可添话，则何不于引子之先，亦加几句说白，说完而后唱乎？此积习之最无理最可厌者，急宜改革，然又不可尽革。如两人三人在场，二人先下，一人说话未了，必宜稍停以尽其说，此谓"吊场"，原系古格。然须万不得已，少此数句，必添以后一出戏文，或少此数句，即埋没从前说话之意者，方可如此。（亦有下场不及更衣者，故借此为缓兵计。）是龙足，非蛇足也。然只可偶一为之，若出出皆然，则是貂皆可续矣，何世间狗尾之多乎？

【眉批】亦有下场不及更衣者，故借此为缓兵计。

【注释】

①声者：翼圣堂本作"声者"，芥子园本作"声音"。

※　科诨恶习

【原文】

插科打诨处，陋习更多，革之将不胜革，且见过即忘，不能悉记，略举数则而已。如两人相殴，一胜一败，有人来劝，必使被殴者走脱，而误打劝解之人，《连环·掷戟》之董卓是也①。主人偷香窃玉，馆童吃醋拈酸，谓寻新不如守旧，说毕必以臀相向，如《玉簪》之进安②、《西厢》之琴童是也。戏中串戏，殊觉可厌，而优人惯增此种，其腔必效弋阳，《幽闺·旷野奇逢》之酒保是也。

【注释】

①《连环》：《连环记》，明代王济著，演汉末王允用貂蝉使连环计离间董卓、

吕布故事。

②《玉簪》：《玉簪记》，明代高濂著，演陈妙常故事。

【点评】

这里讲涤除表演上的恶习。李渔指出"衣冠恶习""声音恶习""语言恶习""科诨恶习"等数种，对当时戏曲舞台上的某些鄙俗表现和低劣风气痛加针砭。我看，李渔所言在今天仍有现实意义。这实际上是树什么样的舞台台风的问题。李渔谈到当时的演员不论何种场合都喜欢说"呀""且住"等等语言恶习。今天某些流行歌星的"语言恶习"比起李渔那时简直有过之而无不及。现在，时代"进步"了，社会"发展"了，倒是不说"呀""且住"之类了，而改说"哇""谢谢""希望你喜欢"；而且不论何种场合，什么时间，说这些话时都要用港味儿普通话，港味儿越浓越好；说的时候越是嗲声嗲气越好，越是对观众表现出媚态越好；说"谢谢"，不是演出完毕谢幕时，而是在演出之前，献媚之态可掬。李渔在谈"科诨恶习"时，批评了当时演员为了博观众一笑常常做出"以臀相向。等猥亵动作"今天的某些相声演员或小品演员，不是也常常以不太高雅的动作来取笑吗？不是常常以生理缺陷作为噱头吗？不是常常以人们平时难以出口的下流语言制造"效果"吗？真真是连"科诨恶习"也"现代化"了。

卷三

声容部

※ 选姿第一

【原文】

　　"食色，性也。"① "不知子都之姣者，无目者也。"②古之大贤择言而发，其所以不拂人情，而数为是论者，以性所原有，不能强之使无耳。人有美妻美妾而我好之，是谓拂人之性；好之不惟损德，且以杀身。我有美妻美妾而我好之，是还吾性中所有，圣人复起，亦得我心之同然，非失德也。孔子云："素富贵，行乎富贵。"③人处得为之地，不买一二姬妾自娱，是素富贵而行乎贫贱矣。王道本乎人情，焉用此矫清矫俭者为哉？但有狮吼在堂④，则应借此藏拙，不则好之实所以恶之，怜之适足以杀之，不得以红颜薄命借口，而为代天行罚之忍人也。予一介寒生，终身落魄，非止国色难亲，天香未遇，即强颜陋质之妇，能见几人，而敢谬次音容⑤，侈谈歌舞，贻笑于眠花藉柳之人哉！然而缘虽不偶，兴则颇佳，事虽未经，理实易谙，想当然之妙境，较身醉温柔乡者倍觉有情。如其不信，但以往事验之。楚襄王⑥，人主也。六宫窈窕，充塞内庭，握雨携云，何事不有？而千古以下，不闻传其实事，止有阳台一梦，脍炙人口。阳台今落何处？神女家在何方？朝为行云，暮为行雨，毕竟是何情状？岂有踪迹可考，实事可缕陈乎？皆幻境也。幻境之

妙，十倍于真，故千古传之。能以十倍于真之事，谱而为法，未有不入闲情三昧者。凡读是书之人，欲考所学之从来，则请以楚国阳台之事对。

【注释】

①食色，性也：语见《孟子·告子上》。

②"不知子都"句：不知子都之美的人，那是他没长眼睛。语出《孟子·告子上》。子都是古代美男子的通称。

③"素富贵"句："素富贵，行乎富贵。"语出《礼记》（《礼记正义》卷五十三）。素，本来。

④狮吼：亦称"河东狮吼"，喻妻子妒悍。《容斋随笔·陈季常》中说，陈慥字季常，自称龙丘先生，"其妻柳氏绝凶妒。故东坡有诗云：'龙丘居士亦可怜，谈空说有夜不眠。忽闻河东狮子吼，拄杖落手心茫然。'"

⑤谬次：错误地谈及。此处是谦辞。次，至，及。

⑥楚襄王：宋玉《高唐赋序》言楚襄王号神女在高唐相会，神女自谓"朝为行云，暮为行雨"。

【点评】

《声容部》专讲仪容美，也即研究人的仪态、容貌的审美问题。这里的"声容"中的"声"字，虽然含有歌唱之"声"、音乐之"声"的意思，但主要是指言谈举止、音容笑貌中的"声"。所以《声容部》中凡涉及"声"，主要不是讲歌声

之美或乐音之美，而是讲人的日常生活待人接物言谈举止的"声音"之中所透露出来的仪态之美。譬如《红楼梦》中所写的傻大姐的言谈举止之粗笨憨拙，与林黛玉、薛宝钗的言谈举止之文雅巧智，不可同日而语；后者的"声"中，自然透露出一种仪态之美。李渔把"声"与"容"连在一起，称为"声容"，这是一个偏义词，重点在"容"，在仪态、容貌。

人的仪容美问题，可以有两个方面，一是仪容的自然形态的美，也就是通常人们所说的"天生丽质"的美，例如《诗经·硕人》赞美卫庄公夫人庄姜天生得"手如柔荑，肤如凝脂，领如蝤蛴，齿如瓠犀"；汉唐美人所谓"环肥燕瘦"——杨玉环天生一种丰腴的美，而赵飞燕则天生一种轻盈的美；宋玉《登徒子好色赋》中所写施朱则太赤、施粉则太白、增之一分则太长、减之一分则太短的"东家之子"的美，等等，都是自然形态的美。一是仪容的后天修饰的美，也就是通常人们所说的"梳妆打扮"的美，例如汉民歌《孔雀东南飞》中"新妇起严妆"，北朝民歌《木兰诗》"对镜贴花黄"，辛弃疾词《青玉案——元夕》所写妇女头上装饰着"蛾儿雪柳黄金缕"，汤显祖《牡丹亭》中所写"弄粉调朱，贴翠拈花""翠生生出落的裙衫儿茜，艳晶晶花簪八宝填"，等等，都是说妇女通过梳妆打扮使自己更美，这种美就是后天修饰的美。

《声容部》中的《选姿第一》的四款（肌肤、眉眼、手足、态度）即偏重于前一方面——仪容的自然形态的美；而《修容第二》三款（盥栉、熏陶、点染），《治服第三》三款（首饰、衣衫、鞋袜），《习技第四》三款（文艺、丝竹、歌舞）即偏重于后一方面——仪容的后天修饰的美。据我所知，《声容部》是中国历史上第一部专门的、系统的仪容美学著作。在这之前，许多著作、文章、诗词、戏曲、小说中，也常常涉及仪容美学问题，较早的除了前面我们曾引述过《诗经·卫风·硕人》中描写庄姜自然形态的美之外，还有《诗经·卫风·伯兮》中也有"自伯之东，首如飞蓬。岂无膏沐？谁适为容"的诗句，是说一个女子自丈夫走后无心梳妆打扮，不是因为没有化妆用的"膏沐"（护肤膏或润发油），而是因为没有了取

悦的对象——打扮给谁看呢？后来历代诗文中都有大量写到"修容"的材料，但大都是零星的，不系统的，而且常常是在谈别的问题时顺便涉及的。而像李渔《闲情偶寄·声容部》这样专门、系统地从审美角度谈仪容修饰打扮的著作，十分难得。

我还想专门谈一谈"选姿"。这里的"姿"，即姿色，是指人体本然的美丑妍媸。如何判定一个人长得美或是不美呢？李渔提出了自己关于人体美的审美观念和标准，并在下面的四款中详细加以论述。

这里我想首先请读者诸君和我一起思考这样一个问题：关于人体美的观念和标准，无疑是随时代发展而变化的，也是因民族、地域的不同而相区别的；那么，李渔时代的人体美观念和标准，到今天发生了什么样的变化？李渔所代表的中国关于人体美的观念和标准，与西方关于人体美的观念和标准有什么不同？

（一）李渔在当时大胆肯定人体美的正当、合理，这是很可贵的。他首先引述古代圣贤"食色，性也"的话，说明"色"乃"性所原有，不能强之使无"。但他的观念和标准总是从男性中心主义的立场出发，视女人为"尤物"，把"女色"当作满足男人审美需求甚至性欲的对象，这在今天已经同大多数人的观念和标准尖锐冲突了。例如，他认为别人的"美妻美妾而我好之，是谓拂人之性"，但"我有美

妻美妾而我好之"，则是理所当然。因而他所说的人体美，只是女人的人体美，只是供男人欣赏的女人的人体美，只是男人眼中的女人的人体美。严格地说，这是把妇女当作美丽的性奴隶。这与今天已经是格格不入了。今天虽然没有完全消除男性

中心主义的观念（在有些人那里可能还很严重），但总体上是趋于男女平等，因而人体美是男女相互欣赏的对象、相互取悦的对象：男人欣赏女人的人体美，也欣赏男人自身的人体美；女人欣赏男人的人体美，也欣赏女人自身的人体美。在人体美的观念和标准方面，今天已经远远超越了李渔的时代。

（二）李渔关于人体美的观念，是中国的、东方的，这与西方大相径庭。由于中、西社会历史文化传统的不同，造成了中、西关于人的美以及人体美的观念和标准十分不同。人总是有精神和肉体两个方面。人的美总是要在精神和肉体二者统一中求之。总的说，中国于精神、肉体统一中更重精神，而西方于精神、肉体统一中更重肉体。最近我的一位朋友写了一篇文章对此提出很好的见解。他认为，西方比较重视人的形体美，通过形体表现一种理想的观念，如强健、和谐、匀称、静穆、伟大等等；这体现在艺术中特别是在古希腊、罗马和文艺复兴时期的雕刻、绘画中，即常常直接描写裸体、赞美裸体，正如丹纳《艺术哲学》中所说："希腊人竭力以美丽的人体为模范，结果竟奉为偶像，在地上颂之为英雄，在天上敬之如神明。"而中国则比较重视人的精神美，即"内美"或"神韵"，追求一种理想的人格精神，对于人的形体美则比较忽视。这体现在艺术中，特别是中国古代造型艺术中，就很少直接表现裸体，艺术中的人体形象常常由衣冠把肢体遮蔽起来，并且大袖宽襟，以至看不清人体的线条和胖瘦，衣带的飘逸代替了人体线条的流动，给人以超越感，即超越形体而进入一种精神境界。李渔关于人体美的论述，也体现了这些特点。他极少直接谈到人的形体美、线条美，更是忌谈裸体。他所谈的，是人穿着衣服而能露出来的部分，如面色、手足、眉眼等等；而且，他特别重视人的内美，在《风筝误》传奇中他借人物之口谈到美人的标准：美人的美有三个条件，一曰"天资"、二曰"风韵"、三曰"内才"，有天资无风韵，像个泥塑美人；有风韵无天资，像个花面女旦：但天资和风韵都有了也只是半个美人，那半个，要看她的内才。在这里，李渔固然没有完全忽视人体的外在美（天资），但他所提出的美人的三个条件中，外在形体方面三居其一，而内在精神方面则三居其二（风韵、内才）。在本书中，他又特别强调了人的"态度"，而"态度"也是内美和内才，它是看不见、摸不着的，它虽"是物而非物，无形似有形"，但却可以"使美者愈美，艳者愈艳，且能使老者少而媸者妍，无情者使之有情"。

※ 肌肤

【原文】

妇人妩媚多端，毕竟以色为主。《诗》不云乎"素以为绚兮"①？素者，白也。妇人本质，惟白最难。常有眉目口齿般般入画，而缺陷独在肌肤者。岂造物生人之巧，反不同于染匠，未施漂练之力，而遽加文采之工乎？曰：非然。白难而色易也。曷言乎难②？是物之生，皆视根本，根本何色，枝叶亦作何色。人之根本维何？精也，血也。精色带白，血则红而紫矣。多受父精而成胎者，其人之生也必白。父精母血交聚成胎，或血多而精少者，其人之生也必在黑白之间。若其血色浅红，结而为胎，虽在黑白之间，及其生也，豢以美食③，处以曲房④，犹可日趋于淡，以脚地未尽缁也⑤。有幼时不白，长而始白者，此类是也。至其血色深紫，结而成胎，则其根本已缁，全无脚地可漂，及其生也，即服以水晶云母，居以玉殿琼楼，亦难望其变深为浅，但能守旧不迁，不致愈老愈黑，亦云幸矣。有富贵之家，生而不白，至

长至老亦若是者，此类是也。知此，则知选材之法，当如染匠之受衣。有以白衣使

漂者受之，易为力也；有白衣稍垢而使漂者亦受之，虽难为力，其力犹可施也；若以既染深色之衣，使之剥去他色，漂而为白，则虽什佰其工价，必辞之不受。以人力虽巧，难拗天工，不能强既有者而使之无也。妇人之白者易相，黑者亦易相，惟在黑白之间者，相之不易。有三法焉：面黑于身者易白，身黑于面者难白；肌肤之黑而嫩者易白，黑而粗者难白；皮肉之黑而宽者易白，黑而紧且实者难白。面黑于身者，以面在外而身在内，在外则有风吹日晒，其渐白也为难；身在衣中，较面稍白，则其由深而浅，业有明征，使面亦同身，蔽之有物，其验亦若是矣，故易白。身黑于面者反此，故不易白。肌肤之细而嫩者，如绫罗纱绢，其体光滑，故受色易，退色亦易，稍受风吹，略经日照，则深者浅而浓者淡矣。粗则如布如毯，其受色之难，十倍于绫罗纱绢，至欲退之，其工又不止十倍，肌肤之理亦若是也，故知嫩者易白，而粗者难白。皮肉之黑而宽者，犹绅由缎之未经熨，靴与履之未经楦者，因其皱而未直，故浅者似深，淡者似浓，一经熨楦之后，则纹理陡变，非复曩时色相矣⑥。肌肤之宽者，以其血肉未足，犹待长养，亦犹待楦之靴履，未经烫熨之绫罗纱绢，此际若此，则其血肉充满之后必不若此，故知宽者易白，紧而实者难白。相肌之法，备乎此矣。若是，则白者、嫩者、宽者为人争取，其黑而粗、紧而实者遂成弃物乎？曰：不然。薄命尽出红颜，厚福偏归陋质，此等非他，皆素封伉俪之材，诰命夫人之料也⑦。

【眉批】周彬若云：此等妙论，不知何处得来。予向在都门，人讯南方有异人否？予以笠翁对。又讯有怪物否？予亦以笠翁对。试读此书，即知予言不谬。

【眉批】余澹心云：此种议论，几于石破天惊。笠翁其身藏藕丝而口翻沧海者乎？

【眉批】尤展成云：虽戏语，却是实录。

【注释】

①"《诗》不云乎"句：《诗经·硕人》只有"巧笑倩兮，美目盼兮"两句，

有人认为《鲁诗》有"素以为绚兮"。但这三句诗见于《论语·八佾》，杨伯竣译文是：有酒窝的脸笑得美呀，黑白分明的眼流转得媚呀，洁白的底子上画着花卉呀。

②曷：怎么。

③豢：喂养。

④曲房：幽深的房子。

⑤脚地：质地。缁：黑色。

⑥曩时：过去的时候，昔日。

⑦诰命夫人：封建时代受过封号的妇女。

【点评】

李渔关于造成肌肤黑白之原因的说法显然是不科学的。他所谓"多受父精而成胎者，其人之生也必白"，而多受母血者，其色必黑，这种观点今天听起来有点可笑；而三百年前的李渔则一本正经地宣扬他的这种"科学"道理。可见科学发展之神速！

这且按下不表。现在我想要说的是李渔以白为美的观念究竟有没有普遍性。李渔说："妇人妩媚多端，毕竟以色为主……妇人本质，惟白最难。"在李渔看来，肌肤的白，是最漂亮的；而黑则不美。其实，这更多的代表了士大夫的审美观念。士大夫所欣赏的女色，多养在闺中，"豢以美食，处以曲房"，

大门不出，二门不迈，少受风吹日晒，其肤色，当然总是白的。但这种白，又常常

同弱不禁风的苍白和病态联系在一起，这在另一些人看来，未必美。譬如农家子弟，就不一定欣赏那种白。这是不同人群之间审美观念上的冲突。19世纪俄国美学家车尔尼雪夫斯基在《生活与美学》中，曾分析过上流社会与农民审美观念的差别，对我们不无启发。他说："辛勤劳动、却不致令人精疲力竭那样一种富足生活的结果，使青年农民或农家少女都有非常鲜嫩红润的面色——这照普通人民的理解，就是美的第一个条件。丰衣足食而又辛勤劳动，因此农家少女体格强壮，长得很结实——这也是乡下美人的必要条件。'弱不禁风'的上流社会美人在乡下人看来是断然'不漂亮的'，甚至给他不愉快的印象，因为他一向认为'消瘦'不是疾病就是'苦命'的结果。"然而，上流社会的审美观念则不同。"……病态、柔弱、委顿、慵倦，在他们心目中也有美的价值，只要那是奢侈的无所事事的生活的结果。苍白、慵倦、病态对于上流社会的人还有另外的意义：农民寻求休息和安宁，而有教养的上流社会的人们，他们不知有物质的缺乏，也不知有肉体的疲劳，却反而因为无所事事和没有物质的忧虑而常常百无聊赖，寻求'强烈的感觉、激动、热情'，这些东西能赋予他们那本来很单调的、没有色彩的上流社会生活以色彩、多样性和魅力。但是强烈的感觉和炙热的热情很快就会使人憔悴：他怎能不为美人的慵倦和苍白所迷惑呢，既然慵倦和苍白是她'生活了很多'的标志，可爱的是鲜艳的容颜，青春时期的标志；但是苍白的面色，忧郁的症状，却更为可爱。"车氏虽说是俄国人，但他的这些话，对于中国的情况我看是适用的。

当然，今天人们对青年女子的"白"也很欣赏。这要做具体分析。一部分原因可能是现在劳动条件改善了，不用像过去那样风吹日晒、下大苦力，面色白嫩细腻成为生活优越的标志，而不是苍白病态的症候。还有一部分原因是传统观念的延续和影响，封建社会主流意识形态历来以白为美，这种观念深入人心，影响全社会，成为一种审美无意识，所以今天人们也就不自觉地接受了这种观念。但是，无论如何，"白"绝不是美女之美的唯一标志。健康的红黑色，不是也很漂亮吗？

※ 眉眼

【原文】

面为一身之主，目又为一面之主。相人必先相面，人尽知之，相面必先相目，人亦尽知，而未必尽穷其秘。吾谓相人之法，必先相心，心得而后观其形体。形体维何？眉发口齿，耳鼻手足之类是也。心在腹中，何由得见？曰：有目在，无忧也。察心之邪正，莫妙于观眸子，子舆氏笔之于书①，业开风鉴之祖。予无事赘陈其说，但言情性之刚柔，心思之愚慧。四者非他，即异日司花执爨之分途②，而狮吼堂与温柔乡接壤之地也③。目细而长者，秉性必柔；目粗而大者，居心必悍；目善动而黑白分明者，必多聪慧；目常定而白多黑少，或白少黑多者，必近愚蒙。然初相之时，善转者亦未能遽转，不定者亦有时而定。何以试之？曰：有法在，无忧也。其法维何？一曰以静待动，一曰以卑瞩高。目随身转，未有动荡其身，而能胶柱其目者；使之乍往乍来，多行数武，而我回环其目以视之，则秋波不转而自转，此一法也。妇人避羞，目必下视，我若居高临卑，彼下而又下，永无见目之时矣。必当处之高位，或立台坡之上，或居楼阁之前，而我故降其躯以瞩之，则彼下无可下，势必环转其睛以避我。虽云善动者动，不善动者亦动，而勉强自然之中，即有贵贱妍媸之别，此又一法也。至于耳之大小，鼻之高卑，眉发之淡浓，唇齿之红白，无目者犹能按之以手，岂有识者不能鉴之以形？无俟哓哓④，徒滋繁渎。

眉之秀与不秀，亦复关系情性，当与眼目同视。然眉眼二物，其势往往相因。眼细者眉必长，眉粗者眼必巨，此大较也，然亦有不尽相合者。如长短粗细之间，未能一一尽善，则当取长恕短，要当视其可施人力与否。张京兆工于画眉⑤，则其夫人之双黛，必非浓淡得宜，无可润泽者。短者可长，则妙在用增；粗者可细，则妙在用减。但有必不可少之一字，而人多忽视之者，其名曰"曲"。必有天然之曲，而后人力可施其巧。"眉若远山"，"眉如新月"，皆言曲之至也。即不能酷肖远山，

166

尽如新月，亦须稍带月形，略存山意，或弯其上而不弯其下，或细其外而不细其中，皆可自施人力。最忌平空一抹，有如太白经天⑥；又忌两笔斜冲，俨然倒书八字。变远山为近瀑，反新月为长虹，虽有善画之张郎，亦将畏难而却走。非选姿者居心太刻，以其为温柔乡择人，非为娘子军择将也。

【眉批】异藻纷来，赋手欲绝。

【注释】

①子舆：曾参的字。《论语·泰伯》有曾子关于"动容貌""正颜色""出辞气"的言论，不知李渔是否指此。

②司花：指文化品位高的活动。执爨：指文化品位低的粗活儿。爨：烧火煮饭。

③狮吼堂：指女人嫉妒凶悍。温柔乡：指女人温柔体贴。

④哓哓：争辩不止，唠叨不休。

⑤张京兆工于画眉：张京兆即汉代张敞，《汉书·张敞传》说他"为妇画眉"。

⑥太白：太白星，即金星，或曰启明星。

【点评】

"眉眼"一款，更印证了前面我们所说中国人在看人体美时不重外形而重内美的观念。第一，李渔说："吾谓相人之法，必先相心，心得而后观形体。"这就是说，李渔欣赏人的美，首先看她的"心"，即内在精神，形体放在第二位。第二，"形体"又主要是衣服遮蔽之下能看得见的部分："形体维何？眉发口齿，耳鼻手足之类是也。"把"形体"限定在"眉发口齿、耳鼻手足"上是很可笑的，形体就应该主要是人体的完整轮廓、线条，单是"眉发口齿、耳鼻手足"怎能现出完整的人体美？然而，这就是中国人不同于西方的关于人体美的审美观念。中国人绝不会像古希腊人那样欣赏人的裸体美（无论是男子的裸体还是女子的裸体），一般也不

欣赏人体的肌肉的美、线条的美。

中国人重内美、重心灵，因而也就特别看重人的眼睛。"心在腹中，何由得见？曰有目在，无忧也。"眼睛是心灵的窗户，看来李渔是十分懂得这个道理的。由眼睛确实可以看出一个人聪颖还是愚钝的大体情形，看出一个人丰富而复杂的内心世界。但是李渔说"目细而长者，秉性必柔；目粗而大者，居心必悍"云云，却是不科学的。这一款的后面谈到眉时所说"眉之秀与不秀，亦复关系情性"，同样也是缺乏科学根据的。

※ 手足

【原文】

相女子者，有简便诀云："上看头，下看脚。"似二语可概通身矣。予怪其最要一着，全未提起。两手十指，为一生巧拙之关，百岁荣枯所系，相女者首重在此，何以略而去之？且无论手嫩者必聪，指尖者多慧，臂丰而腕厚者，必享珠围翠绕之荣；即以现在所需而论之，手以挥弦函，使其指节累累，几类弯弓之决拾；手以品箫，如其臂形攘攘，几同伐竹之斧斤；抱枕携衾，观之兴索，捧卮进酒②，受者眉攒③，亦大失开门见山之初着矣。故相手一节，为观人要着，寻花问柳者不可不知，然此道亦难言之矣。选人选足，每多窄窄金莲④；观手观人，绝少纤纤玉指⑤。是最易者足，而最难者手，十百之中，不能一二觏也。须知立法不可不严，至于行法，则不容不恕。但于或嫩或柔或尖或细之中，取其一得，即可宽恕其他矣。

至于选足一事，如但求窄小，则可一目了然。倘欲由粗以及精，尽美而思善，使脚小而不受脚小之累，兼收脚小之用，则又比手更难，皆不可求而可遇者也。其累维何？因脚小而难行，动必扶墙靠壁，此累之在己者也；因脚小而致秽，令人掩鼻攒眉，此累之在人者也。其用维何？瘦欲无形，越看越生怜惜，此用之在日者也；柔若无骨，愈亲愈耐抚摩，此用之在夜者也。昔有人谓予曰："宜兴周相国[6]，以千金购一丽人，名为'抱小姐'，因其脚小之至，寸步难移，每行必须人抱，是以得名。"予曰："果若是，则一泥塑美人而已矣，

数钱可买，奚事千金？"造物生人以足，欲其行也。昔形容女子娉婷者，非曰"步步生金莲"，即曰"行行如玉立"，皆谓其脚小能行，又复行而入画，是以可珍可宝，如其小而不行，则与刖足者何异？此小脚之累之不可有也。予遍游四方，见足之最小而无累，与最小而得用者，莫过于秦之兰州、晋之大同。兰州女子之足，大者三寸，小者犹不及焉，又能步履如飞，男子有时追之不及，然去其凌波小袜而抚摩之，犹觉刚柔相半；即有柔若无骨者，然偶见则易，频遇为难。至大同名妓，则强半皆若是也。与之同榻者，抚及金莲，令人不忍释手，觉倚翠偎红之乐，未有过于此者。向在都门，以此语人，人多不信。一席间拥二妓，一晋一燕，皆无丽色，而足则甚小。予请不信者即而验之，果觉晋胜于燕，大有刚柔之别。座客无不翻然，而罚不信者以金谷酒数[7]。此言小脚之用之不可无也。噫，岂其娶妻必齐之

姜[8]？就地取材，但不失立言之大意而已矣。

【眉批】此则不如素足女矣。

【注释】

①挥弦：弹琴拨弦。

②卮：酒杯。

③眉攒：皱眉头。

④窄窄金莲：形容小脚。

⑤纤纤玉指：形容细指。

⑥周相国：即周延儒，明万历年间进士，崇祯年间曾两度为首辅。

⑦金谷：古地名，在今洛阳东北。有水名金谷水；晋石崇在此筑园名金谷园，其《金谷诗序》说他常在金谷与友人作诗、罚酒。

⑧齐之姜：周朝齐国为姜姓，故齐侯之女称"齐姜"，也用作美女的代称。《诗经·衡门》："岂其取妻，必齐之姜？"

验足之法无他，只在多行几步，观其难行易动，察其勉强自然，则思过半矣。直则易动，曲即难行；正则自然，歪即勉强。直而正者，非止美观便走，亦少秽气。大约秽气之生，皆强勉造作之所致也。

【点评】

提倡女子缠足、对女子的所谓"三寸金莲"赞赏备至，充分表现出了中国封建时代士大夫的变态审美心理，而李渔在这方面可以说是个典型代表。好好的一双脚，硬是活活地把它的骨头缠折，使它成为畸形，这简直太残忍、太残酷了！而千百年来竟然把它当作一种美来欣赏，而且有的人还津津乐道，赞不绝口，岂非咄咄怪事！

这怪事就出在中国古代。据李渔的一位友人余怀在《妇人鞋袜辨》中考证，女子缠足始于五代南唐李后主。"后主有宫嫔窅娘，纤丽善舞，乃命作金莲，高六尺，饰以珍宝，绸带缨络，中作品色瑞莲，令窅娘以帛缠足，屈上作新月状，着素袜，行舞莲中，回旋有凌云之态。由是人多效之，此缠足所自始也。"后来，以缠足为美的观念愈演愈烈，而且脚缠得愈来愈小，而愈小就愈觉得美，女子深受其害，苦不堪言。

对这样一件天理难容的事情，李渔则倾注着他"满腔热情"，以色迷迷的眼睛加以注视，以猥亵的口吻、流着口水加以赞扬，真令今天还在爱惜李渔的人脸红。请看李渔是怎么说的："予遍游四方，见足之最小而无累，与最小而得用者，莫过秦之兰州、晋之大同。兰州女子之足，大者三寸，小者犹不及焉，又能步履如飞，男子有时追之不及，然去其凌波小袜而抚摩之，犹觉刚柔相半；即有柔若无骨者，然偶见则易，频遇为难。至大同名妓，则强半皆若是也。与之同榻者，抚及金莲，令人不忍释手，觉倚翠偎红之乐，未有过于此者。"

我认为，这是李渔学术思想上的一个污点，也是他人品上的一个不足；不管李渔在其他方面有多少成就——当然对他的成就我也不会抹杀。

※ 态度

【原文】

古云："尤物足以移人。"尤物维何？媚态是已。世人不知，以为美色，乌知颜色虽美，是一物也，乌足移人？加之以态，则物而尤矣。如云美色即是尤物，即可移人，则今时绢做之美女，画上之娇娥，其颜色较之生人，岂止十倍，何以不见移人，而使之害相思成郁病耶？是知"媚态"二字，必不可少。媚态之在人身，犹火之有焰，灯之有光，珠贝金银之有宝色，是无形之物，非有形之物也。惟其是物而非物，无形似有形，是以名为"尤物"。尤物者，怪物也，不可解说之事也。凡女子，一见即令人思，思而不能自已，遂至舍命以图，与生为难者，皆怪物也，皆不

可解说之事也。吾于"态"之一字，服天地生人之巧，鬼神体物之工。使以我作天地鬼神，形体吾能赋之，知识我能予之，至于是物而非物，无形似有形之态度，我实不能变之化之，使其自无而有，复自有而无也。态之为物，不特能使美者愈美，艳者愈艳，且能使老者少而媸者妍，无情之事变为有情，使人暗受笼络而不觉者。女子一有媚态，三四分姿色，便可抵过六七分。试以六七分姿色而无媚态之妇人，与三四分姿色而有媚态之妇人同立一处，则人止爱三四分而不爱六七分，是态度之于颜色，犹不止一倍当两倍也。试以二三分姿色而无媚态之妇人，与全无姿色而止有媚态之妇人同立一处，或与人各交数言，则人止为媚态所惑，而不为美色所惑，是态度之于颜色，犹不止于以少敌多，且能以无而敌有也。今之女子，每有状貌姿容一无可取，而能令人思之不倦，甚至舍命相从者，"态"之一字之为祟也。是知

选貌选姿，总不如选态一着之为要。态自天生，非可强造。强造之态，不能饰美，止能愈增其陋。同一颦也，出于西施则可爱，出于东施则可憎者，天生、强造之别也。相面、相肌、相眉、相眼之法，皆可言传，独相态一事，则予心能知之，口实不能言之。口之所能言者，物也，非尤物也。噫，能使人知，而能使

人欲言不得，其为物也何如！其为事也何如！岂非天地之间一大怪物，而从古及今，一件解说不来之事乎？

【眉批】余澹心云：千古善状美人者，莫过陈思王《洛神》一赋，轻云蔽月，流风回雪，犹未形容到此。笠翁真尤物哉。

诘予者曰①：既为态度立言，又不指人以法，终觉首鼠②，盍亦舍精言粗，略示相女者以意乎？予曰：不得已而为言，止有直书所见，聊为榜样而已。向在维

扬③，代一贵人相妾。靓妆而至者不一其人④，始皆俯首而立，及命之抬头，一人不作羞容而竟抬；一人娇羞腼腆，强之数四而后抬；一人初不即抬，及强而后可，先以眼光一瞬，似于看人而实非看人，瞬毕复定而后抬，俟人看毕，复以眼光一瞬而后俯，此即"态"也。记曩时春游遇雨，避一亭中，见无数女子，妍媸不一，皆踉跄而至。中一缟衣贫妇，年三十许，人皆趋入亭中，彼独徘徊檐下，以中无隙地故也；人皆抖擞衣衫，虑其太湿，彼独听其自然，以檐下雨侵，抖之无益，徒现丑态故也。及雨将止而告行，彼独迟疑稍后，去不数武而雨复作，乃趋入亭。彼则先立亭中，以逆料必转，先踞胜地故也。然臆虽偶中，绝无骄人之色。见后人者反立檐下，衣衫之湿，数倍于前，而此妇代为振衣，姿态百出，竟若天集众丑，以形一人之媚者。自观者视之，其初之不动，似以郑重而养态；其后之故动，似以倘佯而生态。然彼岂能必天复雨，先储其才以俟用乎？其养也，出之无心，其生也，亦非有意，皆天机之自起自伏耳。当其养态之时，先有一种娇羞无那之致现于身外，令人生爱生怜，不俟娉婷大露而后觉也。斯二者，皆妇人媚态之一斑，举之以见大较。噫，以年三十许之贫妇，止为姿态稍异，遂使二八佳人与曳珠顶翠者皆出其下，然则态之为用，岂浅鲜哉！

人问：圣贤神化之事，皆可造诣而成，岂妇人媚态独不可学而至乎？予曰：学则可学，教则不能。人又问：既不能教，胡云可学？予曰：使无态之人与有态者同居，朝夕薰陶，或能为其所化；如蓬生麻中，不扶自直⑤，鹰变成鸠，形为气感，是则可矣。若欲耳提而面命之，则一部《廿一史》⑥，当从何处说起？还怕愈说愈增其木强⑦，奈何！

【注释】

①诘：反问，盘问。

②首鼠：首鼠两端的省语。意思是模棱两可、犹豫不决。

③维扬：旧扬州府别称。

④靓妆：脂粉妆饰。

⑤蓬生麻中，不扶自直：语见《荀子·劝学》。

⑥廿一史：李渔当年从《史记》数到《元史》共二十一史：《史记》《汉书》《后汉书》《三国志》《晋书》《宋书》《南齐书》《梁书》《陈书》《魏书》《北齐书》《周书》《隋书》《南史》《北史》《新唐书》《新五代史》《宋史》《辽史》《金史》、《元史》）。

⑦木强：性格质直。此处指呆板。

【点评】

对"态度"的论述，更是直接表现了李渔对内美的赞赏。李渔认为，美女之所以有魅力，虽不能说无关于外在的美色，但更重要的则在于内在的媚态。女子一有媚态，三四分姿色可抵六七分。若以六七分姿色而无媚态之妇人与三四分姿色而有媚态之妇人同立一处，则人只爱三四分而不爱六七分；若以二三分姿色而无媚态之妇人与全无姿色而只有媚态之妇人同立一处，则人只为媚态所动而不为美色所惑。因此，态度之于颜色，不只于以少敌多，简直是以无敌有。

态度是什么？简单地说，态度就是一个人内在的精神涵养、文化素质、才能智慧而形之于外的风韵气度，于举手投足、言谈笑语、行走起坐、待人接物中皆可见之。李渔所讲的那个春游避雨时表现得落落大方的中年女子，正是以她的态度给人留下了深刻的印象。论年岁，她已三十许，比不上二八佳人；论衣着，她只是个缟衣贫妇，比不上丝绸裹身的贵妇人。但她在避雨时表现得却是气度非凡，涵养深厚。雨中，人皆忘掉体面跟跟跄跄挤入亭中，她独徘徊檐下；人皆不顾丑态拼命抖擞衣衫，她独听其自然。雨将止，人皆急忙奔路，她独迟疑稍后，因其预料雨必复作。当别人匆匆反转时，她则先立亭中。但她并无丝毫骄人之色，反而对雨中湿透衣衫的人表现出体贴之情，代为振衣。李渔感慨地说："噫，以年三十之贫妇，止为姿态稍异，遂使二八佳人与曳珠顶翠者皆出其下，然则态之为用，岂浅鲜哉？"这就是"态度"的魅力！而中国人特别讲究的，也就是这种态度，这种内美，这种风韵，这种人格、志趣、情操和道德涵养，总之一句话：精神美。

※ 修容第二

【原文】

妇人惟仙姿国色，无俟修容；稍去天工者，即不能免于人力矣。然予所谓"修饰"二字，无论妍媸美恶，均不可少。俗云："三分人材，七分妆饰。"此为中人以下者言之也。然则有七分人材者，可少三分妆饰乎？即有十分人材者，岂一分妆饰皆可不用乎？曰：不能也。若是，则修容之道不可不急讲矣。今世之讲修容者，非止穷工极巧，几能变鬼为神，我即欲勉竭心神，创为新说，其如人心至巧，我法难工，非但小巫见大巫，且如小巫之徒，往教大巫之师，其不遭喷饭而唾面者鲜矣。然一时风气所趋，往往失之过当。非始初立法之不佳，一人求胜于一人，一日务新于一日，趋而过之，致失其真之弊也。"楚王好细腰，宫中皆饿死；楚王好高髻，宫中皆一尺；楚王好大袖，宫中皆全帛。"①细腰非不可爱，高髻大袖非不美观，然至饿死，则人而鬼矣。髻至一尺，袖至全帛，非但不美观，直与魑魅魍魉无别矣。此非好细腰、好高髻大袖者之过，乃自为饿死，自为一尺，自为全帛者之过也。亦非自为饿死，自为一尺，自为全帛者之过，无一人痛惩其失，著为章程，谓止当如此，不可太过，不可不及，使有遵守者之过也。吾观今日之修容，大类楚宫

之末俗，著为章程，非草野得为之事。但不经人提破，使知不可爱而可憎，听其日趋日甚，则在生而为魑魅魍魉者，已去死人不远，矧腰成一缕，有饿而必死之势哉！予为修容立说，实具此段婆心^②，凡为西子者，自当曲体人情，万毋遽发娇嗔，罪其唐突。

【眉批】尤展成云：不知者以为嘲风啸月之书，乌知为移风易俗之书哉。

【注释】

①"楚王"句：《后汉书·马廖传》中有"楚王好细腰，宫中多饿死"及"城中好高髻，四方高一尺；城中好广眉，四方且半额；城中好大袖，四方全匹帛"等句。

②婆心：《景德传灯录·临济义玄禅师》："黄蘗问云：'汝回太速生。'师云：'只为老婆心切。'"

【点评】

"三分人材，七分装饰"，"人靠衣裳马靠鞍"，流传在民间的这些俗语，都是讲人需要修饰打扮，也愿意修饰打扮。李渔在《修容第二》这部分里正是讲女子如何化妆，如何把自己的仪容修饰得更美。

提起化妆，那在中国的历史可就长了。前面我们曾引述过《诗经·伯兮》"自伯之东，首如飞蓬。岂无膏沐，谁适为容"那几句诗，那里讲的就是化妆，而且还讲到化妆品"膏沐",说明那时的化妆已经相当讲究,人们(尤其是女人)已经有意识地借助于外在的物质手段和材料对自己的皮肤或头发进行美化。稍后,在屈原的《离骚》《九歌》《九章》等诗篇中,都一再涉及修容的问题。譬如《九歌·湘君》"美要眇兮宜修"句,就是说的湘夫人打扮得很美,"宜修"者,善于打扮也。《九歌·山鬼》"被薜荔兮带女罗"句,也是说"山鬼"(有人认为即是楚国神话中的巫山神女)以美丽的植物来装饰自己。汉代民歌《孔雀东南飞》和《陌上桑》以及南北朝时民歌《木兰诗》更是大量谈到化妆,如"新妇起严妆""对镜贴花黄"等等。到唐代,化妆技巧已经达到很高的水平。唐·崔令钦《教坊记》记载,歌舞演员庞三娘年老时,面多皱,她在面上贴以轻纱,"杂用云母和粉蜜涂之,遂若少容。尝大酺汴州,以名字求雇。使者造门,既见,呼为恶婆,问庞三娘子所在。庞绐之曰:'庞三是我外甥,今暂不在,明日来书奉留之。'使者如言而至。庞乃盛饰,顾客不之识也,因曰:'昨日已参见娘子阿姨。'"宋元明清的诗词文章里写到化妆的更是不计其数。但像李渔这样深入细致地谈化妆,并不多见。

李渔在这里提出了一个重要原则,即修容必须自然、得体,切勿"过当"。譬如,"楚王好细腰,宫中皆饿死;楚王好高髻,宫中皆一尺;楚王好大袖,宫中皆全帛",这就是"过当"。女子为了以自己的"细腰"讨楚王喜欢,竟至于少吃而"饿死",这就太离谱了!这使我想到现在的一些女孩子为了苗条而拼命减肥,以致损害了健康,甚至要了命。这正是李渔当年所反对的。

※ 盥栉①

【原文】

盥面之法,无他奇巧,止是濯垢务尽。面上亦无他垢,所谓垢者,油而已矣。油有二种,有自生之油,有沾上之油。自生之油,从毛孔沁出,肥人多而瘦人少,似汗非汗者是也。沾上之油,从下而上者少,从上而下者多,以发与膏沐势不相

离②，发面交接之地，势难保其不侵。况以手按发，按毕之后，自上而下亦难保其不相挨擦，挨擦所至之处，即生油发亮之处也。生油发亮，于面似无大损，殊不知一日之美恶系焉，面之不白不匀，即从此始。从来上粉着色之地，最怕有油，有即不能上色。倘于浴面初毕，未经搽粉之时，但有指大一痕为油手所污，迨加粉搽面之后，则满面皆白而此处独黑，又且黑而有光，此受病之在先者也。既经搽粉之后，而为油手所污，其黑而光也亦然，以粉上加油，但见油而不见粉也，此受病之在后者也。此二者之为患，虽似大而实小，以受病之处止在一隅，不及满面，闺人尽有知之者。尚有全体受伤之患，从古佳人暗受其害而不知者，予请攻而出之。从来拭面之巾帕，多不止于拭面，擦臂抹胸，随其所至；有腻即有油，则巾帕之不洁也久矣。即有好洁之人，止以拭面，不及其他，然能保其上不及发，将至额角而遂止乎？一沾膏沐，即非无油少腻之物矣。以此拭面，非拭面也，犹打磨细物之人，故以油布擦光，使其不沾他物也。他物不沾，粉独沾乎？凡有面不受妆，越匀越黑；同一粉也，一人搽之而白，一人搽之而不白者，职是故也。以拭面之巾有异同，非搽面之粉有善恶也。故善匀面者，必须先洁其巾。拭面之巾，止供拭面之用，又须用过即浣③，勿使稍带油痕，此务本穷源之法也。

善栉不如善篦，篦者，栉之兄也。发内无尘，始得丝丝现相，不则一片如毡，求其界限而不得，是帽也，非髻也，是退光黑漆之器，非乌云蟠绕之头也。故善蓄姬妾者，当以百钱买梳，千钱购篦。篦精则发精，稍俭其值，则发损头痛，篦不数下而止矣。篦之极净，使便用梳④。而梳之为物，则越旧越精。"人惟求旧，物惟求新"。古语虽然，非为论梳而设。求其旧而不得，则富者用牙，贫者用角。新木之梳，即搜根剔齿者，非油浸十日，不可用也。

古人呼髻为"蟠龙"。蟠龙者，髻之本体，非由妆饰而成。随手绾成⑤，皆作蟠龙之势，可见古人之妆，全用自然，毫无造作。然龙乃善变之物，发无一定之形，使其相传至今，物而不化，则龙非蟠龙，乃死龙矣；发非佳人之发，乃死人之发矣。无怪今人善变，变之诚是也。但其变之之形，只顾趋新，不求合理；只求变

相，不顾失真。凡以彼物肖此物，必取其当然者肖之，必取其应有者肖之，又必取其形色相类者肖之，未有凭空捏造，任意为之而不顾者。古人呼发为"乌云"，呼髻为"蟠龙"者，以二物生于天上，宜乎在顶。发之缭绕似云，发之蟠曲似龙，而云之色有乌云，龙之色有乌龙。是色也，相也，情也，理也，事事相合，是以得名，非凭捏造，任意为之而不顾者也。窃怪今之所谓"牡丹头""荷花头""钵盂头"，种

种新式，非不穷新极异，令人改观，然于当然应有、形色相类之义，则一无取焉。人之一身，手可生花，江淹之彩笔是也⑥；舌可生花，如来之广长是也⑦；头则未见其生花，生之自今日始。此言不当然而然也。发上虽有簪花之义，未有以头为花，而身为蒂者；钵盂乃盛饭之器，未有倒贮活人之首，而作覆盆之象者，此皆事所未闻，闻之自今日始。此言不应有而有也。群花之色，万紫千红，独不见其有黑。设立一妇人于此⑧，有人呼之为"黑牡丹""黑莲花""黑钵盂"者，此妇必艴然而怒⑨，怒而继之以骂矣。以不喜呼名之怪物，居然自肖其形，岂非绝不可解之事乎？吾谓美人所梳之髻，不妨日异月新，但须筹为理之所有。理之所有者，其象多端，然总莫妙于云龙二物。仍用其名而变更其实，则古制新裁，并行而不悖矣。勿谓止此二物，变来有限，须知普天下之物，取其千态万状，越变而越不穷者，无有过此二物者矣。龙虽善变，犹不过飞龙、游龙、伏龙、潜龙、戏珠龙、出海龙之数种。至于云之为物，顷刻数迁其位，须臾屡易其形，"千变万化"四字，犹为有定之称，其实云之变相，"千万"二字，犹不足以限量之也。若得聪明女子，日日

仰观天象，既肖云而为髻，复肖髻而为云，即一日一更其式，犹不能尽其巧幻，毕其离奇，矧未必朝朝变相乎？若谓天高云远，视不分明，难于取法，则令画工绘出巧云数朵，以纸剪式，衬于发下，俟栉沐既成，而后去之，此简便易行之法也。云上尽可着色，或簪以时花，或饰以珠翠，幻作云端五彩，视之光怪陆离。但须位置得宜，使与云体相合，若其中应有此物者，勿露时花珠翠

之本形，则尽善矣。肖龙之法：如欲作飞龙、游龙，则先以己发梳一光头于下，后以假爱制作龙形[10]，盘旋缭绕，覆于其上。务使离发少许，勿使相粘相贴，始不失飞龙、游龙之义．相粘相贴则是潜龙、伏龙矣。悬空之法，不过用铁线一二条，衬于不见之处，其龙爪之向下者，以发作线，缝于光发之上，则不动矣。戏珠龙法，以鬌作小龙二条，缀于两旁，尾向后而首向前，前缀大珠一颗，近于龙嘴，名为"二龙戏珠"。出海龙亦照前式，但以假爱作波浪纹，缀于龙身空隙之处，皆易为之。是数法者，皆以云龙二物分体为之，是云自云而龙自龙也。予又谓云龙二物势不宜分，"云从龙，风从虎"[11]，《周易》业有成言，是当合而用之。同用一鬌，同作一假，何不幻作云龙二物，使龙勿露全身，云亦勿作全朵，忽而见龙，忽而见云，令人无可测识，是美人之头，尽有盘旋飞舞之势，朝为行云，暮为行雨，不几两擅其绝，而为阳台神女之现身哉？噫，笠翁于此搜尽枯肠，为此髻者，不可不加尸祝[12]。天年以后，倘得为神，则将往来绣阁之中，验其所制，果有裨于花容月貌否也。

【眉批】周彬若云：不经点破，谁识古人之心？是知笠翁者，千载以下必不可

少之人也。

【眉批】不经说破，谁识今人之谬？是知笠翁者，六合以内必不可无之人也。

【眉批】"云鬟""云髻"等字义得此益彰，为千古佳人重开生面。笠翁诚异人也。

【注释】

①盥：洗手洗脸。栉：梳发。

②膏沐：洗浴时擦油脂，如抹头油。

③浣：洗。

④使便用梳：芥子园本作"使便用梳"，翼圣堂本为"始便用梳"。

⑤绾：把头发盘绕起来打成结。

⑥江淹之彩笔：据说，南朝（梁）诗人江淹曾梦见神人授予彩笔，醒后笔下生花。

⑦如来之广长：意思是善于言辞。据《法华经》说，如来佛"现大神力，出广长舌，上至梵世"。

⑧一：芥子园本作"之"，翼圣堂本、中国文学珍本丛书本作"一"。

⑨觔：形容生气。

⑩髲：假发。

⑪云从龙，风从虎：意思是云从龙而起，风由虎而生。语出《易经·乾卦》。

⑫尸祝：古代祭祀，代表死人受祭者为"尸"，祝祷鬼神者为"祝"。

【点评】

盥栉即洗脸梳头。有人说，洗脸梳头，谁人不会？哪个不晓？这里面还有学问？是的，这里面大有学问在。譬如说，有的人脸上爱出油，倘若她化妆时不用肥皂把油垢彻底清洗干净，那么，她搽粉涂脂时，必然白一块、黑一块、红一块。轻

者，脂粉不均匀；重者，成个大花脸。李渔指出洗脸必须注意去油，确实抓住了要害。这对现代女子化妆，也是有重要参考价值的意见。

说起梳头，那讲究就更多了。无论在我国还是外国，头发历来在人们，特别是妇女的容貌审美中占有十分重要的地位。在古代西方，例如罗马，某皇后的发型就曾经成为当时妇女效仿的榜样；在现代东方，某演员的发式也会成为今天女孩子追求的时尚。我国古代，不少女子因头发之美而倍受赞扬，有的甚至坐到皇后的宝座上去。例如，东汉明帝刘庄的皇后的头发就特别长而美，《诚斋杂记》中说她的头发"为四起大髻，髻成，尚有余发绕髻三匝"。《陈书》中记载，南朝陈后主的妃子张丽华因美而得宠，而其头发特美："张丽华发长七尺，鬒黑如漆，其光可鉴。"还有一个故事，汉武帝的皇后卫子夫就是因为头发美而起家的。卫子夫原是平阳公主家的一个歌女，武帝到平阳公主家去玩儿，卫子夫唱歌挑逗皇帝，"上（皇帝）意动，起更衣，子夫因侍，得幸。头解，上见其发美，悦之，遂纳子夫于宫，后立为后"。

女子的发型历来十分讲究，而且随时代的推移，不断花样翻新。下面，我从清代乾嘉之际学者王初桐《奁史》卷七十一《梳妆门一》中辑取一些材料，以使读者对我国古代女子发型有一个大概的了解。周文王令宫人作"凤髻"，其髻高；又令宫人作"云髻"，步步而摇，曰步摇髻。汉武帝令宫人梳"堕马髻"，《陌上桑》所描写的美女罗敷"头上倭堕髻"，据考即"堕马髻"，其髻歪在头部的一侧，似堕非堕，这种发型，由于宫中的提倡，在汉代大概女子十分喜欢也十分流行。汉代辛延年《羽林郎》诗中有"两鬟何窈窕"句，鬟，即环形的发型。三国魏文帝曹丕的皇后甄氏入宫后，据说宫中有一条蛇，口有赤珠，不伤人，每天甄氏梳妆时，这条蛇在甄氏面前盘结成一个髻形，甄氏即仿效它而梳妆自己的发型，号"灵蛇型"。《木兰诗》"当窗理云鬓"的"云鬓"，就是梳得像云一样的发型。北齐后宫女官八品梳"偏髻"（发覆目也，即头发盖住了眼睛）。隋炀帝令宫人梳"八鬟髻""翻荷髻""坐愁髻"。唐末妇人梳发，以两鬟抱面，为"抛家髻"。明代嘉靖年间，

浙江嘉兴县有一个叫杜韦的妓女"作实心髻，低小尖巧"，"吴中妇女皆效之，号韦娘髻"。李渔在本款中也提到当时的所谓"牡丹头""荷花头""钵盂头"等等发型。此外，少数民族妇女也有自己的发型。《广西通志》中说："蛮女发密而黑，好绾大髻，多前向，亦有横如卷轴者，有叠作三盘者。"《粤述》中说："瑶壮妇人高髻，置于顶之前畔，上覆大笠。"《蛮书》中说："望蛮妇女有夫者两髻，无夫者顶后为一髻。"《南夷志》中说："施蛮妇人从顶横分其发，前后各为一髻。"

妇女的发型，是人们审美观念的物化形态之一。从发型的演变，也可以看出人们审美观念的变化。例如，古代妇女的那种"高髻"，现在很难见到了，人们大概也不怎么喜欢了。现代女子的那种"男式短发"，大概在百年前是不会出现的，在古代更是不可能的。当然，梳什么样的发型，这纯粹是个人的事情，别人无权，也不应横加干涉。李渔所反对和所提倡的种种发型，只是他个人的见解而已，不足为训。尤其他所提倡的所谓"云"型、"龙"型，太矫揉造作，更不可取。

※ 薰陶

【原文】

名花美女，气味相同，有国色者，必有天香。天香结自胞胎，非由薰染，佳人身上实实有此一种，非饰美之词也。此种香气，亦有姿貌不甚姣艳，而能偶擅其奇者。总之，一有此种，即是夭折摧残之兆，红颜薄命未有捷于此者。有国色而有天

香，与无国色而有天香，皆是千中遇一，其余则薰染之力不可少也。其力维何？富贵之家，则需花露。花露者，摘取花瓣入甑[1]，酝酿而成者也。蔷薇最上，群花次之。然用不须多，每于盥浴之后，挹取数匙入掌，拭体拍面而匀之。此香此味，妙在似花非花，是露非露，有其芬芳，而无其气息，是以为佳，不似他种香气，或速或沉，是兰是桂，一嗅即知者也。其次则用香皂浴身，香茶沁口[2]，皆是闺中应有之事。皂之为物，亦有一种神奇，人身偶染秽物，或偶沾秽气，用此一擦，则去尽无遗。由此推之，即以百和奇香拌入此中，未有不与垢秽并除，混入水中而不见者矣，乃独去秽而存香，似有攻邪不攻正之别。皂之佳者，一浴之后，香气经日不散，岂非天造地设，以供修容饰体之用者乎？香皂以江南六合县出者为第一[3]，但价值稍昂，又恐远不能致，多则浴体，少则止以浴面，亦权宜丰俭之策也。至于香茶沁口，费亦不多，世人但知其贵，不知每日所需，不过指大一片，重止毫厘，裂成数块，每于饭后及临睡时以少许润舌，则满吻皆香，多则味苦，而反成药气矣。凡此所言，皆人所共知，予特申明其说，以见美人之香不可使之或无耳。别有一种，为值更廉，世人食而但甘其味，嗅而不辨其香者，请揭出言之：果中荔子，虽出人间，实与交梨、火枣无别[4]，其色国色，其香天香，乃果中尤物也。予游闽粤，幸得饱啖而归[5]，庶不虚生此口，但恨造物有私，不令四方皆出。陈不如鲜，夫人而知

之矣。殊不知荔之陈者，香气未尝尽没，乃与橄榄同功，其好处却在回味时耳。佳人就寝，止啖一枚，则口脂之香，可以竟夕[6]，多则甜而腻矣。须择道地者用之，

枫亭是其选也⑦。人问：沁口之香，为美人设乎？为伴美人者设乎？予曰：伴者居多。若论美人，则五官四体皆为人设，奚止口内之香。

【注释】

①甑：古代的一种瓦器，用以贮物或做饭。

②香茶：用茶叶、香料、中药制成，以除口中臭味。

③六合县：在江苏南京北部，长江以北。李渔所说"江南"不知何指。

④交梨、火枣：南朝·梁陶弘景《真诰》二："玉醴金浆、交梨火枣，此则腾飞之药，不比于金丹也。"

⑤啖：吃。

⑥竟夕：一整夜。竟，从头到尾。

⑦枫亭：地名，在福建莆田、仙游之间。

【点评】

熏陶，是谈如何给人气味上的美感。每人都会有每人的气味，个别人甚至会有某种异味，其他人闻起来会感到不舒服的。去掉异味，给人嗅觉上一种舒服感，这也是人际交往中的一种礼貌。但李渔在这里所讲的，是从男子中心主义出发对美女的"享用"，这在今天看来就十分腐朽了。男女天生应该是平等的，在男女交往中，一个臭烘烘的女子对她的男伴来说固然是不礼貌的；一个臭烘烘的男子对他的女伴来说同样是不礼貌的。因此，那种具有男尊女卑观念，甚至视女子为玩物的人，首先应该去掉那些腐朽观念的"异味""臭味"，接受现代男女平等观念的"熏陶"，使自己的人格、品格变得"香喷喷"的。

※ 点染

【原文】

　　"却嫌脂粉污颜色，淡扫蛾眉朝至尊。"①此唐人妙句也。今世讳言脂粉，动称污人之物，有满面是粉而云粉不上面，遍唇皆脂而日脂不沾唇者，皆信唐诗太过，而欲以虢国夫人自居者也②。噫，脂粉焉能污人，人自污耳。人谓脂粉二物，原为中材而设，美色可以不需。予曰：不然。惟美色可施脂粉，其余似可不设。何也？二物颇带世情，大有趋炎附热之态，美者用之愈增其美，陋者加之更益其陋。使以绝代佳人而微施粉泽，略染腥红，有不增娇益媚者乎？使以媸颜陋妇而丹铅其面，粉藻其姿，有不惊人骇众者乎？询其所以然之故，则以白者可使再白，黑者难使遽白；黑上加之以白，是欲故显其黑，而以白物相形之也。试以一墨一粉，先分二处，后合一处而观之，其分处之时，黑自黑而白自白，虽云各别其性，未甚相仇也；迫其合处，遂觉黑不自安，而白欲求去。相形相碍，难以一朝居者，以天下之物，相类者可使同居，即不相类而相似者，亦可使之同居，至于非但不相类、不相似，而且相反之物，则断断勿使同居，同居必为难矣。此言粉之不可混施也。脂则不然，面白者可用，面黑者亦可用。但脂粉二物，其势相依，面上有粉而唇上涂脂，则其色灿然可爱，倘面无粉泽而止丹其唇，非但红色不显，且能使面上之黑色变而为紫，以紫之为色，非系天生，乃红黑二色合而成之者也。黑一见红，若逢故物，不求合而自合，精光相射，不觉紫气东来，使乘老子青牛③，竟有五色灿然之瑞矣。若是，则脂粉二物，竟与若辈无缘，终身可不用矣，何以世间女子人人不舍，刻刻相需，而人亦未尝以脂粉多施，摈而不纳者？曰：不然。予所论者，乃面色最黑之人，所谓不相类、不相似，而且相反者也。若介在黑白之间，则相类而相似矣，既相类而相似，有何不可同居？但须施之有法，使浓淡得宜，则二物争效其灵矣。从来傅粉之面，止耐远观，难于近视，以其不能匀也。画士着色，用胶始匀，无胶则研杀不合。人面非同纸绢，万无用胶之理，此其所以不匀也。有法焉：请以一次分为二次，自淡而浓，由薄而厚，则可保无是患矣。请以他事喻之。砖匠以石灰粉壁，必先上粗灰一次，后上细灰一次；先上不到之处，后上者补之；后上偶遗之处，又有先上者衬之，是以厚薄相均，泯然无迹。使以二次所上之灰，并为一次，则非但拙匠难匀，巧者亦不能遍及矣。粉壁且然，况粉面乎？今以一次所傅之粉，分为二次傅之，先傅一次，俟其稍干，然后再傅第二次，则浓者淡而淡者

浓，虽出无心，自能巧合，远观近视，无不宜矣。此法不但能匀，且能变换肌肤，使黑者渐白。何也？染匠之于布帛，无不由浅而深，其在深浅之间者，则非浅非深，另有一色，即如文字之有过文也。如欲染紫，必先使白变红，再使红变为紫，红即白紫之过文，未有由白竟紫者也。如欲染青，必使白变为蓝，再使蓝变为青，蓝即白青之过文，未有由白竟青者也。如妇人面容稍

黑，欲使竟变为白，其势实难。今以薄粉先匀一次，是其面上之色已在黑白之间，非若曩时之纯黑矣；再上一次，是使淡白变为深白，非使纯黑变为全白也，难易之势，不大相径庭哉？由此推之，则二次可广为三，深黑可同于浅，人间世上，无不可用粉匀面之妇人矣。此理不待验而始明，凡读是编者，批阅至此，即知湖上笠翁原非蠢物，不止为风雅功臣，亦可谓红裙知己。初论面容黑白，未免立说过严。非过严也，使知受病实深，而后知德医人，果有起死回生之力也。舍此更有二说，皆浅乎此者，然亦不可不知：匀面必须匀项，否则前白后黑，有如戏场之鬼脸；匀面必记掠眉，否则霜花覆眼，几类春生之社婆④。至于点唇之法，又与匀面相反，一

点即成，始类樱桃之体；若陆续增添，二三其手，即有长短宽窄之痕，是为成串樱桃，非一粒也。

【眉批】尤展成云：体验至此，真老于温柔乡者。

【注释】

①却嫌脂粉污颜色，淡扫蛾眉朝至尊：见唐代诗人杜甫《虢国夫人》句，第一句原诗为"却嫌脂粉涴颜色"。又有人说此诗乃张祜所作，见张祜《集灵台二首》之一。

②虢国夫人：杨贵妃之三姐，原嫁裴氏，后得唐明皇宠幸。

③紫气东来，使乘老子青牛：汉·刘向《列仙传》："老子西游，关令尹喜望见有紫气浮关，而老子果乘青牛而过也。"

④社婆：天生白头发、白眉毛的人，男人为社公，女人为社婆。或曰：古代春秋条祀土地神时，妆成白眉白发的土地婆。

【点评】

通常一说到修容或者化妆，立刻会想到在面部涂脂、搽粉、点口红等，这就是李渔所说的"点染"。从历史传统来说，是女子修容的非常重要的内容，在男权主义的社会里，大概中外都如此。当然，是否女子天生爱修容？也许有这种因素？我把握不准。

西方古代关于修容的情况，我没有考察，不敢妄加评说；但从直观上说，我所见到的现代西方女子之讲究修容，那是远胜于中国人的。关于修容，他们也进行了专门研究，出版了各种著作，详细论述不同肤色，不同眼睛、头发颜色的人，应如何根据色彩学原理、色彩心理学原理，根据体型胖瘦、高矮，选择自己的化妆色彩以及服装色彩和线条。

我国古代女子之讲究"点染"，也达到了十分精细的程度。光脸面和眉的画法，即不同的妆型和眉型，就数不胜数。《查史》中多有描述。先说妆型。有所谓"晓霞妆"：传说魏文帝曹丕"在灯下咏，以水晶七尺屏风障之。夜来至不觉，面触屏上，伤处如晓霞将散。自是宫人俱用胭脂仿画，名晓霞妆"。有所谓"梅花妆"：传说南朝宋武帝之女寿阳公主"卧于含章殿檐下，梅花落额上，成五出花，拂之不去，经三日，洗之乃落。自后宫女竞效之，称梅花妆"。这里所说梅花落额上而拂之不去，虽不可信，但画成梅花似的妆型，是可能的。一所谓"泪妆"："明皇宫中嫔妃辈施素粉于两颊，相号为泪妆。"又，宋理宗"宫中以粉点眼角，名曰泪妆"。还有所谓"醉妆""啼妆""额妆""眉妆""面妆""酒晕妆""桃花妆""飞霞妆""半面妆""瘢如妆"等等，不一而足。眉型也很多。据说，"秦始皇宫人悉红妆翠眉"；汉武帝时有所谓"连头眉"；《西京杂记》中说"文君姣好，眉色如望远山，时人效之，画远山眉"；东汉桓帝时，京都妇女作"愁眉"；唐明皇时女人眉型有十种之多，如"鸳鸯眉""小山眉""五岳眉""三峰眉""月棱眉""分梢眉""涵烟眉""拂云眉""倒晕眉"等等。另从唐代诗人朱庆馀绝句《闺意献张水部》用汉代张敞为妻画眉的故事而写的诗句："妆罢低声问夫婿，画眉深浅入时无？"可以看出当时女子画眉之胜、之精、之赶时髦。

※ 治服第三

【原文】

古云："三世长者知被服，五世长者知饮食。"俗云："三代为宦，着衣吃饭。"古语今词，不谋而合，可见衣食二事之难也。饮食载于他卷，兹不具论，请言被服一事。寒贱之家，自羞褴褛，动以无钱置服为词，谓一朝发迹，男可翩翩裘马，妇则楚楚衣裳。孰知衣衫之附于人身，亦犹人身之附于其地。人与地习，久始相安，以极奢极美之服，而骤加俭朴之躯，则衣衫亦类生人，常有不服水土之患。宽者似窄，短者疑长，手欲出而袖使之藏，项宜伸而领为之曲，物不随人指使，遂如桎梏

其身。"沐猴而冠"为人指笑者[1]，非沐猴不可着冠，以其着之不惯，头与冠不相称也。此犹粗浅之论，未及精微。"衣以章身"，请晰其解。章者，著也，非文采彰明之谓也。身非形体之身，乃智愚贤不肖之实备于躬，犹"富润屋，德润身"之身也[2]。同一衣也，富者服之章其富，贫者服之益章其贫；贵者服之章其贵，贱者服之益章其贱。有德有行之贤者，与无品无才之不肖者，其为章身也亦然。设有一大

富长者于此，衣百结之衣，履踵决之履[3]，一种丰腴气象，自能跃出衣履之外，不问而知为长者。是敝服垢衣，亦能章人之富，况罗绮而文绣者乎？丐夫菜佣窃得美服而被焉，往往因之得祸，以服能章贫，不必定为短褐，有时亦在长裾耳。"富润屋，德润身"之解，亦复如是。富人所处之屋，不必尽为画栋雕梁，即居茅舍数椽，而过其门、入其室者，常见筚门圭窦之间[4]，自有一种旺气，所谓"润"也。公卿将相之后，子孙式微，所居门第未尝稍改，而经其地者，觉有冷气侵入，此家门枯槁之过，润之无其人也。从来读《大学》者，未得其解，释以雕镂粉藻之义。果如其言，则富人舍其旧居，另觅新居而加以雕镂粉藻；则有德之人亦将弃其旧身，另易新身而后谓之心广体胖乎？甚矣，读书之难，而章句训诂之学非易事也。予尝以此论见之说部，今复叙入闲情。噫，此等诠解，岂好闲情、作小说者所能道哉？偶寄云尔。

【眉批】余澹心云：此所谓三家村妇学宫妆院体，愈增其丑者。被笠翁拈破，为之洒然。

【眉批】尤展成云：说书解颐，可补《大学衍义》。

【注释】

①沐猴而冠：《史记·项羽本纪》："说者曰：'人言楚人沐猴而冠耳，果然。'项王闻之，烹说者。"

②富润屋，德润身：语出《礼记·大学》。

③踵决：《庄子·让王》："捉襟而肘见，纳履而踵决。"踵，脚后跟；决，溃，破。

④筚门圭窦：《左传·襄公十年》："筚门圭窦之人而皆陵其上。"筚门，篱笆门；圭窦，小洞。圭是古代容量单位，一升的十万分之一为圭。

【点评】

"治服第三"三款谈首饰美和服装美，这是《闲情偶寄·声容部》中最精彩的部分之一。

在正文之前的这段小序中，李渔谈了一个十分重要的问题，即服装的文化内涵。人的衣着绝不简单的是一个遮体避寒的问题，而是一种深刻的文化现象。李渔通过对"衣以章身"四个字的解读，相当精彩地揭示了三百年前人们所能解读出来的服装的文化内容。李渔说："章者，著也，非文采彰明之谓也。身非形体之身，乃智愚贤不肖之实备于躬，犹'富润屋，德润身'之身也。"这就是说，"衣以章身"是说衣服的穿着不只是或主要不是生理学意义上的遮蔽人的肉体从而起防护、避寒的作用，而是主要表现了人的精神意义、文化蕴涵、道德风貌、身份作派，即所谓"智""愚""贤""不肖"，"富""贵""贫""贱"，"有德有行""无品无才"等等。三百年前的李渔能做这样的解说，实属不易。今天，服装的文化含义已经很容易被人们所理解，甚至不需要通过专门训练，人们就可以把某种服装作为文化符号的某种意义指称出来。这已经成为一种常识。譬如说，普通人都会知道服装

的认知功能，从一个人的衣着，可以知道他（她）的身份、职业，进一步，可以知道他（她）的民族、理想、爱好、追求、性格、气质等等。再譬如，人们很容易理解服装的审美功能，一套合身、得体的衣服，会为人增娇益美，会使一个女士或男士显得光彩照人。再如，服装还可以表现人的情感倾向、价值观，特别是服装还鲜明地表现出人

的性别意识，不论中国还是外国，男女着装都表现出很大差别，等等。

　　服装作为一种文化现象，随人类的进步和社会的发展而不断发展变化。从新石器时代的"贯头衣"，秦汉的"深衣"，魏晋的九品官服，隋唐民间的"半臂"，宋代民间的"孝装"，辽、西夏、金的"胡服"，明代民间的"马甲"和钦定的"素粉平定巾""六合一统帽"，清代长袍外褂当胸加补子的官服，民国的中山装，中华人民共和国建国后的列宁装，当前五花八门的时装，等等，有一个历史过程，从中可以看出不同时代丰富多彩的文化信息。

※　首饰

【原文】

　　珠翠宝玉，妇人饰发之具也，然增娇益媚者以此，损娇掩媚者亦以此。所谓增娇益媚者，或是面容欠白，或是发色带黄，有此等奇珍异宝覆于其上，则光芒四射，能令肌发改观，与玉蕴于山而山灵，珠藏于泽而泽媚同一理也。若使肌白发黑之佳人满头翡翠，环鬓金珠，但见金而不见人，犹之花藏叶底，月在云中，是尽可

出头露面之人，而故作藏头盖面之事。巨眼者见之，犹能略迹求真，谓其美丽当不止此，使去粉饰而全露天真，还不知如何妩媚；使遇皮相之流，止谈妆饰之离奇，不及姿容窈窕，是以人饰珠翠宝玉，非以珠翠宝玉饰人也。故女人一生，戴珠顶翠之事，止可一月，万勿多时。所谓一月者，自作新妇于归之日始，至满月卸妆之日止。只此一月，亦是无可奈何。父母置办一场，翁姑婚娶一次，非此艳妆盛饰，不足以慰其心。过此以往，则当去桎梏而谢羁囚，终身不修苦行矣。一簪一珥，便可相伴一生。此二物者，则不可不求精善。富贵之家，无论多设金玉犀贝之属，各存其制，屡变其形，或数日一更，或一日一更，皆未尝不可。贫贱之家，力不能办金玉者，宁用骨角，勿用铜锡。骨角耐观，制之佳者，与犀贝无异，铜锡非止不雅，且能损发。簪珥之外，所当饰鬓者，莫妙于时花数朵，较之珠翠宝玉，非止雅俗判然，且亦生死迥别。《清平调》之首句云："名花倾国两相欢。"欢者①，喜也，相欢者，彼既喜我，我亦喜彼之谓也。国色乃人中之花，名花乃花中之人，二物可称同调，正当晨夕与共者也。汉武云："若得阿娇②，贮之金屋。"吾谓金屋可以不设，药栏花榭则断断应有，不可或无。富贵之家如得丽人，则当遍访名花，植于阃内③，使之旦夕相亲，珠围翠绕之荣不足道也。晨起簪花，听其自择。喜红则红，爱紫则紫，随心插戴，自然合宜，所谓两相欢也。寒素之家，如得美妇，屋旁稍有隙地，亦当种树栽花，以备点缀云鬟之用。他事可俭，此事独不可俭。妇人青春有几，男子遇色为难。尽有公侯将相、富室大家，或苦缘分之悭④，或病中宫之妒⑤，欲亲美色而毕世不能。我何人斯，而擅有此乐，不得一二事娱悦其心，不得一二物妆点其貌，是为暴殄天物，犹倾精米洁饭于粪壤之中也。即使赤贫之家，卓锥无地⑥，欲艺时花而不能者，亦当乞诸名园，购之担上。即使日费几文钱，不过少饮一杯酒，既悦妇人之心，复娱男子之目，便宜不亦多乎？更有俭于此者，近日吴门所制象生花⑦，穷精极巧，与树头摘下者无异，纯用通草，每朵不过数文，可备月余之用。绒绢所制者，价常倍之，反不若此物之精雅，又能肖真。而时人所好，偏在彼而不在此，岂物不论美恶，止论贵贱乎？噫，相士用人者，亦复如此，奚止

　　【眉批】尤展成云："欢"字妙解。碎授花打人，未免煞风景矣。

　　吴门所制之花，花象生而叶不象生，户户皆然，殊不可解。若去其假叶而以真者缀之，则因叶真而花益真矣。亦是一法。

　　时花之色，白为上，黄次之，淡红次之，最忌大红，尤忌木红。玫瑰，花之最香者也，而色太艳，止宜压在髻下，暗受其香，勿使花形全露，全露则类村妆，以村妇非红不爱也。

　　花中之茉莉，舍插鬓之外，一无所用。可见天之生此，原为助妆而设，妆可少乎？珠兰亦然。珠兰之妙，十倍茉莉，但不能处处皆有，是一恨事。

　　予前论髻，欲人革去"牡丹头""荷花头""钵盂头"等怪形，而以假髢作云龙等式。客有过之者，谓：吾侪立法，当使天下去赝存真，奈何教人为伪？予曰：生今之世，

行古之道，立言则善，谁其从之？不若因势利导，使之渐近自然。妇人之首，不能无饰，自昔为然矣，与其饰以珠翠宝玉，不若饰之以髢。髢虽云假，原是妇人头上之物，以此为饰，可谓还其固有，又无穷奢极靡之滥费，与崇尚时花，鄙黜珠玉，同一理也。予岂不能为高世之论哉？虑其无裨人情耳⑧。

　　簪之为色，宜浅不宜深，欲形其发之黑也。玉为上，犀之近黄者、蜜蜡之近白者次之，金银又次之，玛瑙琥珀皆所不取。簪头取象于物，如龙头、凤头、如意头、兰花头之类是也。但宜结实自然，不宜玲珑雕斫；宜与发相依附，不得昂首而作跳跃之形。盖簪头所以压发，服贴为佳，悬空则谬矣。

中华传世藏书

李渔全集

闲情偶寄

饰耳之环，愈小愈佳，或珠一粒，或金银一点，此家常佩戴之物，俗名"丁香"，肖其形也。若配盛妆艳服，不得不略大其形，但勿过丁香之一倍二倍。既当约小其形，复宜精雅其制，切忌为古时络索之样，时非元夕，何须耳上悬灯？若再饰以珠翠，则为福建之珠灯，丹阳之料丝灯矣。其为灯也犹可厌，况为耳上之环乎？

【注释】

①名花倾国两相欢：李白《清平调词》（其三）的首句。

②阿娇：汉武帝的姑表妹，汉武即位后立她为皇后。《汉武故事》说，汉武帝刘彻四岁封胶东王，他的姑姑长公主抱在膝上，问："儿欲得妇不？"胶东王曰："欲得妇。"长公主指其女曰："阿娇好不？"笑对曰："好，若得阿娇作妇，当作金屋贮之也。"于是，"金屋藏娇"成为一个成语。

③阃：门坎。

④悭：吝啬。

⑤中宫：正室。

⑥卓：立。

⑦吴门：今江苏苏州。

⑧裨：益处。

【点评】

首饰，顾名思义，就是戴在人头上的装饰物。一般地说，在以男子为中心的社会里，首饰首先主要是戴在女人头上的装饰物（李渔说"珠翠宝玉，妇人饰发之具也"）。这种"女士优先"或"女士特权"，除了女士"天生"特别爱美这种有待论证的原因之外，在很大程度上应该说，这是男人把女人当作自己的审美享受对象的一种表现。女人戴首饰，也许有一部分原因是女人自我欣赏，但由于整个社会男权观念的主导地位，所以戴在女人头上的首饰，反而更多的是为了男人，是女人戴给男人看的。因此，这不是女士的光荣，而是女士的悲哀；不是对女士的尊重，而是对女士的歧视。

李渔专列一款阐述首饰的审美价值以及首饰佩戴的美学原则。人（尤其是女人）为什么要佩戴首饰？可以用李渔的一句话四个字概括之：为了"增娇益媚"。这也就是首饰的美学价值（也就是其主要价值）所在。如果有的人仅仅看重首饰的经济价值，满头都是价值连城的珠宝、金银，并以此来夸富，那就走入了误区。李渔批评了首饰佩戴中那种"满头翡翠，环鬓金珠，但见金而不见人"的现象。反对佩戴首饰时"不论美恶（丑），止论贵贱"的态度，提出要"以珠翠宝玉饰人"，而不是"以人饰珠翠宝玉"的基本原则。用今天的话来说，也就是突出人的主体性。这个思想是很精彩的。

李渔还总结了首饰佩戴的一些形式美的规律。如，首饰的颜色应该同人的面色及头发的颜色相配合，或对比，或协调，以达到最佳审美效果。李渔说，为了突出头发的黑色，簪子的颜色"宜浅不宜深"。再如，首饰的大小要适宜，形制要精当，使人看起来舒适娱目，李渔说，"饰耳之物，愈小愈佳，或珠一粒，或金银一点"；而且首饰的佩戴要同周围环境和文化氛围相协调，李渔接着说，"此（耳坠或耳环）家常佩戴之物，俗名'丁香'，肖其形也；若配盛装艳服，不得不略大其形，但勿过丁香之一倍二倍；既当约小其形，复宜精雅其制"。此外，李渔还提出首饰的形制"宜结实自然，不宜玲珑雕琢"，以佩戴起来"自然合宜"为上。假如方便，女子能够随季节的变化，根据"自然合宜"的原则，摘取时花数朵，随心插戴，也是很美、很惬意的事情。

首饰在中国起源很早，有的说，"女娲之女以荆枝及竹为笄以贯发，至尧时以铜为之，且横贯焉。此钗之始也"；有的说，"古者，女子臻木为笄以约发，居丧以桑木为笄，皆长尺有二寸。沿至夏后，以铜为笄"，"钗者，古笄之遗象也"（王初桐《奁史》卷六十八《钗钏门一·首饰》）。后来，逐渐发展到用金银珠宝犀角玳瑁等贵重材料制作名目繁多、形状各异的钗、簪、耳坠、步摇、花胜、掩鬓等首饰。还有的用翠鸟翅及尾作首饰，用色如赤金的金龟虫作首饰。

首饰本来是人的增娇益美的头上饰物，但在等级森严的封建社会里，首饰的佩戴也成为一个人贵贱高低的标志。如《晋令》中说："妇人三品以上得服爵钗。"又说："女奴不得服银钗。"另，《晋书·舆服志》中说："贵人太平髻，七钿；公主、夫人五钿；世妇三钿。"《明会典》中说："命妇首饰：一品金簪，五品镀金银簪，八品银间镀金簪。"看来，在那时，首饰也不是可以随便佩戴的。

※ 衣衫

【原文】

妇人之衣，不贵精而贵洁，不贵丽而贵雅，不贵与家相称，而贵与貌相宜。绮罗文绣之服，被垢蒙尘，反不若布服之鲜美，所谓贵洁不贵精也。红紫深艳之色，违时失尚，反不若浅淡之合宜，所谓贵雅不贵丽也。贵人之妇，宜披文采，寒俭之家，当衣缟素，所谓与人相称也。然人有生成之面，面有相配之衣，衣有相配之色，皆一定而不可移者。今试取鲜衣一袭，令少妇数人先后服之，定有一二中看，一二不中看者，以其面色与衣色有相称、不相称之别，非衣有公私向背于其间也。使贵人之妇之面色，不宜文采而宜缟素，必欲去缟素而就文采，不几与面为仇乎？

197

故曰不贵与家相称，而贵与面相宜。大约面色之最白最嫩，与体态之最轻盈者，斯无往而不宜。色之浅者显其淡，色之深者愈显其淡；衣之精者形其娇，衣之粗者愈形其娇。此等即非国色，亦去夷光①、王嫱不远矣，然当世有几人哉？稍近中材者，即当相体裁衣，不得混施色相矣。相体裁衣之法，变化多端，不应胶柱而论，然不得已而强言其略，则在务从其近而已。面颜近白者，衣色可深可浅；其近黑者，则不宜浅而独宜深，浅则愈彰其黑矣。肌肤近腻者，衣服可精可粗；其近糙者，则不宜精而独宜粗，精则愈形其糙矣。然而贫贱之家，求为精与深而不能，富贵之家欲为粗与浅而不可，则奈何？曰：不难。布苧有精粗深浅之别，绮罗文采亦有精粗深浅之别，非谓布苧必粗而罗绮必精，锦绣必深而缟素必浅也。纳与缎之体质不光、花纹突起者，即是精中之粗，深中之浅；布与苧之纱线紧密、漂染精工者，即是粗中之精，浅中之深。凡予所言，皆贵贱咸宜之事，既不详绣户而略衡门②，亦不私贫家而遗富室。盖美女未尝择地而生，佳人不能选夫而嫁，务使得是编者，人人有裨，则怜香惜玉之念，有同雨露之均施矣。

【眉批】尤展成云：绝世佳人，粗服乱头都好，否则霓裳羽衣亦牺牛文绣耳。又云：王昭君胡服更娇，万贵妃戎妆愈媚，闺阁中偶一为之，亦自殢人。

迩来衣服之好尚，其大胜古昔，可为一定不移之法者，又有大背情理，可为人心世道之忧者，请并言之。其大胜古昔，可为一定不移之法者，大家富室，衣色皆尚青是已。（青非青也，元也。因避讳③，故易之。）记予儿时所见，女子之少者，尚银红桃红，稍长者尚月白，未几而银红桃红皆变大红，月白变蓝，再变则大红变紫，蓝变石青。迨鼎革以后，则石青与紫皆罕见，无论少长男妇，皆衣青矣，可谓"齐变至鲁，鲁变至道"④，变之至善而无可复加者矣。其递变至此也，并非有意而然，不过人情好胜，一家浓似一家，一日深于一日，不知不觉，遂趋到尽头处耳。然青之为色，其妙多端，不能悉数。但就妇人所宜者而论，面白者衣之，其面愈白，面黑者衣之，其面亦不觉其黑，此其宜于貌者也。年少者衣之，其年愈少，年老者衣之，其年亦不觉甚老，此其宜于岁者也。贫贱者衣之，是为贫贱之本等，富

贵者衣之，又觉脱去繁华之习，但存雅素之风，亦未尝失其富贵之本来，此其宜于分者也。他色之衣，极不耐污，略沾茶酒之色，稍侵油腻之痕，非染不能复着，染之即成旧衣。此色不然，惟其极浓也，凡淡乎此者，皆受其侵而不觉；惟其极深也，凡浅乎此者，皆纳其污而不辞，此又其宜于体而适于用者也。贫家止此一衣，无他美服相衬，亦未尝尽现底里，以覆其外者色原不艳，即使中衣敝垢，未甚相形也；

如用他色于外，则一缕欠精，即彰其丑矣。富贵之家，凡有锦衣绣裳，皆可服之于内，风飘袂起，五色灿然，使一衣胜似一衣，非止不掩中藏，且莫能穷其底蕴。诗云"衣锦尚纲"⑤，恶其文之著也。此独不然，止因外色最深，使里衣之文越著，有复古之美名，无泥古之实害。二八佳人，如欲华美其制，则青上洒线，青上堆花，较之他色更显。反复求之，衣色之妙，未有过于此者。后来即有所变，亦皆举一废百，不能事事咸宜，此予所谓大胜古昔，可为一定不移之法者也。至于大背情理，可为人心世道之忧者，则零拼碎补之服，俗名呼为"水田衣"者是已。衣之有缝，古人非好为之，不得已也。人有肥瘠长短之不同，不能象体而织，是必制为全帛，剪碎而后成之，即此一条两条之缝，亦是人身赘瘤，万万不能去之，故强存其迹。赞神仙之美者，必曰"天衣无缝"，明言人间世上，多此一物故也。而今且以一条两条广为数十百条，非止不似天衣，且不使类人间世上，然则愈趋愈下，将肖何物而后已乎？推原其始，亦非有意为之，盖由缝衣之奸匠，明为裁剪，暗作穿窬，逐段窃取而藏之，无由出脱，创为此制，以售其奸。不料人情厌常喜怪，不惟

不攻其弊，且群然则而效之。毁成片者为零星小块，全帛何罪，使受寸磔之刑⑥？缝碎裂者为百衲僧衣，女子何辜，忽现出家之相？风俗好尚之迁移，常有关于气数，此制不防于今⑦，而防于崇祯末年。予见而诧之，尝谓人曰："衣衫无故易形，殆有若或使之者，六合以内，得无有土崩瓦解之事乎？"未几而闯氛四起⑧，割裂中原，人谓予言不幸而中。方今圣人御世，万国来归，车书一统之朝⑨，此等制度，自应潜革⑩。倘遇同心，谓刍荛之言⑪，不甚訾谬，交相劝谕，勿效前鞶，则予为是言也，亦犹鸡鸣犬吠之声，不为无补于盛治耳。

【眉批】尤展成云：**此制最古，自褒姒裂帛始也。一笑。**

云肩以护衣领，不使沾油，制之最善者也。但须与衣同色，近观则有，远视若无，斯为得体。即使难于一色，亦须不甚相悬。若衣色极深，而云肩极浅，或衣色极浅，而云肩极深，则是身首判然，虽曰相连，实同异处，此最不相宜之事也。予又谓云肩之色，不惟与衣相同，更须里外合一，如外色是青，则夹里之色亦当用青，外色是蓝，则夹里之色亦当用蓝。何也？此物在肩，不能时时服贴，稍遇风飘，则夹里向外，有如飓吹残叶，风卷败荷，美人之身不能不现历乱萧条之象矣。若使里外一色，则任其整齐颠倒，总无是患。然家常则已，出外见人，必须暗定以线，勿使与服相离，盖动而色纯，总不如不动之为愈也。

妇从之妆，随家丰俭，独有价廉功倍之二物，必不可无。一曰半臂，俗呼"背褡"者是也；一曰束腰之带，俗呼"鸾绦"者是也。妇人之体，宜窄不宜宽，一着背褡，则宽者窄，而窄者愈显其窄矣。妇人之腰，宜细不宜粗，一束以带，则粗者细，而细者倍觉其细矣。背褡宜着于外，人皆知之；鸾绦宜束于内，人多未谙。带藏衣内，则虽有若无，似腰肢本细，非有物缩之使细也。

裙制之精粗，惟视折纹之多寡。折多则行走自如，无缠身碍足之患，折少则往来局促，有拘挛桎梏之形；折多则湘纹易动，无风亦似飘飘，折少则胶柱难移，有态亦同木强。故衣服之料，他或可省，裙幅必不可省。古云："裙拖八幅湘江水。"⑫幅既有八，则折纹之不少可知。予谓八幅之裙，宜于家常；人前美观，尚须

200

十幅。盖裙幅之增，所费无几，况增其幅，必减其丝。惟细縠轻绡可以八幅十幅，厚重则为滞物，与幅减而折少者同矣。即使稍增其值，亦与他费不同。妇人之异于男子，全在下体。男子生而愿为之有室，其所以为室者，只在几希之间耳。掩藏秘器，爱护家珍，全在罗裙几幅，可不丰其料而美其制，以贻采葑采菲者诮乎[13]？近日吴门所尚"百裥裙"，可谓尽美。予谓此裙宜配盛服，又不宜于家常，惜物力也。较旧制稍增，较新制略减，人前十幅，家居八幅，则得丰俭之宜矣。吴门新式，又有所谓"月华裙"者，一裥之中，五色俱备，犹皎月之现光华也，予独怪而不取。人工物料，十倍常裙，暴殄天物，不待言矣，而又不甚美观。盖下体之服，宜淡不宜浓，宜纯不宜杂。予尝读旧诗，见"飘飏血色裙拖地""红裙妒杀石榴花"等句[14]，颇笑前人之笨。若果如是，则亦艳妆村妇而已矣，乌足动雅人韵士之心哉？惟近制"弹墨裙"，颇饶别致，然犹未获我心，嗣当别出新裁，以正同调。思而未制，不敢轻以误人也。

【注释】

①夷光：西施，名夷光，春秋战国时期越国美女，在国难当头之际，西施忍辱负重，以身许国，与郑旦一起由越王勾践献给吴王夫差，成为吴王最宠爱的妃子。

②衡门：横木为门，指贫寒之家。

③避讳：康熙黄帝名玄烨，故避玄字，而写为"元"字。

④齐变至鲁，鲁变至道：《论语·雍也》："子曰：'齐一变，至于鲁；鲁一变，至于道。'"齐一变，达到鲁的样子；鲁一变，就就合于大道了。

⑤衣锦尚絅：锦绣衣服外面罩上外衣。絅，罩在外面的单衣。语见《中庸》："诗曰'衣锦尚絅'，恶其文之着也。"

⑥寸磔之刑：凌迟。

⑦昉：起始。

⑧闯氛：李自成称李闯王，故称"闯氛"。

⑨车书一统：《礼记·中庸》："子曰……今天下车同轨，书同文，人同伦。"《史记·秦始皇本纪》："一法度衡石丈尺，车同轨，书同文字。"

⑩潜革：改革。

⑪刍荛：割草打柴的人。《诗经·板》："先民有言，询于刍荛。"

⑫裙拖八幅湘江水：见李群玉《同郑相并歌姬小饮戏赠》："裙拖八幅湘江水，鬓耸巫山一段云。"

⑬采葑采菲：《诗经·邶风·谷风》："采葑采菲，无以下体。"葑和菲都是植物，菜蔬。

⑭"飘飖血色"句：万楚《五日观妓》诗中之句。万楚，唐诗人，开元进士。

【点评】

关于服装美，李渔提出了许多相当精彩的思想，如"贵洁""贵雅""贵与貌相宜"，而在制作的时候要"相体裁衣"，等等。这些思想在今天仍然有重要的参考价值。一套衣服如果弄得脏兮兮的，再好也不美；如果只是华丽，甚至花里胡哨而不雅致，那也很难说得上美；特别是，如果与他（她）的面色、体态不相称、不相宜，那更谈不上美。为什么一套衣服若让好几个人来穿，有的人穿上好看，而有的人穿上则不好看呢？李渔说，这是因为"面色与衣色有相称不相称之别"。"人有生成之面，面有相配之衣，衣有相配之色"，各人必须找到自己的"与貌相宜"的衣服。说到这里，我想再顺便提一下，李渔只谈到衣服与面色的关系，而没有具体论及衣服与体型的关系。这是个遗憾。之所以如此，还是前面曾说过的那个原因：中国的民族传统不重视人体美，很少从解剖学的角度研究人体，也很少注意到人体的线条美。只是在后面谈到"鸾绦"即束腰之带时，李渔才提起"妇人之腰，宜细不宜粗，一束以带，则粗者细，而细者倍觉其细矣"，间接地涉及人的体型、线条问题；然而，所谈也不是裁剪和缝制衣服时要考虑形体美和线条美，而只是说用束衣带的方法显出身段的形体美和线条美。但是，无论如何，李渔的服装理论中还是提出了衣服要"与貌相宜"和"相体裁衣"的观点，这也是难能可贵的。

什么叫作"与貌相宜"？在我们看来，这句话可以有几个方面的意思。

一是与人的面色相宜。不同的人，面色黑白不同，皮肤粗细各异，所以就不能穿同样颜色、同样质料的衣服。这一点李渔有比较自觉的意识。

一是与人的体型相宜。上面说到李渔对此关注不够。今天的服装设计师特别注意人的体型特点，譬如个子的高矮，身材的胖瘦，肩膀的宽窄，脖子的长短，臀部的大小，上身长下身短或是下身长上身短，腰粗或是腰细，胸部是否丰满，等等，根据每个人的不同特点，设计、裁剪和缝制合身的衣服。

一是与人的性别、年龄、文化素养、内在气质、社会角色等等相宜。李渔对此也有所涉及，他提到衣服与"少长男妇"即性别、年龄的关系，与"智愚贤不肖"即文化素养和内在气质的关系，等等。

一是与一定社会的时代风尚和文化氛围之下人的精神特点相宜。例如魏晋时部

分文人蔑视礼法，他们的衣服常常是宽衫大袖、褒衣博带；唐朝社会相对开放，女子的"半臂"袖长齐肘，身长及腰，领口宽大，袒露上胸，表现了对精神羁绊的冲击和对美的大胆追求；宋代建国，控制较严，颁布服制，"衣服递有等级，不敢略有陵躐"，人们衣着相对严谨；等等。

做到"与貌相宜"的关键在于"相体裁衣"。"相体裁衣"或称"量体裁衣"、"称体裁衣"，这个思想大概最早见于《南齐书·张融传》："（太祖）手诏赐融衣曰：'今送一通故衣，意谓虽故乃胜新也，是吾所著，已令裁剪称卿之体。'"太祖皇帝把自己穿过的一通故衣赐予大臣张融，并事先按照张融的身材重新裁剪，以与其体相称。李渔认为，"相体裁衣之法，变化多端，不应胶柱而论"，大体说，面色白的，衣色可深可浅；面色黑的，宜深不宜浅，浅则愈形其黑矣；皮肤细的，衣服可精可粗，皮肤糙的，则宜粗不宜精，精则愈形其糙矣。这里的论述，缺点仍然在于只谈面色不谈体型，总使人觉得没有完全搔到痒处。

李渔谈服装美，还有几点值得称道：

他注意到衣服的审美与实用的关系。当谈到女子的裙子的时候，一方面他强调裙子"行走自如，无缠身碍足之患"的实用性；另一方面他又强调裙子"湘纹易动，无风亦似飘摇"的审美性，应该将这两个方面结合起来。

他特别注意衣服的色彩美。在谈"青色之妙"时，他提出要运用色彩的组合原理和心理效应来创造服装美。例如，可以通过色彩的对比来创造美的效果：面色白的，穿青色衣服，愈显得白；年少的穿它，愈显年少。可以通过色彩的融合或调和来掩饰丑或削弱丑的强度：面色黑的人穿青色衣服则不觉其黑，年纪老的穿青色衣服也不觉其老。可以通过色彩的心理学原理来创造衣服的审美效果：青色是最富大众性和平民化的颜色，正是青色给人的这种心理感受，可以转换成服装美学上青色衣服的如下审美效应——贫贱者衣之，是为贫贱之本等，富贵者衣之，又觉脱去繁华之习但存雅素之风，亦未尝失其富贵之本来。

他还特别注意到衣服色彩的流变。李渔描述了从明万历末到清康熙初五六十年问衣服色彩变化的情况：先是由银红桃红变为大红，月白变为蓝；过些年，则由大红变为紫，蓝变为石青；再过些年，石青与紫已经非常少见，男女老少都穿青色的衣服了。李渔的这段描述具有很高的史料价值，是我们研究古代服装色彩流变的重要参考资料。

※ 鞋袜

【原文】

男子所着之履，俗名为鞋，女子亦名为鞋。男子饰足之衣，俗名为袜，女子独易其名曰"褙"，其实褙即袜也。古云"凌波小袜"①，其名最雅，不识后人何故易之？袜色尚白，尚浅红；鞋色尚深红，今复尚青，可谓制之尽美者矣。鞋用高底，使小者愈小，瘦者越瘦，可谓制之尽美又尽善者矣。然足之大者，往往以此藏拙。埋没作者一段初心，是止供丑妇效颦，非为佳人助力。近有矫其弊者，窄小金莲，皆用平底，使与伪造者有别。殊不知此制一设，则人人向高底乞灵，高底之为物也，遂成百世不祧之祀②，有之则大者亦小，无之则小者亦大。尝有三寸无底之足，与四五寸有底之鞋同立一处，反觉四五寸之小，而三寸之大者，以有底则指尖向下，而秃者疑尖，无底则玉笋朝天，而尖者似秃故也。吾谓高底不宜尽去，只在减损其料而已。足之大者，利于厚而不利于薄，薄则本体现矣；利于大而不利于小，小则痛而不能行矣。我以极薄极小者形之，则似鹤立鸡群，不求异而自异。世岂有高底如钱，不扭捏而能行之大脚乎？

古人取义命名，纤毫不爽，如前所云，以"蟠龙"名髻，"乌云"为发之类是也。独于妇人之足，取义命名，皆与实事相反。何也？足者，形之最小者也；莲者，花之最大者也；而名妇人之足者，必曰"金莲"，名最小之足者，则曰"三寸金莲"。使妇人之足，果如莲瓣之为形，则其阔而大也，尚可言乎？极小极窄之莲瓣，岂止三寸而已乎？此"金莲"之义之不可解也。从来名妇人之鞋者，必曰

"凤头"。世人顾名思义，遂以金银制凤，缀于鞋尖以实之。试思凤之为物，止能小于大鹏；方之众鸟，不几洋洋乎大观也哉？以之名鞋，虽曰赞美之词，实类讥讽之迹。如曰"凤头"二字，但肖其形，凤之头锐而身大，是以得名；然则众鸟之头，尽有锐于凤者，何故不以命名，而独有取于凤？且凤较他鸟，其首独昂，妇人趾尖，妙在低而能伏，使如凤凰之昂首，其形尚可观乎？此"凤头"之义之不可解者

也。若是，则古人之命名取义，果何所见而云然？岂终不可解乎？曰：有说焉。妇人裹足之制，非由前古，盖后来添设之事也。其命名之初，妇人之足亦犹男子之足，使其果如莲瓣之稍尖，凤头之稍锐，亦可谓古之小脚。无其制而能约小其形，较之今人，殆有过焉者矣。吾谓"凤头""金莲"等字相传已久，其名未可遽易，然止可呼其名，万勿肖其实；如肖其实，则极不美观，而为前人所误矣。不宁惟是，凤为羽虫之长，与龙比肩，乃帝王饰衣饰器之物也，以之饰足，无乃大亵名器乎？尝见妇人绣袜，每作龙凤之形，皆昧理僭分之大者，不可不为拈破。近日女子鞋头，不缀凤而缀珠，可称善变。珠出水底，宜在凌波袜下，且似粟之珠，价不甚昂，缀一粒于鞋尖，满足俱呈宝色。使登歌舞之氍毹，则为走盘之珠；使作阳台之云雨，则为掌上之珠。然作始者见不及此，亦犹衣色之变青，不知其然而然，所谓暗合道妙者也。予友余子澹心，向著《鞋袜辨》一篇，考缠足之从来，核妇履之原制，精而且确，足与此说相发明，附载于后：

妇人鞋袜辨余怀

　　古妇人之足，与男子无异。《周礼》有屦人，掌王及后之服屦，为赤舄、黑舄、赤繶、黄繶、青勾素履、葛屦，辨外内命夫命妇之功屦、命屦、散屦。可见男女之履同一形制，非如后世女子之弓弯细纤，以小为贵也。考之缠足，起于南唐李后主。后主有宫嫔窅娘，纤丽善舞，乃命作金莲，高六尺，饰以珍宝，纲带缨络，中作品色瑞莲，令窅娘以帛缠足，屈上作新月状，着素袜，行舞莲中，回旋有凌云之态。由是人多效之，此缠足所自始也。唐以前未开此风，故词客诗人，歌咏美人好女，容态之殊丽，颜色之天姣，以至面妆首饰、衣襦裙裾之华靡，鬓发、眉目、唇齿、腰肢、手腕之阿娜秀洁，无不津津乎其言之，而无一语及足之纤小者。即如古乐府之《双行缠》云："新罗绣白胫，足跌如春妍。"曹子建云："践远游之文履"，李太白诗云："一双金齿屐，两足白如霜。"韩致光诗云："六寸肤圆光致致"，杜牧之诗云："钿尺裁量减四分"，汉《杂事秘辛》云："足长八寸，胫跗丰妍。"夫六寸八寸，素白丰妍，可见唐以前妇人之足，无屈上作新月状者也。即东昏潘妃，作金莲花帖地，令妃行其上，曰"此步步生金莲花"，非谓足为金莲也。崔豹《古今注》："东晋有凤头重台之履"，不专言妇人也。宋元丰以前，缠足者尚少，自元至今将四百年，矫揉造作亦泰甚矣。古妇人皆着袜。杨太真死之日，马嵬媪得锦袎袜一只，过客一玩百钱。李太白诗云："溪上足如霜，不着鸦头袜。"袜一名"膝裤"。宋高宗闻秦桧死，喜曰："今后免膝裤中插匕首矣。"则袜也，膝裤也，乃男女之通称，原无分别。但古有底，今无底耳。古有底之袜，不必着鞋，皆可行地；今无底之袜，非着鞋，则寸步不能行矣。张平子云："罗袜凌蹑足容与"。曹子建云："凌波微步，罗袜生尘。"李后主词云："划袜下香阶，手提金缕鞋。"古今鞋袜之制，其不同如此。至于高底之制，前古未闻，于今独绝。吴下妇人，有以异香为底，围以精绫者；有凿花玲珑，囊以香麝，行步霏霏，印香在地者。此则服妖，宋元以来诗人所未及，故表而出之，以告世之赋《香奁》，咏《玉台》者。

　　【眉批】笠翁曰："服妖"二字着眼，以此垂戒，非示劝也。

袜色与鞋色相反，袜宜极浅，鞋宜极深，欲其相形而始露也。今之女子，袜皆尚白，鞋用深红深青，可谓尽制。然家家若是，亦忌雷同。予欲更翻置色，深其袜而浅其鞋，则脚之小者更露。盖鞋之为色，不当与地色相同。地色者，泥土砖石之色是也。泥土砖石其为色也多深，浅者立于其上，则界限分明，不为地色所掩。如地青而鞋亦青，地绿而鞋亦绿，则无所见其短长矣。脚之大者则应反此，宜视地色以为色，则藏拙之法，不独使高底居功矣。鄙见若此，请以质之金屋主人，转询阿娇，定其是否。

【注释】

① 凌波小袜：语见曹植《洛神赋》："凌波微步，罗袜生尘。"
② 祧：继承上代。

【点评】

从"鞋袜"款及所附余怀的文章，我无意间获得了一个重要知识，即中国古代女子（至少一部分女子）是穿"高底鞋"的，这与西方女子穿高跟鞋相仿。过去我一直以为当下流行的女孩子或年轻女人穿高跟鞋或高底鞋是从外国传来的，我们的老祖宗从无此物；现在我发现，最晚在李渔那个时代之前，中国女子已经穿高底鞋（我猜想那高底鞋的跟也有点高，与高跟鞋相近）了。中国古代女子之穿高底鞋与西方女子之穿高跟鞋，从形式上看有点相似，但我想她们的初衷大约是很不一样的。按照西方的传统，女子特别讲究形体美、线条美，她们的胸部和臀部都要有一种美的曲线突现出来，而一穿高跟鞋，自然就容易出这种效果。这是她们的高跟鞋的审美作用。而按照中国五代女子开始缠足之后的传统，小脚是一种美，而且愈小愈美。不但缠之使小，而且要用其他手段制造脚小的效果，于是高底鞋派上用场了："鞋用高底，使小者愈小，瘦者愈瘦，可谓制之尽美又尽善者矣"；有了高底"大者亦小"，没有高底"小者亦大"。这是中国古代女子高底鞋的审美作用。我想，为了突现脚之小，若那高底鞋之跟也略高，效果会更显著一些。这也是前面我为什么猜想古代女子高底鞋之跟也有点高的原因。

但是，我早已表明我的态度：缠足是对女子的摧残，欣赏女子的小脚，是一种扭曲的、变态（病态）的审美心理。因而，我绝不认为古代女子穿高底鞋会有什么美。同样，如果现代女子穿高跟鞋有害健康的话，我认为女人付出这样的代价制造美的效果是不值得的。

※　习技第四

【原文】

"女子无才便是德。"言虽近理，却非无故而云然。因聪明女子失节者多，不若无才之为贵。盖前人愤激之词，与男子因官得祸，遂以读书作宦为畏途，遗言戒子孙，使之勿读书、勿作宦者等也。此皆见噎废食之说，究竟书可竟弃，仕可尽废乎？吾谓才德二字，原不相妨。有才之女，未必人人败行；贪淫之妇，何尝历历知书？但须为之夫者，既有怜才之心，兼有驭才之术耳。至于姬妾婢媵①，又与正室不同。娶妻如买田庄，非五谷不殖，非桑麻不树，稍涉游观之物，即拔而去之，以其为衣食所出，地力有限，不能旁及其他也。买姬妾如治园圃，结子之花亦种，不结子之花亦种；成阴之树亦栽，不成阴之树亦栽，以其原为娱情而设，所重在耳目，则口腹有时而轻，不能顾名兼顾实也。使姬妾满堂，皆是蠢然一物，我欲言而

彼默，我思静而彼喧，所答非所问，所应非所求，是何异于入狐狸之穴，舍宣淫而外，一无事事者乎？故习技之道，不可不与修容、治服并讲也。技艺以翰墨为上，丝竹次之，歌舞又次之，女工则其分内事，不必道也。然尽有专攻男技，不屑女红，鄙织红为贱役，视针线如仇雠，甚至三寸弓鞋不屑自制，亦倩老妪贫女为捉刀人者②，亦何借巧藏拙，而失造物生人之初意哉！予谓妇人职业，毕竟以缝纫为主，缝纫既熟，徐及其他。予谈习技而不及女工者，以描鸾刺凤之事，闺阁中人人皆晓，无俟予为越俎之谈③。其不及女工，而仍郑重其事，不敢竟遗者，虑开后世逐末之门，置纺绩蚕缲于不讲也。虽说闲情，无伤大道，是为立言之初意尔。

【眉批】尤展成云：叶天寥以德才色为妇人三不朽。笠翁以德属妻、以才色属妾，更为平论，且可息主宫之妒矣。

【眉批】余澹心云：又是根本之论，可续《女史箴》。

【眉批】尤展成云："掺掺女手，可以缝裳。"亦美人图也。灵芸之针，苏蕙之织，岂非闺中绝伎？

【注释】

①媵：妾，陪嫁的人。

②捉刀人：《世说新语·容止》："魏武将见匈奴使，自以形陋，不足雄远国，使崔季珪代，帝自捉刀立床头。既毕，令间谍问曰：'魏王何如？'匈奴使答曰：'魏王雅望非常，然床头捉刀人，此乃英雄也。'"

③越俎：越俎代庖的省语。《庄子·逍遥游》："庖人虽不治庖，尸祝不越樽俎而代之矣。"

【点评】

李渔谈女子"习技"之目的，活脱脱显露出他男子中心主义观念之顽固。人们为什么要女子习技？李渔认为，这是为了使女子更好地成为男子审美欣赏，甚至性

享受和消费的对象。李渔说，娶妻如买田庄，而买姬妾如治园圃。既然是治园圃，那么，结子之花与不结子之花都得种，成荫之树与不成阴之树都得栽，因为"原为娱情而设，所重在耳目"。假使"姬妾满堂，皆是蠢然一物，我欲言而彼默，我思静而彼喧，所答非所问，所应非所求，是何异于入狐狸之穴，舍宣淫而外，一无事事乎？"这些观念在今天看来已经是腐朽不堪了。

但是，比起那些表面看来道貌岸然而满肚子男盗女娼的伪君子来，李渔也有他的可爱之处，他堂堂正正地把他所思所想所作所为公开摆出来，他是表里一致的。

※ 文艺

【原文】

学技必先学文。非曰先难后易，正欲先易而后难也。天下万事万物，尽有开门之锁钥。锁钥维何？文理二字是也。寻常锁钥，一钥止开一锁，一锁止管一门；而文理二字之为锁钥，其所管者不止千门万户。盖合天上地下，万国九州，其大至于无外，其小至于无内，一切当行当学之事，无不握其枢纽，而司其出入者也。此论之发，不独为妇人女子，通天下之士农工贾，三教九流①，百工技艺，皆当作如是观。以许大世界，摄入文理二字之中，可谓约矣，不知二字之中，又分宾主。凡学文者，非为学文，但欲明此理也。此理既明，则文字又属敲门之砖，可以废而不用矣。天下技艺无穷，其源头止出一理。明理之人学技，与不明理之人学技，其难易判若天渊。然不读书不识字，何由明理？故学技必先学文。然女子所学之文，无事求全责备，识得一字，有一字之用，多多益善，少亦未尝不善；事事能精，一事自可愈精。予尝谓土木匠工，但有能识字记账者，其所造之房屋器皿，定与拙匠不同，且有事半功倍之益。人初不信，后择数人验之，果如予言。粗技若此，精者可知。甚矣，字之不可不识，理之不可不明也。

妇人读书习字，所难只在入门。入门之后，其聪明必过于男子，以男子念纷，而妇人心一故也。导之入门，贵在情窦未开之际，开则志念稍分，不似从前之专一。然买姬置妾，多在三五、二八之年②，娶而不御，使作蒙童求我者，宁有几人？如必俟情窦未开，是终身无可授之人矣。惟在循循善诱，勿阻其机，"扑作教刑"一语③，非为女徒而设也。先令识字，字识而后教之以书。识字不贵多，每日仅可数字，取其笔画最少，眼前易见者训之。由易而难，由少而多，日积月累，则一年

半载以后，不令读书而自解寻章觅句矣。乘其爱看之时，急觅传奇之有情节、小说之无破绽者，听其翻阅，则书非书也，不怒不威而引人登堂入室之明师也④。其故维何？以传奇、小说所载之言，尽是常谈俗语，妇人阅之，若逢故物。譬如一句之中，共有十字，此女已识者七，未识者三，顺口念去，自然不差。是因已识之七字，可悟未识之三字，则此三字也者，非我教之，传奇、小说教之也。由此而机锋相触，自能曲喻旁通。再得男子善为开导，使之由浅而深，则共枕论文，较之登坛讲艺，其为时雨之化，难易奚止十倍哉？十人之中，拔其一二最聪慧者，日与谈诗，使之渐通声律，但有说话铿锵，无重复聱牙之字者，即作诗能文之料也。苏夫人说"春夜月胜于秋夜月，秋夜月令人惨凄，春夜月令人和悦。"⑤此非作诗，随口所说之话也。东坡因其出口合律，许以能诗，传为佳话。此即说话铿锵，无重复聱牙，可以作诗之明验也。其余女子，未必人人若是，但能书义稍通，则任学诸般技艺，皆是锁钥到手，不忧阻隔之人矣。

妇人读书习字，无论学成之后受益无穷，即其初学之时，先有裨于观者：只须

案摊书本，手捏柔毫，坐于绿窗翠箔之下，便是一幅画图。班姬续史之容⑥，谢庭咏雪之态⑦，不过如是，何必睹其题咏，较其工拙，而后有闺秀同房之乐哉？噫，此等画图，人间不少，无奈身处其地，皆作寻常事物观，殊可惜耳。

欲令女子学诗，必先使之多读，多读而能口不离诗，以之作话，则其诗意诗情，自能随机触露，而为天籁自鸣矣。至其聪明之所发，思路之由开，则全在所读之诗之工拙，选诗与读者，务在善迎其机。然则选者维何？曰：在"平易尖颖"四字。平易者，使之易明且易学；尖

颖者，妇人之聪明，大约在纤巧一路，读尖颖之诗，如逢故我，则喜而愿学，所谓迎其机也。所选之诗，莫妙于晚唐及宋人，初中盛三唐，皆所不取；至汉魏晋之诗，皆秘勿与见，见即阻塞机锋，终身不敢学矣。此予边见，高明者阅之，势必哑然一笑。然予才浅识隘，仅足为女子之师，至高峻词坛，则生平未到，无怪乎立论之卑也。

女子之善歌者，若通文义，皆可教作诗余。盖长短句法，日日见于词曲之中，入者既多，出者自易，较作诗之功为尤捷也。曲体最长，每一套必须数曲，非力赡者不能。诗余短而易竟，如《长相思》《浣溪沙》《如梦令》《蝶恋花》之类，每首不过一二十字，作之可逗灵机。但观诗余选本，多闺秀女郎之作，为其词理易明，口吻易肖故也。然诗余既熟，即可由短而长，扩为词曲，其势亦易。果能如是，听其自制自歌，则是名士佳人合而为一，千古来韵事韵人，未有出于此者。吾恐上界神仙，自鄙其乐，咸欲谪向人寰而就之矣。此论前人未道，实实创自笠翁，有由此而得妙境者，切勿忘其所本。

以闺秀自命者，书、画、琴、棋四艺，均不可少。然学之须分缓急，必不可已者先之，其余资性能兼，不妨次第并举，不则一技擅长，才女之名著矣。琴列丝竹，别有分门，书则前说已备。善教由人，善习由己，其工拙浅深，不可强也。画乃闺中末技，学不学听之。至手谈一节⑧，则断不容已，教之使学，其利于人己者，非止一端。妇人无事，必生他想，得此遣日，则妄念不生，一也；女子群居，争端易酿，以手代舌，是喧者寂之，二也；男女对坐，静必思淫，鼓瑟鼓琴之暇，焚香啜茗之余，不设一番功课，则静极思动，其两不相下之势，不在几案之前，即居床第之上矣。一涉手谈，则诸想皆落度外，缓兵降火之法，莫善于此。但与妇人对垒，无事角胜争雄，宁饶数子而输彼一筹，则有喜无嗔，笑容可掬；若有心使败，非止当下难堪，且阻后来弈兴矣。

纤指拈棋，踌躇不下，静观此态，尽勾消魂。必欲胜之，恐天地间无此忍人也。

双陆投壶诸技⑨，皆在可缓。骨牌赌胜，亦可消闲，且易知易学，似不可已。

【注释】

①三教九流：三教通常指儒、道、释；九流通常指儒家、道家、阴阳家、法家、名家、墨家、纵横家、杂家、农家。

②三五、二八之年：十五岁、十六岁。

③扑作教刑：语出《尚书·舜典》。扑是一种刑杖，作为责罚学生的教刑。

④登堂入室：《汉书·艺文志》："是以扬子悔之曰，诗人之赋丽以则，辞人之赋丽以淫。如孔氏之门人用赋也，则贾谊登堂，相如入室矣，如其不用何？"

⑤"苏夫人"句：苏东坡之王夫人。赵令畤《侯鲭录》卷四说："元祐七年正月，东坡先生在汝阴州，堂前梅花大开，月色鲜霁……王夫人曰：'春月色胜如秋月色，秋月色令人凄惨，春月色令人和悦。'先生大喜曰：'吾不知子能诗耶？此真

诗家语耳。'"

⑥班姬续史：班昭，一名班姬，班固的妹妹，班固死后，她续写《汉书》。

⑦谢庭咏雪：谢道韫，东晋才女，谢安侄女，以柳絮喻雪，世称"咏絮才"。见《世说新语·言语》。

⑧手谈：下围棋。《世说新语·巧艺》："支公以围棋为手谈。"

⑨双陆：古代游戏，因局如棋盘，左右各有六路，故名。

【点评】

"文艺"这一款是讲通过识字、学文、知理，提高人（李渔主要是指女子）的文化素养的问题。

人是文化的动物。文化是人之所以为人的基本标志。世界上的现象无非分为两类：自然的，文化的。用《庄子·秋水》中的话来说，即"天"（自然）与"人"（文化）。何为天？何为人？《庄子·秋水》中说："牛马四足，是谓天；落马首，穿牛鼻，是谓人。"就是说，天就是事物的自然（天然）状态，像牛与马本来就长着四只足；而人，则是指人为、人化，像络住马头、穿着牛鼻，以便于人驾驭它们。简单地说，天即自然，人即文化。不过，庄子有一种反文化的倾向，他主张"无以人灭天"，提倡"反其真"，退回到自然状态。与庄子相比，荀子的思想态度是积极的。《荀子·礼运》中说："性者，本始材朴也；伪者，文理隆盛也。无性则伪之无所加；无伪则性不能自美。"这里的"性"，就是事物本来的样子，即自然；这里的"伪"，就是人为，就是人的思维、学理、行为、活动、创造，即文化。假如没有"性"，没有自然，人的活动就没有对象，没有依托；假如没有"伪"，没有文化，自然就永远是死的自然，没有生气、没有美。荀子主张"化性而起伪"，即通过人的活动变革自然而使之成为文化。人类的历史就是"化伪而起性"的历史，就是自然的人化的历史，也就是文化史。文化并非如庄子所说是要不得的，是坏事；相反，是人之为人的必不可缺的根本素质，是好事。倘若没有文化，"前人类"就永远成不了人，它就永远停留在茹毛饮血的动物阶段；人类也就根本不会存在。

因此，人的聪明还是愚钝，高雅还是粗俗，美还是丑，善还是恶，等等，不决定于自然，而决定于文化。文化素质的高低，是后天的学习和培养的过程，是自我修养和锻炼的过程。李渔正是讲的这个道理。他认为，"文理"就像开门的锁钥。不过它不只管一门一锁，而是"合天上地下，万国九州，其大至于无

外，其小至于无内，一切当行当学之事，无不握其枢纽，而司其出入者也"。所以，李渔提出"学技必先学文"，而"学文"，是为了"明理"，只有明理，天下事才能事事精通，而且一通百通。

李渔所讲的这个道理是对的。

※ 丝竹

【原文】

丝竹之音，推琴为首。古乐相传至今，其已变而未尽变者，独此一种，余皆末世之音也。妇人学此，可以变化性情，欲置温柔乡，不可无此陶熔之具。然此种声音，学之最难，听之亦最不易。凡令姬妾学此者，当先自问其能弹与否。主人知音，始可令琴瑟在御，不则弹者铿然，听者茫然，强束官骸以俟其阕①，是非悦耳之音，乃苦人之具也，习之何为？凡人买姬置妾，总为自娱。己所悦者，导之使

习；已所不悦，戒令勿为，是真能自娱者也。尝见富贵之人，听惯弋阳、四平等腔②，极嫌昆调之冷，然因世人雅重昆调，强令歌童习之，每听一曲，攒眉许久，座客亦代为苦难，此皆不善自娱者也。予谓人之性情，各有所嗜，亦各有所厌，即使嗜之不当，厌之不宜，亦不妨自攻其谬③。自攻其谬，则不谬矣。予生平有三癖，皆世人共好而我独不好者：一为果中之橄榄，一为馔中之海参，一为衣中之茧绸。此三物者，人以食我，我亦食之；人以衣我，我亦衣之；然未尝自沽而食，自购而衣，因不知其精美之所在也。谚云："村人吃橄榄，不知回味。"予真海内之村人也。因论习琴，而谬谈至此，诚为饶舌。

【眉批】尤展成云："弹琴对文君，春风吹鬓影"，应让相如独步。

人问：主人善琴，始可令姬妾学琴，然则教歌舞者，亦必主人善歌善舞而后教乎？须眉丈夫之工此者，有几人乎？曰：不然。歌舞难精而易晓，闻其声音之婉转，睹见体态之轻盈，不必知音，始能领略，座中席上，主客皆然，所谓雅俗共赏者是也。琴音易响而难明，非身习者不知，惟善弹者能听。伯牙不遇子期④，相如不得文君⑤，尽日挥弦，总成虚鼓。吾观今世之为琴，善弹者多，能听者少；延名师、教美妾者尽多，果能以此行乐，不愧文君、相如之名者绝少。务实不务名，此予立言之意也。若使主人善操，则当舍诸技而专务丝桐。"妻子好合，如鼓瑟琴。"⑥"窈窕淑女，琴瑟友之。"⑦琴瑟非他，胶漆男女，而使之合一；联络情意，而使之不分者也。花前月下，美景良辰，值水阁之生凉，遇绣窗之无事，或夫唱而妻和，或女操而男听，或两声齐发，韵不参差，无论身当其境者俨若神仙，即画成一幅合操图，亦足令观者消魂，而知音男妇之生妒也。

【眉批】余澹心云：足补嵇康《琴赋》之所不足，昌黎《琴操》之所未言。

丝音自蕉桐而外⑧，女子宜学者，又有琵琶、弦索、提琴之三种。琵琶极妙，惜今时不尚，善弹者少，然弦索之音，实足以代之。弦索之形较琵琶为瘦小，与女郎之纤体最宜。近日教习家，其于声音之道，能不大谬于宫商者，首推弦索，时曲次之，戏曲又次之。予向有场内无文，场上无曲之说，非过论也。止为初学之时，

便以取舍得失为心，虑其调高和寡，止求为"下里巴人"，不愿做"阳春白雪"，故造到五七分即止耳。提琴较之弦索，形愈小而声愈清，度清曲者必不可少。提琴之音，即绝少美人之音也。春容柔媚，婉转断续，无一不肖。即使清曲不度，止令善歌二人，一吹洞箫，一拽提琴，暗谱悠扬之曲，使隔花间柳者听之，俨然一绝代佳人，不觉动怜香惜玉之思也。

丝音之最易学者，莫过于提琴，事半功倍，悦耳娱神。吾不能不德创始之人，令若辈尸而祝之也。

竹音之宜于闺阁者，惟洞箫一种。笛可暂而不可常。到笙、管二物，则与诸乐并陈，不得已而偶然一弄，非绣窗所应有也。盖妇人奏技，与男子不同，男子所重在声，妇人所重在容。吹笙搦管之时，声则可听，而容不耐看，以其气塞而腮胀也，花容月貌为之改观，是以不应使习。妇人吹箫，非止容颜不改，且能愈增娇媚。何也？按风作调，玉笋为之愈尖；簇口为声，朱唇因而越小。画美人者，常作吹箫图，以其易于见好也。或箫或笛，如使二女并吹，其为声也倍清，其为态也更显，焚香啜茗而领略之，皆能使身不在人间世也。

吹箫品笛之人，臂上不可无钏。钏又勿使太宽，宽则藏于袖中，不得见矣。

【注释】

①强束官骸以俟其阕：强打精神听，熬着等它结束。

②弋阳：弋阳腔，江西弋阳县的戏剧曲调，起源于元末明初。四平：四平腔，由弋阳腔演变而成，流传于徽州一带。

③不妨自攻其谬：不妨自己致力于自己错爱的东西。

④伯牙不遇子期：俞伯牙善弹琴，钟子期知音，钟子期死后，俞伯牙终身不复鼓琴。见《吕氏春秋·本味》。

⑤相如不得文君：司马相如爱慕卓文君，以琴动其心，两人私奔。见《史记·司马相如传》。

⑥"妻子好合"句：语出《诗经·小雅·常棣》，是说夫妻关系像弹琴鼓瑟一样和谐。

⑦"窈窕淑女"句：语出《诗经·周南·关雎》，是说文静美好的女子，弹琴鼓瑟使她高兴。

⑧蕉桐：即焦桐，琴也。《后汉书·蔡邕传》："吴人有烧桐以爨者，邕闻火烈之声，知其良木，因请而裁为琴，果有美音，而其尾犹焦，故时人名曰'焦尾琴'焉。"

【点评】

"丝竹"者，弦乐与管乐也。李渔认为"丝竹"可以使女子变化情性，陶熔情操。关于"丝"，李渔提到琴、瑟、蕉桐、琵琶、弦索、提琴（非现在所谓西方之提琴）等等，他认为最宜于女子学习的是弦索和提琴。关于"竹"，李渔提到箫、笛、笙等等，他认为最宜于女子学习的是箫。今天管弦乐队的乐器，当然品种要多得多，一个大型乐队可以占满一个大舞台，可以演奏规模宏阔的大型乐曲，各种交响乐、奏鸣曲。不过，这是后话，李渔当时所谈的只是家庭娱乐时的抚琴吹箫而已。

中国古代的琴瑟之乐，乃是文人墨客陶冶性情的雅乐，极富雅趣，就像他们赋诗作画一样。因此，人们总是把琴棋书画并称。古代的知识分子（士大夫阶层），常常达则兼济天下、穷则独善其身。他们平时讲究修身养性，自我完善，而丝竹之乐就成为他们以娱乐的形式进行修身养性的手段。

说到这里，忽然感到应该思考思考中国音乐与西方音乐的某种差别。——也许

这只是一种皮毛的、肤浅的感受，还没有深入到理性的层次。

我认为，中国古典音乐从总体上说是一种潺潺流水式的、平和的、温文尔雅的、充满着中庸之道的音乐，是更多地带着某种女人气质的柔性音乐、阴性音乐，是像春风吹到人身上似的音乐，是像细雨打到人头上似的音乐，是像中秋节银色月光洒满大地似的音乐。讲究中和是它的突出特点。《春江花月夜》《梅花三弄》以及流传至今受到挚爱的广东音乐等等，都是如此。而像《十面埋伏》那样激烈的乐曲，则较少。

西方古典音乐从总体上说是一种大江大河急流澎湃式的、激烈的、充满矛盾的音乐，是更多地带着某种男人气质的刚性音乐、阳性音乐，是像狂风吹折大树似的音乐，是像暴雨冲刷大地似的音乐，是像阿尔卑斯山那样白雪皑皑、雄浑强健的音乐。强调冲突是它的突出特点。贝多芬的《英雄交响曲》及其他交响曲是它的代表性风格。即使是舞曲，也常常让人听出里面带有骑士的脚步。

西方音乐由于感情的激昂和激烈，矛盾冲突的尖锐，音乐家的生命耗费过大，因而音乐家往往是短命的。而中国音乐，由于追求平和、中庸，通过音乐修身养性进而益寿延年，如同通过绘画、书法修身养性一样，因而没有听说过中国古代的音乐家像西方音乐家那样短寿。

※ 歌舞

【原文】

《演习部》中已裁者，一语不赘。彼系泛论优伶，此则单言女乐。然教习声乐

者，不论男女，二册皆当细阅。

昔人教女子以歌舞，非教歌舞，习声容也。欲其声音婉转，则必使之学歌；学歌既成，则随口发声，皆有燕语莺啼之致，不必歌而歌在其中矣。欲其体态轻盈，则必使之学舞；学舞既熟，则回身举步，悉带柳翻花笑之容，不必舞而舞在其中矣。古人立法，常有事在此而意在彼者。如良弓之子先学为箕，良冶之子先学为裘[①]。妇人之学歌舞，即弓冶之学箕裘也。后人不知，尽以声容二字属之歌舞，是歌外不复有声，而征容必须试舞，凡为女子者，即有飞燕之轻盈[②]，夷光之妩媚，舍作乐无所见长。然则一日之中，其为轻歌曼舞者有几时哉？若使声容二字，单为歌舞而设，则其教习声容，犹在可疏可密之间。若知歌舞二事，原为声容而设，则其讲究歌舞，有不可苟且塞责者矣。但观歌舞不精，则其贴近主人之身，而为殢雨尤云之事者，其无娇音媚态可知也。

"丝不如竹，竹不如肉。"[③]此声乐中三昧语，谓其渐近自然也。予又谓男音之为肉，造到极精处，止可与丝竹比肩，犹是肉中之丝，肉中之竹也。何以知之？但观人赞男音之美者，非曰"其细如丝"，则曰"其清如竹"，是可概见。至若妇人之音，则纯乎其为肉矣。语云："词出佳人口。"予曰：不必佳人，凡女子之善歌者，无论妍媸美恶，其声音皆迥别男人。貌不扬而声扬者有之，未有面目可观而声音不足听者也。但须教之有方，导之有术，因材而施，无拂其天然之性而已矣。歌舞二字，不止谓登场演剧，然登场演剧一事，为今世所极尚，请先言其同好者。

一曰取材。取材维何？优人所谓"配脚色"是已。喉音清越而气长者，正生、小生之料也；喉音娇婉而气足者，正旦、贴旦之料也，稍次则充老旦；喉音清亮而稍带质朴者，外末之料也；喉音悲壮而略近嗺杀者[④]，大净之料也。至于丑与副净，则不论喉音，只取性情之活泼，口齿之便捷而已。然此等脚色，似易实难。男优之不易得者二旦，女优之不易得者净丑。不善配脚色者，每以下选充之，殊不知妇人体态不难于庄重妖娆，而难于魁奇洒脱，苟得其人，即使面貌娉婷，喉音清婉，可居生旦之位者，亦当屈抑而为之。盖女优之净丑，不比男优仅有花面之名，而无抹

粉涂胭之实⑤，虽涉诙谐谑浪，犹之名士风流。若使梅香之面貌胜于小姐，奴仆之词曲过于官人，则观者听者倍加怜惜，必不以其所处之位卑，而遂卑其才与貌也。

二曰正音。正音维何？察其所生之地，禁为乡土之言，使归《中原音韵》之正者是已。乡音一转而即合昆调者，惟姑苏一郡。一郡之中，又止取长、吴二邑⑥，余皆稍逊，以其与他郡接壤，即带他郡之音故也。即如梁溪境内之民，去吴门不过数十里，使之学歌，有终身不能改变之字，如呼酒钟为"酒宗"之类是也。近地且然，况愈远而愈别者乎？然不知远者易改，近者难改；词语判然、声音迥别者易改，词语声音大同小异者难改。譬如楚人往粤，越人来吴，两地声音判如霄壤，或此呼而彼不应，或彼说而此不言，势必大费精神，改唇易舌，求为同声相应而后已。止因自任为难，故转觉其易也。至入附近之地，彼所言者，我亦能言，不过出口收音之稍别，改与不改，无甚关系，往往因仍苟且⑦，以度一生。止因自视为易，故转觉其难也。正音之道，无论异同远近，总当视易为难。选女乐者，必自吴门是已。然尤物之生，未尝择地，燕姬赵女、越妇秦娥见于载籍者，不一而足。"惟楚有材，惟晋用之。"⑧此言晋人善用，非曰惟楚能生材也。予游遍域中，觉四方声音，凡在二八上下之年者，无不可改，惟八闽、江右二省，新安、武林二郡⑨，较他处为稍难耳。正音有法，当择其一韵之中，字字皆别，而所别之韵，又字字相同者，取其吃紧一二字，出全副精神以正之。正得一二字转，则破竹之势已成，凡属此一韵中相同之字，皆不正而自转矣。请言一二以概之。九州以内，择其乡音最劲、舌本最强者而言，则莫过于秦晋二地。不知秦晋之音，皆有一定不移之成格。秦音无东钟，晋音无真文；秦音呼东钟为真文，晋音呼真文为东钟。此予身入其地，习处其人，细细体认而得之者。秦人呼中庸之中为"肫"，通达之通为"吞"，东南西北之东为"敦"，青红紫绿之红为"魂"，凡属东钟一韵者，字字皆然，无一合于本韵，无一不涉真文。岂非秦音无东钟，秦音呼东钟为真文之实据乎？我能

取此韵中一二字，朝训夕诂，导之改易，一字能变，则字字皆变矣。晋音较秦音稍杂，不能处处相同，然凡属真文一韵之字，其音皆仿佛东钟，如呼子孙之孙为"松"，昆腔之昆为"空"之类是也。即有不尽然者，亦在依稀仿佛之间。正之亦如前法，则用力少而成功多。是使无东钟而有东钟，无真文而有真文，两韵之音，各归其本位矣。秦晋且然，况其他乎？大约北音多平而少入，多阴而少阳。吴音之便于学歌者，止以阴阳平仄不甚谬耳。然学歌之家，尽有度曲一生，不知阴阳平仄为何物者，是与蠹鱼日在书中，未尝识字等也。予谓教人学歌，当从此始。平仄阴阳既谐，使之学曲，可省大半工夫。正音改字之论，不止为学歌而设，凡有生于一方，而不屑为一方之士者，皆当用此法以掉其舌。至于身在青云，有率吏临民之责者，更宜洗涤方音，讲求韵学，务使开口出言，人人可晓。常有官说话而吏不知，民辩冤而官不解，以致误施鞭扑，倒用劝惩者。声音之能误人，岂浅鲜哉！

正音改字，切忌务多。聪明者每日不过十余字，资质钝者渐减。每正一字，必令于寻常说话之中，尽皆变易，不定在读曲念白时。若止在曲中正字，他处听其自

然，则但于眼下依从，非久复成故物，盖借词曲以变声音，非假声音以善词曲也。

三曰习态。态自天生，非关学力，前论声容，已备悉其事矣。而此复言习态，抑何自相矛盾乎？曰：不然。彼说闺中，此言场上。闺中之态，全出自然。场上之态，不得不由勉强，虽由勉强，却又类乎自然，此演习之功之不可少也。生有生态，旦有旦态，外末有外末之态，净丑有净丑之态，此理人人皆晓；又与男优相同，可置弗论，但论女优之态而已。男优妆旦，势必加以扭捏，不扭捏不足以肖妇人；女优妆旦，妙在自然，切忌造作，一经造作，又类男优矣。人谓妇人扮妇人，焉有造作之理，此语属赘。不知妇人登场，定有一种矜持之态；自视为矜持，人视则为造作矣。须令于演剧之际，只作家内想，勿作场上观，始能免于矜持造作之病。此言旦脚之态也。然女态之难，不难于旦，而难于生；不难于生，而难于外末净丑；又不难于外末净丑之坐卧欢娱，而难于外末

净丑之行走哭泣。总因脚小而不能跨大步，面娇而不肯妆瘁容故也。然妆龙像龙，妆虎像虎，妆此一物，而使人笑其不似，是求荣得辱，反不若设身处地，酷肖神情，使人赞美之为愈矣。至于美妇扮生，较女妆更为绰约。潘安、卫玠[10]，不能复见其生时，借此辈权为小像，无论场上生姿，曲中耀目，即于花前月下偶作此形，与之坐谈对弈，啜茗焚香，虽歌舞之余文，实温柔乡之异趣也。

【注释】

① "良弓之子"二句：意思是说，善造弓箭者的子弟，先要像做弓那样学着做

簸箕；善于冶金者的子弟，先要像冶金造器具那样学着用皮毛制作裘袍。语见《礼记·学记》："良冶之子，必学为裘；良弓之子，必学为箕。"

②飞燕：赵飞燕，汉成帝的皇后。

③丝不如竹，竹不如肉：语见《左传·襄公二十六年》。

④噍杀：声音苍凉、急促、忧戚。《礼记·乐记》："其哀心感者，其因焦以杀。"

⑤胭：芥子园本作"烟"，中国文学珍本丛书本作"胭"。

⑥长、吴：长洲、吴县。

⑦因仍：沿袭。

⑧"惟楚有材"句：此地的人才，别处用之。语出《左传·襄公二十六年》"虽楚有材，晋实用之"。

⑨八闽：福建。江右：江西。新安：安徽的休宁、祈门等地。武林：杭州。

⑩潘安、卫玠：古代之美男子。潘安，晋文学家，本名岳，少出洛阳道，妇人遇之者，连手萦绕，投之以果，满载而归。卫玠，晋名士，书法家，字叔宝，据说与其同游者，感觉似明珠在侧，朗然照人。

【点评】

此款一开始，李渔就明确讲，"教歌舞"是"习声容"的一种手段："欲其声音婉转，则必使之学歌；学歌既成，则随口发声，皆有燕语莺啼之致，不必歌而歌在其中矣。"学舞也如是："欲其体态轻盈，则必使之学舞；学舞既熟，则回身举步，悉带柳翻花笑之容，不必舞而舞在其中矣。"李渔此处说的主要是从男权主义立场出发如何调教和培养姬妾的问题，在这里必须以"习声容"为目的，以便于将来她们"贴近主人之身"时有"娇音媚态"，伺候得主人舒舒服服。

对李渔的某些腐朽观念，必须批判。好在到了今天，女人和男人的关系，比起李渔那时当然已经有很大不同；虽然男权主义的残余还存在。

今天，歌舞在人们心目中的位置也与李渔眼中的"歌舞"很不相同；至少，它不再是李渔所谓姬妾习声容的一种手段。

说到对"歌舞"的看法，或许需要多费几句口舌。我认为，无论是"生活歌舞"还是"艺术歌舞"，都是人的一种生存方式，一种生活形式。"生活歌舞"，譬如少数民族兄弟的"跳月"，丰收时载歌载舞，婚礼上的歌舞，放羊时唱山歌，出嫁时唱哭嫁歌等等，都是人的生活的一部分，自然可以看作是人的一种生存方式、一种生活形式，是人自娱同时也在娱人。"艺术歌舞"，譬如陈爱莲的舞蹈，杨丽萍的舞蹈，刘秉义的歌，彭丽媛的歌，所有演员们的歌舞，它们都是表演在舞台上的，然而它们也是人的生活的一部分——既是演员自己生活的一部分，也是观众生活的一部分，是人们的一种生活形式，一种生存方式。演员们表演它，既娱人，也自娱。对于一个真正的表演艺术家来说，歌舞是他（她）生命的一部分，生活的一部分；而观众欣赏艺术家的表演，实际上也把歌舞当作自己审美生活的一部分。在这里，歌舞本身可以说已经成为目的。

当然，从整个社会的角度来说，歌舞也可以说是手段。无论是晚会上的交谊舞，还是街头的大秧歌，无论是音乐厅的艺术家表演，还是郊游时三五好友载歌载舞，都可以是，应该是提高人的文化素质，陶冶人的情性、情操，提高全民的文明程度，使我们的民族成为一个更文明的民族的一种手段。

李渔还是三句话不离本行，一说到歌舞，很快又转回到"登场演剧"上去了。

对于李渔这个戏曲家来说，教习歌舞根本是为了登场演剧。就此，他从三个方面谈到了如何教习演员。一曰"取材"，即因材施教，根据演员的自然条件来决定对他（她）的培养方向；二曰"正音"，即纠正演员不规范的方言土音；三曰"习态"，即培养演员的舞台做派。这三个方面，李渔都谈出了很有见地的意见，甚至可以说谈得十分精彩。而我最感兴趣的是第二点，而且我的兴奋点还不是在教习演员的问题上。是什么？是语言学问题，更具体说，是语音学问题，是方言问题。我们中国社会科学院有一个语言研究所，那里有专门研究语音问题的专家，特别是研究方言的专家，他们常常到各地作方言调查；我的母校山东大学有几位老师也专作方言研究。而李渔谈"正音"，正是对方言问题提出了很有学术价值的意见。因为李渔走南闯北，见多识广，对各地的方言都有接触，而有的方言，他还能深入其"骨髓"，把握得十分准确，不逊于现代的方言专家。譬如，对秦晋两地方言的特点，李渔就说得特别到位，令今人也不得不叹服。他说："秦音无'东钟'，晋音无'真文'；秦音呼'东钟'为'真文'，晋音呼'真文'为'东钟'。"用现在的专业术语来说，秦音中没有 eng（亨的韵母）、ing（英）、ueng（翁）、ong（轰的韵母）、iong（雍）等韵，当遇到这些韵的时候一律读成 en（恩）、in（音）、uen（文）、un（晕）等韵。相反，晋音中没有 en（恩）、in（音）、uen（文）、un（晕）等韵，当遇到这些韵的时候，一律读成 eng（亨的韵母）、ing（英）、ueng（翁）、ong（轰的韵母）、iong（雍）等韵。李渔举例说，秦人呼"中"为"肿"，呼"红"为"魂"；而晋人则呼"孙"为"松"，呼"昆"为"空"。我对秦晋两地的人有所接触，我的感受同李渔完全一样。比较一下他们的发音，你会感到李渔说的真是到家了！

中国地广人多、方言各异的状况，李渔认为极不易交往，对政治、文化（当时还没有谈到经济）的发展非常不利。他提出应该统一语音。他说："至于身在青云，有率吏临民之责者，更宜洗涤方音，讲求韵学，务使开口出言，人人可晓。常有官说话而吏不知，民辩冤而官不解，以致误施鞭扑，倒用劝惩者。声音之误人，岂浅鲜哉！"由李渔的意见，也可以见到今天的推广普通话是多么必要和重要啊！

中华传世藏书

李渔全集

闲情偶寄

227

卷四

居室部

※ 房舍第一

【原文】

　　人之不能无屋，犹体之不能无衣。衣贵夏凉冬燠[1]，房舍亦然。"堂高数仞，榱题数尺"[2]，壮则壮矣，然宜于夏而不宜于冬。登贵人之堂，令人不寒而栗，虽势使之然，亦廖廓有以致之；我有重裘，而彼难挟纩故也[3]。及肩之墙，容膝之屋，俭则俭矣，然适于主而不适于宾。造寒士之庐，使人无忧而叹，虽气感之耳，亦境地有以迫之；此耐萧疏，而彼憎岑寂故也。吾愿显者之居，勿太高广。夫房舍与人，欲其相称。画山水者有诀云："丈山尺树，寸马豆人。"使一丈之山，缀以二尺三尺之树；一寸之马，跨以似米似粟之人，称乎？不称乎？使显者之躯，能如汤文之九尺十尺[4]，则高数仞为宜，不则堂愈高而人愈觉其矮，地愈宽而体愈形其瘠[5]，何如略小其堂，而宽大其身之为得乎？处士之庐，难免卑隘[6]，然卑者不能耸之使高，隘者不能扩之使广，而污秽者、充塞者则能去之使净，净则卑者高而隘者广矣。吾贫贱一生，播迁流离，不一其处，虽债而食，赁而居，总未觉稍污其座。性嗜花竹，而购之无资，则必令妻孥忍饥数日，或耐寒一冬，省口体之奉，以娱耳目。人则笑之，而我怡然自得也。性又不喜雷同，好为矫异，常谓人之葺居治宅[7]，

与读书作文同一致也。譬如治举业者⑧，高则自出手眼，创为新异之篇；其极卑者，亦将读熟之文移头换尾，损益字句而后出之，从未有抄写全篇，而自名善用者也。乃至兴造一事，则必肖人之堂以为堂，窥人之户以立户，稍有不合，不以为得，而反以为耻。常见通侯贵戚，掷盈千累万之资以治园圃，必先谕大匠曰：亭则法某人之制，榭则遵谁氏之规，勿使稍异。而操运斤之权者，至大厦告成，必骄语居功，谓其立户开窗，安廊置阁，事事皆仿名园，纤毫不谬。噫，陋矣！以构造园亭之盛事，上之不能自出手眼，如标新创异之文人；下之至不能换尾移头，学套腐为新之庸笔，尚嚣嚣以鸣得意⑨，何其自处之卑哉！予尝谓人曰：生平有两绝技，自不能用，而人亦不能用之，殊可惜也。人问：

绝技维何？予曰：一则辨审音乐，一则置造园亭。性嗜填词，每多撰著，海内共见之矣。设处得为之地，自选优伶，使歌自撰之词曲，口授而躬试之，无论新裁之曲，可使迥异时腔，即旧日传奇，一概删其腐习而益以新格，为往时作者别开生面，此一技也。一则创造园亭，因地制宜，不拘成见，一榱一桷，必令出自己裁，使经其地、入其室者，如读湖上笠翁之书，虽乏高才，颇饶别致，岂非圣明之世，文物之邦，一点缀太平之具哉？噫，吾老矣，不足用也。请以崖略付之简篇⑩，供嗜痂者采择。收其一得，如对笠翁，则斯编实为神交之助尔。

【眉批】王安节云：无一语不入人情三昧。

【眉批】杜于皇云：笠翁有赏花绝句云："酒债诗逋偿未了，又拖花债到新

年"，即其事也。

【眉批】何省斋云：已点《琵琶》《西厢》诸剧，铁处成金，兹更欲家家引入桃源，鸡犬皆仙，真铸世矣。

土木之事，最忌奢靡。匪特庶民之家当崇俭朴，即王公大人亦当以此为尚。盖居室之制，贵精不贵丽，贵新奇大雅，不贵纤巧烂漫。凡人止好富丽者，非好富丽，因其不能创异标新，舍富丽无所见长，只得以此塞责。譬如人有新衣二件，试令两人服之，一则雅素而新奇，一则辉煌而平易，观者之目，注在平易乎？在新奇乎？锦绣绮罗，谁不知贵，亦谁不见之？缟衣素裳，其制略新，则为众目所射，以其未尝睹也。凡予所言，皆属价廉工省之事，即有所费，亦不及雕镂粉藻之百一。且古语云："耕当问奴，织当访婢。"予贫士也，仅识寒酸之事。欲示富贵，而以绮丽胜人，则有从前之旧制在。

新制人所未见，即缕缕言之，亦难尽晓，势必绘图作样。然有图所能绘，有不能绘者。不能绘者十之九，能绘者不过十之一。因其有而会其无，是在解人善悟耳。

【眉批】周栎园云：撒漫使钱，是世间第一省力事，无怪其然。

【注释】

①燠：热。

②堂高数仞，榱题数尺：语见《孟子·尽心下》。仞，古时八尺或七尺叫作一仞。榱题，屋檐。

③挟纩：即身披丝绵。纩，丝绵。《左传·宣公二十一年》："申公巫臣曰：'师人多寒。'王巡三军，拊而勉之，三军之士皆如挟纩。"

④汤文：汤，商汤；文，周文王。《孟子·告子下》记曹交的话："交闻文王十尺，汤九尺，今交九尺四寸以长，食粟而已，如何则可？"

⑤瘠：瘦。

230

⑥卑：低。隘：窄。

⑦葺：修缮。

⑧治举业：科举考试。

⑨嚣嚣：喧嚷。

⑩崖略：概略。崖，边际；略，粗略。《庄子·知北游》："夫道杳然难言哉，将为汝言其崖略。"

【点评】

　　李渔自称"生平有两绝技"："一则辨审音乐，一则置造园亭"。这两个绝技，不但有实践，而且有理论。"辨审音乐"的实践有《笠翁十种曲》的创作和家庭剧团的演出可资证明，李渔集剧作家、导演、"优师"于一身，对于音律绝对是行家里手，在他的同时代恐怕没有人能同他比肩，甚至在他之后，终有清一代也鲜有过其右者。"辨审音乐"的理论则有《闲情偶寄》的《词曲部》《演习部》《声容部》的大量理论文字告白于世，他对音律的理论阐述，至今仍放射着光彩。对此，前面我们已略述一二。"置造园亭"的实践至今仍有迹可寻。位于北京弓弦胡同的半亩园就是李渔的园林作品。从保存在清代麟庆《鸿雪因缘图记》中的半亩园图可以看到，李渔构思高妙，房舍庭树、山石水池安排得紧凑而不局促，虽在半亩之内，却流利舒畅、清秀恬静。李渔的另一园林作品是金陵的芥子园，园址在今南京的韩家潭。从李渔自己在《芥子园杂联序》中的描绘可知，该园不满三亩，却能以小胜大，含蓄有余。此外，李渔创作的园林还有早年在家乡建造的伊园和晚年在杭州建造的层园，也都是园林中的上乘之作。至于"置造园亭"的理论，则有《闲情偶寄》的《居室部》《种植部》《器玩部》洋洋数万言的文字流传于世，尤其是《居室部》，可谓集中表现了李渔关于房屋建筑和"置造园亭"的美学思想。《居室部》共五个部分，"房合第一"谈房舍及园林地址的选择、方位的确定，屋檐的实用和审美效果，天花板的艺术设计，园林的空间处理，庭院的地面铺设等等。"窗栏第二"谈窗栏设计的美学原则及方法，窗户对园林的美学意义，其中还附有李渔设计的各种窗栏图样。"墙壁第三"专谈墙壁在园林中的审美作用，以及不同的墙壁（界墙、女墙、厅壁、书房壁）的艺术处理方法。"联匾第四"谈中国房舍和园林中特有的一种艺术因素"联匾"的美学特征，以及它对于创造园林艺术意境和房舍的诗情画意所起的重要作用；李渔还独出心裁创造了许多联匾式样，并绘图示范。"山石第五"专谈山石在园林中的美学品格、价值和作用，以及用山石造景的艺术方法。

　　"房舍第一"开头的这段小序，表现了李渔十分精彩的园林建筑美学思想。尤其是他关于房舍建筑和园林创作的艺术个性的阐述，至今仍有重要的学术价值。艺术贵在独创，房舍建筑和园林既然是一种艺术，当然也不例外。但是，无论李渔当时还是现在，却往往有许多人不懂这个道理。例如，现在的北京和其他绝大多数城市的民居，千篇一律，毫无个性。如若不信，你坐直升飞机在北京及其他城市上空转一转，你会看到到处都是批量生产的"火柴盒"，整齐划一地排列在地上，单调乏味，俗不可耐，几乎无美可言，无艺术性可言。李渔生活的当时，某些"通侯贵戚"造园，也不讲究艺术个性，而且以效仿名园为荣。李渔断然否定了这种"肖人之堂以为堂，窥人之户以立户，少有不合，不以为得，反以为耻"的错误观念。他以辛辣的口吻批评说："噫，陋矣！以构造园亭之胜事，上之不能自出手眼，如标新创异之文人；下之至不能换尾移头，学套腐为新之庸笔，尚嚣嚣以鸣得意，何其自处之卑哉！"李渔提倡的是"不拘成见"，"出自己裁"，充分表现自己的艺术个性。他自称"性又不喜雷同，好为新异"，"茸居治宅"，必"创新异之篇"。他的那些园林作品，如层园、芥子园、伊园等，都表现出李渔自己的艺术个性。

※　向背

【原文】

屋以面南为正向。然不可必得，则面北者宜虚其后，以受南薰①；面东者虚右，面西者虚左，亦犹是也。如东、西、北皆无余地，则开窗借天以补之。牖之大者，可低小门二扇；穴之高者，可敌低窗二扇，不可不知也。

【注释】

①南薰：南面来的暖风、暖气、阳光。传舜弹五弦琴作《南风》诗，有"南风之薰兮，可以解吾民之愠兮。"

※　途径

【原文】

径莫便于捷，而又莫妙于迂。凡有故作迂途，以取别致者，必另开耳门一扇，以便家人之奔走，急则开之，缓则闭之，斯雅俗俱利，而理致兼收矣。

※ 高下

【原文】

房舍忌似平原，须有高下之势，不独园圃为然，居宅亦应如是。前卑后高，理之常也。然地不如是，而强欲如是，亦病其拘。总有因地制宜之法①：高者造屋，卑者建楼，一法也；卑处叠石为山，高处浚水为池，二法也。又有因其高而愈高之，竖阁磊峰于峻坡之上；因其卑而愈卑之，穿塘凿井于下湿之区。总无一定之法，神而明之，存乎其人，此非可以遥授方略者矣。

【注释】

①地：芥子园本作"时"，中国文学珍本丛书本作"地"。

【点评】

这三款涉及园林建筑艺术中一个十分有价值的思想：因地制宜。它的精义在于，园林艺术家必须顺应和利用自然之性而创造园林艺术之美。这就要讲到园林艺术创造中自然与人工的关系。创造园林美既不能没有自然更不能没有人工。园林当然离不开山石、林木、溪水等自然条件，但美是人化的结果，是人类客观历史实践的结果，园林美更是人的审美意识外化、对象化、物化的产物。同人毫无关系的自然，例如人类诞生之前的山川日月、花木鸟兽，只是蛮荒世界，无美可言；只有有了人，才有了美。人类发展到一定阶段，才有了作为美的集中表现的艺术，包括园林艺术。园林艺术的创造正是园林艺术家以山石、花木、溪水等等为物质手段，把自己心中的美外化出来，对象化出来。

李渔在"高下"款中所说的"因地制宜之法"，较好地论述了园林艺术创造中自然与人工关系如何处理的问题。他提出的原则是顺乎自然而施加人力，而人又起

了关键性的作用。居宅、园圃，按常理是"前卑后高"，"然地不如是而强欲如是，亦病其拘"。怎么办？这就需要"因地制宜"：可以高者造屋、卑者建楼；可以卑者叠石为山，高者浚水为池；又可以因其高而愈高之、竖阁磊峰于峻坡之上，因其卑而愈卑之、穿塘凿井于下湿之区。但起主导作用的是人。所以，李渔的结论是："总无一定之法，神而明之，存乎其人。"

"因地制宜"的原则并非李渔首创，早于李渔的计成（1582~?）在所著《园冶》中就有所论述。计成说："园林巧于因借，精在体宜。"这里的"因"，就是"因地制宜"；"借"，就是"借景"（后面将会谈到）。计成还对"因借"做了具体说明："因者，随基势高下，体形之端正，碍木删桠，泉流石注，互相借资，宜亭斯亭，宜榭斯榭，不妨偏径，顿置婉转，斯为精而合宜者也。"

"因地制宜"的原则又可以作广义的理解。可以"因山制宜"（有的园林以山石胜），"因水制宜"（有的园林以水胜），"因时制宜"（按照不同时令栽种不同花木），还可以包括"因材施用"（依物品不同特性而派不同用场）。我国优秀的园林艺术作品中不乏"因地制宜"的好例子。清代沈复《浮生六记》中所记用"重台叠馆"法所建的皖城王氏园即是："其地长于东西，短于南北。盖紧背城，南则临湖故也。既限于地，颇难位置，而观其结构，作重台叠馆之法。重台者，屋上作月台为庭院，叠石栽花于上，使游人不知脚下有屋。盖上叠石者则下实，上庭院者即下虚，故花木乃得地气而生也。叠馆者，楼上作轩，轩上再作平台，上下盘折，重叠四层，且有小池，水不滴泄，竟莫测其何虚何实……"正是"因地制宜"，才创

造出了王氏园这样奇妙的园林作品。

※　窗栏第二

【原文】

　　吾观今世之人，能变古法为今制者，其惟窗栏二事乎！窗栏之制，日新月异，皆从成法中变出。"腐草为萤"①，实具至理，如此则造物生人，不枉付心胸一片。但造房建宅与置立窗轩，同是一理，明于此而暗于彼，何其有聪明而不善扩乎？予往往自制窗栏之格，口授工匠使为之，以为极新极异矣，而偶至一处，见其已设者，先得我心之同然，因自笑为辽东白豕②。独房舍之制不然，求为同心甚少。门窗二物，新制既多，予不复赘，恐又蹈白豕辙也。惟约略言之，以补时人之偶缺。

【注释】

　　①腐草为萤：古人认为腐草可以变为萤火虫。语见《礼记·月令》。

　　②辽东白豕：《后汉书·朱浮传》："往时辽东有豕，生子白头，异而献之。行至河东，见群豕皆白，怀惭而还。"少见多怪也。

※　取景在借

【原文】

　　开窗莫妙于借景，而借景之法，予能得其三昧。向犹私之，乃今嗜痂者众，将来必多依样葫芦，不若公之海内，使物物尽效其灵，人人均有其乐。但期于得意酣歌之顷，高叫笠翁数声，使梦魂得以相傍，是人乐而我亦与焉①，为愿足矣。向居西子湖滨，欲购湖舫一只，事事犹人，不求稍异，止以窗格异之。人询其法，予曰：四面皆实，独虚其中，而为"便面"之形②。实者用板，蒙以灰布，勿露一隙

之光；虚者用木作框，上下皆曲而直其两旁，所谓便面是也。纯露空明，勿使有纤毫障翳。是船之左右，止有二便面，便面之外，无他物矣。坐于其中，则两岸之湖光山色、寺观浮屠③、云烟竹树，以及往来之樵人牧竖④、醉翁游女，连人带马尽入便面之中，作我天然图画。且又时时变幻，不为一定之形。非特舟行之际，摇一橹，变一像，撑一篙，换一景，即系缆时，风摇水动，亦刻刻异形。是一日之内，现出百千万幅佳山佳水，总以便面收之。

而便面之制，又绝无多费，不过曲木两条、直木两条而已。世有掷尽金钱，求为新异者，其能新异若此乎？此窗不但娱己，兼可娱人。不特以舟外无穷之景色摄入舟中，兼可以舟中所有之人物，并一切几席杯盘射出窗外，以备来往游人之玩赏。何也？以内视外，固是一幅便面山水；而以外视内，亦是一幅扇头人物。譬如拉妓邀僧，呼朋聚友，与之弹棋观画，分韵拈毫，或饮或歌，任眠任起，自外观之，无一不同绘事。同一物也，同一事也，此窗未设以前，仅作事物观；一有此窗，则不烦指点，人人俱作画图观矣。夫扇面非异物也，肖扇面为窗，又非难事也。世人取像乎物，而为门为窗者，不知凡几，独留此眼前共见之物，弃而弗取，以待笠翁，讵非咄咄怪事乎⑤？所恨有心无力，不能办此一舟，竟成欠事。兹且移居白门，为西子湖之薄幸人矣。此愿茫茫，其何能遂？不得已而小用其机，置此窗于楼头，以窥钟山气色，然非创始之心，仅存其制而已。予又尝作观山虚牖，名"尺幅窗"，又名"无心画"，姑妄言之。浮白轩中，后有小山一座，高不逾丈，宽止及寻⑥，而

237

其中则有丹崖碧水，茂林修竹，鸣禽响瀑，茅屋板桥，凡山居所有之物，无一不备。盖因善塑者肖予一像，神气宛然，又因予号笠翁，顾名思义，而为把钓之形。予思既执纶竿，必当坐之矶上，有石不可无水，有水不可无山，有山有水，不可无笠翁息钓归休之地，遂营此窟以居之。是此山原为像设，初无意于为窗也。后见其物小而蕴大，有"须弥芥子"之义⑦，尽日坐观，不忍阖牖⑧，乃瞿然曰⑨："是山也，而可以作画；是画也，而可以为窗；不过损予一日杖头钱⑩，为装潢之具耳。"遂命童子裁纸数幅，以为画之头尾，及左右镶边。头尾贴于窗之上下，镶边贴于两旁，俨然堂画一幅，而但虚其中。非虚其中，欲以屋后之山代之也。坐而观之，则窗非窗也，画也；山非屋后之山，即画上之山也。不觉狂笑失声，妻孥群至⑪，又复笑予所笑，而"无心画""尺幅窗"之制，从此始矣。予又尝取枯木数茎，置作天然之牖，名曰"梅窗"。生平制作之佳，当以此为第一。己酉之夏，骤涨滔天，久而不涸，斋头淹死榴、橙各一株，伐而为薪，因其坚也，刀斧难入，卧于阶除者累日。予见其枝柯盘曲，有似古梅，而老干又具盘错之势，似可取而为器者，因筹所以用之。是时栖云谷中幽而不明，正思辟牖，乃幡然曰⑫："道在是矣！"遂语工师，取老干之近直者，顺其本来，不加斧凿，为窗之上下两旁，是窗之外廓具矣。再取枝柯之一面盘曲、一面稍平者，分作梅树两株，一从上生而倒垂，一从下生而仰接，其稍平之一面则略施斧斤，去其皮节而向外，以便糊纸；其盘曲之一面，则匪特尽全其天，不稍戕斫，并疏枝细梗而留之。既成之后，剪彩作花，分红梅、绿萼二种，缀于疏枝细梗之上，俨然活梅之初着花者。同人见之，无不叫绝。予之心思，讫于此矣。后有所作，当亦不过是矣。

便面不得于舟，而用于房舍，是屈事矣。然有移天换日之法在，亦可变昨为今，化板成活，俾耳目之前，刻刻似有生机飞舞，是亦未尝不妙，止费我一番筹度耳。予性最癖，不喜盆内之花，笼中之鸟，缸内之鱼，及案上有座之石，以其局促不舒，令人作囚鸾絷凤之想。故盆花自幽兰、水仙而外，未尝寓目。鸟中之画眉，性酷嗜之，然必另出己意而为笼，不同旧制，务使不见拘囚之迹而后已。自设便面

以后，则生平所弃之物，尽在所取。从来作便面者，凡山水人物、竹石花鸟以及昆虫，无一不在所绘之内，故设此窗于屋内，必先于墙外置板，以备承物之用。一切盆花笼鸟、蟠松怪石，皆可更换置之。如盆兰吐花，移之窗外，即是一幅便面幽兰；盎菊舒英[13]，纳之牖中，即是一幅扇头佳菊。或数日一更，或一日一更；即一日数更，亦未尝不可。但须遮蔽下段，勿露盆盎之形。而遮蔽之物，则莫妙于零星碎石，是此窗家家可用，人人可办，讵非耳目之前第一乐事？得意酣歌之顷，可忘作始之李笠翁乎？

【注释】

①人乐而我亦与焉：人家快乐我也能参与其中。

②便面：扇面。《汉书·张敞传》："（敞）使御史驱，自以便面拊马。"注曰："便面，所以障面，盖扇之类也。"

③浮屠：古人称佛教徒为浮屠，佛教为浮屠道，后亦称佛塔为浮屠。

④牧竖：牧童。竖，竖子，儿童，少年。

⑤讵：表示反问，犹言"难道不是"。

⑥寻：古代八尺为一寻。

⑦须弥芥子：佛教语。意思是把至大的须弥山纳于至小的芥子之内。《维摩诘经·不可思议品》："诸佛菩萨，有解脱名不可思议，若菩萨往是解脱者，以须弥之高广，内芥子中，无所增减，须弥山本相如故。"

⑧阖牖：关窗。

⑨瞿然：惊奇的样子。瞿，惊视。

⑩杖头钱：刘义庆《世说新语·任诞》："阮宣子常步行，以百钱挂杖头，至酒店便酣畅。"杖头钱即买酒的小钱。

⑪妻孥：妻子儿女。

⑫幡然：很快醒悟的样子。

⑬盍：古代一种腹大口小的器皿。

【点评】

借景也是中国园林艺术中创造艺术空间、扩大艺术空间的一种绝妙手法。所谓借景，就是把园外的风景也"借来"变为园内风景的一部分。如陈从周先生《说园》中说到北京的圆明园时，就说它是"因水成景，借景西山"，园内景物皆因水而筑，招西山入园，终成"万园之园"。明代计成《园冶》对借景有较详细的论述："借者，园虽别内外，得景则无拘远近，晴峦耸秀，绀宇凌空，极目所至，俗则屏之，嘉则收之，不分町疃，尽为烟景，斯所谓巧而得体者也。"借景又可以有好多种，宗白华先生《美学散步》中就随意举出远借、邻借、仰借、俯借、镜借等数种，如北京的颐和园可以远借玉泉山的塔，苏州留园的冠云楼可以远借虎丘山景，是为远借；拙政园靠墙的假山上建"两宜亭"，把隔墙的景色尽收眼底，是为邻借；王维诗句"隔窗云雾生衣上，卷幔山泉入镜中"，叶令仪诗句"帆影都从窗隙过，溪光合向镜中看"，可谓镜借，等等。

李渔在这里所谈的，是运用窗户来借景。如西湖游船左右作"便面窗"，游人坐于船中，则两岸之湖光山色、寺观浮屠、云烟竹树，以及往来之樵人牧竖、醉翁游女，连人带马尽入便面之中，作我天然图画。而且因为船在行进之中，所以，摇一橹，变一像，撑一篙，换一景。再如，居住的房屋面对山水风景的一面，置一虚窗，人坐屋中，从窗户向外望去，便是一片美景，李渔称之为"尺幅窗""无心画"。这样，通过船上的"便面窗"，或者房屋的"尺幅窗""无心画"，就把船外或窗外的美景，"借来"船中或屋中了。

其实，窗户在这里起了一种画框的作用。画框对于外在景物来说，是一种选择，是一种限定，也是一种间离。窗户从一定的角度选择了一定范围的景物，这也就是一种限定，同时，通过选择和限定，窗户也就把观者视线范围之内的景物同视线范围之外的景物间离开来。正是通过这种选择、限定、间离，把游人和观者置于一种审美情境之中。关于这一点，宗白华先生《美学散步》一书有过很好地阐

述："窗子在园林建筑艺术中起着很重要的作用。有了窗子，内外就发生交流。窗外的竹子或青山，经过窗子的框框望去，就是一幅画。颐和园乐寿堂差不多四边都是窗子，周围粉墙列着许多小窗，面向湖景，每个窗子都等于一幅小画。而且同一个窗子，从不同的角度看出去，景色都不相同。这样，画的境界就无限地增多了。"

※ 山石第五

【原文】

幽斋磊石，原非得已。不能致身岩下，与木石居，故以一卷代山，一勺代水，所谓无聊之极思也。然能变城市为山林，招飞来峰使居平地，自是神仙妙术，假手于人以示奇者也，不得以小技目之。且磊石成山，另是一种学问，别是一番智巧。

尽有丘壑填胸①、烟云绕笔之韵士，命之画水题山，顷刻千岩万壑，乃倩磊斋头片石，其技立穷，似向盲人问道者。故从来叠山名手，俱非能诗善绘之人。见其随举一石，颠倒置之，无不苍古成文，纡回入画，此正造物之巧于示奇也。譬之扶乩召仙②，所题之诗与所判之字，随手便成法帖，落笔尽是佳词，询之召仙术士，尚有不明其义者。若出自工书善咏之手，焉知不自人心捏造？妙在不善咏者使咏，不工书者命书，然后知运动机关，全由神力。其叠山磊石，不用文人韵士，而偏令此辈擅长者，其理亦若是也。然造物鬼神之技，亦有工拙雅俗之分，以主人之去取为去取。主人雅而喜工，则工且雅者至矣；主人俗而容拙，则拙而俗者来矣。有费累万金钱，而使山不成山、石不成石者，亦是造物鬼神作祟，为之摹神写像，以肖其为人也。一花一石，位置得宜，主人神情已见乎此矣，奚俟察言观貌，而后识别其人哉？

【注释】

①丘壑填胸：黄庭坚《题子瞻枯木》："胸中元自有丘壑，故作老木蟠风霜。"
②扶乩：一种迷信活动。扶，扶架子；乩，卜以问疑。

【点评】

李渔说"磊石成山，另是一种学问，别是一番智巧"，诚如是也。因为绘画同叠山磊石虽然同是造型艺术，都要创造美的意境，但所用材料不同，手段不同，构思也不同，二者之间差异相当明显。那些专门叠山磊石的"山匠"，能够"随举一石，颠倒置之，无不苍古成文，纡回入画"；而一些"画水题山，顷刻千岩万壑"的画家，若请他"磊斋头片石，其技立穷"。对此，稍晚于李渔的清代文人张潮（山来）说得更为透彻："叠山垒石，另有一种学问，其胸中丘壑，较之画家为难。盖画则远近、高卑、疏密，可以自主；此则合地宜、因石性，多不当弃其有余，少不必补其不足，又必酌主人之贫富，随主人之性情，又必藉群工之手，是以难耳。

况画家所长，不在蹊径，而在笔墨。予尝以画工之景做实景观，殊有不堪游览者，犹之诗中烟雨穷愁字面，在诗虽为佳句，然当之者殊苦也。若园亭之胜，则只赖布景得宜，不能乞灵于他物，岂画家可比乎？"

　　造园家叠山垒石的特殊艺术禀赋和艺术技巧，主要表现在他观察、发现、选择、提炼山石之美的特殊审美眼光和见识上。在一般人视为平常的石头上，造园家可能发现了美，并且经过他的艺术处理成为精美的园林作品。差不多与李渔同时的造园家张南垣曾这样自述道："……惟夫平冈小坂，陵阜陂阤，版筑之功，可计日以就。然后错之以石，棋置其间，缭以短垣，翳以密筱，若似乎奇峰绝嶂，累累乎墙外而人或见之也。其石脉所奔注，伏而起，突而怒，为狮蹲，为兽攫，口鼻含呀，牙错距跃，决林莽，犯轩楹而不去，若似乎处大山之麓，截溪断谷，私此数石者为吾有也。"总之，他在似乎没有生命的石头上发现了生命，在似乎没有美的地方发现了美，创造了美。

※　大山

【原文】

　　山之小者易工，大者难好。予遨游一生，遍览名园，从未见有盈亩累丈之山，能无补缀穿凿之痕，遥望与真山无异者。犹之文章一道，结构全体难，敷陈零段易。唐宋八大家之文，全以气魄胜人，不必句栉字篦，一望而知为名作。以其先有成局，而后修饰词华，故粗览细观同一致也。若夫间架未立，才自笔生，由前幅而生中幅，由中幅而生后幅，是谓以文作文，亦是水到渠成之妙境；然但可近视，不耐远观，远观则襞襀缝纫之痕出矣①。书画之理亦然。名流墨迹，悬在中堂，隔寻丈而观之，不知何者为山，何者为水，何处是亭台树木，即字之笔画杳不能辨，而只览全幅规模，便足令人称许。何也？气魄胜人，而全体章法之不谬也。至于累石成山之法，大半皆无成局②，犹之以文作文，逐段滋生者耳。名手亦然，矧庸匠乎？

然则欲累巨石者，将如何而可？必俟唐宋诸大家复出，以八斗才人，变为五丁力士[3]，而后可使运斤乎？抑分一座大山为数十座小山，穷年俯视，以藏其拙乎？曰：不难。用以土代石之法，既减人工，又省物力，且有天然委曲之妙。混假山于真山之中，使人不能辨者，其法莫妙于此。累高广之山，全用碎石，则如百衲僧衣，求一无缝处而不得，

此其所以不耐观也。以土间之，则可泯然无迹，且便于种树。树根盘固，与石比坚，且树大叶繁，混然一色，不辨其为谁石谁土。立于真山左右，有能辨为积累而成者乎？此法不论石多石少，亦不必定求土石相半，土多则是土山带石，石多则是石山带土。土石二物原不相离，石山离土，则草木不生，是童山矣[4]。

【注释】

①襞襀：衣服的褶子。

②大半：翼圣堂本、中国文学珍本丛书本作"大半"，芥子园本作"人办"。

③五丁力士：古代神话传说中的五个力士。扬雄《蜀王本纪》："天为蜀王生五丁力士，能献山，秦王献美女与蜀王，蜀王遣五丁迎女。见一大蛇入山穴中，五丁引蛇，山崩，秦五女皆上山，化为石。"

④童山：没有树木的山。《管子·国准》："有虞之王，枯泽童山。"

※ 小山

【原文】

小山亦不可无土，但以石作主，而土附之。土之不可胜石者，以石可壁立，而土则易崩，必仗石为藩篱故也。外石内土，此从来不易之法。

言山石之美者，俱在透、漏、瘦三字。此通于彼，彼通于此，若有道路可行，所谓透也；石上有眼，四面玲珑，所谓漏也；壁立当空，孤峙无倚，所谓瘦也。然透、瘦二字在在宜然，漏则不应太甚。若处处有眼，则似窑内烧成之瓦器，有尺寸限在其中，一隙不容偶闭者矣。塞极而通，偶然一见，始与石性相符。

瘦小之山，全要顶宽麓窄，根脚一大，虽有美状，不足观矣。

石眼忌圆，即有生成之圆者，亦粘碎石于旁，使有棱角，以避混全之体。

石纹石色取其相同，如粗纹与粗纹当并一处，细纹与细纹宜在一方，紫碧青红，各以类聚是也。然分别太甚，至其相悬接壤处，反觉异同，不若随取随得，变化从心之为便。至于石性，则不可不依；拂其性而用之，非止不耐观，且难持久。石性维何？斜正纵横之理路是也。

【点评】

　　李渔认为，园林之中的大山之美，犹如唐宋八大家之文，全以气魄胜人。这种气魄来自何处？一方面，来自作者胸臆之博大、精神之宏阔，这是根底；另一方面，来自构思之圆通雄浑，表现出一种大家气度，这是理路。而小山，则要讲究"透、漏、瘦"，讲究玲珑剔透，讲究空灵、怪奇。

　　一般地说，大山宜总览、远观，而不宜细察、近观。譬如"名流墨迹，悬在中堂，隔寻丈而观之，不知何者为山，何者为水，何处是亭台树木，即字之笔画杳不能辨，而只览全幅规模，便足令人称许。何也？气魄胜人，而全体章法之不谬也"；而小山，则可在近处赏玩，细处品味。

　　陈从周先生在《续说园》中谈到山石时，说"石无定形，山有定法。所谓法者，脉络气势之谓，与画理一也"。此处所谓"气势"，近于李渔所谓"气魄"；若论大山，其"气势"则要大，也即李渔所谓"气魄胜人"；而小山，则须巧智，须"透、漏、瘦"，须情趣盎然。陈先生在比较"黄石山"与"湖石山"时说："黄石山要浑厚中见空灵，湖石山要空灵中寓浑厚。简言之，黄石山失之少变化，湖石山失之太琐碎。"陈先生在比较明代假山与清代假山时说，明代假山特点在"厚重"，清代同光时期假山则趋"纤弱"。那么，可以说前者通常即是大山的特点，而后者通常则是小山的特点。

※　石壁

【原文】

　　假山之好，人有同心；独不知为峭壁，是可谓叶公之好龙矣。山之为地，非宽不可；壁则挺然直上，有如劲竹孤桐，斋头但有隙地，皆可为之。且山形曲折，取势为难，手笔稍庸，便贻大方之诮①。壁则无他奇巧，其势有若累墙，但稍稍纡回出入之，其体嶙峋，仰观如削，便与穷崖绝壑无异。且山之与壁，其势相因，又可并行而不悖者。凡累石之家，正面为山，背面皆可作壁。匪特前斜后直，物理皆然，如椅榻舟车之类；即山之本性亦复如是，逶迤其前者，未有不崭绝其后，故峭壁之设，诚不可已②。但壁后忌作平原，令人一览而尽。须有一物焉蔽之，使座客仰观不能穷其颠末，斯有万丈悬岩之势，而绝壁之名为不虚矣。蔽之者维何？曰：非亭即屋。或面壁而居，或负墙而立，但使目与檐齐，不见石丈人之脱巾露顶，则尽致矣。

石壁不定在山后，或左或右，无一不可，但取其地势相宜。或原有亭屋，而以此壁代照墙，亦甚便也。

【注释】

①贻大方之诮：《庄子·秋水》："吾长见笑于大方之家。"成玄英疏："方犹道也。"

②诚不可已：定然不可没有。

※　石洞

【原文】

假山无论大小，其中皆可作洞。洞亦不必求宽，宽则藉以坐人。如其太小，不能容膝，则以他屋联之，屋中亦置小石数块，与此洞若断若连，是使屋与洞混而为一，虽居屋中，与坐洞中无异矣。洞中宜空少许，贮水其中而故作漏隙，使涓滴之声从上而下，旦夕皆然。置身其中者，有不六月寒生，而谓真居幽谷者，吾不信也。

※　零星小石

【原文】

　　贫士之家，有好石之心而无其力者，不必定作假山。一卷特立，安置有情，时时坐卧其旁，即可慰泉石膏肓之癖[①]。若谓如拳之石亦须钱买，则此物亦能效用于人，岂徒为观瞻而设？使其平而可坐，则与椅榻同功；使其斜而可倚，则与栏杆并力；使其肩背稍平，可置香炉茗具，则又可代几案。花前月下，有此待人，又不妨于露处，则省他物运动之劳，使得久而不坏，名虽石也，而实则器矣。且捣衣之砧，同一石也，需之不惜其费；石虽无用，独不可作捣衣之砧乎？王子猷劝人种竹[②]，予复劝人立石；有此君不可无此丈。同一不急之务，而好为是谆谆者，以人之一生，他病可有，俗不可有；得此二物，便可当医，与施药饵济人，同一婆心之自发也。

【注释】

　　①泉石膏肓：形容喜爱泉石至极，到了不可救药的程度。《旧唐书·田游岩传》记田游岩回答唐高宗的话："臣泉石膏肓，烟霞痼疾。"

　　②王子猷：王徽之，字子猷，王羲之之子，性爱竹，《晋书·王徽之传》记王徽之关于竹的话说："何可一日无此君邪？"

【点评】

　　石壁之妙，妙在其"势"；挺然直上，有如劲竹孤桐，其体嶙峋，仰观如削，造成万丈悬岩之势。石壁给人造成"穷崖绝壑"的这种审美感受，是一种崇高感，给人提气，激发人的昂扬的意志。一般园林多是优美，一有陡立如削的石壁，则多了一种审美品位，形成审美的多样化形态。

园林山石的审美形态，确实最是多样化的。除了优美与崇高之外，还有丑。石，常常是愈丑愈美，丑得美。陈从周先生《续说园》一文说："清龚自珍品人用'清丑'一辞，移以品石极善。"最近到桂林七星岩参观奇石展览，我真惊奇大自然怎么会创造出那么多奇形怪状的石头，如兽，如鸟，如树，如云，如少女，如老翁，如狮吼，如牛饮……特别令人开心的是各种各样丑陋无比的丑石，它们丑得有个性，丑得不合逻辑，然而丑极则美极，个个都可谓石中之极品。

石头还有一种品性，即与人的平易亲近的关系。星空、皓月、白云、长虹，也很美，但总觉离人太远。而石，则可与人亲密无间。譬如李渔在"石洞"款中谈到，假山无论大小，其中皆可作洞。假如洞与居室相连，再有涓滴之声从上而下，真有如身居幽谷者。而且石不必定作假山。李渔在"零星小石"中说："一卷特立，安置有情，时时坐卧其旁，即可慰泉石膏肓之癖。"庭院之中，石头也亲切可人：平者可坐，斜者可倚，"使其肩背稍平，可置香炉茗具，则又可代几案"。

中华传世藏书

李渔全集

闲情偶寄

器玩部

※ 制度第一

【原文】

人无贵贱，家无贫富，饮食器皿，皆所必需。"一人之身，百工之所为备。"①子舆氏尝言之矣。至于玩好之物，惟富贵者需之，贫贱之家，其制可以不问。然而粗用之物，制度果精，入于王侯之家，亦可同乎玩好；宝玉之器，磨砻不善，传于子孙之手，货之不值一钱。知精粗一理，即知富贵贫贱同一致也。予生也贱，又罹奇穷，珍物宝玩虽云未尝人手，然经寓目者颇多。每登荣胏之堂，见其辉煌错落者星布棋列，此心未尝不动，亦未尝随见随动，因其材美，而取材以制用者未尽善也。至人寒俭之家，睹彼以柴为扉，以瓮作牖，大

有黄虞三代之风②，而又怪其纯用自然，不加区画。如瓮可为牖也，取瓮之碎裂者联之，使大小相错，则同一瓮也，而有歌窑冰裂之纹矣。柴可为扉也，取柴之入画者为之，使疏密中窾③，则同一扉也，而有农户儒门之别矣。人谓变俗为雅，犹之点铁成金，惟具山林经济者能此，乌可责之一切？予曰：垒雪成狮，伐竹为马，三

尺童子皆优为之，岂童子亦抱经济乎？有耳目即有聪明，有心思即有智巧，但苦自画为愚，未尝竭思穷虑以试之耳。

【注释】

①一人之身，百工之所为备：语见《孟子·滕文公上》。

②黄虞三代：黄，黄帝；虞，虞舜；三代，泛指三皇五帝时代。

③窾：空隙。

※ 笺简

【原文】

笺简之制①，由古及今，不知几千万变。自人物器玩，以迨花鸟昆虫，无一不肖其形，无日不新其式；人心之巧，技艺之工，至此极矣。予谓巧则诚巧，工则至工，但其构思落笔之初，未免驰高骛远，舍最近者不思，而遍索于九天之上、八极之内，遂使光灿陆离者总成赘物，与书牍之本事无干。予所谓至近者非他，即其手中所制之笺简是也。既名笺简，则笺简二字中便有无穷本义。鱼书雁帛而外②，不有竹刺之式可为乎？书本之形可肖乎？卷册便面，锦屏绣轴之上，非染翰挥毫之地乎？石壁可以留题，蕉叶曾经代纸，岂竟未之前闻，而为予之臆说乎？至于苏蕙娘所织之锦③，又后人思之慕之，欲书一字于其上而不可复得者也。我能肖诸物之形似为笺，则笺上所列，皆题诗作字之料也。还其固有，绝其本无，悉是眼前韵事，何用他求？已命奚奴逐款制就④，售之坊间，得钱付梓人，仍备剞劂之用⑤，是此后生生不已，其新人见闻，快人挥洒之事，正未有艾。即呼予为薛涛幻身⑥，予亦未尝不受，盖须眉男子之不传，有愧于知名女子者正不少也。已经制就者，有韵事笺八种，织锦笺十种。韵事者何？题石、题轴、便面、书卷、剖竹、雪蕉、卷子、册子是也。锦纹十种，则尽仿回文织锦之义，满幅皆锦，止留縠纹缺处代人作书，

书成之后，与织就之回文无异。十种锦纹各别，作书之地亦不雷同。惨淡经营，事难缕述，海内名贤欲得者，倩人向金陵购之。是集内种种新式，未能悉走寰中，借此一端，以陈大概。售笺之地即售书之地，凡予生平著作，皆萃于此。有嗜痂之癖者，贸此以去，如偕笠翁而归。千里神交，全赖乎此。只今知己遍天下，岂尽谋面之人哉？（金陵承恩寺中有"芥子园名笺"五字者[⑦]，即其处也。）

是集中所载诸新式，听人效而行之；惟笺帖之体裁，则令奚奴自制自售，以代笔耕，不许他人翻梓。已经传札布告，诚之于初矣。倘仍有垄断之豪，或照式刊行，或增减一二，或稍变其形，即以他人之功冒为己有，食其利而抹煞其名者，此即中山狼之流亚也@。当随所在之官司而控告焉，伏望主持公道。至于倚富恃强，翻刻湖上笠翁之书者，六合以内，不知凡几。我耕彼食，情何以堪？誓当决一死战，布告当事，即以是集为先声。总之天地生人，各赋以心，即宜各生其智，我未尝塞彼心胸，使之勿生智巧，彼焉能夺吾生计，使不得自食其力哉！

【注释】

①笺简：指写信或题辞用的纸。笺，信纸；简，古代用来写字的竹片。

②鱼书雁帛：东汉·蔡邕《饮马长城窟行》有"呼儿烹鲤鱼，中有尺素书"句。

③苏蕙娘：十六国时前秦女诗人，因思念丈夫织锦为《回文璇玑图诗》以寄。

④吴奴：奴仆。

⑤剞劂：雕版。

⑥薛涛：唐代女诗人，曾居浣花溪，创制深红小笺写诗，人称"薛涛笺"。

⑦"金陵承恩寺中"句：芥子园本作"金陵承恩寺中有'芥子园名笺'五字者"，翼圣堂本作"金陵承恩寺中有'芥子园名笺'五字署门者"。

⑧中山狼：小说《中山狼传》中的形象，是一种忘恩负义、恩将仇报的人。

【点评】

《器玩部》专谈日用器皿及玩好之物如几案、椅杌、床帐、橱柜、箱笼、古董、炉瓶、屏轴、茶具、酒具、碗碟、灯烛、笺简等等的实用和审美问题。读此部，有两点感受颇深。一是李渔的平民意识。这里所谈之物，都是平民百姓的最普通的日常用品，像床帐、桌椅、碗碟、灯烛之类，几乎须臾不可稍离。然而，一般文人雅士是不肯谈，也不屑于谈的，怕掉份儿。李渔则不然。他告诉你：茶壶之嘴宜直而酒壶之嘴曲直可以不论，因为酒无渣滓而茶叶有体，所以茶壶嘴直便于畅通。他告诉你：贮茗之瓶，只宜用锡，因为用锡作瓶，气味不泄。他告诉你：灯烛（当时主要用蜡烛或油灯）"多点不如勤剪"。他告诉你：橱柜，为了充分利用空间，须多设隔板，可以分层多放物品。他告诉你：几案应设抽屉，各种杂物放入抽屉里面，桌面可以保持清爽整洁，等等。这些，都会使你感到亲切受用、平易近人。二是李渔的聪明巧智。在这些日常用品上，李渔时有发明创造。例如，他设计了一种"暖椅"，以供冬日天冷之用。说起来这种暖椅也不复杂，只是椅子周围做上木板，脚下用栅，安抽屉于脚栅之下，置炭于抽屉内，上以灰覆，使火气不烈而满座皆温。再如，为了剪灯的方便，他还发明了长三四尺的"烛剪"和上下方便的"悬灯"。这里，我们选了"笺简"一款，略备一格。

中华民族是一个文明优雅的民族，华夏大地向被视为礼仪之邦。中国人的人生，就其理想状态而言，是审美的人生，以审美为人生的最高境界。中国人的生

活，相比较而言，是更充分的审美化的生活，审美渗透在生活的每一个细节，几乎无处不在。譬如书信来往，就不仅仅是一种实用的手段，同时也是一种审美活动。好的书信，从内容上看，常常是情深意长，充满着审美情怀，司马迁《报任少卿书》，曹植《与杨德祖书》，苏轼《答谢民师书》，顾炎武《与友人论门人书》等等，都是千古传诵的美文；从形式上看，也是令人赏心悦

目的艺术品。有的书信，不但写得一手好字，是出色的书法作品；而且信纸也十分精致，十分考究，如李渔在"笺简"款中所说自制的"肖诸物之形似为笺"的信纸，大概就十分漂亮了。他提到"有韵事笺八种"："题石、题轴、便面、书卷、剖竹、雪蕉、卷子、册子"；有"织锦笺十种"："尽仿回文织锦之义，满幅皆锦，止留縠纹缺处代人作书，书成之后，与织就之回文无异。"当时能买到李渔"芥子园"的笺简，是一种幸事，所以翻梓盗印者甚多。后来，荣宝斋的笺简也十分有名。但在今日，由于钢笔、圆珠笔的盛行，电报、电话等通讯手段的频繁便捷，特别是电子邮件的发展，已经不再特别讲究用毛笔写在漂亮的笺简上了，因此，笺简的制作业也就逐渐式微了。

※ 位置第二

【原文】

　　器玩未得，则讲购求；及其既得，则讲位置。位置器玩与位置人才同一理也。

设官授职者，期于人地相宜；安器置物者，务在纵横得当。设以刻刻需用者，而置之高阁，时时防坏者，而列于案头，是犹理繁治剧之材，处清静无为之地，黼黻皇猷之品，作驱驰孔道之官①。有才不善用，与空国无人等也。他如方圆曲直，齐整参差，皆有就地立局之方，因时制宜之法。能于此等处展其才略，使人入其户、登其堂，见物物皆非苟设，事事具有深情，非特泉石勋猷②，于此足征全豹，即论庙堂经济③，亦可微见一斑。未闻有颠倒其家，而能整齐其国者也。

【注释】

①"黼黻皇猷"二句：这两句话相互对照，黼黻皇猷之品是指善于运筹帷幄、有雄才大略的文官之品；驱驰孔道之官是指能够驱驰疆场、在大道上横扫千军的武将之才。前面两句"理繁治剧"与"清静无为"也是相互对照。黼是古代礼服上绣的半白半黑的花纹；黻则是半青半黑的花纹；皇，大也；猷，谋划；孔，大。

②泉石勋猷：意思是安排一水一石（泛指各种器玩）的好手。

③庙堂经济：指国家大事。庙堂，国家、社稷；经济，经世济民。

※　忌排偶

【原文】

"胪列古玩，切忌排偶。"此陈说也。予生平耻拾唾余，何必更蹈其辙。但排偶之中，亦有分别。有似排非排，非偶是偶；又有排偶其名，而不排偶其实者。皆当疏明其说，以备讲求。如天生一日，复生一月，似乎排矣，然二曜出不同时①，且有极明微明之别，是同中有异，不得竟以排比目之矣。所忌乎排偶者，谓其有意使然，如左置一物，右无一物以配之，必求一色相俱同者与之相并，是则非偶而是偶，所当急忌者矣。若夫天生一对，地生一双，如雌雄二剑②，鸳鸯二壶，本来原在一处者，而我必欲分之，以避排偶之迹，则亦矫揉执滞，大失物理人情之正矣。即避排偶之迹，亦

不必强使分开，或比肩其形，或连环其势，使二物合成一物，即排偶其名，而不排偶其实矣。大约摆列之法，忌作八字形，二物并列，不分前后、不爽分寸者是也[3]；忌作四方形，每角一物，势如小菜碟者是也；忌作梅花体，中置一大物，周遭以小物是也；余可类推。当行之法，则与时变化，就地权宜，视形体为纵横曲直，非可预设规模者也。如必欲强拈一二，若三物相俱，宜作品字格，或一前二后，或一后二前，或左一右

二，或右一左二，皆谓错综；若以三者并列，则犯排矣。四物相共，宜作心字及火字格，择一或高或长者为主，余前后左右列之，但宜疏密断连，不得均匀配合，是谓参差；若左右各二，不使单行，则犯偶矣。此其大略也，若夫润泽之，则在雅人君子。

【注释】

①二曜：日、月。

②如：芥子园本作"加"，中国文学珍本丛书本作"如"。

③不爽分寸：即不差分毫。爽，差失。

※ 贵活变

【原文】

幽斋陈设，妙在日异月新。若使骨董生根，终年匏系一处[1]，则因物多腐象，

遂使人少生机，非善用古玩者也。居家所需之物，惟房舍不可动移，此外皆当活变。何也？眼界关乎心境，人欲活泼其心，先宜活泼其眼。即房舍不可动移，亦有起死回生之法。譬如造屋数进，取其高卑广隘之尺寸不甚相悬者，授意匠工，凡作窗棂门扇，皆同其宽窄而异其体裁，以便交相更替。同一房也，以彼处门窗挪入此处，便觉耳目一新，有如房舍皆迁者；再入彼屋，又换一番境界，是不特迁其一，且迁其二矣。房舍犹然，况器物乎？或卑者使高，或远者使近，或二物别之既久，而使一旦相亲，或数物混处多时，而使忽然隔绝，是无情之物变为有情，若有悲欢离合于其间者。但须左之右之，无不宜之，则造物在手，而臻化境矣。人谓朝东夕西，往来仆仆，"何许子之不惮烦乎"[2]？予曰：陶士行之运甓[3]，视此犹烦，未有笑其多事者；况古玩之可亲，犹胜于甓，乐此者不觉其疲，但不可为饱食终日无所用心者道。

古玩中香炉一物，其体极静，其用又妙在极动，是当一日数迁其位，片刻不容胶柱者也。人问其故，予以风帆喻之。舟行所挂之帆，视风之斜正为斜正，风从左而帆向右，则舟不进而且退矣。位置香炉之法亦然。当由风力起见，如一室之中有南北二牖，风从南来，则宜位置于正南，风从北入，则宜位置于正北；若风从东南或从西北，则又当位置稍偏，总以不离乎风者近是。若反风所向，则风去香随，而我不沾其味矣。又须启风来路，塞风去路，如风从南来而洞开北牖，风从北至而大辟南轩，皆以风为过客，而香亦传舍视我矣。须知器玩之中，物物皆可使静，独香炉一物，势有不能。"爱之能勿劳乎？"待人之法也，吾于香炉亦云。

【注释】

①匏系：亦作系匏，比喻不得任用或升迁。"匏"属葫芦之类。《论语·阳货》："吾岂匏瓜也哉！焉能系而不食？"

②何许子之不惮烦：语见《孟子·滕文公上》。许子即战国时农家代表许行，主张"贤者与民并耕而食，饔飧而治"，饔飧即伙食自理。

③陶士行之运甓：陶侃，字士行，东晋时曾任荆州和广州刺史。据说他任广州刺史时，为了锻炼身体，早晨把一百块砖搬到屋外，晚上又搬到屋内。甓，砖。

【点评】

器玩的陈列，也自有其审美规律。然而，这种规律是什么，却是非常难于把握的。这就像艺术的规律一样，"言当如是而偏不如是"，是常有的事。艺术无定法。无定法，就是艺术的规律。"无法之法，是为至法。"器玩陈列的审美规律也如是。但在"无定法"中，也可以大体上有个说道，这就是李渔提出的两条：忌排偶，贵活变。其实，忌排偶、贵活变，这是一个问题的正反两个方面：排偶，即是不活变；活变即否定了排偶。排偶，最大的缺陷是死板、呆滞，这与审美是对立的。审美是生命的表现，生命就要活生生、活泼泼、活灵活现、活蹦乱跳，生命就是不机械、不板腐、不

鲍系。器玩的陈列要美，首先就不能排偶。我国著名建筑学家刘敦桢在为童寯的《江南园林志》作序时曾说，那些拙劣的园林作品，"池求其方，岸求其直，亭榭务求其左右对峙，山石花木如雁行，如鹄立，罗列道旁，几何不令人兴瑕胜于瑜之叹！"拙劣的器玩陈列不也是这样吗？就如同李渔所批评的，那种"八字形"的，"四方形"的，"梅花体"的，都犯了排偶、呆板的毛病。不板，就要活，活泼。活泼，就要变化，就要灵活多样，就要因时、随机而变换不同的陈列位置。活泼，总给人一种审美愉快。既要活泼其目，又要活泼其心；通过活泼其目，进而活泼其心。总之，悦目、赏心、怡神。

卷五

饮馔部

※ 蔬食第一

【原文】

吾观人之一身，眼耳鼻舌，手足躯骸，件件都不可少。其尽可不设而必欲赋之，遂为万古生人之累者，独是口腹二物。口腹具而生计繁矣，生计繁而诈伪奸险之事出矣，诈伪奸险之事出，而五刑不得不设。君不能施其爱育，亲不能遂其恩私，造物好生，而亦不能不逆行其志者，皆当日赋形不善，多此二物之累也。草木无口腹，未尝不生；山石土壤无饮食，未闻不长养。何事独异其形，而赋以口腹？即生口腹，亦当使如鱼虾之饮水，蜩螗之吸露①，尽可滋生气力，而为潜跃飞鸣。若是，则可与世无求，而生人之患熄矣。乃既生以口腹，又复多其嗜欲，使如溪壑之不可厌②；多其嗜欲，又复洞其底里，使如江海之不可填。以致人之一生，竭五官百骸之力，供一物之所耗而不足哉！吾反复推详，不能不于造物是咎。亦知造物于此，未尝不自悔其非，但以制定难移，只得终遂其过。甚矣，作法慎初，不可草草定制。吾辑是编而谬及饮馔，亦是可已不已之事。其止崇俭啬，不导奢靡者，因不得已而为造物饰非，亦当虑始计终，而为庶物弭患。如逞一己之聪明，导千万人之嗜欲，则匪特禽兽昆虫无噍类③，吾虑风气所开，日甚一日，焉知不有易牙复出，

259

烹子求荣④，杀婴儿以媚权奸，如亡隋故事者哉⑤！一误岂堪再误，吾不敢不以赋形造物视作覆车。

【注释】

①蜩螗：亦作"蜩螳"，蝉的别名。

②溪壑：山里的河流深谷。不可厌：喻人的贪欲难得满足。

③无噍类：没有活着的人。《汉书·高帝纪上》："尝攻襄城，襄城无噍类，所过无不残灭。"

④易牙复出，烹子求荣：《管子·小称篇》载：易牙是专管料理齐桓公饮食的厨师，在齐桓公吃腻了美食而索求人肉时，易牙曾经杀子烹调而进献。又，《韩非子·二柄》载韩非的话："桓公好味，易牙蒸其子首而进之。"

⑤杀婴儿以媚权奸，如亡隋故事者：陈世熙《唐人说荟·开河记》载，隋炀帝时，陶郎儿兄弟骗杀人家的孩子蒸烹以献权贵麻叔谋。

声音之道，丝不如竹，竹不如肉，为其渐近自然。吾谓饮食之道，脍不如肉，肉不如蔬，亦以其渐近自然也。草衣木食，上古之风，人能疏远肥腻，食蔬蕨而甘之，腹中菜园，不使羊来踏破，是犹作羲皇之民，鼓唐虞之腹，与崇尚古玩同一致也。所怪于世者，弃美名不居，而故异端其说，谓佛法如是，是则谬矣。吾辑《饮馔》一卷，后肉食而首蔬菜，一以崇俭，一以复古；至重宰割而惜生命，又其念兹在兹，而不忍或忘者矣。

【点评】

中国是饮食文化最发达的国家之一。恐怕世界上没有哪一个国家、哪一个民族比中国、比中华民族更善于吃、更会吃，吃出如此多的样式、吃出如此多的名堂的了。中国人口世界第一，美食世界第一，美食家也世界第一。有哪一个民族有中国这么多菜系？一般说有川、鲁、粤、湘……等几大菜系，其实何止"几"？"十几""二十几"……能止乎？每一个地方都有自己的名吃。北京的烤鸭、天津的狗不理、广州的烧鹅、昆明的过桥米线、福州的鱼丸、合肥的鸡蛋锅贴、杭州的桂花鲜栗羹、南京六凤居的葱油饼、上海老城隍庙的三丝眉毛酥、开封的一品包子、济南的银丝卷、宁津的贡面、哈尔滨的满洲风味湖白肉、沈阳的杨家吊炉饼、长春的带馅麻花、武汉的豆皮、长沙的和记米粉、成都的赖汤圆、南宁的瓦煲饭、贵阳的肠旺面、西藏的烧肝、太原"清和元"的头脑、内蒙古的全羊席、西安的羊肉泡馍、兰州的清汤牛肉面、宁夏的馓子、青海的酸奶子、新疆的抓饭、台北的永和豆浆等等。中国人什么都能吃，什么都敢吃，从蛇到老鼠，从蝎子到蚂蚁；不吃的，只有"四条腿的板凳、两条腿的爷娘"。中国人，什么场合都能吃、什么情境都能吃。逢年过节，家家户户，吃，自然是第一要务：春节吃饺子，仲秋吃月饼、端午吃粽子。结婚是喜事，自然要摆宴请客；死了老人，是喜丧，也要大吃三日五日。日常生活，平平静静地吃；打仗，也尽量有滋有味地吃，阎锡山的兵不是打仗也在枪杆上挂着个醋葫芦吗？打败了，枪可以交，但不交醋葫芦。有的地方经济发展得并不怎么好，但吃却相当"繁荣"，如今日之北海，外沙大排档一百一十三家，天天晚上坐满，一拨没吃完，另一拨已经等在后面了。活蹦乱跳的大虾，横行着的螃蟹，摇尾游动的各色鱼类，沙虫、扇贝……一会儿工夫就变成了餐桌上的盘中之物，只听满棚数十张、数百张、数千张嘴繁忙而紧张的吸食声，有如春蚕食叶。

中国人不但有吃的实践，而且有吃的理论。李渔的《饮馔部》就是我国古代难得的代表作品，历来受到人们的称道。林语堂在《中国人的饮食》一文中比较中外

饮食文化观念之不同时写道:"没有一个英国诗人或作家肯屈尊俯就,去写一本有关烹调的书,他们认为这种书不属于文学之列,只配让苏珊姨妈去尝试一下。然而,伟大的戏曲家和诗人李笠翁却并不以为写一本有关蘑菇或者其他荤素食物烹调方法的书,会有损于自己的尊严。"林语堂所说的这本"烹调方法的书",就是指的《闲情偶寄·饮馔部》。《饮馔部》共分"蔬食第一"八款、"谷食第二"五款、"肉食第三"十二款,约两万余言,见解独特而入情入理,文字洗练而风趣横生,今选其中"笋""鹅""蟹"三款,以飨读者。

※ 笋

【原文】

论蔬食之美者,曰清,曰洁,曰芳馥,曰松脆而已矣。不知其至美所在,能居肉食之上者,只在一字之鲜。《记》曰:"甘受和,白受采。"①鲜即甘之所从出也。此种供奉,惟山僧野老躬治园圃者,得以有之,城市之人向卖菜佣求活者,不得与焉。然他种蔬食,不论城市山林,凡宅旁有圃者,旋摘旋烹,亦能时有其乐。至于笋之一物,则断断宜在山林,城市所产者,任尔芳鲜,终是笋之剩义。此蔬食中第一品也,肥羊嫩豕,何足比肩。但将笋肉齐烹,合盛一簋,人止食笋而遗肉,则肉为鱼而笋为熊掌可知矣②。购于市者且然,况山中之旋掘者乎?食笋之法多端,不能悉纪,请以两言概之,曰:"素宜白水,荤用肥猪。"茹斋者食笋③,若以他物伴之,香油和之,则陈味夺鲜,而笋之真趣没矣。白煮俟熟,略加酱油,从来至美之物,皆利于孤行,此类是也。以之伴荤,则牛羊鸡鸭等物皆非所宜,独宜于豕,又独宜于肥。肥非欲其腻也,肉之肥者能甘,甘味入笋,则不见其甘,但觉其鲜之至也。烹之既熟,肥肉尽当去之,即汁亦不宜多存,存其半而益以清汤。调和之物,惟醋与酒。此制荤笋之大凡也。笋之为物,不止孤行并用各见其美,凡食物中无论荤素,皆当用作调和。菜中之笋与药中之甘草,同是必需之物,有此则诸味皆鲜,

262

但不当用其渣滓，而用其精液。庖人之善治具者，凡有焯笋之汤④，悉留不去，每作一馔，必以和之，食者但知他物之鲜，而不知有所以鲜之者在也。《本草》中所载诸食物⑤，益人者不尽可口，可口者未必益人，求能两擅其长者，莫过于此。东坡云："宁可食无肉，不可居无竹。无肉令人瘦，无竹令人俗。"不知能医俗者，亦能医瘦，但有已成竹未成竹之分耳。

【注释】

①《记》曰："甘受和，白受采。"：《记》即《礼记》。《礼记·礼器》说，甜美的东西容易得到调和，洁白的东西容易接受色彩。

②"肉为鱼"句：这里化用鱼与熊掌不可兼得而取熊掌的故事（《孟子·告子》），意思是笋比肉好。

③茹斋者：吃素的人。

④焯：把菜用水煮一下。

⑤《本草》：古有《神农本草经》，明李时珍增补整理为《本草纲目》五十二卷。

【点评】

笋，对于中国人来说是一种既美又雅的食品，李渔称之为"蔬食中第一品"。李渔说"论蔬食之美者，曰清，曰洁，曰芳馥，曰松脆而已矣"，而其"至美所在，能居肉食之上者，只在一字之鲜"。笋，可谓集上述众美于一身。笋之鲜美可口，无可比拟。如何烹调才能保持笋的鲜美呢？李渔概括为两句话："素宜白水，荤用肥猪。"白煮俟熟，略加酱油，乃至美之物；荤食则与肥猪肉一起烹之，甘而不腻。经李渔这么一描述，令人馋涎欲滴。笋还很雅。李渔引苏东坡句"宁可食无肉，不可居无竹。无肉令人瘦，无竹令人俗"，说明笋之雅；其实东坡在黄州还另有妙句："长江绕郭知鱼美，好竹连山觉笋香。"另外，据说齐白石曾画竹一幅，陈寅恪在上面题了苏东坡上述四句五言诗之后，又写道：要想不俗也不瘦，天天竹笋炖猪肉。梁实秋在《笋》一文中，也记述了类似的民谣：无竹令人俗，无肉令人瘦，若要不俗也不瘦，餐餐笋煮肉。我看，笋之雅，大半是由文人雅士爱吃，从而沾了"雅气"逐渐"雅"起来的。

※　肉食第三

【原文】

"肉食者鄙"[①]，非鄙其食肉，鄙其不善谋也。食肉之人之不善谋者，以肥腻之精液，结而为脂，蔽障胸臆，犹之茅塞其心，使之不复有窍也。此非予之臆说，夫有所验之矣。诸兽食草木杂物，皆狡猾而有智。虎独食人，不得人则食诸兽之肉，是匪肉不食者，虎也；虎者，兽之至愚者也。何以知之？考诸群书则信矣。"虎不食小儿"，非不食也，以其痴不惧虎，谬谓勇士而避之也。"虎不食醉人"，非不食也，因其醉势猖獗，目为劲敌而防之也。"虎不行曲路，人遇之者，引至曲路即得脱。"其不行曲路者，非若澹台灭明之行不由径[②]，以颈直不能回顾也。使知曲路必脱，先

于周行食之矣。《虎苑》云[③]："虎之能搏狗者，牙爪也。使失其牙爪，则反伏于狗矣。"迹是观之，其能降人降物而藉之为粮者，则专恃威猛，威猛之外，一无他能，世所谓"有勇无谋"者，虎是也。予究其所以然之故，则以舍肉之外，不食他物，

脂腻填胸，不能生智故也。然则"肉食者鄙，未能远谋"，其说不既有征乎？吾今虽为肉食作俑，然望天下之人，多食不如少食。无虎之威猛而益其愚，与有虎之威猛而自昏其智，均非养生善后之道也。

【注释】

①肉食者鄙：《左传·庄公十年》："齐师伐我。公将战。曹刿请见，其乡人曰：'肉食者谋之，又何间焉？'刿曰：'肉食者鄙，未能远谋。'遂入见。"

②澹台灭明之行不由径：《史记·仲尼弟子列传》："澹台灭明，武城人，字子羽，少孔子三十九岁。状貌甚恶。欲事孔子，孔子以为材薄。既已受业，退而修行，行不由径，非公事不见卿大夫。"

③《虎苑》：据上海图书馆杂志云，（明）王穉登所辑《虎苑》一度被认为亡佚，因此一直未引起足够的重视。作为陈继儒编辑《虎荟》直接利用的《虎苑》，在材料来源和编纂体例上有其独到之处。《太平广记》"虎八卷"和《太平御览》"虎二卷"与《虎苑》《虎荟》在内容上有种前后相承的关系，可以说在中国古代"虎故事"至少有过北宋初年和晚明两个时期、四次大规模的结集活动。

※ 鹅

【原文】

鸩鸩之肉无他长①，取其肥且甘而已矣。肥始能甘，不肥则同于嚼蜡。鹅以固始为最②，讯其土人，则曰："豢之之物，亦同于人。食人之食，斯其肉之肥腻亦同于人也。"犹之豕肉以金华为最，婺人豢豕，非饭即粥，故其为肉也甜而腻。然则固始之鹅，金华之豕，均非鹅豕之美，食美之也。食能美物，奚俟人言？归而求之，有余师矣。但授家人以法，彼虽饲以美食，终觉饥饱不时，不似固始、金华之有节，故其为肉也，犹有一间之殊③。盖终以禽兽畜之，未尝稍同于人耳。"继子得食，肥而不泽④。"其斯之谓欤？

有告予食鹅之法者，曰：昔有一人，善制鹅掌。每豢肥鹅将杀，先熬沸油一盂⑤，投以鹅足，鹅痛欲绝，则纵之池中，任其跳跃。已而复擒复纵，炮瀹如初⑥。若是者数四，则其为掌也，丰美甘甜，厚可径寸，是食中异品也。予曰：惨哉斯言！予不愿听之矣。物不幸而为人所畜，食人之食，死人之事。偿之以死亦足矣，奈何未死之先，又加若是之惨刑乎？二掌虽美，入口即消，其受痛楚之时，则有百倍于此者。以生物多时之痛楚，易我片刻之甘甜，

忍人不为，况稍具婆心者乎？地狱之设，正为此人，其死后炮烙之刑⑦，必有过于此者。

【注释】

①鹐鹐：鹅叫声。

②固始：今河南固始。

③有一间之殊：有一定的差距。

④继子：非亲生的、过继的儿子。不泽：没有光泽。

⑤盂：敞口器皿。

⑥炮：在旺火上炒。瀹：煮。

⑦炮烙之刑：殷纣所用的酷刑。用炭烧热铜柱，令人爬行柱上，即堕炭上烧死。《荀子·议兵》："纣刳比干，囚箕子，为炮烙刑。"

【点评】

　　鹅掌是一种美味，但读了李渔所讲制作鹅掌的故事，心有戚戚者良久。杀鹅之前，先将鹅足投入煮沸而滚烫的油盂，鹅痛欲绝，纵入池中，任其跳跃，复擒复纵，如是者四。经过四次在沸油中煎炸，鹅掌厚可径寸，丰美可口。真是惨不忍睹。李渔在转述了这个故事之后发了一通感慨："奈何未死之先，又加若是之惨刑乎？""以生物多时之痛楚，易我片刻之甘甜，忍人不为，况稍具婆心者乎？地狱之设，正为此人，其死后炮烙之刑，必有过于此者"。李渔的不忍之心，表现了一种可贵的人道主义精神。我想，如果我是食客，当我看了杀鹅前的这一幕之后，恐怕也很难举得起筷子来。所谓"人同此心"者也。

※　蟹

【原文】

　　予于饮食之美，无一物不能言之，且无一物不穷其想象，竭其幽渺而言之[1]；独于蟹螯一物，心能嗜之，口能甘之，无论终身一日皆不能忘之，至其可嗜可甘与不可忘之故，则绝口不能形容之。此一事一物也者，在我则为饮食中之痴情，在彼则为天地间之怪物矣。予嗜此一生。每岁于蟹之未出时，即储钱以待，因家人笑予以蟹为命，即自呼其钱为"买命钱"。自初出之日始，至告竣之日止，未尝虚负一夕，缺陷一时。同人知予癖蟹，召者饷者皆于此日，予因呼九月、十月为"蟹秋"。虑其易尽而难继，又命家人涤瓮酿酒，以备糟之醉之之用。糟名"蟹糟"，酒名"蟹酿"，瓮名"蟹甓"。向有一婢，勤于事蟹，即易其名为"蟹奴"，今亡之矣。蟹乎！蟹乎！汝于吾之一生，殆相终始者乎！所不能为汝生色者，未尝于有螃蟹无监州处作郡[2]，出俸钱以供大嚼，仅以悭囊易汝[3]。即使日购百筐，除供客外，与五十口家人分食，则入予腹者有几何哉？蟹乎！蟹乎！吾

终有愧于汝矣。

　　蟹之为物至美，而其味坏于食之之人。以之为羹者，鲜则鲜矣，而蟹之美质何在？以之为脍者④，腻则腻矣，而蟹之真味不存。更可厌者，断为两截，和以油、盐、豆粉而煎之，使蟹之色、蟹之香与蟹之真味全失。此皆似嫉蟹之多味，忌蟹之美观，而多方蹂躏，使之泄气而变形者也。世间好物，利在孤行。蟹之鲜而肥，甘而腻，白似玉而黄似金，已造色香味三者之至极，更无一物可以上之。和以他味者，犹之以爝火助日，掬水益河⑤，冀其有裨也，不亦难乎？凡食蟹者，只合全其故体，蒸而熟之，贮以冰盘，列之几上，听客自取自食。剖一筐，食一筐，断一螯，食一螯，则气与味纤毫不漏。

出于蟹之躯壳者，即入于人之口腹，饮食之三昧，再有深入于此者哉？凡治他具，皆可人任其劳，我享其逸，独蟹与瓜子、菱角三种，必须自任其劳。旋剥旋食则有味，人剥而我食之，不特味同嚼蜡，且似不成其为蟹与瓜子、菱角，而别是一物者。此与好香必须自焚，好茶必须自斟，僮仆虽多，不能任其力者，同出一理。讲饮食清供之道者，皆不可不知也。

【注释】

①幽渺：幽深细密之处。

②有螃蟹无监州处：出产螃蟹而没有设监督官员的地方。作郡：指作郡官。

③悭囊：犹言"囊中羞涩"，口袋里钱少得可怜。易：换，买。汝：你（指螃蟹）。

④脍：切得很细的肉。

⑤爝火助日，掬水益河：用小火把增加太阳的光亮，掬一捧水增加河的水量。爝火，小火把。

宴上客者势难全体，不得已而羹之，亦不当和以他物，惟以煮鸡鹅之汁为汤，去其油腻可也。

瓮中取醉蟹，最忌用灯，灯光一照，则满瓮俱沙，此人人知忌者也。有法处之，则可任照不忌。初醉之时，不论昼夜，俱点油灯一盏，照之入瓮，则与灯光相习，不相忌而相能，任凭照取，永无变沙之患矣。（此法都门有用之者。）

【点评】

蟹之美以及食蟹过程中的百般情致，简直叫李渔说尽了。美到何种程度？"心能嗜之，口能甘之，无论终身一日皆不能忘之，至其可嗜可甘与不可忘之故，则绝口不能形容之。"只可意会，不可言传。李渔可谓嗜蟹如命。"蟹季"到来之前，先储钱以待。自蟹初出至告竣，不虚负一夕、缺陷一时；同时，还要"涤瓮酿酒，以备糟之醉之之用"。糟名"蟹糟"，酒名"蟹酿"，瓮名"蟹瓮"，事蟹之婢称为"蟹奴"（林语堂在《中国人的饮食》中说李笠翁自称"蟹奴"，恐怕是记错了）。而且，李渔认为食蟹必须自取自食。吃别的东西，可以别人代劳，唯蟹、瓜子、菱角三种须自任其劳。"旋剥旋食则有味，人剥而我食之，不特味同嚼蜡，且似不成其为蟹与瓜子、菱角，而别是一物者。"吃的过程本身，就是一种美。后来我读到梁实秋一篇文章，题名《蟹》，也说到同李笠翁差不多的食蟹体验。例如，他也说"食蟹而不失原味的唯一方法是放在笼屉里整只的蒸"。并且，要自己动手。

种植部

【原文】

已载群书者片言不赘，非补未逮之论，即传自验之方。欲睹陈言，请翻诸集。

※ 木本第一

【原文】

草木之种类极杂，而别其大较有三，木本、藤本、草本是也。木本坚而难瘁，其岁较长者，根深故也。藤本之为根略浅，故弱而待扶，其岁犹以年纪。草本之根愈浅，故经霜辄坏，为寿止能及岁。是根也者，万物短长之数也，欲丰其得，先固其根，吾于老农老圃之事，而得养生处世之方焉。人能虑后计长，事事求为木本，则见雨露不喜，而睹霜雪不惊；其为身也，挺然独立，至于斧斤之来，则天数也，岂灵椿古柏之所能避哉？如其植德不力①，而务为苟且，则是藤本其身，止可因人成事，人立而我立，人仆而我亦仆矣。至于木槿其

生，不为明日计者，彼且不知根为何物，遑计入土之浅深，藏荄之厚薄哉②？是即

草木之流亚也。噫，世岂乏草木之行，而反木其天年，藤其后裔者哉？此造物偶然之失，非天地处人待物之常也。

【注释】

①植德：培养德行。
②荄：草根。

【点评】

李渔之前，我国早已有不少讲花木的书，但像李渔这样的文字却不多见。童雋教授《江南园林志》中说："吾国自古花木之书，或主通经，或详治疗。《尔雅》及《本草纲目》，其著者也。他若旨在农桑，词关风月，则去造园渐远。"童先生提到的其他著作还有：唐贾耽《百花谱》；宋范成大《菊谱》《梅谱》，欧阳修《洛阳牡丹记》，赵时庚《金漳兰谱》，王贵学《王氏兰谱》，王观《芍药谱》，陈思《海棠谱》；明王象晋《群芳谱》，清初增为《广群芳谱》，等等。

李渔《闲情偶寄·种植部》，既不是一部植物学的书，也不是一部博物志的书，而且也不是一部纯粹讲园林美学的理论著作；在我看来，它更像一部小品文集，里面的一篇篇文章，都是以花木为题材，构思奇特、笔调轻松、文字优美、诙谐幽雅、情趣盎然的性灵小品。譬如《木本第一》的这篇小序，从草木性格讲到人生哲理，启人情致，发人深思，怡情益智，给人以美的享受。该部所载，几乎篇篇如此。

※ 牡丹

【原文】

牡丹得王于群花，予初不服是论，谓其色其香，去芍药有几？择其绝胜者与角

271

雌雄，正未知鹿死谁手。及睹《事物纪原》①，谓武后冬月游后苑，花俱开而牡丹独迟，遂贬洛阳，因大悟曰："强项若此②，得贬固宜，然不加九五之尊③，奚洗八千之辱乎？"（韩诗"夕贬潮阳路八千"④。）物生有候，葭动以时，苟非其时，虽十尧不能冬生一穗；后系人主，可强鸡人使昼鸣乎⑤？如其有识，当尽贬诸卉而独崇牡丹。花王之封，允宜肇于此日，惜其所见不逮⑥，而且倒行逆施。诚哉！其为武后也。予自秦之巩昌，载牡丹十数本而归，同人嘲予以诗，有"群芳应怪人情热，千里趋迎富贵花"之句。予曰："彼以守拙得贬，予载之归，是趋冷非趋热也。"兹得此论，更发明矣。艺植之法，载于名人谱帙者，纤发无遗，予倘及之，又是拾人牙后矣⑦。但有吃紧一着，花谱偶载而未之悉者，请畅言之。是花皆有正面，有反面，有侧面。正面宜向阳，此种花通义也。然他种犹能委曲，独牡丹不肯通融，处以南面既生，俾之他向则死，此其肮脏不回之本性，人主不能屈之，谁能屈之？予尝执此语同人，有迂其说者。予曰："匪特士民之家，即以帝王之尊，欲植此花，亦不能不循此例。"同人诘予曰："有所本乎？"予曰："有本。吾家太白诗云：'名花倾国两相欢，常得君王带笑看。解释春风无限恨，沉香亭北倚栏杆。'⑧倚栏杆者向北，则花非南面而何？"同人笑而是之。斯言得无定论？

【注释】

①《事物纪原》：作者佚名，或谓宋代高承撰。明代简敬刊行，李果校补，十卷五十五部，探索天文、历数、典章、制度、文艺、风俗、草木、鸟兽等等事物的起源。

②强项：不肯低头，形容刚直不屈。

③九五之尊：《易·乾》："九五，飞龙在天，利见大人。"九五喻阳气盛而至于天，圣人居天位。故九五之尊指帝位。

④韩诗"夕贬潮阳路八千"：韩愈以谏迎佛骨而得罪唐宪宗，被贬潮州刺史，他的《左迁至蓝关示侄孙湘》有"夕贬潮阳路八千"句。

⑤鸡人：古报晓之官。

⑥逮：到，及。

⑦拾人牙后：即拾人牙慧。刘义庆《世说新语·文学》："殷中军云：康伯未得我牙后慧。"

⑧"吾家太白诗"句：见李白《清平调词》之三。

【点评】

李渔通过武后将牡丹从长安贬逐到洛阳的故事，塑造了牡丹倔强不屈的性格。人们当然不会把故事当作实事，但故事中牡丹形象的这种不畏强权、特立独行的品行，着实令人肃然起敬。此文叙事说理，诙谐其表，庄重其里。文章一开头，作者现身说法，谓自己起初也对牡丹的花王地位不服，等到知晓牡丹因违抗帝王意旨在人间遭受贬斥的不幸境遇之后，遂大悟，牡丹被尊为花中之王理所当然："不加九五之尊（花王），奚洗八千之辱"（被贬）。并且李渔自己还不远数千里，从"秦（陕西）之巩昌，载牡丹十数本而归"（至居住地南京），以表示对牡丹"守拙得贬"品行的赞赏、理解和同情。这段幽默中带点儿酸楚的叙述，充满着人生况味的深切体验，字里行间，既流露着对王者呵天呼地、以"人"害"天"的霸权行径的不满；又表现出对权势面前不低头的"强项"品格的崇敬和钦佩。

※ 梅

【原文】

花之最先者梅，果之最先者樱桃。若以次序定尊卑，则梅当王于花，樱桃王于

果，犹瓜之最先者日王瓜，于义理未尝不合，奈何别置品题，使后来居上。首出者不得为圣人，则辟草昧致文明者，谁之力欤？虽然，以梅冠群芳，料舆情必协①；但以樱桃冠群果，吾恐主持公道者，又不免为荔枝号屈矣。姑仍旧贯，以免抵牾②。种梅之法，亦备群书，无庸置吻，但言领略之法而已。花时苦寒，即有妻梅之心③，当筹寝处之法。否则衾枕不备，露宿为难，乘兴而来者，无不尽兴而返，即求为驴背浩然④，不数得也。观梅之具有二：山游者必带账房，实三面而虚其前，制同汤网⑤，其中多设炉炭，既可致温，复备暖酒之用。此一法也。园居者设纸屏数扇，覆以平顶，四面设窗，尽可开闭，随花所在，撑而就之。此屏不止观梅，是花皆然，可备终岁之用。立一小匾，名曰"就花居"。花间竖一旗帜，不论何花，概以总名曰"缩地花"。此一法也。若家居所植者，近在身畔，远亦不出眼前，是花能就人，无俟人为蜂蝶矣。然而爱梅之人，缺陷有二：凡到梅开之时，人之好恶不齐，天之功过亦不等，风送香来，香来而寒亦至，令人开户不得，闭户不得，是可爱者风，而可憎者亦风也。雪助花妍，雪冻而花亦冻，令人去之不可，留之不可，是有功者雪，有过者亦雪也。其有功无过，可爱而不可憎者惟日，既可养花，又堪曝背，是诚天之循吏也⑥。使止有日而无风雪，则无时无日不在花间，布帐纸屏皆可不设，岂非梅花之至幸，而生人之极乐也哉！然而为之天者，则甚难矣。

【注释】

①舆情：群众的意见和态度。

②抵牾：矛盾。

③妻梅：宋代林逋隐居西湖，种梅养鹤，终身不娶，人称"梅妻鹤子"。

④驴背浩然：用孟浩然驴背得句意。

⑤汤网：《史记·殷本纪》说，商汤施仁政，让捕鸟人网开三面，留一面捕获那些不听教命的鸟。

⑥循吏：奉职守法的官吏。

蜡梅者，梅之别种，殆亦共姓而通谱者欤？然而有此令德，亦乐与联宗。吾又谓别有一花，当为蜡梅之异姓兄弟，玫瑰是也。气味相孚，皆造浓艳之极致，殆不留余地待人者矣。人谓过犹不及，当务适中，然资性所在，一往而深，求为适中，不可得也。

【点评】

你想知道中国人怎样爱梅、怎样赏梅吗？请看李渔在本文中的描绘：山游者必带帐篷，实三面而虚其前，帐中设炭火，既可取暖又可温酒，可以一边饮酒，一边赏梅；园居者设纸屏数扇，覆以平顶，四面设窗，随花所在，撑而就之。你看，爱梅爱得多么投入！赏梅赏得多么优雅！爱梅、赏梅达到这种地步，梅如有知，应感激涕零矣。

在中国，梅花向以其傲视霜雪、高洁自重的品格而受到人们的喜爱。毛泽东词云："风雨送春归，飞雪迎春到。已是悬崖百丈冰，犹有花枝俏。"此即言其傲视霜雪；陆游词云："无意苦争春，一任群芳妒。零落成泥碾作尘，只有香如故。"此即言其高洁自重。梅花的这种品性，在中国古代特别受到某些文人雅士的推崇，林逋"梅妻鹤子"的故事是其典型表现。据宋代沈括《梦溪笔谈》等书载，宋代钱塘人林逋（和靖），置荣利于度外，隐居于西湖的孤山，所住的房子周围，植梅蓄鹤，每有客来，则放鹤致之。这就是以梅为妻，以鹤为子。如果一个人能够视梅为妻，那么，其爱梅达到何种程度，可想而知。

※ 桃

【原文】

凡言草木之花，矢口即称桃李，是桃李二物，领袖群芳者也。其所以领袖群芳者，以色之大都不出红白二种，桃色为红之极纯，李色为白之至洁，"桃花能红李

能白”一语，足尽二物之能事。然今人所重之桃，非古人所爱之桃；今人所重者为口腹计，未尝究及观览。大率桃之为物，可目者未尝可口，不能执两端事人。凡欲桃实之佳者，必以他树接之，不知桃实之佳，佳于接，桃色之坏，亦坏于接。桃之未经接者，其色极娇，酷似美人之面，所谓“桃腮”“桃靥”者，皆指天然未接之桃，非今时所谓碧桃、绛桃、金桃、银桃之类也。即今诗人所咏，画图所绘者，亦是此种。此种不得于名园，不得于胜地，惟乡村篱落之间，牧童樵叟所居之地，能富有之。欲看桃花者，必策蹇郊行①，听其所至，如武陵人之偶入桃源②，始能复有其乐。如仅载酒园亭，携姬院落，为当春行乐计者，谓赏他卉则可，谓看桃花而能得其真趣，吾不信也。噫，色之极媚者莫过于桃，而寿之极短者亦莫过于桃，“红颜薄命”之说，单为此种。凡见妇人面与相似而色泽不分者，

即当以花魂视之，谓别形体不久也。然勿明言，至生涕泣。

【注释】

①蹇：跛足驴。孟浩然《唐城馆中早发寄杨使君》：“访人留后信，策蹇赴前程。”

②“武陵人”句：用陶渊明《桃花源记》意。

【点评】

桃有两种：一种以其果实满足人的口腹之欲；一种以其美色令人悦目赏心。前者是物质的，后者是精神的。李渔所重，在后者。

桃色之美，酷似美人。酷似美人的什么呢？酷似美人之面，尤其酷似醉美人之面，又尤其酷似会见情郎时的美人之面。试想，一个情窦初开的女儿家，朝思暮想会见自己的心上人，一旦相见，激动、羞怯、喜悦，话难于启口，手无处可放，白皙皙的脸上，泛起两片红晕，白里透红，红里透白，酷似两片桃红。此时恐怕是她一生最漂亮的时候。

关于桃花，李渔还有一比："色之极媚者莫过于桃，而寿之极短者亦莫过于桃，'红颜薄命'之说，单为此种。"在男权主义的社会里，一般说女人的"命"是苦的。愈是漂亮的女人，"命"往往愈是苦。于是有"红颜薄命"之说。李渔自己，一方面是个男权主义者，另一方面又表现出对女人的深切同情，从桃花想到"红颜薄命"的比喻，即是这种同情的流露。人真是最复杂的矛盾体。

※ 海棠

【原文】

"海棠有色而无香"，此《春秋》责备贤者之法①。否则无香者众，胡尽恕之，而独于海棠是咎？然吾又谓海棠不尽无香，香在隐跃之间，又不幸而为色掩。如人生有二技，一技稍粗，则为精者所隐；一术太长，则六艺皆通，悉为人所不道。王羲之善书②，吴道子善画，此二人者，岂仅工书善画者哉？苏长公不善棋酒③，岂遂一子不拈，一卮不设者哉？诗文过高，棋酒不足称耳。吾欲证前人有色无香之

说，执海棠之初放者嗅之，另有一种清芬，利于缓咀，而不宜于猛嗅。使尽无香，则蜂蝶过门不入矣，何以郑谷《咏海棠》诗云④："朝醉暮吟看不足，羡他蝴蝶宿深枝"？有香无香，当以蝶之去留为证。且香之与臭，敌国也。《花谱》云⑤："海棠无香而畏臭，不宜灌粪。"去此者必即彼，若是，则海棠无香之说，亦可备证于前，而稍白于后矣。噫，"大音希声"，"大羹不和"⑥，奚必如兰如麝，扑鼻薰人，而后谓之有香气乎？

【眉批】沈因伯云：海棠知己。千古奇冤，此而白。

王禹偁《诗话》云⑦："杜子美避地蜀中，未尝有一诗及海棠，以其生母名海棠也。"生母名海棠，予空疏未得其考，然恐子美即善吟，亦不能物物咏到。一诗偶遗，即使后人议及父母。甚矣，才子之难为也。鼎革以前，吾乡杜姓者，其家海棠绝胜，予岁岁纵览，未尝或遗。尝赠以诗云："此花不比别花来，题破东君着意培。不怪少陵无赠句，多情偏向杜家开⑧。"似可为少陵解嘲。

【注释】

①《春秋》责备贤者之法：即通常所谓"春秋笔法"也。

②王羲之：字逸少，琅琊临沂（今属山东）人，东晋书法家，出身贵族，官至右将军，人称"王右军"。

③苏长公：即苏东坡。长，兄弟中排行老大。

④郑谷：字守愚，宜春人，唐代诗人，其诗多写景咏物。

⑤《花谱》：分类记录各种花卉名色及有关诗文之书。如，宋代刘蒙《菊谱》，清代《广群芳谱》。

⑥大羹不和：语出《礼记·礼器》："大圭不琢，大羹不和。"不和即不调以杂味。

⑦王禹偁：字元之，巨野人，北宋诗人，有《小畜集》。

⑧偏：芥子园本作"遍"，中国文学珍本丛书本作"偏"。

秋海棠一种，较春花更媚。春花肖美人，秋花更肖美人；春花肖美人之已嫁者，秋花肖美人之待年者；春花肖美人之绰约可爱者，秋花肖美人之纤弱可怜者。处子之可怜，少妇之可爱，二者不可得兼，必将娶怜而割爱矣。相传秋海棠初无是花，因女子怀人不至，涕泣洒地，遂生此花，名为"断肠花"。噫，同一泪也，洒之林中，即成斑竹，洒之地上，即生海棠，泪之为物神矣哉！

春海棠颜色极佳，凡有园亭者不可不备，然贫士之家不能必有，当以秋海棠补之。此花便于贫士者有二：移根即是，不须钱买，一也；为地不多，墙间壁上，皆可植之。性复喜阴，秋海棠所取之地，皆群花所弃之地也。

【点评】

如果说牡丹是生在富家大户的、雍容华贵的、似乎因生性高贵而不肯屈从权威（甚至像故事里所说敢于违抗帝王旨意）的大家闺秀；如果说梅花是傲霜斗雪、风刀霜剑也敢闯的、英姿飒爽的巾帼英雄；如果说桃花（李渔所说的那种未经嫁接的以色取胜的桃花）是藏在深山人未知的处女。那么，秋海棠则好似一个出身农家的、贫寒的、纤弱可爱、妩媚多情的待字少女。李渔正是塑造了秋海棠的这样一种性格。他说，秋海棠较春花更媚。"春花肖美人之已嫁者，秋花肖美人之待年者；春花肖美人之绰约可爱者，秋花肖美人之纤弱可怜者"。秋海棠无论什么贫瘠的土地都能生长，"墙间壁上，皆可植之；性复喜阴，秋海棠所取之地，皆群花所弃之地也"。李渔还讲了一个故事，更增加了秋海棠的可怜与可爱："相传秋海棠初无是花，因女子怀人不至，涕泣洒地，遂生此花，名为'断肠花'。"

※ 山茶

【原文】

花之最不耐开，一开辄尽者，桂与玉兰是也；花之最能持久，愈开愈盛者，山茶、石榴是也。然石榴之久，犹不及山茶；榴叶经霜即脱，山茶戴雪而荣。则是此花也者，具松柏之骨，挟桃李之姿，历春夏秋冬如一日，殆草木而神仙者乎？又况种类极多，由浅红以至深红，无一不备。其浅也，如粉如脂，如美人之腮，如酒客之面；其深也，如朱如火，如猩猩之血，如鹤顶之珠。可谓极浅深浓淡之致，而无一毫遗憾者矣。得此花一二本，可抵群花数十本。惜乎予园仅同芥子，诸卉种就，不能再纳须弥，仅取盆中小树，植于怪石之旁。噫，善善而不能用，恶恶而不能去，予其郭公也夫①！

【注释】

①郭公：北齐后主高纬，雅好傀儡，时谓之郭公（"高""郭"音近），因此以"郭公"喻傀儡也。

【点评】

山茶之可爱，一是其性，一是其色。

其性何如？它不像桂花与玉兰那样"最不耐开，一开辄尽"，而是"最能持久，愈开愈盛"，而且"戴雪而荣"。因此，李渔赞这种花为"具松柏之骨，挟桃李之姿，历春夏秋冬如一日，殆草木而神仙者"。

其色何如？李渔的描绘极妙："由浅红至深红，无一不备。其浅也，如粉如脂，

如美人之腮，如酒客之面；其深也，如朱如火，如猩猩之血，如鹤顶之珠。可谓极浅深浓淡之致，而无一毫遗憾者矣。"

李渔可谓山茶知音。难得！难得！

※　草本第三

【原文】

草本之花，经霜必死；其能死而不死，交春复发者，根在故也。常闻有花不待时，先期使开之法，或用沸水浇根，或以硫磺代土，开则开矣，花一败而树随之，根亡故也。然则人之荣枯显晦，成败利钝，皆不足据，但询其根之无恙否耳。根在，则虽处厄运，犹如霜后之花，其复发也，可坐而待也；如其根之或亡，则虽处荣胱无显耀之境，犹之奇葩烂目，总非自开之花，其复发也，恐不能坐而待矣。予谈草木，辄以人喻。岂好为是哓哓者哉？世间万物，皆为人设。观感一理，备人观者，即备人感。天之生此，岂仅供耳目之玩、情性之适而已哉？

【点评】

李渔是一个人本主义者，于《草本第三》的这篇三百余字的小序中亦可见之。他在讲了一通人之有根与草之有根，其"荣枯显晦、成败利钝"情理攸同的事例之后，发出这样的感慨："予谈草木，辄以人喻。岂好为是哓哓者哉？世间万物，皆为人设。"然而，在现代西方，类似李渔这样以人为中心的人本主义

（西方人称之为"人类中心主义"）却是被批判的对象。他们要批判人类的"自私自利"，他们主张非人类中心主义，提出超越人本主义或者说超越人道主义。其实，若讲人与自然的关系，中国人比西方人更懂得"天人合一"，更尊重自然，更亲近自然。中国人讲"人道"与"天道"的一致，认为害"天"即害"人"。李渔亦如是。然而，在当今的世间，人是最高的智慧；在调理人与自然的关系时，人处于主导地位。这样看来，人无疑是万物的领袖。在宇宙历史发展到现今这个阶段上，只有人是"文化的动物"，只有人有道德，懂得什么是价值，只有人能够意识到什么样的行为对人对物是"利"是"弊"，而且只有人才能确定行为的最优选择。那么，现今能够超越人道主义吗？我看，难乎其难。人道主义本身尚未充分实现，何谈超越？

※　水仙

【原文】

　　水仙一花，予之命也。予有四命，各司一时：春以水仙、兰花为命，夏以莲为命，秋以秋海棠为命，冬以蜡梅为命。无此四花，是无命也；一季缺予一花，是夺予一季之命也。水仙以秣陵为最[①]，予之家于秣陵，非家秣陵，家于水仙之乡也。记丙午之春，先以度岁无资，衣囊质尽[②]，迨水仙开时，则为强弩之末，索一钱不得矣。欲购无资，家人曰："请已之。一年不看此花，亦非怪事。"予曰："汝欲夺吾命乎？宁短一岁之寿，勿减一岁之花。且予自他乡冒雪而归[③]，就水仙也，不看水仙，是何异于不返金陵，仍在他乡卒岁乎？"家人不能止，听予质簪珥购之。予之钟爱此花，非痴癖也。其色其香，其茎其叶，无一不异群葩，而予更取其善媚。妇人中之面似桃，腰似柳，丰如牡丹、芍药，而瘦比秋菊、海棠者，在在有之；若如水仙之淡而多姿，不动不摇，而能作态者，吾实未之见也。以"水仙"二字呼之，可谓摹写殆尽。使吾得见命名者，必颓然下拜。

【注释】

①秣陵：古县名，今南京。

②质：抵押。

③他乡："芥子园本作"地乡"，翼圣堂本和中国文学丛书本作"他乡"。

不特金陵水仙为天下第一，其植此花而售于人者，亦能司造物之权，欲其早则早，命之迟则迟，购者欲于某日开，则某日必开，未尝先后一日。及此花将谢，又以迟者继之，盖以下种之先后为先后也。至买就之时，给盆与石而使之种，又能随手布置，即成画图，皆风雅文人所不及也。岂此等末技，亦由天授，非人力邪？

【点评】

这是一篇妙文。在李渔所有以草木为题材的性灵小品中，此文写得最为情真意浓，风趣洒脱。从此文，更可以看出李渔嗜花如命的天性。

李渔自称"有四命"：春之水仙、兰花，夏之莲，秋之秋海棠，冬之蜡梅。"无此四花，是无命也。一季缺予一花，是夺予一季之命也。"李渔讲了亲历的一件事：丙午之春，当"度岁无资，衣囊质尽"，"索一钱不得"的窘境之下，不听家人劝告，毅然质簪珥而购水仙。他的理由是：宁短一岁之命，勿减一岁之花。

李渔之所以对水仙情有独钟，自有其道理。除了水仙"其色其香，其茎其叶，无一不异群葩"之外，更可爱的是它"善媚"："妇人中之面似桃，腰似柳，丰如

牡丹、芍药，而瘦比秋菊、海棠者，在在有之；若水仙之淡而多姿，不动不摇而能作态者，吾实未之见也。"呵，原来水仙的这种在清淡、娴静之中所表现出来的风韵、情致，深深打动了这位风流才子的心。

※ 芙蕖

【原文】

芙蕖与草本诸花，似觉稍异；然有根无树，一岁一生，其性同也。《谱》云①："产于水者曰草芙蓉，产于陆者曰旱莲。"则谓非草本②不得矣。予夏季倚此为命者，非故效颦于茂叔，而袭成说于前人也。以芙蕖之可人，其事不一而足，请备述之。群葩当令时，只在花开之数日，前此后此，皆属过而不问之秋矣，芙蕖则不然。自荷钱出水之日，便为点缀绿波，及其劲叶既生，则又日高一日，日上日妍，有风既作飘飘之态，无风亦呈袅娜之姿，是我于花之未开，先享无穷逸致矣。迨至菡萏成花③，娇姿欲滴，后先相继，自夏徂秋④，此时在花为分内之事，在人为应得之资者也。及花之既谢，亦可告无罪于主人矣，乃复蒂下生蓬，蓬中结实，亭亭独立，犹似未开之花，与翠叶并擎⑤，不至白露为霜，而能事不已⑥。此皆言其可目者也。可鼻则有荷叶之清香，荷花之异馥，避暑而暑为之退，纳凉而凉逐之生。至其可人之口者，则莲实与藕，皆并列盘餐，而互芬齿颊者也。只有霜中败叶，零落难堪，似成弃物矣，乃摘而藏之，又备经年裹物之用。是芙蕖也者，无一时一刻，不适耳目之观；无一物一丝，不备家常之用者也。有五谷之实，而不有其名；兼百花之长，而各去其短。种植之利，有大于此者乎？予四命之中，此命为最。无如酷好一生，竟不得半亩方塘⑦，为安身立命之地；仅凿斗大一池，植数茎以塞责，又时病其漏，望天乞水以救之。殆所谓不善养生，而草菅其命者哉。

【注释】

① 《谱》：疑指明人王象晋编《群芳谱》，但查无所引之文。何书待考。

②草本：芥子园本作"草木"，翼圣堂本和中国文学珍本丛书本作"草本"。

③菡萏：荷花的花苞。

④徂：往，到。

⑤擎：向上举。

⑥能事：擅长的本领。不已，不止。

⑦半亩方塘：朱熹《观书有感》："半亩方塘一鉴开，天光云影共徘徊。"

【点评】

　　芙蕖，即通常所谓荷花，也是李渔之一命，而且李渔说在"四命之中，此命为最"。为什么呢？李渔说它"有五谷之实，而不有其名；兼百花之长，而各去其短"。诚哉斯言！芙蕖从出生到老枯，不是给你悦目之娱，就是给你实用之利，对人，它真是"服务"到家了。倘若不信，李渔会把芙蕖的好，从头至尾，一条一条说给你听。其初也，荷钱出水，点缀绿波；继之，劲叶既生，日高日妍，有风既作飘摇之态，无风亦呈袅娜之姿。此讲花未开即有无穷逸致。及菡萏成花，娇姿欲滴，后先相继，自夏至秋，开个不停。此讲花之娱人。花之既谢，蒂下生莲，莲中结实，亭亭玉立，与翠叶并擎，可与花媲美。此讲花谢之后，莲蓬翠叶仍给人美的享受。以上讲其悦目之娱。荷叶荷花之清香异馥，还能给你退暑生凉；莲实与藕，能满足你的口腹之欲；即使霜中败叶，亦可供你裹物之用。这是它的实用之利。于此可见，芙蕖于人，乃一大功臣。

　　林语堂在《谈花和养花》一文中，对荷花有类似的称赞，也许是受了李渔的影

响。他说，荷花是"花中最美丽者，只要想想它是那么连枝带叶整个浮在水上。没有莲花在近旁，简直不能享受夏天的滋味"（见华艺出版社 2001 年版林语堂《生活的艺术》）。他还赞美荷花在池塘里"延长到半里远那种美景"，散发到空气中的清香，宽阔的荷叶上尖头红色的莲花的丰姿，点缀着水珠的大绿叶互相辉映的妙趣……而从实用的观点看，莲花的各部分都可利用：根可制冷饮，叶可包东西，花的形状和香气可供人玩赏，莲子被视为神仙的食品。

※ 金钱、金盏、剪春罗、剪秋罗

【原文】

金钱、金盏、剪春罗、剪秋罗诸种，皆化工所作之小巧文字。因牡丹、芍药一开，造物之精华已竭，欲续不能，欲断不可，故作轻描淡写之文，以延其脉。吾观于此，而识造物纵横之才力亦有穷时，不能似源泉混混[1]，愈涌而愈出也。合一岁所开之花，可作天工一部全稿。梅花、水仙，试笔之文也，其气虽雄，其机尚涩，故花不甚大，而色亦不甚浓。开至桃、李、棠、杏等花，则文心怒发，兴致淋漓，似有不可阻遏之势矣；然其花之大犹未甚，浓犹未至者，以其思路纷驰而不聚，笔机过纵而难收，其势之不可阻遏者，横肆也，非纯熟也。迨牡丹、芍药一开，则文心笔致俱臻化境，收横肆而归纯熟，舒蓄积而馨光华[2]，造物于此，可谓使才务尽，不留丝发之余矣。然自识者观之，不待终篇而知其难继，何也？世岂有开至树不能载、叶不能覆之花，而尚有一物焉高出其上、大出其外者乎？有开至众彩俱齐、一色不漏之花，而尚有一物焉红过于朱、白过于雪者乎？斯时也，使我为造物，则必善刀而藏矣[3]。乃天则未肯告乏也，夏欲试其技，则从而荷之；秋欲试其技，则从而菊之；冬则计穷力竭，尽可不花，而犹作蜡梅一种以塞责之。数卉者，可不谓之芳妍尽致，足殿群芳者乎？然较之春末夏初，则皆强弩之末矣。至于金钱、金盏、剪春罗、剪秋罗、滴滴金、石竹诸花，则明知精力不继，篇帙寥寥，做此以塞纸尾，犹人诗文既尽，附以零星杂著者是也。由是观之，造物者极欲骋才，不肯自惜其力之人也；造物之才，不可竭而可竭，可竭而终不可竟竭者也。究竟一部全文，终病其后来稍弱。其不能弱始劲终者，气使之然，作者欲留余地而不得也。吾谓人才著书，不应取法于造物，当秋冬其始，而春夏其终，则是能以蔗境行文④，而免于江淹才尽之诮矣⑤。

【注释】

①源泉混混：混混同滚滚。《孟子·离娄下》："原泉混混，不舍昼夜。"

②罄：空。

③善刀而藏：《庄子·养生主》："善刀而藏之。"陆德明《释文》："善刀，善，犹拭也。"

④蔗境：《世说新语·排调》："顾长康啖甘蔗，先食尾。人问所以，云：'渐至佳境。'"后因用"蔗境"比喻老来幸福或处境好转。

⑤江淹：南朝梁文学家。字文通，济阳考城（今河南兰考东）人。少孤贫好学，早年即以文章著名，晚年所作诗文不如前期，人谓"江郎才尽"。

【点评】

此文有趣之处，在于"合一岁所开之花，可作天工一部全稿"的比拟。李渔把一年四季相继所开之花，比喻为具有无穷才力之天公作文的过程：梅花、水仙是试笔之文，"气虽雄"而"机尚涩"，故花不甚大而色不甚浓；桃、李、棠、杏，文心怒发而兴致淋漓，但这时"思路纷驰而不聚，笔机过纵而难收"，故"其花之大犹未甚、浓犹未至"，"横肆"而未"纯熟"；至牡丹、芍药一开，"文心笔致俱臻化境，收横肆而归纯熟，舒蓄积而罄光华"，这时似乎达到极致了；然而，秋冬之日，天公未肯告乏也，"必善刀而藏"："夏欲试其技，则从而荷之；秋欲试其技，则从而菊之；冬则计穷力竭，尽可不花，而犹作蜡梅一种以塞责之"。至于金钱、

……石竹诸花，"则明知精力不继，篇帙寥寥，作此以塞纸尾，犹人诗文既尽，附以零星杂著者是也"，也就是说，金钱等花，只是一桌大席上主菜之间作点缀用的小菜数碟而已。

此喻甚妙，令人回味无穷。读此文，不但领略了李渔的情思，而且认识了他的巧智。有的人作文以情思见长，有的人作文以巧智取胜，李渔此文，兼而有之。

※ 菊

【原文】

菊花者，秋季之牡丹、芍药也。种类之繁衍同，花色之全备同，而性能持久复过之。从来种植之书，是花皆略，而叙牡丹、芍药与菊者独详。人皆谓三种奇葩，可以齐观等视，而予独判为两截，谓有天工人力之分。何也？牡丹、芍药之美，全仗天工，非由人力。植此二花者，不过冬溉以肥，夏浇以湿，如是焉止矣。其开也，烂漫芬芳，未尝以人力不勤，略减其姿而稍俭其色。菊花之美，则全仗人力，微假天工。艺菊之家，当其未入土也，则有治地酿土之劳；既入土也，则有插标记种之事。是萌芽未发之先，已费人力几许矣。迨分秧植定之后，劳瘁万端①，复从此始。防燥也，虑湿也，摘头也，掐叶也，芟蕊也②，接枝也，捕虫掘蚓

以防害也，此皆花事未成之日，竭尽人力以俟天工者也。即花之既开，亦有防雨

避霜之患，缚枝系蕊之勤，置盏引水之烦③，染色变容之苦，又皆以人力之有余，补天工之不足者也。为此一花，自春徂秋，自朝迄暮，总无一刻之暇。必如是，其为花也，始能丰丽而美观，否则同于婆娑野菊，仅堪点缀疏篱而已。若是，则菊花之美，非天美之，人美之也。人美之而归功于天，使与不费辛勤之牡丹、芍药齐观等视，不几恩怨不分，而公私少辨乎？吾知敛翠凝红而为沙中偶语者④，必花神也。

【眉批】倪闇公云：渊明股票。

自有菊以来，高人逸士无不尽吻揄扬⑤，而予独反其说者，非与渊明作敌国。艺菊之人终岁勤动，而不以胜天之力予之，是但知花好，而昧所从来。饮水忘源，并置汲者于不问，其心安乎？从前题咏诸公，皆若是也。予创是说，为秋花报本，乃深于爱菊，非薄之也。

予尝观老圃之种菊，而慨然于修士之立身与儒者之治业⑥。使能以种菊之无逸者砺其身心⑦，则焉往而不为圣贤？使能以种菊之有恒者攻吾举业，则何虑其不掇青紫⑧？乃士人爱身爱名之心，终不能如老圃之爱菊，奈何！

【注释】

①瘁：劳累过度。

②芟：割，除去。

③盏：杯子。

④沙中偶语：轩轾诸花之好坏。《史记·留侯世家》："上已封大功臣二十余人，其余日夜争功不决，未得行封。上在洛阳南宫，从复道望见诸将往往相与坐沙中语。上曰：'此何语？'留侯（张良）曰：'陛下不知乎？此谋反耳。'"

⑤尽吻揄扬：满口赞扬。

⑥修士之立身：品格高尚的人修身养性。《荀子·君道》："使修士行之，则与污邪之人疑之。"

⑦砺：磨。

⑧青紫：贵人的服饰。扬雄《解嘲》："纡紫拖青。"刘良注曰："青紫，并贵者服饰也。"

【点评】

说菊花是中国的国花，也许是可以的。这不是说唯有菊花最美，或者最普遍，或者花期最长等等。说到美，每种花都有自己独特的美，互相之间是不可取代的，必须百花齐放、万紫千红，才符合这个世界的本性，也才能够同中国这样一个地大物博的泱泱大国相称。说到普遍和花期长，有些花（例如月季全年能开、各地都有）也不逊色于菊花。因此，若要选国花，可备候选而拼死去做一番激烈竞争者，在在有之，而且恐怕到时候争得难分难解、不相上下。然而，若从花之体现人的本性、意志、爱好，体现"美"这个字的本质含义（美是在人类客观历史实践中形成的、以感性形象表现着人之本质的某种特殊价值形态）来说，恐怕菊花是绝对冠军。李渔把花分为"天工人力"两种。例如"牡丹、芍药之美，全仗天工，非由人力"；而"菊花之美，则全仗人力，微假天工"。从菊花上可以充分体现出中国人的勤与巧的品性。李渔描绘了艺菊的过程。种菊之前，已费力几许：其未入土，先治地酿土；其既入土，则插标记种。等到分秧植定之后，防燥、虑湿、摘头、掐叶、芟蕊、接枝、捕虫掘蚓以防害等等，竭尽人力以俟天工。花之既开，亦有防雨避霜之患，缚枝系蕊之勤，置盎引水之烦，染色变容之苦。总之，为此一花，自春徂秋，自朝迄暮，总无一刻之暇。"若是，则菊花之美，非天美之，人美之也。"此言艺菊之勤。而在所有花中，艺菊恐怕又最能表现人之巧智。哪一种花有菊花的品种这样多？上百种、上千种，都是人按照自己的审美观念、审美理想"创造"（说"培育"当然也可，但这"培育"，实是创造）出来的；什么"银碗""金铃""玉盘""绣球""西施""贵妃"……如狮子头，如美人面，如月之娴静，如日之灿烂，沁人心脾的清香，令人陶醉的浓香……数不胜数，应有尽有。再加上如陶渊明等诗人墨客的题咏，菊之品位更是高高在上。

就此，选菊花为国花，不是可以吗？

※ 菜

【原文】

菜为至贱之物，又非众花之等伦，乃《草本》《藤本》中反有缺遗①，而独取此花殿后，无乃贱群芳而轻花事乎？曰：不然。菜果至贱之物，花亦卑卑不数之花，无如积至贱至卑者而至盈千累万，则贱者贵而卑者尊矣。"民为贵，社稷次之，君为轻"者②，非民之果贵，民之至多至盛为可贵也。园圃种植之花，自数朵以至数十百朵而止矣，有至盈阡溢亩，令人一望无际者哉？曰：无之。无则当推菜花为盛矣。一气初盈，万花齐发，青畦白壤，悉变黄金，不诚洋洋乎大观也哉！当是时也，呼朋拉友，散步芳塍，香风导酒客寻帘，锦蝶与游人争路，郊畦之乐，什佰园亭，惟菜花之开，是其候也。

【注释】

①草本：中国文学珍本丛书本作"草本"，芥子园本作"草木"。

②民为贵，社稷次之，君为轻：语出《孟子·尽心下》。社为土神，稷为谷神，社稷表示国家。

【点评】

菜花之美，在于其盈阡溢亩的气势。若论单朵，它绝比不上牡丹、芍药、荷花、山茶，也不如菊花、月季、玫瑰、杜鹃；论香，它比不上水仙、栀子、梅花、兰花。但是，它的优势在于花多势众，气象万千。每逢暮春三月，江南草长，漫山遍野，"万花齐发，青畦白壤，悉变黄金"，其洋洋大观的气魄，如大海，如长河，

如星空；相比之下，不论是牡丹、芍药、荷花、山茶，还是菊花、月季、玫瑰、杜鹃，以至水仙、栀子、梅花、兰花，都忽然变得格局狭小，样态局促。这时，确如李渔所说，"呼朋拉友，散步芳塍，香风导酒客寻帘，锦蝶与游人争路，郊畦之乐，什佰园亭"。

※ 竹木第五_{未经种植者不载}

【原文】

竹木者何？树之不花者也。非尽不花，其见用于世者，在此不在彼，虽花而犹之弗花也。花者，媚人之物，媚人者损己，故善花之树多不永年①，不若椅桐梓漆之朴而能久②。然则树即树耳，焉如花为？善花者曰："彼能无求于世则可耳，我则不然。雨露所同也，灌溉所独也；土壤所同也，肥泽所独也。子不见尧之水、汤之旱乎③？如其雨露或竭，而土不能滋，则奈何？盍舍汝所行而就我？"不花者曰："是则不能，甘为竹木而已矣。"

【注释】

①多不永年：活的年岁不长。

②椅：翼圣堂本作"椅"，芥子园本作"倚"，中国文学珍本丛书本作"柏"。《诗·鄘风·定之方中》有"树之榛栗，椅桐梓漆，爰伐琴瑟"句，故"椅"

是也。

③尧之水、汤之旱：唐尧时期的洪水，商汤时期的大旱。《孟子·滕文公上》：
"当尧之时，天下犹未平，洪水横流，泛滥于天下。"晋·皇甫谧《帝王世纪》：
"汤自伐桀后，大旱七年，洛川竭。"

※ 竹

【原文】

俗云："早间种树，晚上乘凉。"喻词也。予于树木中求一物以实之，其惟竹
乎！种树欲其成阴，非十年不可，最易活者莫如杨柳，求其阴可蔽日，亦须数年①。
惟竹不然，移入庭中，即成高树，能令俗人不舍，不转盼而成高士之庐。神哉此
君，真医国手也！种竹之方，旧传有诀云："种竹无时，雨过便移，多留宿土，记
取南枝。"予悉试之，乃不可尽信之书也。三者之内，唯一可遵，"多留宿土"是
也。移树最忌伤根，土多则根之盘曲如故，是移地而未尝移土，犹迁人者并其卧榻
而迁之，其人醒后尚不自知其迁也。若俟雨过方移，则沾泥带水，有几许未便。泥
湿则松，水沾则濡，我欲留土，其如土湿而苏，随锄随散之，不可留何？且雨过必
晴，新移之竹，晒则叶卷，一卷即非活兆矣。予易其词曰："未雨先移。"天甫阴而
雨犹未下②，乘此急移，则宿土未湿，又复带潮，有如胶似漆之势，我欲多留，而
土能随我，先据一筹之胜矣。且栽移甫定而雨至，是雨为我下，坐而受之，枝叶根
本，无一不沾滋润之利。最忌者日，而日不至；最喜者雨，而雨即来；去所忌而投
以喜，未有不欣欣向荣者。此法不止种竹，是花是木皆然。至于"记取南枝"一
语，尤难遵奉。移竹移花，不易其向，向南者仍使向南，自是草木之幸。然移草木
就人，当随人便，不能尽随草木之便。无论是花是竹，皆有正面，有反面，正面向
人，反面向空隙，理也。使记南枝而与人相左，犹娶新妇进门，而听其终年背立，
有是理乎？故此语只当不说，切勿泥之。总之，移花种竹只有四字当记："宜阴忌

293

日"是也。琐琐繁言，徒滋疑扰。

【注释】

①数年：翼圣堂本和中国文学珍本丛书本作"数年"，芥子园本作"数日"。
②甫：刚，才。

【点评】

    李渔认为，竹木与前述花草不同，花草以花媚人，而竹木的特点恰恰是"不花"，或花居于次要地位。然而，"不花"之竹木自有其审美价值。例如，在我们中国，竹子就历来被人们作为审美对象来欣赏，尤其受到文人墨客的青睐。前面我们曾谈到宋代大诗人苏东坡"宁可食无肉，不可居无竹"的诗句，把竹作为脱俗之物；苏东坡的朋友文与可对竹也情有独钟，他把自己的生命熔化到所画的竹子之中了。苏东坡有诗赞云："与可画竹时，见竹不见人。岂独不见人，嗒然遗其身。

其身与竹化，无穷出清新。庄周世无有，谁知此疑神。"清代著名画家、扬州八怪之一郑板桥也是爱竹到了痴迷的程度，其画竹出神入化。他说："盖竹之体，瘦劲孤高，枝枝傲雪，节节干霄，有似乎士君子豪气凌云，不为俗屈。故板桥画竹，不特为竹写神，亦为竹写生。瘦劲孤高，是其神也；豪迈凌云，是其生也；依于石而不囿于石，是其节也；落于色相而不滞于梗概，是其品也。竹其有知，必能谓余为解人；石也有灵，亦当为余首肯。"如果有人能得到郑板桥的一幅墨竹，就如同获得一件价值连城的至宝。

此文中，李渔所讲种竹的一套方法，说明他也是深知竹者也。

※ 松柏

【原文】

"苍松古柏"，美其老也。一切花竹，皆贵少年，独松、柏与梅三物，则贵老而贱幼。欲受三老之益者，必买旧宅而居。若俟手栽，为儿孙计则可，身则不能观其成也。求其可移而能就我者，纵使极大，亦是五更，非三老矣①。予尝戏谓诸后生曰："欲作画图中人，非老不可。三五少年，皆贱物也。"后生询其故。予曰："不见画山水者，每及人物，必作扶筇曳杖之形②，即坐而观山临水，亦是老人矍铄之状③。从来未有俊美少年厕于其间者。少年亦有，非携琴捧画之流，即挈盒持樽之辈，皆奴隶于画中者也。"后生辈欲反证予言，卒无其据。引此以喻松柏，可谓合伦。如一座园亭，所有者皆时花弱卉，无十数本老成树木主宰其间，是终日与儿女子习处，无从师会友时矣。名流作画，肯若是乎？噫，予持此说一生，终不得与老成为伍，乃今年已入画，犹日坐儿女丛中。殆以花木为我，而我为松柏者乎？

【注释】

①五更、三老：《礼记·文王世子》："遂设三老五更，群老之席位焉。"郑玄注："三老五更各一人也，皆年老更事致仕者也。"古代年老之"致仕者"，设三老五更以尊养之。

②筇：古书上说的一种竹子，可以做手杖。

③矍铄：形容老年人精神好。

295

【点评】

按照我们中国人的审美传统，如果说竹是象征"气节""高雅"等等品格的审美符码，荷花是象征"出污泥而不染"等品格的审美符码，那么松柏则是象征"苍劲老成""坚贞不屈""千古不朽"等品格的审美符码。

三百年前的李渔所塑造的松柏形象，则另有一番情趣。他是以诙谐的笔调描述松柏的苍古、老成之美的。李渔说："'苍松古柏'，美其老也。"他用通常所见绘画中描写的情景作例子，戏谓后生："欲作画图中人，非老不可。"何也？山水画中，总有"矍铄"老者"扶筇曳杖"观山临水，而年轻后生只配合"携琴捧画之流""挈盒持樽之辈"，可见以老为美、以老为尊、以老为贵，"引此以喻松柏，可谓合伦"。李渔还有一个比喻："如一座园亭，所有者皆时花弱卉，无十数本老成树木主宰其间，是终日与儿女子习处，无从师会友时矣。"他忽然笔锋一转，自嘲曰："噫，予持此说一生，终不得与老成为伍，乃今年已入画，犹日坐儿女丛中。殆以花木为我，而我为松柏者乎？"

你瞧，他说得多么有趣！

※ 梧桐

【原文】

梧桐一树，是草木中一部编年史也，举世习焉不察，予特表而出之。花木种自何年？为寿几何岁？询之主人，主人不知，询之花木，花木不答。谓之"忘年交"则可①，予以"知时达务"，则不可也。梧桐不然，有节可纪，生一年，纪一年。树有树之年，人即纪人之年，树小而人与之小，树大而人随之大，观树即所以现身。《易》曰："观我生进退。"②欲观我生，此其资也。予垂髫种此③，即于树上刻诗以纪年，每岁一节，即刻一诗，惜为兵燹所坏④，不克有终。犹记十五岁刻桐诗云："小时种梧桐，桐叶小于艾。簪头刻小诗，字瘦皮不坏。刹那三五年，桐大字亦大。桐字已如许，人大复何怪。还将感叹词，刻向前诗外。新字日相催，旧字不相待。顾此新旧痕，而为悠忽戒。"此予婴年著作，因说梧桐，偶尔记及，不则竟忘之矣。即此一事，便受梧桐之益。然则编年之说，岂欺人语乎？

【眉批】倪闇公云：奇辟至此，视开凿混沌为家常事矣。

【眉批】又云：与汤之《盘铭》同一警惕，皆人所当三复者。

【注释】

①忘年交：年龄差别很大的好友。《南史·何逊传》："弱冠州举秀才，南乡范云见其对策，大相称赏，因结忘年交。"《后汉书·祢衡传》："衡始弱冠，而融年四十，遂与为交友。"

②观我生进退：语出《周易·观》，意思是考察庶民情况，用人施政有所进退，不失正道。

③垂髫：少年时代。髫，古代指孩子下垂的头发。

④爇：野火。

【点评】

梧桐记年，亦是人生中的一件趣事。在世界上所有的生物中，唯有人是能反思、善回忆、会想象的。动物也有记忆，而且有的记忆能力还很强，例如狗记路的本领是惊人的，远走千里，它能找回自己主人的家。但是狗绝不能反思，亦不能回忆，因为狗不能思维，而回忆是对记忆的思维。人是能对自己的记忆进行思维的动物，而且能从对往事的思维和回味

中，获得乐趣，找到满足，甚至回忆以往痛苦的事情，也能得到某种情感上的满足。李渔《梧桐》这篇短文，就是记述了自己少年时在梧桐树上刻下一首五言诗这件十分有趣的事。试想，一个六十岁的老人（李渔写作刻印《闲情偶寄》时年六十）回忆起十五岁刻在梧桐树上的小诗，是何等心情？是什么况味？读者诸君，你有类似的回忆吗？你的感受如何呢？

※ 柳

【原文】

　　柳贵于垂，不垂则可无柳。柳条贵长，不长则无袅娜之致，徒垂无益也。此树为纳蝉之所，诸鸟亦集。长夏不寂寞，得时闻鼓吹者，是树皆有功，而高柳为最。总之，种树非止娱目，兼为悦耳。目有时而不娱，以在卧榻之上也；耳则无时不悦。鸟声之最可爱者，不在人之坐时，而偏在睡时。鸟音宜晓听，人皆知之；而其独宜于晓之故，人则未之察也。鸟之防弋①，无时不然。卯辰以后②，是人皆起，人起而鸟不自安矣。虑患之念一生，虽欲鸣而不得，鸣亦必无好音，此其不宜于昼也。晓则是人未起，即有起者，数亦寥寥，鸟无防患之心，自能毕其能事，且扪舌一夜，技痒于心，至此皆思调弄，所谓"不鸣则已，一鸣惊人"者是已③，此其独宜于晓也。庄子非鱼，能知鱼之乐④；笠翁非鸟，能识鸟之情。凡属鸣禽，皆当以予为知己。种树之乐多端，而其不便于雅人者亦有一节⑤：枝叶繁冗，不漏月光。隔婵娟而不使见者⑥，此其无心之过，不足责也。然匪树木无心，人无心耳。使于种植之初，预防及此，留一线之余天，以待月轮出没，则昼夜均受其利矣。

【注释】

①弋：用带着绳子的箭射鸟。

②卯辰：早晨 5 点—9 点。

③不鸣则已，一鸣惊人：《史记·滑稽列传》："此鸟不飞则已，一飞冲天；不鸣则已，一鸣惊人。"

④庄子非鱼，能知鱼之乐：《庄子·秋水》中说，庄子与惠施游于濠梁，庄子曰："儵鱼出游从容，是鱼之乐也。"惠施曰："子非鱼，安知鱼之乐？"庄子反驳道："子非我，安知我不知鱼之乐？"

⑤而其：翼圣堂本和中国文学珍本丛书本作"而其"，芥子园本作"然有"。

⑥婵娟：指月亮。苏东坡《水调歌头》："但愿人长久，千里共婵娟。"

【点评】

柳是很能，也很易使人动情的一种树。一提柳，很容易使人想起古人灞桥折杨柳枝送别的场景，在交通很不发达的时代，灞桥揖别往往是生离死别。说到柳，还能使人想到《诗经》中"昔我往矣，杨柳依依，今我来思，雨雪霏霏"等字字珠玑的诗句。我想，诗人自己一定是在无限感慨之中吟诵这些句子的。还有王维的这首家喻户晓的诗："渭城朝雨浥轻尘，客舍青青柳色新。劝君更饮一杯酒，西出阳关无故人。"那清新的柳色，更撩起离别的愁情。还有柳永词中所写"晓风残月"的"杨柳岸"，也颇能触发士大夫、中下层知识分子的情思。当然，柳树也不完全是离别和伤感的代码，它还能使人联想妙龄女子的如垂柳依依的婀娜身姿和似水柔情。今日北海岸边垂柳拂面，对对情侣携手漫步，也是令人陶醉的风景。

李渔写柳，则另辟蹊径。他特别拈出柳树"非止娱目，兼为悦耳"的特点。"娱目"很好理解，那"悦耳"怎么讲呢？原来，柳树是蝉、鸟聚集之处；有柳树就会有鸟鸣悦耳。李渔还特别强调"鸟声之最可爱者，不在人之坐时，而偏在睡时"；而且鸟音只宜"晓（凌晨）听"。为什么？因为白天人多，鸟处于惴惴不安的状态，必无好音。晓则是人未起，即有起者，数亦寥寥，鸟无防患之心，自能毕其能事，且扪舌一夜，技痒于心，至此皆思调弄，所谓'不鸣则已，一鸣惊人'者是也。"

知柳又知鸟者，笠翁也。柳与鸟若有知，当为得笠翁这样的知音而高兴。

卷六

颐养部

※　行乐第一

※　随时即景就事行乐之法

【原文】

行乐之事多端，未可执一而论。如睡有睡之乐，坐有坐之乐，行有行之乐，立有立之乐，饮食有饮食之乐，盥栉有盥栉之乐，即袒裼裸裎、如厕便溺，种种秽亵之事，处之得宜，亦各有其乐。苟能见景生情，逢场作戏，即可悲可涕之事，亦变欢娱。如其应事寡才，养生无术，即征歌选舞之场，亦生悲戚。兹以家常受用，起居安乐之事，因便制宜，各存其说于左。

※　饮

【原文】

宴集之事，其可贵者有五：饮量无论宽窄，贵在能好；饮伴无论多寡，贵在善谈；饮具无论丰啬，贵在可继；饮政无论宽猛[1]，贵在可行；饮候无论短长，贵在能止。备此五贵，始可与言饮酒之乐；不则曲蘖宾朋，皆凿性斧身之具也②。予生平有五好，又有五不好，事则相反，乃其势又可并行而不悖。五好、五不好维何？不好酒而好客；不好食而好谈；不好长夜之欢，而好与明月相随而不忍别；不好为苛刻之令，而好受罚者欲辩无辞；不好使酒骂坐之人，而好其于酒后尽露肝膈。坐此五好、五不好，是以饮量不胜蕉叶，而日与酒人为徒。近日又增一种癖好、癖恶：癖好音乐，每听必至忘归；而又癖恶座客多言，与竹肉之音相乱。饮酒之乐，备于五贵、五好之中，此皆为宴集宾朋而设。若夫家庭小饮与燕闲独酌，其为乐也，全在天机逗露之中，形迹消忘之内。有饮宴之实事，无酬酢之虚文③。睹儿女笑啼，认作斑斓之舞；听妻孥劝诫，若闻金缕之歌④。

苟能作如是观，则虽谓朝朝岁旦，夜夜元宵可也。又何必座客常满，樽酒不空⑤，日藉豪举以为乐哉？

【注释】

①饮政：行酒令。

②凿性斧身：戕害身心。

③酬酢：主客互相敬酒。泛指交际往来。

④金缕：曲调名。宋梅尧臣《宛陵集·六一日曲》："东风若见郎，重为歌金缕。"

⑤座客常满，樽酒不空：《后汉书·孔融传》："（融）及退闲职，宾客日盈其门，常叹曰：'座上客常满，樽中酒不空，吾无忧矣！'"

【点评】

我不会吸烟，也不赞成吸烟，在我家里从不预备香烟招待客人；我不会喝酒，但绝不反对喝酒，我的酒柜里常常备有少量美酒，供客人饮用，我也陪上几杯。酒是个好东西。几杯酒下肚，陌生人也会成为朋友。酒是宴会的灵魂，若无"魂"，宴也无趣。酒是人与人之间沟通的桥梁，也是感情的粘合器。我所供职的研究室里有几位善饮的青年学者，常常在星期二上班的中午，拉朋呼友到附近小饭馆畅饮，久而久之，形成几位相对固定的酒友，他们自己戏称"九届二中全会"（九届者，酒界也；二中者，星期二中午也），有会长、副会长、秘书长。每逢聚会，气氛热烈，杯盖交错，叮咚作响，谈古论今，妙语横生。而且，因为是学者喝酒，所以酒会往往变成了学术讨论会。人仗酒力，十分投入，头冒热气，眉飞色舞，论述自己的学术观点头头是道；有时还有交锋，争得不可开交，好在最后有酒做结论：当喝到说话不利落的时候，此次讨论自然也就告一段落。但喝酒须适可而止，不宜过量。当喝到出言不逊、甚至需要别人往家抬的时候，那就变雅事为不雅，实在无趣了。

虽然古代风流名士"死便埋我"博得许多人赞赏，似乎喝酒喝到这个份儿上才够劲儿、够味儿；但我更赞成李渔关于饮酒的"五贵"和"五好、

五不好"的主张。"饮量无论宽窄，贵在能好；饮伴无论多寡，贵在善谈；饮具无论丰啬，贵在可继；饮政无论宽猛，贵在可行；饮候无论短长，贵在能止。""不好酒而好客，不好食而好谈，不好长夜之欢而好与明月相随而不忍别，不好为苛刻之令而好受罚者欲辩无辞，不好使酒骂座之人而好其于酒后尽露肝膈。"只有这样，才能喝得文明，富有雅趣。像时下酒桌上那样强人喝酒，斗智斗勇，非要把对方灌醉的酒风，实在不可取。

<h2>※ 看花听鸟</h2>

【原文】

　　花鸟二物，造物生之以媚人者也。既产娇花嫩蕊以代美人，又病其不能解语，复生群鸟以佐之。此段心机，竟与购觅红妆，习成歌舞，饮之食之，教之诲之以媚人者，同一周旋之至也。而世人不知，目为蠢然一物，常有奇花过目而莫之睹，鸣禽悦耳而莫之闻者。至其捐资所购之姬妾，色不及花之万一，声仅窃鸟之绪余，然而睹貌即惊，闻歌辄喜，为其貌似花而声似鸟也。噫，贵似贱真，与叶公之好龙何异？予则不然。每值花柳争妍之日[①]，飞鸣斗巧之时，必致谢洪钧[②]，归功造物，无饮不奠，有食必陈，若善士信妪之佞佛者[③]。夜则后花而眠，朝则先鸟而起，惟恐一声一色之偶遗也。及至莺老花残，辄怏怏如有所失。是我之一生，可谓不负花鸟；而花鸟得予，亦所称"一人知己，死可无恨"者乎！

【注释】

　　①值：遇到。

　　②洪钧：《文选》张华《答何劭》其二有"洪钧陶万类，大块禀群生"句。李善注："洪钧，大钧，谓天也；大块，谓地也。"

　　③佞佛：即媚佛，迷信佛。佞，用花言巧语谄媚。

※　蓄养禽鱼

【原文】

　　鸟之悦人以声者，画眉、鹦鹉二种。而鹦鹉之声价，高出画眉上，人多癖之，以其能作人言耳。予则大违是论，谓鹦鹉所长止在羽毛，其声则一无可取。鸟声之可听者，以其异于人声也。鸟声异于人声之可听者，以出于人者为人籁，出于鸟者为天籁也。使我欲听人言，则盈耳皆是，何必假口笼中？况最善说话之鹦鹉，其舌本之强，犹甚于不善说话之人，而所言者，又不过口头数语。是鹦鹉之见重于人，与人之所以重鹦鹉者，皆不可诠解之事。至于画眉之巧，以一口而代众舌，每效一种，无不酷似，而复纤婉过之①，诚鸟中慧物也②。予好与此物作缘，而独怪其易死。既善病而复招尤，非殁于已③，即伤于物，总无三年不坏者。殆亦多技多能所致欤？

　　鹤、鹿二种之当蓄，以其有仙风道骨也。然所耗不资，而所居必广，无其资与地者，皆不能蓄。且种鱼养鹤，二事不可兼行，利此则害彼也。然鹤之善唳善舞，与鹿之难扰易驯，皆品之极高贵者，麟凤龟龙而外，不得不推二物居先矣。乃世人好此二物，又以分轻重于其间，二者不可得兼，必将舍鹿而求鹤矣。显贵之家，匪特深藏苑囿，近置衙斋，即倩人写真绘像，必以此物相随。予尝推原其故，皆自一人始之，赵清献公是也④。琴之与鹤，声价倍增，讵非贤相提携之力欤？

　　家常所蓄之物，鸡犬而外，又复有猫。鸡司晨，犬守夜，猫捕鼠，皆有功于人而自食其力者也。乃猫为主人所亲昵，每食与俱，尚有听其搴帷入室，伴寝随眠者。鸡栖于埘，犬宿于外，居处饮食皆不及焉。而从来叙禽兽之功，谈治平之象者，则止言鸡犬而并不及猫。亲之者是，则略之者非；亲之者非，则略之者是；不能不惑于二者之间矣。曰：有说焉。昵猫而贱鸡犬者，犹癖谐臣媚子⑤，以其不呼能来，闻叱不去；因其亲而亲之，非有可亲之道也。鸡犬二物，则以职业为心，一

到司晨守夜之时，则各司其事，虽豢以
美食，处以曲房，使不即彼而就此，二
物亦守死弗至；人之处此，亦因其远而
远之，非有可远之道也。即其司晨守夜
之功，与捕鼠之功，亦有间焉。鸡之司
晨，犬之守夜，忍饥寒而尽瘁，无所利
而为之，纯公无私者也；猫之捕鼠，因
去害而得食，有所利而为之，公私相半
者也。清勤自处，不屑媚人者，远身之
道；假公自为，密迩其君者，固宠之
方。是三物之亲疏，皆自取之也。然以
我司职业于人间，亦必效鸡犬之行，而

以猫之举动为戒。噫，亲疏可言也，祸福不可言也。猫得自终其天年，而鸡犬之
死，皆不免于刀锯鼎镬之罚。观于三者之得失，而悟居官守职之难。其不冠进贤[6]，
而脱然于宦海浮沉之累者，幸也。

【注释】

①纤婉：纤细委婉。

②慧物：聪明之物。

③殁：死，也作"没"。

④赵清献公：宋名臣赵抃，字阅道，号知非子，衢州西安县人，曾官殿中侍御
史，人称"铁面御史"。一生为官清廉，知成都府时，仅带了一架琴和一只鹤，宋
神宗赞其"匹马入蜀，以一琴一鹤自随"，死后谥号"清献"，世人尊称其为清
献公。

⑤谐臣媚子：谐臣，乐工、俳优也。《新唐书·元结传》："谐臣媚官，怡愉天

闲情偶寄

颜。"清叶名沣《桥西杂记·黄忠端公书<孝经>册》："如此，则素相素臣，皆无复七世观德之事，谐臣媚子，久据有明德启免之长矣。"

⑥不冠进贤：平民百姓而有贤德。古人帽子有贵贱官民之分，"帻"是平民百姓戴的，《晋书·舆服志》说帻是古贱人"不冠之服"；而"冠"则常常属官员贵人，《后汉书·舆服志》记有十九种冠，进贤冠是其中之一。

【点评】

花鸟虫鱼，在社会发展到一定阶段，成为人们的玩赏之物。有的爱鸟成癖，北京有些养鸟的老人，宁肯自己不吃鸡蛋，也要省给鸟吃；有的嗜花如命，前述李渔即是一例；有的视狗为卫士，我的一位大学同学在五七干校时就曾和狗形影不离（另有一趣事：据吴晓铃先生告诉我，有位著名京剧演员养了一只小狼狗，后来它常常咬他的脚后跟以至出血，于是把狗送去检验，发现是只狼——此事真假，姑且不论，吴先生已经仙逝，但这位风趣可爱的老人，时时令人想起）；有的把猫当家人。现代作家梁实秋特别爱猫，据我所知，他至少有五篇文章写猫，而且充满感情，特别对他的白猫王子，更是一往情深，以至专门记述"白猫王子五岁""白猫王子六岁""白猫王子七岁"……但是也有人特别讨厌猫，例如鲁迅，他尤其对猫叫春时的表现不能忍受。

三百年前的李渔也非常不待见猫，而赞赏狗和鸡。在此文中，他把猫、鸡、狗作了对比，认为"鸡之司晨，犬之守夜，忍饥寒而尽瘁，无所利而为之，纯公无私者也；猫之捕鼠，因去害而得食，有所利而为之，公私相半者也"。这样一对比，品格之高下，显而易见。李渔另有《逐猫文》和《瘗狗文》。前者历数家养黑猫疏于职守、懒惰跋扈、欺凌同类等罪状而逐之；后者则是在他的爱犬"神獒"为护家而以身殉职之后，表彰它鞠躬尽瘁、"其于世也寡求、其于人也多益"的"七德""四功"而葬之。

李渔《一家言》中有关花木鸟兽的文章，写得如此有灵气、有风趣、有品位、有格调，实在难得。

·李渔全集·

笠翁对韵

〔明〕李渔⊙原著

王艳军⊙整理

卷上

一　东①

【原文】

天对地，雨对风。大陆对长空。

山花②对海树③，赤日④对苍穹⑤。

【注释】

①一东：这里指"平水韵"上平声第一个韵部。

②山花：生长在山上的花儿。

③海树：指大海里的珊瑚。

④赤日：红太阳。赤，红色。

⑤苍穹：青天。苍，青色。

【点评】

　　"天对地，雨对风"是一个字对一个字，我们称为"一字对"。"天"是大自然的一部分，"地"也是大自然的一部分，两者正好相对。"雨"是一种自然气象，与它相对的必须也是自然气象，因此对"云"、对"霜"、对"雾"、对"雪"都行。这里以"风"相对，是因为要押"一东韵"。

笠翁对韵

"大陆对长空。山花对海树，赤日对苍穹"都是两个字对两个字，我们称为"两字对"。同一个句子里出现的全属于同一类事物，用的都是近义词，所以它们属于"正对"。

【原文】

雷隐隐①，雾朦朦②。日下对天中。

风高秋月白③，雨霁④晚霞红⑤。

【注释】

①隐隐：隐约，不分明。

②朦朦：迷蒙，模糊。

③这句的意思是：风在高空吹过，秋天的月亮十分明亮。

④霁：雨停天晴。

⑤这句的意思是：雨过天晴，晚霞一片红。

【点评】

"雷隐隐，雾朦朦"是三个字对三个字，我们称为"三字对"。它的上句不仅说到自然气象中的雷声，还形容它从远处隐约传来，因此下句也要用对自然气象的描绘来相对：大雾笼罩，一片迷蒙。

"风高秋月白，雨霁晚霞红"是五个字对五个字，我们称为"五字对"。五个字已经可以组成一个诗句了。这两个诗句都描绘了一个完整的画面，含义比"三字对"更为复杂。其中，"风"对"雨"，"高"对"霁"，"秋月"对"晚霞"，"白"对"红"，都是一一对应的。

【原文】

牛女①二星河②左右③，参商④两曜⑤斗⑥西东⑦。

【注释】

①牛女：指牛郎星和织女星。

②河：指天河，就是银河。

③这句的意思是：牛郎星与织女星在银河的一左一右。传说织女本是天上仙女，她与人间的牛郎相爱，王母娘娘知道后把她捉回天宫。牛郎带着两个儿女追赶上天。王母娘娘拔出金簪划出一条天河，把牛郎和织女二人隔在河的两岸，只有每年的七月七日这一天才容许他们见上一面。

④参商：参星和商星，也是天上的两个星宿。

⑤两曜：两颗耀眼的星星。曜，日、月、星都叫曜。

⑥斗：北斗七星。

⑦这句的意思是：参星和商星在北斗七星的一西一东。传说远古时代的帝喾有两个儿子，整天争吵不休，最后竟动起武来。帝喾没有办法，只好把兄弟俩分别派到十万八千里之外。后来他们一个变成天上的参星，男一个变成商星。两颗星星一在天空西，一在天空东，每天你升我落，你落我升，永远都见不着面。

【点评】

这是"七字对"，就是七个字对七个字。其中，"牛女"对"参商"，"二星"对"两曜"，"河"对"斗"，"左右"对"西东"。上下两句虽然说的都是天象，里面却含有深意：牛郎与织女深深相爱，却很难见上一面；参商二星永不相遇，兄

弟俩就是想和好也不可能了。

【原文】

　　十月塞边①，飒飒②寒霜惊戍旅③；
　　三冬④江上，漫漫朔雪⑤冷渔翁⑥。

【注释】

　　①塞边：要塞周围。塞，边境险要的地方。边，四侧。

　　②飒飒：形容风雨之声。

　　③戍旅：驻守边防的军队。戍，军队驻守。旅，军旅、军队。这句的意思是：十月的边塞周围，寒霜随风而降，惊扰了驻守的将士们。

　　④三冬：冬天的第三个月，即十二月（腊月）。

　　⑤朔雪：北方的雪。朔，北方。

　　⑥这句的意思是：十二月的江河上空，北方漫天飞舞的雪花让打鱼老人感到十分寒冷。

【点评】

　　这是"十一字对"，就是十一个字对十一个字。"十月"对"三冬"，两者全是时间单位。"塞边"对"江上"，都是地点与方位。"寒霜""朔雪"都是发生在寒冷天气的自然气象，"飒飒"和"漫漫"则是对霜、雪的形容。"惊"和"冷"在这里都当动词来用，分别刻画了人物的心理与感觉。"戍旅"和"渔翁"，最后点明了出现在上下句的不同主人公。

二　冬

【原文】

晨对午，夏对冬。下饷①对高舂②。

青春③对白昼，古柏对苍松。

【注释】

①下饷：午后的饮食。

②高舂：傍晚时分。一般在傍晚时分，人们开始为第二天舂米，所以用"高舂"代替傍晚。

③青春：既指春天，也指少年。

【点评】

晨、午、夏、冬、下饷、高舂、青春、白昼，都是表示时间的词，相互对得很贴切。这几句不仅整个词的词义是相对的，就是把单个词再拆开，一个个"零件"也都各自为对。如"下饷"本与"高舂"相对，但"下"与"高"在方位上也形成了对应；而"青春"与"白昼"的第一个字在颜色上也是对应的。

【原文】

垂钓客①，荷锄翁②。仙鹤对神龙。

早汤③先宿④酒⑤，晚食继朝饔⑥。

【注释】

①垂钓客：钓鱼的人。

②荷锄翁：干活的农民。荷，用肩膀扛东西。

③早汤：早上的醒酒汤。

④宿：隔夜。

⑤这句的意思是：前一夜喝了酒，早上要先喝醒酒的汤。

⑥朝饔：早餐。饔，做熟的饭。这句的意思是：早餐之后还要吃晚饭。

【点评】

"垂钓客"与"荷锄翁"表面上看是用钓鱼的人对农夫，当然很贴切，不过这个对子里还有深层的意味。古代传说，在商周之际，姜子牙在渭水河边垂钓，等待周文王来请他辅佐周室，也就是人们常说的"姜子牙钓鱼，愿者上钩"。而在《论语》中，也记载了孔子曾经遇到过一个扛着

锄头的农夫，通过对话才知道他是个隐士。所以，"垂钓客"与"荷锄翁"其实都是指那种深藏不露的隐士高人，二者从词面到深层含义都正好相对。

【原文】

唐库①金钱能化蝶②，延津③宝剑会成龙④。

【注释】

①唐库：唐朝的国库。

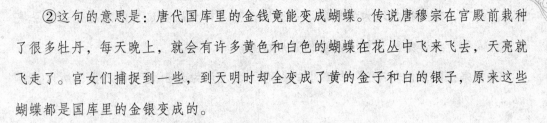

②这句的意思是：唐代国库里的金钱竟能变成蝴蝶。传说唐穆宗在宫殿前栽种了很多牡丹，每天晚上，就会有许多黄色和白色的蝴蝶在花丛中飞来飞去，天亮就飞走了。宫女们捕捉到一些，到天明时却全变成了黄的金子和白的银子，原来这些蝴蝶都是国库里的金银变成的。

③延津：即延平津，在今天福建省南平市东南

④这句的意思是：在延平津，雷焕的宝剑竟然会变成龙。传说在晋代时，张华和雷焕在丰城地下挖出一对极为珍贵的宝剑，每人拿了一把。后来，雷焕的儿子佩着剑路过延平津的时候，宝剑忽然跳入水中，变作一条龙潜水而去。

【点评】

这个对子设计得颇为巧妙。首先，"唐库"对"延津"，都是地名；"金钱"对"宝剑"，都是人类珍贵的用品；"蝶"对"龙"，都是生物；虚词"能化"与"会成"意思相同，却措辞不同，可谓恰到好处。更重要的是，两句所选用的典故也正好从意义上两两相对，上句是金钱化蝶的美妙传说，下句是宝剑变龙的奇异故事，真是相映成趣！

【原文】

巫峡①浪传②，云雨荒唐神女庙③；

岱宗④遥望，儿孙罗列丈人峰⑤。

【注释】

①巫峡：长江三峡之一，在湖北巴东县西，因巫山而得名，风光美丽。

②浪传：没有根据地传说。

③神女庙：传说楚王在游览高唐时，梦见有一个神女，自称是巫山之女，来和他约会，分别时她告诉楚王，自己白天变为云彩，晚上变为小雨，早早晚晚，都在

315

这里。后来，楚王在此地为她修建了一座庙，就是神女庙。这句的意思是：在巫峡地区，人们传说着楚王与神女幽会的荒唐故事。

④岱宗：即泰山。"岱"是泰山的别名。古人认为泰山是万山之主，所以又称"宗"。

⑤丈人峰：泰山上的一座山峰，形状像老人。这句的意思是：远远地望泰山，只见别的山峰都如儿孙围在老人跟前一样围在丈人峰的周围。

【点评】

"巫峡"与"岱宗"都是地名，而且，一为峡谷，一为高山，对得很好。接下来的"浪传"与"遥望"也很有功力：本来"传"与"望"都是动词，前边各加了一个副词，就更富有诗意了。

三 江

【原文】

奇①对偶②，只对双。大海对长江。

金盘对玉盏③，宝烛④对银釭⑤。

【注释】

①奇：单数。

②偶：双数。

③盏：酒杯。

④宝烛：非常好的蜡烛。

⑤银釭：用白银做台的灯。釭，指灯。

【点评】

前两句其实是一样的，只是换了种说法而已。这种相同的事物用不同的词来表达的手法在中国古代非常重要，因为在一首诗词或一副对联中，一般不允许有重复的字词出现。如果表达一种意思需要用重复的词汇，那就必须换一种说法。这就看作者掌握词汇量的多少了。

"金盘"与"玉盏""宝烛"与"银釭"，不但两两相对，而且它们都指的是同一类事物。此外，拆开来的每个字也都严格相对，这是非常工整的工对。

【原文】

朱漆槛①，碧纱窗。舞调②对歌腔③。

兴刘推马武④，谏夏著龙逄⑤。

【注释】

①槛：门槛。

②舞调：跳舞时伴奏的音乐。

③歌腔：唱歌的腔调。

④马武：东汉光武帝刘秀的大将，是东汉的开国元勋之一。这句的意思是：复兴刘氏、重建汉朝，功劳最大的应首推马武。

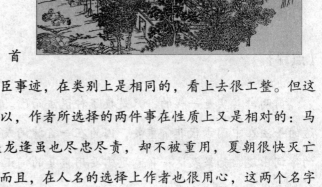

⑤龙逄：关龙逄，传说是夏朝最后一个皇帝桀的大臣，他见夏桀残暴无道，曾极力进谏，反而被夏桀处死。这句话的意思是：对夏桀进谏最著名的人是关龙逄。

【点评】

后两句是作者费了苦心的。首先，这两句都是中国历史上的名臣事迹，在类别上是相同的，看上去很工整。但这种同类的事又容易显得雷同，所以，作者所选择的两件事在性质上又是相对的：马武受光武帝重用，复兴汉室；关龙逄虽也尽忠尽责，却不被重用，夏朝很快灭亡了。可见，两件事既同又不同。而且，在人名的选择上作者也很用心，这两个名字的第一个字都是一种动物，也恰好相对。

【原文】

四收列国①群王服②，三筑高城③众敌降④。

【注释】

①四收列国：北宋初年大将曹彬平定南唐、西蜀、南汉、北汉等割据势力，帮助宋太祖统一了天下。

②这句的意思是：北宋大将曹彬帮助宋太祖南征北讨，让割据的很多小国都向宋臣服。

③三筑高城：唐中宗时，大将张仁愿曾统率军队与突厥族进行战斗，建了三座受降城以威镇北敌，从此边境安宁。

④这句的意思是：张仁愿三次建起高高的受降城，让众多的敌人投降。

【点评】

在对仗中，数字与数字相对是一种很工整的对，也是很常用的对。这里的"三"对"四"就是这样。但是，还要知道，古代的数字用于对仗时，有实指与虚指两种不同用法。在这一组对句中，"三筑高城"的"三"是实指，因为张仁愿就是筑了三座受降城，而上一句为了与下句对得上，用了"四"字，这就是虚指了，曹彬灭五代诸国，并不止四个，但又说不出确数来，故用一个"四"字代指许多。

【原文】

跨凤登台①，潇洒仙姬②秦弄玉③；

斩蛇当道④，英雄天子汉刘邦⑤。

【注释】

①台：凤凰台。

②姬：美女。

③秦弄玉：春秋时秦穆公的女儿名叫弄玉，非常喜欢求仙之术。当时有一个名

叫萧史的人很会吹箫，能吹出凤凰的鸣叫声，弄玉爱上了他，秦穆公便把弄玉嫁给了他，还给他们建了一座凤凰台。后来，萧史教弄玉吹箫，有凤凰飞来，夫妻两人便乘凤凰升天而去。这句的意思是：在凤凰台上骑着凤凰飞走的，是那潇洒的仙女秦弄玉。

④斩蛇当道：在路上就把蛇斩了。

⑤英雄天子汉刘邦：据《史记》记载，汉高祖刘邦刚要起兵造反时，有天晚上喝醉了酒，看见一条白色的大蟒蛇拦住了道路，他拔剑上前就把蛇斩了。后来有一个老妇人在那里哭，说自己的儿子是白帝的孩子，变成蛇来到这里，却被赤帝的儿子杀了。这可能是刘邦的拥护者编造的故事，来暗示刘邦是赤帝的儿子，应该当皇帝。这句的意思是：在路上斩蛇起义的，是那汉朝的英雄皇帝刘邦。

【点评】

这两句说的都是奇异的故事，上句与凤凰有关，下句则与另一种动物——蛇有关。在上句的典故里，本来还有同时乘风而去的萧史，作者却有意只写了弄玉，因为就风格而言，上句重柔美，下句重阳刚，所以，上句选了"潇洒仙姬"，下句则是"英雄天子"，不但对仗工稳，而且意境各别，极有趣味。

四 支

【原文】

泉对石，干①对枝。吹竹②对弹丝③。

山亭对水榭④，鹦鹉对鸬鹚⑤。

【注释】

①干：树的主干。

②吹竹：用竹子制成的管乐器，用来吹奏。

③弹丝：琵琶、琴、瑟一类的弦乐器，用手来弹。

④水榭：水面上建的房屋。

⑤鸬鹚：一种善于捕鱼的水鸟，多生活在水边，可以驯养。通称鱼鹰。

【点评】

这几句虽然各不相关，但本身就是一幅很有意趣的图画。泉石树木、山亭水
榭，这一般是隐士的居所，吹竹与弹丝则是隐士的日常消遣，鹦鹉与鸬鹚也是隐士
们经常蓄养的玩物兼帮手。末句在对仗上颇有讲究，"鹦鹉"和"鸬鹚"都是联绵
词，两两相对，极为稳妥。

【原文】

五色笔①，十香词②。泼墨③对传厄④。

神奇韩幹画⑤，雄浑李陵诗⑥。

【注释】

①五色笔：相传南朝梁代的江淹，小时侯曾梦见晋代大诗人郭璞赠给他一支五种颜色的笔，此后便才思敏捷，写了许多著名的诗文作品。后来，他又一次做梦，梦见郭璞要回了那支五色笔，从此他再也写不出好文章了，人称"江郎才尽"。

②十香词：辽国皇后萧观音才貌双全，很受宠爱，后来因为劝谏皇帝不要打猎而被冷落。此后，朝中有人作《十香词》来诬陷她与戏子私通，皇帝便叫她自杀。

③泼墨：绘画术语，是一种专门的绘画技法。

④传卮：把酒杯依次传下去让人喝酒。卮，酒杯。

⑤韩幹画：韩幹，唐代著名画家，最擅长画马。传说建中初年，有人牵了一匹脚有毛病的马去看病，这匹马非常像韩幹所画的马。牵马的人在街上遇见了韩幹，韩幹看见也很惊讶，回家去看自己画的那匹马，脚上竟也有毛病。这句的意思是：最神奇的是韩幹画的马。

⑥李陵诗：李陵，西汉名将李广的孙子，他曾多次建立战功，但在一次出战时，因敌众我寡，主军又不营救，被迫投降匈奴。后来他遇到出使匈奴的苏武，送别时赠了几首诗，悲凉慷慨，十分感人。这句的意思是：最雄浑感人的是李陵送别苏武的诗。

【点评】

"色"是视觉感知的，而"香"是嗅觉感知的，两种感觉交相为对，非常特别。"泼墨"与"传卮"不但在字面上对得很严格,而且,"泼墨"是指一种绘画的技法,"传卮"则是指一种行酒的酒令,在意义上也很相称。

【原文】

几处花街新夺锦①,有人香径②淡凝脂③。

【注释】

①夺锦:唐代诗人宋之问的故事。据说有一次武则天到洛阳龙门赏花,命大臣们写诗,谁先写成赏赐锦袍一领。东方虬才思敏捷,先写了一首,武则天把锦袍赏给了他。可他刚拿到手,宋之问的诗也写成了,武则天认为比东方虬写得好,宋之问就从东方虬手里把锦袍夺了过去。这句的意思是:有多少条长满鲜花的街道还在上演着夺锦的故事。

②香径:花丛间的小路。

③凝脂:凝固的油脂,比喻人的皮肤十分细嫩。这句的意思是:那飘散着花香的花间小路上走着一位淡妆美人,她的肌肤就像凝固的油脂一样细嫩。

【点评】

此对中,"花街"与"香径"对得很工整,而且,本来"香径"应该说"花径"的,但是如果上下句用字重复,就犯了对仗的大忌。所以,作者改了一个字,用花的芬芳的气息来代指花,显得更为含蓄蕴藉,字面也更为雅致。

【原文】

万里烽烟①,战士边头②争保塞③;
一犁④膏雨⑤,农夫村外尽乘时⑥。

【注释】

①烽烟：指战争。古代在边塞建有烽火台，若有外敌入侵，就点燃烽火，烟气一起，便把消息传送出去了。

②边头：边疆。

③这句的意思是：烽烟燃烧起来的时候，勇敢的战士们在边疆争先恐后地保卫要塞。

④一犁：本来指犁地的印迹，但农夫多在春雨之后犁地，所以，这里用作雨的修饰语。

⑤膏雨：春雨。膏，本指肥沃的，此指春雨。俗话有"春雨贵如油"之说。

⑥乘时：利用好的时机。这句的意思是：下了一场春雨，农民们都赶快乘着这大好时机到村外干活。

【点评】

"万里烽烟"与"一犁膏雨"对仗非常工整，特别是以"万"来对"一"，会产生极为鲜明的对比效果。前者极言其大，场景广阔而雄壮；后者则极言其小，场面清新而亲切。尤其是把春雨形容为"一犁"，触发联想，十分有诗意，以此来对上面的"万里"，更觉轻巧和明丽。

五　微

【原文】

贤对圣，是对非。觉奥①对参微②。

鱼书③对雁字④，草舍⑤对柴扉⑥。

【注释】

①觉奥：察觉奥妙。

②参微：思考微妙的事情。参，思考。

③鱼书：指书信。汉代的一首诗中说"客从远方来，遗我双鲤鱼。呼儿烹鲤鱼，中有尺素书"。就是说有人给她捎来两条鱼，她让人把鱼剖开一看，里面有一封信。此后，人们就把信叫作鱼书。

④雁字：也指书信。汉代苏武

出使匈奴时被扣留，朝廷多次派人来要，匈奴人骗汉朝使臣说苏武已经死了。后来有人给汉朝使臣出了个主意，说汉昭帝在打猎时打到了一只大雁，雁脚上绑着苏武的信，说明苏武还没有死。匈奴人不敢再隐瞒，便把苏武放了回去。此后，人们也把书信叫作雁书、雁字。

⑤草舍：茅草屋。

⑥柴扉：用树条编成的门。

【点评】

第一句是同义对，圣、贤都是一样的。"是对非"则属反义相对。下边的"觉奥"与"参微"也是同义对，只是换了个说法。"鱼书"与"雁字"对得非常恰切，因为二者都指书信，但都是用了借喻的方法而不直说，并各自使用了一个典故，给这两个词赋予了书信的意思。而且，"鱼"对"雁"，"书"对"字"，就词而言也正好相对，堪称绝妙。

【原文】

鸡晓唱①，雉朝飞②。红瘦对绿肥③。

举杯邀月饮④，骑马踏花归⑤。

【注释】

①鸡晓唱：鸡在天一亮就打鸣。晓，天刚亮的样子。

②雉朝飞：野鸡一到白天就飞起来了。雉，野鸡。

③红瘦对绿肥：这句来自宋代女词人李清照的《如梦令》词，原意是说，下过一场雨之后，花被雨摧残，变得憔悴了；而叶子经雨的清洗，越发青翠起来。红，代指花。绿，代指叶子。瘦，指花被雨打后败落的样子。肥，指叶子被雨水清洗后光鲜的样子。

④举杯邀月饮：这句来自李白的一句诗"举杯邀明月，对影成三人"，意思是：举起酒杯来，邀请月亮与我干杯。

⑤这句的意思是：骑着马踏着落花回家。

【点评】

"鸡"与"雉"，一是家鸡，一是野鸡，放在一起做对，别有风味。"红瘦"与

"绿肥"是直接引用李清照原词"应是绿肥红瘦"。"红瘦"是一平一仄,"绿肥"则是一仄一平,对得天衣无缝,非常巧妙,还因为有李清照的词垫底,所以含有深刻的寓意。最后两个对仗也十分工整,而且都是一副潇洒不羁的形象,极富意韵。

【原文】

黄盖①能成赤壁②捷③,陈平④善解白登⑤危⑥。

【注释】

①黄盖:三国时期东吴的大将。在赤壁大战前,他根据曹操战船的特点,建议火攻,并与周瑜合演了苦肉计,取得曹操信任,然后大败曹兵。

②赤壁:山名。在今湖北省嘉鱼县东北,长江南岸。

③捷:胜利。全句的意思是:黄盖能够成全赤壁之战的胜利。

④陈平:汉高祖刘邦的重要谋臣,足智多谋,屡出奇策。

⑤白登:即白登山。汉初,刘邦出兵攻打匈奴,反被匈奴困在白登山达七天七夜,形势十分危急,后来还是陈平出了妙计,贿赂了匈奴王的妻子,才解围逃回。

⑥这句的意思是:只有陈平这样足智多谋的人才善于化解刘邦的白登之围。

【点评】

用历史人物与历史事件来做对仗的材料,一般而言会受局限,因为这二者都是客观存在的,无法改动一些字词来适应对仗的需要。然而,作者所选却好像是专为对仗设计的:不仅事件本身可互为对应,连战争的地点也对得十分有趣,"赤壁"对"白登",各有一表示颜色的字。

【原文】

太白①书堂②,瀑泉垂地三千丈③;

孔明④祠庙⑤，老柏参天四十围⑥。

【注释】

①太白：指唐代大诗人李白。李白字太白。

②书堂：书屋。

③瀑泉垂地三千丈：这句借用了李白《望庐山瀑布》中"飞流直下三千尺"一句，意思是：李白书房面对着的，是那飞流直下三千尺的庐山瀑布。

④孔明：即三国时期西蜀诸葛亮。孔明是诸葛亮的字。

⑤祠庙：此指后人建立的祭祀诸葛亮的成都武侯祠。

⑥老柏参天四十围：这句借用了杜甫《古柏行》中的"霜皮溜雨四十围，黛色参天二千尺"，意思是：后人为诸葛亮建立的祠庙里，有粗达四十围的参天古柏。

【点评】

用李白书房面对着的景色与诸葛亮祠庙中的景色来相对，非常贴切，也很合适。不仅如此，它的妙处还在于，作者在形容这两处景致时分别用了两位伟大诗人李白与杜甫的诗，而且，只经过了小小的变动，就对得十分工稳并富有诗意，这实在是不容易做到的。此外，这两处景致的感觉也恰好相互映衬，前者是"飞流直下三千尺"的瀑布，在对仗中是"垂地"的，而后者却是"黛色参天二千尺"的古树，是"参天"的，比照而读，情趣盎然。

六 鱼

【原文】

羹①对饭，柳对榆。短袖对长裾②。

鸡冠对凤尾，芍药③对芙蕖④。

【注释】

①羹：肉汤。

②长裾：下摆比较长的衣服，像裙子之类。裾，衣服的后襟。

③芍药：一种花，与牡丹相似，夏秋间开花。

④芙蕖：即荷花。

【点评】

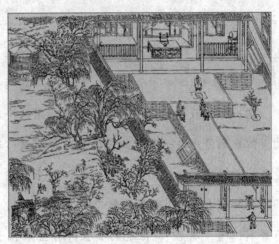

以鸡头上的红冠子来对凤凰的尾巴，也算对得很工整了，因为在中国文化中，鸡与凤凰恰恰是经常相对提及的两种禽类，但一个地位最低，一个地位最高，从一句俗话"鸡窝里飞出个金凤凰"就可以知道它们的差别。然而，我们还知道，有一种花叫"鸡冠花"，又有一种草叫"凤尾草"，那么，这个对子还隐含了这样一层关系：本来，"凤尾"是高高在上的，"鸡冠"是低等的，可是在隐含意义里，"鸡冠"却是花，相对于草而言还要占些上风，从这个角度来看还是很有趣的。

【原文】

周有若①，汉相如②。王屋③对匡庐④。

月明山寺远⑤，风细水亭虚⑥。

【注释】

①周有若：周朝的有若。有若，孔子的弟子。

②汉相如：汉代的司马相如，当时著名的文学家。

③王屋：王屋山，在山西省。

④匡庐：就是庐山，在江西九江，相传商周时期有姓匡的兄弟在这里隐居，所以叫匡庐。

⑤这句的意思是：在明亮的月光下，可以隐约看到远处山上寺庙的轮廓。

⑥这句的意思是：轻风拂来，水边的小亭一片空虚清凉。

【点评】

这一组中最妙的是前两句。本来，用两个历史人物来对也很常见，没什么特别的。但我们仔细看一下就知道，作者很有童心地发现了这两人可以相对的点，那就是他们的名字。孔子的弟子叫有若，这个词在古代汉语里是"相似"的意思，而司马相如的"相如"，意思也是"相似"，所以，两个名字在意义上是一样的。当然，有若不但叫"有若"，他也的确长得有些像孔子，在孔子去世后，很多弟子还曾一度待他当作老师。而司马相如则只是叫"相如"，却并不像谁。

【原文】

壮士腰间三尺剑①，男儿腹内五车书②。

【注释】

①三尺剑：指宝剑。古代的剑大多为三尺长。自从刘邦手提三尺剑斩蛇起义后，后人常用"三尺剑"作为有志男儿的象征。这句的意思是：壮士豪杰的腰间总要佩戴着一把三尺宝剑。

②五车书：战国时期有一个学者叫惠施，很有学问，庄子说他有五车书，后人便用"五车书"来称赞读书多、学问大的人。这句的意思是：有抱负的男儿肚子里都有很大的学问。

【点评】

"壮士"和"男儿"其实是一个意思，但是在对仗的要求下，便用了两个不同的词，同时在声调上保持了对应：前者两字都是仄声，后者两字均为平声。"腰间"与"腹内"都是人体的某一部位，也对得很工细。最妙的要数"三尺剑"对"五车书"了，两个词都有一个数字，"尺"与"车"都是量词，但这个数量都是指代性的，并不是确数；而且，整个词也并不只是说剑和书，而是代指抱负和知识。

【原文】

疏影暗香①，和靖②孤山③梅蕊放④；

轻阴清昼⑤，渊明⑥旧宅柳条舒⑦。

【注释】

①疏影暗香：均指梅花。因为林逋曾用"疏影横斜水清浅，暗香浮动月黄昏"的诗句来形容梅花，所以后人就用"疏影"和"暗香"两个词来代指梅花。疏影是说梅花树稀稀落落的枝丫的影子；暗香是说梅花散发出来的香气。

②和靖：宋代大诗人林逋，字和靖。他一生非常喜欢梅花。

③孤山：山名，在杭州，是林逋隐居的地方。

④这句的意思是：那稀疏的树影和浮动的暗香，是林逋所隐居的孤山有梅花开放了。

⑤清昼：清凉的白天。昼，白天。

⑥渊明：指东晋大诗人陶渊明，他门前有五棵柳树，所以便给自己起了个名号，叫五柳先生。

⑦这句的意思是：天稍微有点阴，白天很凉爽，陶渊明老屋前的柳树枝条舒展。

【点评】

梅花与柳树成对是很贴切的，而由梅和柳联系到林逋和陶渊明，又使这二人互相对仗，就更有意思了。因为梅花与柳树对于这两个人来说，意义非常重大。林逋非常喜欢梅花，据说他一生未娶，每天在他所隐居的孤山看梅花，养仙鹤，所以人们都说他是把梅花当妻子，把仙鹤当儿子。陶渊明曾写过一篇自传叫《五柳先生传》，自称为"五柳先生"，可见他对柳树的喜爱。最重要的是，这两个人都为人淡泊，不追名逐利，过着悠闲的隐居生活，所以，把他们并提相对，别有意趣。

七　虞

【原文】

红对白，有对无。布谷①对提壶②。

毛锥③对羽扇④，天阙⑤对皇都⑥。

【注释】

①布谷：即布谷鸟，因叫声很像"布谷"而得名。

②提壶：一种鸟的名字。

③毛锥：毛笔的别名。

④羽扇：用鹅毛做的扇子。

⑤天阙：天上的城池，也用来比喻人间的皇城。

⑥皇都：皇城。

【点评】

　　"红"与"白"是在古诗中经常被使用的对仗，不仅都是表示颜色的字，对比也很鲜明。而且，这两个字在古代从声调上来说也是相对的，虽然现在都是二声，似乎重复，但古汉语中"白"字是念入声的，所以正好平仄相对。"毛锥"对"羽扇"也很有意思，这两件东西都是文人的用品，自然可以对，即便把词分开，"毛"亦正对"羽"，真是妙手偶得。

【原文】

谢蝴蝶①，郑鹧鸪②。蹈海③对归湖④。

花肥春雨润⑤，竹瘦晚风疏⑥。

【注释】

①谢蝴蝶：宋代诗人谢逸爱写蝴蝶诗，人称"谢蝴蝶"。

②郑鹧鸪：唐代诗人郑谷有一首《鹧鸪》诗，写得非常好，人们叫他"郑鹧鸪"。

③蹈海：跳海自杀。战国时期，秦国兵围赵国都城邯郸，魏王派将军辛垣衍领兵救援。但辛垣衍由于害怕秦国的势力，反而劝赵王承认秦王为帝。这时，同样被围困在城里的齐国义士鲁仲连知道了这个消息，便去见辛垣衍，批评了他的胆小，并说，如果秦王真的称了帝，自己就"蹈东海而死"。这里的"蹈海"就是用鲁仲连的事。

④归湖：春秋时，越国谋臣范蠡和美人西施帮助越王勾践打败吴国后，辞别了越王，一起隐居于五湖。

⑤这句的意思是：花朵看上去那么新鲜漂亮，那都是因为春雨的滋润。

⑥这句的意思是：夜晚的风把竹叶吹得卷了起来，显得竹子更为瘦削。

【点评】

用谢逸来对郑谷，两个诗人，应该说是正合适。更妙的是，他们两人都有一个外号，都源自他们最爱写的或写得最有名的诗，这两个外号也能对上，而且，比名字对得还要妥帖。"蝴蝶"和"鹧鸪"不但都是能飞的动物，就汉语的特点而言也很工稳，因为它们都是联绵词。

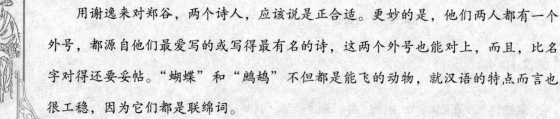

334

"蹈海"与"归湖"也对得十分巧妙，这也是两个历史人物的典故，难得的是作者找出了这么两个词来相对："蹈"有去的意思，"归"有回来的意思；"蹈海"是鲁仲连以死表示不服暴秦，而"归湖"则是范蠡与西施离开杀机四伏的朝廷向大自然逃生。一去一回，一死一生，极为工巧。

【原文】

麦饭豆糜①终创汉②，莼羹③鲈脍④竟归吴⑤。

【注释】

①麦饭豆糜：用麦子做的饭、用豆子做的粥，形容很粗糙的饭。这句用的是东汉开国皇帝刘秀的典故。刘秀刚刚起兵时，有一次打了败仗，被围在饶阳，没有东西吃，他的部下冯异给他做了麦饭和豆粥。

②这句的意思是：凭着麦饭和豆粥这样粗糙的饭，刘秀终于创立了东汉。

③莼羹：莼菜汤。莼，一种水草，又叫水葵，可以吃。

④鲈脍：鲈鱼切成的肉丝。脍，肉丝。这里用的是东晋人张翰的典故。张翰本来在朝廷当官，但他厌倦了官场的生活，每次看到秋风起，便思念家乡吴地的美味莼羹和鲈脍，对自己远离家乡深为后悔，于是便辞官回家了。

⑤这句的意思是：因为思念家乡的莼羹和鲈脍，张翰竟然辞官回到家乡吴地去了。

【点评】

以刘秀和张翰为对，而且选取了这个特定的角度，可以说十分贴切。"麦饭豆糜"与"莼羹鲈脍"都是饭菜，但前者表示极为粗劣的饭菜，后者则代表很精致的饭菜。再仔细想，前边"麦饭豆糜"后却是"终创汉"，指刘秀在如此艰苦的条件下仍能坚持不懈，最终有所成就；后边的"莼羹鲈脍"下接"竟归吴"，却说张

335

翰因为思念家乡的饭菜而辞官归隐，完善了个人的道德情操。两相对映，很是有趣。

【原文】

琴调①轻弹，杨柳月中潜②去听③；

酒旗④斜挂，杏花村⑤里共来沽⑥。

【注释】

①琴调：用琴所弹奏的曲调。

②潜：悄悄地。

③这句的意思是：在杨柳下、月光中，悄悄地去听有人把琴曲轻弹。

④酒旗：卖酒小店门前挂的布做的招牌。

⑤杏花村：泛指卖酒的地方。

⑥沽：买酒。这句的意思是：杏花村头斜斜地挂着酒旗，大家都来这里买酒。

【点评】

这两句分别描绘了一个场景，顿为清新悠闲，以此来对，也很有情味。前句中的"轻"与下句的"斜"都用得很精妙，仅仅一个字，意境就有了。"杨柳月中"与"杏花村里"弥散着浓郁的大自然气息。那悠扬的琴声，一定在幽雅之所，所以要"去"听；而卖酒的小店，人声鼎沸才显得生意兴旺，所以要大家都"来"。

八 齐

【原文】

鸣对吠①，泛②对栖。燕语对莺啼。

砗磲③对玛瑙④，琥珀⑤对玻璃。

【注释】

①吠：狗叫。

②泛：鸟飞。

③砗磲：一种软体动物的壳，古称七宝之一。《苏氏演义》中记载，曹操"以玛瑙石为马勒，砗磲为酒碗"。

④玛瑙：一种矿物，颜色美丽，坚硬耐磨，可以做装饰品。

⑤琥珀：古代松柏的树脂落入地下形成的化石。

【点评】

这一组中最有意思的是末两句，砗磲与玛瑙、琥珀与玻璃，不仅在平仄上两两相对，也都是联绵词，单字拆开没有意义，合在一起便都成了漂亮的装饰品。更为巧合的是，每个词都用了相同的偏旁，这也是对仗中的一个特殊的对法，叫作"同旁"。

【原文】

绛县老①，伯州犁②。测蠡③对燃犀④。

榆槐堪作荫⑤，桃李自成蹊⑥。

【注释】

①绛县老：春秋时期晋国绛县有一个老人，不知道自己有多少岁了，只知道是正月初一甲子生的，现在已经过了四百四十五个甲子。有一个叫师旷的人说他已经七十三岁了。

②伯州犁：春秋时期晋国大夫伯宗的儿子，伯宗被杀，他跑到楚国去，当了大官。

③测蠡：蠡是海里的一种蛤，测蠡就是用蠡来测量大海。表示见识狭小，不自量力。

④燃犀：犀指犀牛角。传说晋代有个人叫温峤，他路过牛渚矶时，听人说水下有怪物，便点燃了一只犀角住水下照，果然看见了很多奇怪的精灵。

⑤堪：可以。荫：树荫。这句的意思是：榆树和槐树都能用树影给人带来阴凉。

⑥蹊：小路。古代有句谚语叫"桃李不言，下自成蹊"，就是说因为桃李能给人带来好处，所以，即使它们不说什么，树下也会有人们常来而踩出的小路。比喻有才华和美德的人不用张扬，就会得到别人的尊敬。这句的意思是：桃树和李树下自然会有人们踩出的小路。

【点评】

前两句看上去还颇工整，因为都是历史人物，且均与晋国有关，再加上"绛县"与"伯州"似乎都是地名，于是就觉得很工。其实不然，前者是地名没错，"伯州"却不是，此人姓"伯"，所以，按照对仗的严格要求来看不太合适。不过，对仗中还有一个特殊的对法，用这个来解释，此对便是巧用规则了，这个对法叫作借对。

【原文】

投巫①救女西门豹②，赁浣③逢妻百里奚④。

【注释】

①巫：用巫术来骗人的人，也称巫人、巫师。

②西门豹：战国时期魏国人。他到邺地当官时，发现这里的人非常迷信，因为本地有条河经常发水，巫婆说只有每年为河伯娶一个媳妇才能不发大水。于是，众人每年都会把一个女孩推到河里去。西门豹决心治理这个事情，他把巫婆扔到了河里，让她去给河伯报信，当然，巫婆再也没返回来。这句的意思是：西门豹把巫婆扔到河里，救了很多少女。

③赁浣：雇用洗衣服的人。赁，租赁，这里指雇用。浣，洗，这里指代洗衣服的人。

④百里奚：春秋时期虞国人，虞国灭亡时被晋国俘虏，后来秦穆公听说他很有才，便用五张黑羊皮把他赎回来并封为大夫。有一次，他雇了一个女子给他洗衣，在他听歌的时候，这个女子自称懂音乐，就唱了一首歌。这时，百里奚才认出，这个洗衣女子竟然是他失散多年的妻子。这句的意思是：百里奚雇人来洗衣服才遇到了他失散多年的妻子。

【点评】

"西门豹"和"百里奚"两个历史人物被用来对仗也是别出心裁的，主要因为这两个人都是复姓，"西门"对"百里"，虽然不像"西门"对"东郭"那样工，但也算很好了。而且，他们的事迹也有可对的地方一为"救女"，一为"逢妻"；"投巫"与"赁浣"不但从组词的方式上相对，"巫"与"浣"也都是一种职业，更显工整。

【原文】

阙里①门墙②，陋巷③规模原不陋④；

隋堤⑤基址，迷楼⑥踪迹已全迷⑦。

【注释】

①阙里：孔子居住的小巷的名字。

②门墙：指孔子门下的学生。

③陋巷：孔子的弟子颜回居住的地方，据说很简陋。孔子曾称赞说，颜回只有一碗饭，一瓶水，还住在这么个陋巷，别人都觉得没法活，他却很快乐。

④这句的意思是：孔子的弟子颜回住在陋巷里，陋巷因此并不显得简陋寒碜。

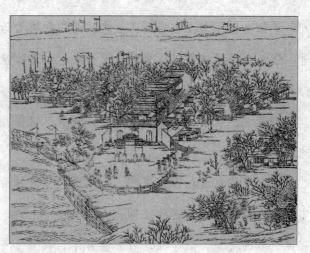

⑤隋堤：隋炀帝为了到江都游览，开凿了京杭大运河，全长一千三百多里，两岸栽种柳树，称为隋堤。

⑥迷楼：也是隋炀帝所建，据说千门万户，非常复杂，进去的人都会被迷在里面，所以叫迷楼。

⑦这句的意思是：隋炀帝建造的庞大的隋堤与迷楼，现在的地址和踪迹已经迷失了。

【点评】

这副对子的特别之处就在于运用了复辞法。在对仗中，为了加强语气、把要叙述的事物表达得更加形象生动，常将同样一个或几个字、词、句子在对句中间隔地或者重复地运用，使它们既紧相连结，而意义又不尽相同，这就是复辞法，又称反复法。本联中，上句重复地使用了"陋"字，表达了颜回的高洁以及后人对他的尊崇，他虽生前居于陋巷，可身后却并不"陋"；下句则通过两个"迷"字，表达了隋炀帝的荒淫奢侈，他虽然生前如此，但死后再也没有人会记得他。

九　佳

【原文】

　　勤对俭①，巧对乖。水榭对山斋。

　　冰桃对雪藕②，漏箭③对更牌④。

【注释】

　　①俭：节俭，节省。

　　②冰桃、雪藕：传说西王母曾多次降临人间，给汉武帝带来了许多礼物，其中就有冰桃、雪藕，就是像冰一样的仙桃，像雪一样的莲藕。

　　③漏箭：漏是古代的一种计时器，在一个容器中装上水，当水慢慢地往外流时，容器上的指针也随着水面的下降而变化，从而显示时间的变更，类似现在的钟表。漏箭即指针。

　　④更牌：夜间报更的竹签，也叫更筹、更签，是古代人晚上报时的一种工具。

【点评】

　　"水榭"与"山斋"对得很工整，它们不但都是古代高雅人士常常留恋的处所，而且，两个名字中一个有"水"，一个有"山"，都能引起人们对大自然的向往，可以说是珠联璧合。末两句则更是天造地设的好对，无论是神话中的礼物，还是报时的工具，作者都信手拈来，触处生花。

【原文】

　　寒翠袖①，贵荆钗②。慷慨对诙谐③。

竹径风声籁④，花蹊月影筛⑤。

【注释】

①寒翠袖：杜甫有一首诗叫《佳人》，写了一个被丈夫抛弃而隐居山谷的美女，其中有"天寒翠袖薄"的句子，这里就是用这个典故。

②荆钗：指用荆木做的发钗，是很简陋的饰品。也代指与丈夫同甘共苦的贤惠的妻子。

③诙谐：幽默。

④这句的意思是：风吹入竹林的小路，竹林发出天籁之音。籁，声音。

⑤这句的意思是：月光被花朵筛成了碎点，散落在小路之上。

【点评】

前两句对得很妙。"翠袖"代指美人，也特指富贵人家的女子，而"荆钗"则代指穷人家的女子，这两个词本来只是两种物品，却代指了两类不同地位的人。但是，在它们前边各加了一个字，意义却发生了很大的变化："翠袖"前多一"寒"字，便与杜甫的诗联系起来了，只能代指被遗弃的女人，虽然她可能很美或很富有，却很不幸；而在"荆钗"前加一个"贵"字也很明白，贤惠的女子或许并不富有，但与丈夫感情很好。所以，这个对虽仅仅几个字，却有很深的意蕴。

【原文】

携囊①佳韵②随时贮③，荷锸④沉酣⑤到处埋⑥。

【注释】

①囊：口袋。

②佳韵：好的诗句，古代把一句诗也叫一韵。

③随时贮：这是用唐代诗人李贺的典故。李贺非常喜欢写诗，外出时总带着一个布口袋，灵感一来，就写下来放到口袋里，晚上回家再细细看，修改成诗。这句的意思是：李贺带着口袋，有了好诗便可以随时存放起来了。

④荷锸：背着铁锹。荷，背着。锸，铁锹。

⑤沉酣：喝酒喝得大醉。这里用的是东晋刘伶的典故，刘伶非常爱喝酒，每次出去都带上酒，还叫人背着铁锹跟在他后面，说："我要是喝酒醉死了，埋了我就完了。"

⑥这句的意思是：刘伶让人背着铁锹跟着，只要他在沉醉中死去，就随处埋葬。

【点评】

用李贺和刘伶两人为对，也别有趣味，因为两个人都是不寻常的奇人、怪人，又是非常杰出的人。李贺只活了二十多岁，却天天在苦心孤诣地写诗，他每一出门，必带一个口袋来装诗；而刘伶也有出门的怪癖，那就是带上酒，并让人带上铁锹，随时准备着，只要自己醉死，便就地一埋。这两句不仅内容上对得很切，字面也选择得很合适，如"携囊"对"荷锸"，动词工稳而雅致，而"囊"与"锸"也正是李、刘二人最为独特的标志。

【原文】

江海孤踪①，雪浪风涛惊旅梦②：

乡关③万里，烟峦④云树⑤切归怀⑥。

【注释】

①孤踪：孤单的行踪。

②旅梦：旅客的梦。指宋代女词人李清照，她早年受丈夫赵明诚影响，热爱收集金石书画，金兵入侵后，她孤单一身漂泊南方，非常痛苦。这句的意思是：茫茫江海，只剩下李清照一个人，生活的风浪惊碎了她平静的生活。

③乡关：家乡。

④烟峦：烟雾缭绕的山峦。

⑤云树：云雾中的树林。这是指南北朝时期的大诗人庾信，他代表南朝出使西魏，却被扣留，虽然在北方做的官很高，但他一直思念着家乡。

⑥这句的意思是：庾信在北方，看到烟雾缭绕的山峦和云雾中的树林，便会怀念万里之外的家乡。

【点评】

这两句都没有明确点出要对的历史人物，如果仅仅当作抒情的语言，也是很妥帖的。但若知道是指李清照与庾信，那就更见工致了。李清照是从北方被赶到了南方，境遇凄惨；而庾信则是从南方出使北方，被扣留不还，却高官厚禄，生活优渥。两相比照，尤有意味。当然，这两个人思念家乡的情感都是一样深挚的，而且，也都是痛苦的，也正是在这个意义上，作者才把他们放在一起来对比。

十 灰

【原文】

春对夏，喜对哀。大手①对长才②。

风清对月朗，地辟对天开。

【注释】

①大手：即大手笔，指写文章很高明的人。

②长才：有很高才能的人。

【点评】

在"二冬"里就有"夏对冬"一句，四季若要组对，必须有"夏"字，因为春、夏、秋、冬这四个字中，只有"夏"字是仄声，其余三个字都是平声，而严格的对仗必须有平有仄才可以。当然，如果是在诗句中，也可以在某些可平可仄的特定位置不用"夏"字。"风清对月朗"也十分浑然，因为本来"朗月清风"就是一句成语。

【原文】

游阆苑①，醉蓬莱②。七政③对三台④。

青龙壶老⑤杖⑥，白燕玉人钗⑦。

【注释】

①阆苑：神话传说中的仙境。

②蓬莱：传说中海上的仙山。

④七政：古代金、木、水、火、土合称五行，再加上日、月就是七政

④三台：古有灵台、时台、囿台，合称三台。

⑤壶老：传说东汉费长房曾跟随一位在壶中隐身的仙人壶公学仙术，一次他要回家，壶公送他一根竹杖，说骑上它一会儿就可以到家。费长房果然片刻就到家了，他一扔下竹杖，竹杖立刻变成一条青龙腾空而去。

⑥这句的意思是：那壶老的竹杖原来是条青龙啊。

⑦白燕玉人钗：汉武帝曾建招灵台，想等神仙降临。后有神女飞来，赠给汉武帝一双玉钗，玉钗后来变成白燕飞走了。这句的意思是：那仙女的玉钗竟是一双白燕。

【点评】

这组对仗都与神仙有关，阆苑与蓬莱是神仙居住的地方，壶老与玉人又都是传说中的仙人，一青一白，一杖一钗，有趣又雅致。"七政"与"三台"属数字对，在严格的数字对中，一般都会有"三"，不仅因为"三"在中国古代文化中具有十分丰富的意义，而且，从对仗的要求来看，从一到十的数字中，只有"三"字是平声，其余全是仄声字，虽然"一、七、八、十"现在都是平声了，但在古汉语中，均为仄声。

【原文】

香风十里望仙阁①，明月一天思子台②。

【注释】

①望仙阁：南朝后主陈叔宝曾经为他所宠爱的妃子张丽华建造了临春、结绮、望仙等楼阁，非常奢华。这句的意思是：那望仙阁里的阵阵香风可以飘出十里远。

②思子台：汉武帝逼死了被诬陷的太子刘据，后来又大为后悔，便建了一座台来纪念太子，名叫思子台。这句的意思是：在思子台上，只有满天清冷而明亮的月光陪伴汉武帝。

【点评】

"望"与"思"意思相似，对得很工整，但是，在这个对仗中，二者的感情却大不相同，"望仙"何等快乐，而"思子"却充满悔恨与痛苦，所以，望仙阁里有十里香风，可思子台上，却只有清冷的月光，一个繁华，一个孤寂，一个热闹，一个冷清，色调与情感对比也很鲜明。当然，奢侈豪华的陈后主最终亡国，而汉武帝则创造了汉帝国的强盛，在这一点上也有发人深省的对比。

【原文】

绿柳沿堤，皆因苏子①来时种②；

碧桃满观，尽是刘郎③去后栽④。

【注释】

①苏子：指宋代大诗人苏轼，他到杭州当太守时，曾让人沿着西湖的堤岸种了很多柳树，后人把这个堤叫苏公堤，简称苏堤。

②这句的意思是：那西湖岸边，绿柳成荫，都是苏轼来当太守时种的。

③刘郎：指唐代大诗人刘禹锡，他因参加革新而被保守势力排挤，贬官到外地，十年后才被召回京师。他写了首诗："紫陌红尘拂面来，无人不道看花回。玄都观里桃千树，尽是刘郎去后栽。"意思是说，朝廷中很多得势的官员，不过是我

走后爬上来的罢了。

④这句的意思是：玄都观里那么多桃树，可都是刘禹锡走后栽种的啊！

【点评】

这一组对仗，是经过作者精心选择的，所以，从字面到含意都对得天衣无缝。"绿柳"对"碧桃"，"堤"对"观"，"苏子"对"刘郎"，"种"对"栽"，再工整不过了。不仅这些实词两两相对，虚词的对应也恰到好处"皆"与"尽"在范围上相对，"时"与"后"在时间上相对，极为周严。

十一　真

【原文】

莲对菊，凤对麟①。浊富②对清贫。

渔庄③对蟹舍④，松盖⑤对花茵⑥。

【注释】

①凤、麟：指凤凰和麒麟，都是传说中吉祥的动物。

②浊富：指道德败坏的富人。浊，浑浊、不洁。

③渔庄：打鱼人聚居的村庄。

④蟹舍：指渔村水乡。

⑤松盖：指松树，因为松树形状像古时候马车的篷盖一样，所以叫松盖。

⑥花茵：形容花很繁盛，像地毯一样。茵，地毯。

【点评】

首句是植物对植物，第二句是动物对动物，"浊富"和"清贫"是人的境遇相对。"渔庄"与"蟹舍"是地点相对，而末句则是景色相对，安排得当，对仗工整。而且，像"浊富对清贫"中，不但核心词"富"与"贫"相对，就连前面的修饰词"浊"与"清"也严格相对。

【原文】

萝月叟①，葛天民②。国宝对家珍。

草迎金埒马③，花醉玉楼人④。

【注释】

①萝月叟：藤萝月下的老人。

②葛天民：葛天氏是传说中的上古帝王，他所治理的国家非常安宁。葛天民就是指葛天氏治理下的老百姓。

③金埒马：晋朝的王济特别爱马，给马建了跑马场，并用绳穿钱，沿着跑马场的矮墙围了一圈。埒，矮墙。这句的意思是：用青草来迎接王济的宝马。

④这句的意思是：美丽的鲜花让玉楼上的人沉醉。

【点评】

其实并没有"萝月叟"这样一个典故，这一句纯粹是为了与下句对仗才造出来的，不过，造得却很好，恰与"葛天民"相对。而且，这个对子还使用了借对的手法：本来，"葛天民"的"葛"字只是人名用字，并无意义，而其上句是"萝月叟"，"萝"指藤萝，是一种拉蔓的草本植物，可见，姓葛的"葛"字被借用为了草本植物的"葛"，这样，上下就对得很工。

【原文】

巢燕①三春②尝唤友③，塞鸿④八月始来宾⑤。

【注释】

①巢燕：巢里的燕子。

②三春：阳春三月。

③这句的意思是：鸟巢里的燕子每到阳春三月就不停地鸣叫来召唤朋友。

④塞鸿：鸿，指大雁，古人认为大雁的家乡是塞北，故称"塞鸿"。

⑤宾：宾客。因为每到八月大雁就会往南飞，就好像要到南方去做客一样，所以叫"八月始来宾"。这句的意思是：塞北的鸿雁直到八月才会飞到南方去做客。

【点评】

春天与秋天本来就是自然界所提供的最佳"配对"——春天温暖，秋天清凉，春天树木长出新叶，秋天则开始落叶……这两句就恰好摘取了春天与秋天来做对仗，当然，为了工整起见，作者是用"三春"与"八月"作为这两个季节的代表，而在"三春"中，选择了巢里的"乳燕"来与"八月"振翅南飞的大雁相对。所以，整组对仗中，上句一派春天的气息，连燕子也是轻巧的，下句则是秋天成熟的大雁，两相对看，很有诗意。

【原文】

古往今来，谁见泰山曾作砺①；

天长地久，人传沧海几扬尘②。

【注释】

①砺：磨刀石。汉代建国后，分封功臣，皇帝在给大臣的分爵誓辞中说"使河如带，泰山若砺，国以永宁，爰及苗裔"，意思是即便黄河变得只有一条带子那么宽，泰山变得像磨刀石那么平，我们的国家和后代也永远安宁。这句的意思是：古

往今来，谁曾看见过泰山变得像磨刀石那么平了。

②沧海几扬尘：传说神仙麻姑曾对王远说，自己已经三次看见东海变成陆地了，而现在东海的水太浅，恐怕又要变了。王远也叹气说，圣人也都说东海要扬起尘土了。这句的意思是：天长地久，人们都传说连大海也已经好几次变成陆地了。

【点评】

"古往今来"和"天长地久"简直是一个天造地设的好对，都是人们常用的成语，都指时间的漫长，而且，句型结构也很相似，"古""今"对"天""地"，"往""来"对"长""久"。"谁见"与"人传"也是很常用的流水对的形式，两者都有"没人看见"的意思，不过，"谁见"表示根本就没有，而"人传"则表示原本也许有，但没有亲见而已。

十二 文

【原文】

言对笑，绩对勋①。鹿豕②对羊羵③。

星冠④对月扇⑤，把袂⑥对书裙⑦。

【注释】

①绩、勋：都指成就、功劳。绩，成绩；勋，功勋。

②豕：猪。

③羊羵：春秋时，季康子挖井，挖到一个瓦缸，发现里面竟然有一只羊，去问孔子。孔子说这是土里面的怪物，叫羵羊。

④星冠：古人所戴的帽子，上面有些珠宝的装饰，像星星一样，所以叫星冠。

⑤月扇：像月亮一样的扇子。

⑥把袂：就是位袖子，引申为握手。袂，衣服袖子。

⑦书裙：晋朝时有一个人叫羊欣，他幼时就很有才华，大书法家王羲之很欣赏他。有一次，王羲之趁羊欣白天睡觉时在他的前襟上写了很多字，羊欣醒来后很高兴，仔细揣摩，书法有了很大长进。书，写；裙，衣服的前襟。

【点评】

首句从字面看来似乎对得并不工整，因为"言"是说话，而"笑"是一种表情。不过，在中国古代，"言"与"笑"经常连用，如"不苟言笑""言笑晏晏"等，所以，两个词的意思也就有了联系，放在一起来对仗也说得过去。末句则是另一种情况："书裙"是有典故的，"把袂"却并没有典故，然而，作者之所以用它来对，是因为它在字面上与"书裙"对得极为严整。

【原文】

汤事葛①，说兴殷②。萝月③对松云④。

西池青鸟使⑤，北塞黑鸦军⑥。

【注释】

①汤事葛：汤，商朝的开国君主成汤；葛，夏朝末年的一个小国。葛国的君主不祭祀，成汤想帮他祭祀，他反而抢掠了成汤，后来，成汤就把葛给灭了。

②说兴殷：说指傅说。商王武丁曾梦见一个圣人，名字叫"说"，醒来后四处寻觅，后来终于在傅地找到了傅说，就是梦里的人，于是便请傅说来做他的相。在傅说的治理下，商朝（也就是殷）兴盛起来。

③萝月：穿过藤萝的月光。

④松云：飘过青松的白云。

⑤西池青鸟鸟：传说神仙西王母在降临人间前，总是先派一只青鸟来通报。西池，传说西方昆仑山上西王母所住的瑶池。这句的意思是，西方的瑶池有青鸟来当使者。

⑥北塞黑鸦军：唐末沙陀国国王李克用的军队全穿黑衣黑甲，人称黑鸦军。这句的意思是，北部关塞李克用的军队叫黑鸦军。

【点评】

"青鸟"与"黑鸦"仅从字面上来看就非常具有可比性，"青鸟"给人一种可爱、喜悦的感觉，"黑鸦"则给人一种厌恶、不祥的感觉，而这两个典故也正是在这个意义上做比的。"西池"是传说中的神仙洞府，而"北塞"则是蛮荒之地；"青鸟"做使者是给人报喜讯的，后世常用来表示传达爱情信息的使者，而"黑鸦军"则给人带来战争。可见作者是有意使用了极为鲜明的对比方法来组这个对子的。

【原文】

文武成康①为一代②，魏吴蜀汉③定三分④。

【注释】

①文武成康：指西周初年的周文王、周武王、周成王、周康王。西周在他们的统治下极为安定。

②这句的意思是：周文王、周武王、周成王、周康王统治下的西周是一代太平盛世。

③魏吴蜀汉：即三国时期曹丕建立的魏国、孙权建立的吴国和刘备建立的蜀国，因为刘备自称是继承了汉朝的正统，所以，蜀国也被称为蜀汉。

④定三分：确定了天下三分的格局。这句的意思是：魏国、东吴和西蜀确定了天下三分的格局。

【点评】

这个对子是说几个王朝的，也算是巧对了。虽然，上句说的"文武成康"是太平盛世，而下句的"魏吴蜀汉"则是天下大乱的年代，但也正好相对。不过，作者为了能对得工整些，还是做了些小手脚。上句说"文武成康"没有错，这四个天子治理天下很清明，所以都列举出来，而下句若要与上句对上，就也得列举四个，可是，三国只有三个国家，没有办法再找一个来，便在"魏吴蜀"后加了一个字"汉"，从而与上句相对，这种技巧在对仗中是经常用到的。

【原文】

桂苑①秋宵，明月三杯邀曲客②；

松亭夏日，薰风③一曲奏桐君④。

【注释】

①苑：园林。

②曲客：酒。曲是造酒的东西。
这句的意思是：秋天的夜晚，漫步在长满桂树的园林，邀请明月喝三杯酒。后半句来自李白诗句"举杯邀明月，对影成三人"。

③薰风：暖风。

④桐君：指琴，因为古代好的琴都是用桐木做的，故称"桐君"。

舜曾弹琴而歌"南风之薰兮，可以解吾民之愠兮"，意思是说南风多么温暖啊，可以开解我的老百姓的烦恼。这句的意思是：夏天，在四周长满了松树的亭子里，用上等的琴演奏一曲薰风歌。

【点评】

本来，这个对子的正常顺序应为"桂苑秋宵，三杯曲客邀明月；松亭夏日，一

曲桐君奏薰风"，但是，由于这是在"十二文"的韵里，必须押"君"的韵，所以，末句必须调为"薰风一曲奏桐君"，相应地，上句便也要改。下句的语序变化后，意思表达没有受到影响，而上句改变后，语意便有些不清晰了。这也是对仗时经常会遇到的问题，一般也只能如此，阅读的人努力恢复原来的语序来理解就是了。

十三 元

【原文】

卑对长①，季对昆②。永巷③对长门④。

山亭对水阁，旅舍对军屯⑤。

【注释】

①卑、长：卑，低微；长，长辈，地位高的。

②季、昆：季，弟弟；昆，哥哥。

④永巷：汉代拘禁宫女的地方。

④长门：汉代宫殿的名字，汉武帝的皇后陈阿娇失宠后便居住于这里。

⑤军屯：驻扎军队的地方。

【点评】

"永巷"与"长门"，用了汉代宫内的特有地名互相为对，十分贴切，而且，二者都与后宫有关，汉初吕后曾在永巷囚禁过戚夫人，汉武帝也曾在长门冷落过陈阿娇，所以，就更富意蕴。就从字面来说，这两个地名也很相配，"永"对"长""巷"对"门"，都非常合适。

【原文】

扬子渡①，谢公墩②。德重对年尊。

承乾对出震，叠坎对重坤③。

【注释】

①扬子渡：扬子江的渡口，在江苏江都县南。

②谢公墩：山名，在江苏江宁县城北。东晋时谢安曾登临此山，后人称为谢公墩。

④承乾、出震、叠坎、重坤：乾、震、坎、坤都是《易经》中八卦的名称，而承乾、出震、叠坎、重坤则指这四卦符号的形象特点。

【点评】

前两句仍然是用了借对的手法，因为"谢公墩"是说有关谢安的事，"谢"是个姓，前边的"扬子渡"的"扬"却是地名，但借来表示姓氏，以便与下句的"谢"相对。后两句则全用《周易》中的八卦作对，虽然也很工整，没有问题，但没有什么深意。不过，末句中"叠"与"重"相对还是很巧妙的。

【原文】

相府①珠帘②垂白昼③，边城④画角⑤动黄昏⑥。

【注释】

①相府：宰相的府第、住宅。

②珠帘：珍珠做的帘子。

③这句的意思是：在宰相的府第，那珍珠做的帘子终日静静地垂挂着。

④边城：边塞的城池。

⑤画角：古代军中的乐器，相当于今天的军号。

⑥这句的意思是：在边塞，那吹响的画角打碎了黄昏的宁静。

【点评】

这个对子一内景、一外景，比照鲜明。上句写宰相的府第，自然是一种富贵气象，帘是"珠帘"，一个"垂"字也勾勒出了相府的悠闲与安宁；下句则写战争不断的边塞，画角之声多较悲凉，再加上"动黄昏"，更显得境况萧索。其实，相府的珠帘并不是只在白天垂着，晚上也同样低垂，但这里却选择了"白昼"一词，而边塞的画角也并不只在黄昏时候吹响，但作者却为它选择了"黄昏"，不但上下对得极工整，更有着强烈的感情色彩。

【原文】

远水平沙，有客放舟桃叶渡①；

斜风细雨，何人携榼②杏花村③。

【注释】

①桃叶渡：渡口名。相传因东晋王献之在此送其爱妾桃叶而得名。这句的意思是：远处河流有平坦沙滩的地方，那就是桃叶渡啊，有人正在划船而过。

②榼：古代盛酒的器皿。

③这句的意思是：在这斜风细雨之中，是谁带着空酒壶来到了杏花村呢？

【点评】

　　"杏花村"一词在七虞中就用过，不过，那里对得稍显牵强，此处却很恰切。首先，"渡"和"村"都是地点，可以相对；而"桃叶"对"杏花"，更是绝佳。"有客"与"何人"也对得颇有趣味，"有客"是肯定语气，"何人"是疑问语气，而事实上意思又都是肯定的，意义相同，又有变化。

十四　寒

【原文】

家对国，治对安。地主对天官①。坎男对离女②，周诰③对殷盘④。

【注释】

①地主、天官：地主，即东道主，主人；天官，百官之长。

②坎男、离女：坎与离都是《易经》卦名，因乾坤代指父母，而坎卦与离卦又是乾、坤二卦派生出来的，故通常说坎是男，离是女。

③周诰：中国最古老的历史文献是《尚书》，其中，关于周朝的文献资料的名字多有"诰"字，所以称周诰。

④殷盘：《尚书》中有关殷商的文献资料有《盘庚》三篇，所以叫殷盘。

【点评】

"治对安"也是对得很工的，不要把"治"理解为"治理"的"治"就行了。这里的"治"是形容词，有安定、太平之意，恰与"安"相对。末句倒是信手拈来：唐代文学家韩愈在他著名的《进学解》一文中说"周诰殷盘，佶屈聱牙"，这个对句就是从这里引来的，但也十分恰切。

【原文】

三三暖①，九九寒②。杜撰③对包弹④。古壁蚤⑤声匝⑥，闲亭鹤影单⑦。

【注释】

①三三暖：三三指农历三月三日上巳节，从这天开始，天气逐渐变暖。

②九九寒：九九指农历九月九日重阳节，从这天开始，天气逐渐变冷。

③杜撰：指没有根据地编造、虚构。据说宋代杜默写诗常常不合格律，后来便称不合事理的为杜撰。

④包弹：宋代清官包拯铁面无私，多次上书弹劾达官贵人，人称"包弹"。

⑤蛩：蟋蟀。

⑥匝：环绕，围绕。这句的意思是：破败的墙边，到处都是蟋蟀的叫声。

⑦这句的意思是：没有人的亭台上，只有一只鹤的影子孤孤单单。

【点评】

前两句对得新奇别致。本来，"暖"与"寒"成对已经很工稳了，而作者又在这之前用了两个数字来对。这还不算，数字居然用叠字法重复使用，工整又巧妙。末两句也很妥帖，尤其是最后一个字，以"匝"对"单"，"匝"本是环绕的意思，但可以想象，四处都有蟋蟀的叫声，所以也是多的意思；而"单"则只有一个。这两个字形容蟋蟀的喧闹与鹤的孤单，对比鲜明，颇为传神。

【原文】

燕出帘边春寂寂①，莺闻枕上漏②珊珊③。

【注释】

①寂寂：形容冷冷清清的样子。这句的意思是：燕子从帘边飞出飞进，春天就这样冷冷清清。

②漏：古代计时用的漏壶。

③珊珊：形容慢的样子。这句的意思是：靠在枕头上昕到外边黄莺的叫声，感觉那漏真是太慢了

【点评】

"莺闻枕上"其实也是一个语序的颠倒，本来应该是"枕上闻莺"，但为了与上句的"燕出帘边"相对，就只好调整语序。"燕"与"莺"亦是典型的古代常用的对仗意象，自然工整稳妥。而句末的"春寂寂"与"漏珊珊"则更巧妙，使用了叠字法，使得意思的表达更加完整而且更有诗意，也使得全句节奏舒缓，生动传神地描摹出春日佳人的孤独无依与百无聊赖之态。

【原文】

池柳烟飘，日夕①郎归青琐②闼③；阶花雨过，月明人倚玉栏干④。

【注释】

①日夕：太阳落下。

②青琐：指翰林院晚上值宿的地方，因门上刻有青色的花纹，故名。

④闼：门。这句的意思是：池塘边的柳树上，柳絮飘飞如烟，太阳落山了，丈夫前住有青琐门的翰林院值宿。

④这句的意思是：阵雨洒过台阶下的花，在月明的时候，寂寞的人独自靠在白玉栏杆上。

【点评】

这个对句最大的特点是密，实词用得多，虚词用得少，所以语言的信息量大，意象密集，跳跃性也大。如"池柳烟飘"，四个字就有三个实词，三种意象，那么这三种意

象是什么关系，就得费读者一番心思。而它的对句也很妙，"阶花雨过"，也是三种意象，意象间的关联也是顿难捉摸。下边是以"日夕"对"月明"，很般配，"青琐闼"与"玉栏干"也很好，而且均为实词。不过，对得虽然很工整，也很努力了，但还是显得不灵动。

十五　删

【原文】

林对坞①，岭对湾。昼永②对春闲③。

谋深④对望重⑤，任大⑥对投艰⑦。

【注释】

①坞：山中四面高、中间低的地方。

②昼永：白天长。夏天白天长、黑夜短，冬天则相反。

③春闲：春天人们一般比较有空闲，叫春闲。

④谋深：深谋远虑，比较长远的考虑。

⑤望重：有很高的威望。

⑥任大：责任重大。

⑦投艰：赋予重任。

【点评】

"昼永"与"春闲"作为一个对仗也是很工整的，但若写到诗中去就比较可笑，因为古人说"昼永"，均指夏天闷热而难熬的白天，这里却对了"春闲"，这是说不通的。"谋深"与"望重"从意思到字面上都对得很工稳，"谋"是思考，"望"是威望，而"深"与"重"意思相近，况且，一般也只有"谋深"的人才会"望重"。

【原文】

裙袅袅①，佩珊珊②。守塞对当关③。

密云千里合④，新月一钩弯⑤。

【注释】

①袅袅：衣裙随风摆动的样子。

②珊珊：人身上所佩戴的玉器碰击发出的声响。

③当关：把守关卡。

④这句的意思是：千里浓密的乌云渐渐聚合在一起。

⑤这句的意思是：月初的月亮像个钩子，弯弯的。

【点评】

前两句不但对得工，所形容的图景也有整体性，读者看后就会觉得见到了一个迎面而来的女子。同时，这两个对句还使用了叠字法来增强修饰的效果，更形象地描绘了这个场景。"袅袅"与"珊珊"一个形容状态，一个形容声响，生动恰切。最后两句也对得很工整，仿佛淡雅的水墨风景，尤其是末句，可以想象，在清朗的天空中，挂着一钩新月，意境极为明净优美。

【原文】

陇①树飞来鹦鹉绿②，湘筠③啼处鹧鸪斑④。

【注释】

①陇：通"垅"，即田埂。

②这句的意思是：田埂的树上，飞来了一只绿鹦鹉。

③湘筼：即湘妃竹，也叫斑竹、湘竹。相传帝舜南巡苍梧而死，他的两个妃子在江湘之间哭泣，眼泪洒在竹子上，从此竹竿上都有了斑点。筼，竹子。

④这句的意思是：竹林里，密密的叶子中藏着一只斑鸥鸪。

【点评】

这句本来的语序应该是"陇树飞来绿鹦鹉，湘筼啼处斑鸥鸪"，但是要押"十五删"的韵，就得把"斑"字放在最后一个字上，所以，下句语序做了调整，并且影响到了对句中的"绿鹦鹉"，只有相应变化，才能对得稳妥。"鸥鸪"与"鹦鹉"都是鸟类，且均为同旁的联绵词，用来对仗很是工整。"陇树"对"湘筼"也不错。

【原文】

秋露横江，苏子①月明游赤壁②；

冻云迷岭，韩公③雪拥过蓝关④。

【注释】

①苏子：指苏轼。苏轼贬官到黄州时，曾在一个月夜划船去游览赤壁，并写了名垂千古的《赤壁赋》，其中有"白露横江，水光接天"一句。

②这句的意思是：秋天的露水落在长江上，苏轼在明亮的月光下游览了赤壁。

③韩公：指韩愈。韩愈曾因上表劝谏唐宪宗而被贬官为潮州刺史，在赴任途中，路过大雪纷飞的蓝关，侄孙韩湘来相送，他写了首诗给韩湘，其中有"云横秦

岭家何在，雪拥蓝关马不前"之句。

④这句的意思是：冬天的阴云遮住了秦岭，韩愈在大雪纷飞中路过蓝关。

【点评】

这个对子别出心裁，不但以苏轼与韩愈来对，还选取了非常合适的词。首先是前边的两个四字句，分别从苏轼与韩愈的作品中稍加改编而引用，妙就妙在这样引来，却还可以对得这么工整。前者明说了是"秋"，而且有露落于江上，后者则暗示已经是冬天了，天上的云都仿佛要冻住一样。后边的七字句则把前边四字句所引诗的作者与出处写了出来，"游赤壁"与"过蓝关"本是苏轼、韩愈二人所写作品中的话，但在这里相对，却浑然天成。

卷下

一　先

【原文】

寒对暑，日对年。蹴踘①对秋千。

丹山②对碧水，淡雨对轻烟③。

【注释】

①蹴踘：中国古代一种类似足球的运动。

②丹山：秋后山上的树叶变红，所以称秋天的山为丹山。

③轻烟：指袅袅升起或飘浮于空中的淡淡烟雾。

【点评】

前两句都是时间概念的相对，后两句又都是景色相对，而且，以"丹"形容山来与以"碧"形容水相对，画面感很强。而这组对句中最有特点的是"蹴踘对秋千"，不但使用了同旁法（"秋千"本来的写法是"鞦韆"），还使用了双声与叠韵法，"秋千"是双声，"蹴踘"是叠韵，读起来音韵琅然。

【原文】

歌宛转①，貌婵娟②。雪赋③对云笺④。

中华传世藏书　李渔全集　笠翁对韵

荒芦⑤栖宿雁⑥，疏柳噪秋蝉⑦。

【注释】

①宛转：委婉曲折的样子。

②婵娟：姿态美好的样子。

③雪赋：南朝诗人谢惠连写过一篇名为《雪赋》的文章。

④云笺：唐代韦陟爱用五彩的纸来写信，签名时写的"陟"字像五朵云彩，后来人们便把书信叫作五云笺或云笺。笺，信。

⑤荒芦：荒凉的芦苇地。

⑥这句的意思是：过夜的大雁栖息在荒凉的芦苇地。

⑦这句的意思是：秋天的蝉在枝叶稀疏的柳树中鸣叫。

【点评】

前两句使用了两个叠韵词，而且，这两个叠韵词还叠了同一个韵，也算是极为巧妙的对仗了。最后两句的语序是调整过的，本来应该是"宿雁栖荒芦，秋蝉噪疏柳"，但是因为要押"一先"韵，所以，末句把"蝉"放在最后，前一句则因对仗关系也要改动。不过，上句改动后不大影响意思的表达，下句则需要读者改动词序来领会了。

【原文】

彩剪芰荷开冻沼①，锦妆凫雁泛温泉②。

【注释】

①彩剪菱荷开冻沼：传说隋炀帝曾筑西苑，到了冬天，宫里的树木都凋残了，便命人用彩绢剪成荷花的样子，插到池沼之中。菱荷，即荷花。这句的意思是：用彩绢剪成荷花的样子来装饰被冻住了的池沼。

②锦妆凫雁泛温泉：传说唐明皇在骊山温泉建华清宫，规模宏大，用锦缎缝成凫雁的样子放在水中。凫，野鸭。雁，大雁。这句的意思是：把锦缎制成的野鸭和大雁放在温泉中嬉戏。

【点评】

把隋炀帝与唐明皇放在一起组成对仗很有意思，因为二人确有相似之处：都是继承了先人的大好基业，却追逐享乐，从而给国家招来不幸——隋炀帝把隋朝毁灭了，唐明皇虽没亡国，可唐代的衰弱也正是从他开始的。而这个对仗更妙的在于选取了两个典型事例来比，这两件事异曲同工，都是两个皇帝纵情享乐的表现，而且，连表现的方式都如此一致——用人工剪制的花卉景物来充当自然的花卉景物。这样选择的对仗从立意上就很新颖别致，对起来也很容易出彩，至于字面上的工整倒是次要的了。

【原文】

帝女①衔石，海中遗魄为精卫②；

蜀王③叫月，枝上游魂化杜鹃④。

【注释】

①帝女：指精卫，传说她是炎帝的女儿。

②精卫：据上古神话传说，炎帝有个女儿叫女娃，在东海游玩时不小心淹死

了，她的魂魄变成了一只鸟，名字叫精卫，常常用嘴衔了西山的石头来填东海，要把东海填平来报仇。

这句的意思是：炎帝的女儿被海水淹死后，魂魄变成精卫来衔石填海。

③蜀王：指古蜀国的君王杜宇。

④杜鹃：这里用了杜宇的典故。传说周代末年，杜宇在蜀地称王，后来让位给开明帝，自己隐居山林，死后灵魂变成了杜鹃鸟，常在晚上鸣叫。这句的意思是：那树枝上对着月亮鸣叫的杜鹃鸟是蜀王杜宇死后的灵魂啊。

【点评】

这两句表现的都是神话传说中的故事，很有想象力，还具有同样的悲剧气息，这样的对仗便很和谐。而且，二者都是主角死后魂魄变化的事，也很切合严密。在对句中，"杜鹃"与"精卫"都是鸟，也都是主人公死后变成的，所以，作对很工整，而"海中"与"枝上""遗魄"与"游魂"也对得很好。其实，"海中"是实情，因为女娃在海里被淹死，而"枝上"则是为了与"海中"对仗生造出来的，因为杜宇的典故中并没有提到"枝上"如何，但杜鹃鸟总是要飞落到树枝上的，所以作者用它来对"海中"，这也是作者组织对仗的一种功力。

二　萧

【原文】

琴对管①，釜②对瓢。水怪③对花妖④。

秋声⑤对春色，白缣⑥对红绡⑦。

【注释】

①琴、管：琴是指琴、瑟一类的弦乐器，管是指笛子一类的管乐器。

②釜：古代的炊事用具，相当于现在的锅。

③水怪：水中的怪物。

④花妖：百花的精怪。

⑤秋声：秋天的风声。

⑥缣：细致的丝绢。

⑦绡：用生丝织成的丝织品。

【点评】

"琴"与"管"相对自然很合适，因为都是乐器，又各有不同的特点；"釜"和"瓢"都是容器，也很恰切。"秋声"与"春色"也对得很工整，从感情色彩上说，秋声给人带来的是萧索悲凉的感受，而春色却给人一种明媚繁华的感受；从感觉上说，秋声诉诸人的听觉，而春色则诉诸人的视觉。当然，"秋"和"春"在平仄上不对，但这也是可以允许的，因为在古诗中，一般而言，句子的第一个字的平仄是不要求严格相对的。

【原文】

臣五代①，事三朝②。斗柄③对弓腰④。

醉客歌金缕⑤，佳人品玉箫⑥。

【注释】

①臣五代：这里指的是五代时的冯道，他先后在后唐、后晋、后辽、后汉、后周五朝任职，自号为"长乐老"，一直被当作没有气节的典型。臣，臣服。

②事三朝：指南北朝时期的大诗人沈约，他曾先后在南朝的宋、齐、梁三朝中当官，所以说"事三朝"。

③斗柄：北斗七星中排成直线的三颗星。

④弓腰：跳舞的时候把腰向后弯成弓的形状。

⑤金缕：指《金缕曲》，这是一个词牌的名字，也叫《贺新郎》。这里代指所唱的歌。这句的意思是：喝醉的人高唱着《金缕曲》。

⑥这句的意思是：美人吹奏着玉箫。品，吹奏。

【点评】

前两句对仗工整，上句写冯道，唐朝灭亡后五代变迁，他却在每个朝代中都能当官，并对此津津乐道，曾专门写文章来自夸，还起了"长乐老"的别号，可见是没有气节的人。下句写沈约，他也是连续在三个朝代当官。

"斗柄"与"弓腰""金缕"与"玉箫"字面上都很工，而且都使用了借对的手法："弓腰"的"弓"借用为弓箭的"弓"来与前面的"斗"相对，"金缕"的"金"也并没有金子的意思，只是借用此意与后边的"玉箫"来对。

【原文】

风定①落花闲不扫②，霜余③残叶湿难烧④。

【注释】

①风定：风停下来了。

②这句的意思是：当风停下来的时候，有人闲着却故意不扫满地的落花。

③霜余：被霜打了之后。

④这句的意思是：霜打过的树叶很潮湿，所以很难烧着。

【点评】

此对仅从文字与画面来看还是不错的。"风"对"霜""花"对"叶""扫"对"烧"，这几个实词的相对很恰切，而虚词也对得很好，整体看上去很工稳。画面也很相称，前句讲故意不扫落花，一种飞红狼藉的感觉，而且，也有一种高人雅士的情怀，后句又充满了秋冬之际萧瑟的气息。但是，若作为一联诗，则有些问题，上句说春景，下句又说秋景，二者互相没关系，纯粹是为了凑对子对出来的。这在创作诗词时是个大忌。

【原文】

千载兴周，尚父①一竿投渭水②；
百年霸越③，钱王④万弩⑤射江潮⑥。

【注释】

①尚父：指姜子牙。在商朝末年，姜子牙隐居在渭水钓鱼，周文王来请他出山

辅佐周朝。这样，姜子牙就为周文王出谋划策，终于奠定了周朝八百年的基业。后来周武王尊封他为尚父，所以后世也把他叫姜尚。

②这句的意思是：那让周朝兴旺了近千年的姜子牙啊，他曾在渭水边上拿一只钓鱼竿钓鱼。

③霸越：在越地称霸。越，今天浙江一带。

④钱王：五代时期，天下大乱，钱镠于公元896年占据了江浙一带，后称王，建立了吴越国。曾经在钱塘江放御潮铁柱，可柱子还没放好，潮水就来了，他命令军士用弓箭射潮水，潮水果然退了。到了公元978年，他的孙子钱俶归顺宋朝，所以，称其为"百年霸越"。

⑤弩：一种用机械方法射击的弓箭。

⑥这句的意思是：那在越地割据了一百年的钱王，曾命人用万支弓箭射退了潮水。

【点评】

这个对仗最妙的地方，在于成功而灵巧地运用了数字来组对。当然，这两个历史人物与事件也很有可比性，组在一起，颇有趣味。但其中的数字穿插更使得此句焕发光彩。先是前四字，"千载兴周"和"百年霸越"中，"千"与"百"都是约数，周八百年，约为千载，而越也近百年；后七字中的数字对比则非常悬殊：上句用个"一"字，显示出姜太公的从容气势，而下句用"万"字，显示出钱王的气概非凡。整个对仗珠联璧合，具有厚重的历史感。

三　肴

【原文】

诗①对礼②，卦对爻③。燕引④对莺捎⑤。

晨钟对暮鼓⑥，野蔌对山肴⑦。

【注释】

①诗：指儒家的经典《诗经》，是我国古代第一部诗歌总集。

②礼：指儒家的经典《礼记》。

③卦、爻：卦是算卦的卦，在《周易》中，共有六十四卦，用来占卜吉凶；爻则是卦的基本符号，每个卦由六个爻组成。

④引：引路。

⑤莺捎：杜甫《重过何氏》诗中有"花妥莺捎蝶"之句。捎，捎带。

⑥晨钟、暮鼓：古代都城早上敲钟、晚上击鼓来表示时间。

⑦野蔌、山肴：都指粗糙的饭菜。蔌和肴都是饭菜的统称。

【点评】

首句是用儒家的两部经典来对，各得其宜；次句则用儒家的又一经典《周易》中最为基本的占卜符号来相对，也很工整。因为有"晨钟暮鼓"这样的成语，二者相对也是水到渠成了。

【原文】

雉方乳①，鹊始巢。猛虎对神獒②。

疏星浮荇③叶④，皓月上松梢⑤。

【注释】

①雉方乳：东汉鲁恭当中牟县令的时候，把当地治理得非常好，据说连蝗虫都不进县里。他的上司听说后，就派人去看看是不是真的。使者刚到中牟县，就看到有野鸡安静地伏在桑树下，旁边的儿童却不去捉它。他很惊异，问为什么。儿童说："野鸡正在喂小野鸡，不要伤害。"于是人们都相信鲁恭治理有方了。雉，通称野鸡或山鸡。乳，喂哺幼仔。

②神獒：有灵气、善解人意的狗。獒，一种很凶猛的狗。

③荇：一种浮在水面上的水生植物。

④这句的意思是：荇叶上的水映出了稀疏的星星。

⑤这句的意思是：明亮的月亮爬上了松树的枝头。

【点评】

第二句纯粹是为了与首句对仗而搭配出来的，因为首句不是简单的字面意思，而是有典故的，后句却仅仅在字面上与前句形成对仗，没有进一步的意思。最后两句对得非常工整，意思上也前后连贯，很有意境。

"猛虎"与"神獒"相对却出现了大问题：出韵。古人写诗最重要的就是押韵和对仗，本书叫"对韵"也正是从这两个方面来进行启蒙训练的，但此处却出了韵，应该说是个大失误。"獒"字是属于"四豪"韵的字，作者却误把它用到这里了。

【原文】

为邦①自古推瑚琏②，从政于今愧斗筲③。

【注释】

①为邦：治理国家。邦，国家。

②瑚琏：古代宗庙祭祀时用来装祭品的容器，是用玉做成的。这则典故来自孔子与他的徒弟子贡：子贡曾经问孔子他今后能不能成才，孔子说可以。子贡又问能成什么样的才，孔子说瑚琏。意思是说能成为国家的栋梁之材。这句的意思是：自古以来，治理国家就要子贡那样能被称为"瑚琏"的人才。

③斗筲：是两种容器，斗能装一斗，而筲装一斗二升，都非常小。这则典故同样来自孔子与子贡：子贡问孔子现在这些做官的人怎么样，孔子说，都不过是些斗筲之人罢了。意思是说都成不了大器。这句的意思是：如今从政当官的人都应当为自己被称为"斗筲小才"而惭愧。

【点评】

这个对仗很是出色。首先，所说的全是与治理国家有关的事，上下一致，易于相对；其次，在相同中又有小小的变化，上句说的是对国家有用的人才，下句则说的是没什么大用的普通官吏，这样，在一致中显示出了不同，既工整，又不流于呆板。但最重要的是，其上下句所用典故均出自孔子与弟子子贡的故事，这就更为难得了。

【原文】

管鲍①相知，能交忘形胶漆②友③；
蔺廉④有隙⑤，终为刎颈⑥死生交⑦。

【注释】

①管鲍：指春秋时期齐国的管仲与鲍叔牙。两人年轻的时候就是朋友，曾经一起做生意，管仲偷偷多分了些钱，鲍叔牙知道他不是贪，而是穷，所以就不说什么。后来管仲辅佐公子纠，而鲍叔牙辅佐公子小白。公子小白立为齐桓公后，杀了公子纠，并把管仲逮了起来。鲍叔牙又对齐桓公说，如果仅仅想治理好齐国，

我就够了，但如果要称霸天下，那非管仲不行。所以，齐桓公让管仲做齐相，齐国便大为强盛起来。管仲很感激鲍叔牙，说，生我的人是父母，但是最了解我的人是鲍叔牙啊！此后，人们便把朋友关系非常好的称为管鲍之交。

②胶漆：形容感情好，像胶和漆一样不能分开。

③这句的意思是：管仲与鲍叔牙互相理解，所以能成为如胶似漆的好朋友。

④蔺廉：指战国时期赵国的蔺相如与廉颇。蔺相如曾立下大功，赵王封他为相。廉颇是赵国的大将，很不服气，多次想找茬，但蔺相如都以国家为重而忍让了。后来廉颇才知道了其中道理，亲自登门负荆请罪。两人从此成为生死之交，共同为国效力。

⑤隙：两人有矛盾，有摩擦。

⑥刎颈：自杀的意思。刎是用利器割，颈是脖子。这里的刎颈代指朋友关系非常好，可以为对方付出生命，就是人们经常说的"刎颈之交"。

⑦这句的意思是：蔺相如与廉颇虽然在开始时有摩擦，但最终还是成了生死之交。

【点评】

管、鲍相知与廉、蔺交欢都是历史上最为人们熟悉的故事了，但作者把这两件事放在一起进行对比，却显得很新鲜，而且很恰当。管、鲍从小相知，进而成为古往今来友谊的典范；廉、蔺则先是不相容，后来在蔺相如的努力下，成为"刎颈之交"，也成了后世"将相和"的典范。两种友谊，两个类型，却对得非常妥帖。

四 豪

【原文】

梅①对杏，李对桃。山麓②对江皋③。

莺簧④对蝶板⑤，麦浪⑥对松涛⑦。

【注释】

①梅：杨梅。

②山麓：山脚下。

③江皋：江边的高地。

④莺簧：指黄莺的鸣叫声美妙得像笙簧演奏出来的声音一样。簧，笙管中的发声器。

⑤蝶板：蝴蝶的双翅一会儿张开，一会儿合上，就像乐器中的板。板，一种乐器，用以控制节拍。

⑥麦浪：麦子被风一吹，上下起伏如同波浪一样。

⑦松涛：松林被风一吹，发出阵阵响声，如同涛声阵阵。

【点评】

前两句比较简单，也很工整，就是水果对水果，也可以理解为树对树。第三句"山"与"江"对是很相称的，"麓"与"皋"也很恰切。"麦浪"与"松涛"相对则更为精细，都是形容植物被风一吹所呈现出的状态，而且这种状态还都是与海中的事物相关，只不过前者是从视觉上来描绘的，后者是从听觉上来形容的。"莺簧对蝶板"则是作者费了一番力气才达到绝妙水准的好对子，两种动物"莺"与"蝶"，两种乐器"簧"与"板"，它们的组合非别出心裁的人不能想到。

【原文】

骐骥足^①，凤凰毛^②。美誉对嘉褒^③。

文人窥蠹^④简^⑤，学士书龙韬^⑥。

【注释】

①骐骥足：比喻很有才华的人。骐骥，非常好的马。

②凤凰毛：比喻很有文才的人。

据说，南朝宋时，谢凤与他的儿子谢超宗都很有文才，梁武帝后来称赞谢超宗"有凤毛"，意思是说有他父亲的才能。

③嘉褒：褒奖。

④蠹：一种蛀虫。

⑤这句的意思是：文人要去看被蛀虫蚀了的书简。

⑥龙韬：姜太公兵法《六韬》之一，泛指兵法战略。这句的意思是：文官也要熟悉兵法战略。

【点评】

前两句对得工整新颖。首先，都是用来称赞人的，称赞的方式也都一样，即用骏马与凤凰这样的动物来比拟有才能的人，既贴切，又别致。同时，"骐骥"与

"凤凰"相对，也很妥当，因为它们都是吉祥的动物。更重要的是，这两个词在字面上也很有特点，"骐骥"是叠韵词，在声调上是一平一仄，"凤凰"则恰恰是一仄一平，二者又双双是同旁词，用来组对，形式上也很赏心悦目。当然，"足"字其实是为了对下句的"毛"字才加的。本来，称赞人有才能，用"骐骥"一个词就够了，没必要再说它的"足"，那就成了"画蛇添足"了，不过，这个"足"加得也很聪明，既与"毛"很好地对上了，又没有影响意思的表达。

【原文】

马援①南征装薏苡②，张骞③西使④进葡萄⑤。

【注释】

①马援：东汉人，光武帝刘秀的得力大将，拜伏波将军，曾南征交趾。

②薏苡：植物名，就是薏米，可以吃，也可当药用。马援南征交趾，听说薏苡能治瘴病，回来的时候，拉了一车，当时的朝臣们还以为他拉的是珠宝呢。这句的意思是：马援南征交趾的时候拉回来的是薏苡。

③张骞：西汉初人，曾两次出使西域，沟通了中西交流，著名的丝绸之路就是他开创的。据说，葡萄也是他从西域传进来的。

④西使：出使西域。

⑤这句的意思是：张骞出使西域就引进了葡萄。

【点评】

马援和张骞，都是汉朝人，一个曾经南征，一个曾经西使，这样两个人放在一起来对仗是很有可比性的。作者还别具匠心地发现了他们南征与西使中可以相对的要素，那就是他们分别从南方和西方带回中原来的东西。这两样东西成了这组对句的核心，很碰巧的，它们都是中原没有的植物，而且，名字也对得非常工整，都是草字头，也就是说形成了同旁。

【原文】

辩口悬河①，万语千言常亹亹②；

词源倒峡③，连篇累牍④自滔滔⑤。

【注释】

①辩口悬河：形容说话像河水奔流，滔滔不绝。

②亹亹：本指勤奋，这里形容说个不停。这句的意思是：口才很好，一张嘴就千言万语，口若悬河。

③倒峡：水势凶猛能冲毁峡谷。

④连篇累牍：形容篇幅长、文辞多。

⑤这句的意思是：文笔很好，一下笔便长篇大论。

【点评】

这个对句很有特点，上句形容口才好，下句描述文笔好，都运用了夸张的手法，新奇而工稳。"辩口悬河"，也即口若悬河，这还比较常见；"词源倒峡"则想象尤为奇特，先把词汇比为河水，然后说这河水大得把峡谷都要冲毁了。"悬"与"倒""河"与"峡"都对得很整齐。上下句还都使用了叠字法，节奏鲜明。

五　歌

【原文】

松对竹，荇①对荷。薜荔②对藤萝。

梯云③对步月④，樵唱⑤对渔歌。

【注释】

①荇：一种水生植物。

②薜荔：南方一种蔓生植物，也叫木莲。

③梯云：拿云当梯子，形容青云直上的样子。

④步月：在月光下散步。

⑤樵唱：砍柴的樵夫在干活时唱的歌。

【点评】

　　松与竹是常绿植物，所以古人认为它们象征了不为外界所左右的、具有自己心性品格的人；而它们又都很挺拔，古人也认为象征正直、有气节的人。所以，二者的对比是很合适的。"薜荔"与"藤萝"都是蔓生植物，且都是草字头，是用了同旁法的对仗。最后两句则不但对得工，也很有诗意。

【原文】

升鼎雉①，听经鹅②。北海③对东坡④。

吴郎哀废宅⑤，邵子乐行窝⑥。

【注释】

①升鼎雊：据说，商朝天子武丁在祭祀开国之君成汤的时候，有一只野鸡飞来，在祭祀用的大鼎鸣叫，把武丁吓坏了，认为这是一种不祥的兆头。

②听经鹅：传说有个和尚叫志伟，他所养的鹅都能听懂佛经。

③北海：指孔融，他在汉末时曾做过北海太守，是当时的名士。

④东坡：北宋大文豪苏轼曾住在黄州东坡，自己号为"东坡居士"，人称苏东坡。

⑤吴郎哀废宅：唐代的吴融写过一首《废宅》诗。这句的意思是：吴融曾经哀叹废宅。

⑥邵子乐行窝：宋代道学家邵雍在洛阳隐居了三十年，建座房子起名为"安乐窝"，自己取号叫安乐先生。这句的意思是：邵雍曾经在他的安乐窝中过快乐的日子。

【点评】

这一组对仗都用了典故，而且用得非常贴切，对得也很工整。前两句颇为新异，又有典故在其中，细细品味，更觉恰切有趣。"北海"与"东坡"更是天衣无缝，用孔融和苏轼两个人的号来对，还对得如此绝妙，确是很有眼光。最后两句则采取了一忧一乐的对比，使两个并不出彩的典故也变得很有意思了。

【原文】

丽水①良金②皆入冶③，昆山④美玉总须磨⑤。

中华传世藏书

李渔全集

笠翁对韵

389

【注释】

①丽水：即金沙江，传说盛产黄金。

②良金：含金量高的金矿石。

③这句的意思是：金沙江那含金量很高的矿石都需要冶炼。

④昆山：即昆仑山，传说盛产美玉。

⑤这句的意思是：昆仑山上的美玉总需要琢磨。

【点评】

丽水生金，昆山产玉，很有可比性。首先，两个地点一是水、一是山，很有对比的潜质，再加上一个产金、一个产玉，"金"与"玉"都是古代人很看重的东西，认为是吉祥的矿物，可以辟邪，两者来相比，也门当户对；而恰恰，金必须经过精心的冶炼才能达到纯度很高的地步，才更贵重，而玉也必须经过认真的打磨才会显出它晶莹剔透的特性，所以，"皆入冶"与"总须磨"便成了天造地设的好对仗。

【原文】

雨过皇州①，琉璃色灿华清②瓦③；

风来帝苑④，荷芰香飘太液⑤波⑥。

【注释】

①皇州：皇城，指长安。

②华清：指华清宫，是唐玄宗在长安骊山脚下所建的著名宫殿，起初叫温泉宫，后改名为华清宫。

③这句的意思是：长安城一阵雨过，华清宫上的琉璃瓦显得更加灿烂。

④帝苑：皇帝的园林。

⑤太液：汉武帝在皇宫中挖了个人工湖，叫太液池，以后每个朝代都有。

⑥这句的意思是：一阵微风吹过皇家园林，那太液池上便飘出了荷花的香味。

【点评】

　　华清宫与太液池都可以是唐玄宗的典故，这个对子也很有雍容典雅的风格。"雨过皇州"与"风来帝苑"极为自然，上句是雨洗之后的灿烂色彩，是对于视觉而言的，下句则是风过之后送来的香气，是相对于嗅觉而言的，这就更切合了。在这个对仗中，上句用了"琉璃"，下句用了"荷芰"，均为同旁，字面上非常好看。

中华传世藏书

李渔全集

笠翁对韵

六　麻

【原文】

清对浊，美对嘉。鄙吝①对矜夸②。

花须③对柳眼④，屋角对檐牙⑤。

【注释】

①鄙吝：吝啬，不大方。

②矜夸：夸耀。

③花须：花蕊。因为又长又细，就像胡须一样，所以叫花须。

④柳眼：刚长出的柳树叶芽，细长像人的眼睛，所以叫柳眼。

⑤檐牙：屋檐边的椽子排列得像牙齿一样，叫檐牙。

【点评】

　　首句是中国古代很传统的一个对子，不但天地万物，甚至连字词的音也有清与浊的概念，所以，这两个字来组对是再合适不过的了。"花须"与"柳眼"是一个很新奇的对子，"须"和"眼"都是人体的部位，用来作对自然很好，而前边又加了植物名的限定，在意思上就有了变化，成为形容花和柳的词汇，也很工整。末句亦是如此，"角"与"牙"都是动物身体的一部分，互相来对也没有问题，但用到这两个词上却也同样发生了变化，成了形容房屋建筑的一部分的名称。

【原文】

志和宅①，博望槎②。秋实对春华。

班姬辞帝辇③，蔡琰泣胡笳④。

【注释】

①志和宅：唐代文人张志和曾在肃宗朝里当过官，后来便隐居起来了，自称为"烟波钓叟"。"志和宅"就是张志和隐居的地方。

②博望槎：汉代的张骞通西域时，曾乘船去探求黄河水的源头。后来张骞被封为博望侯，所以有博望槎的说法。博望，地名。槎，木筏。

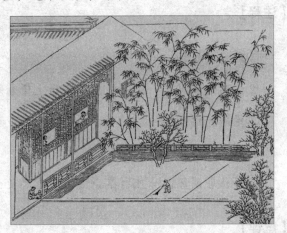

④班姬辞帝辇：班姬指班婕妤，是汉成帝的妃子。汉成帝有一次想游皇宫的园林，叫班婕妤同去，她推辞并劝谏说，古代圣贤的皇帝都是有名臣在旁边，只有荒淫无道的皇帝才亲近女色。汉成帝很是佩服。辇：多指皇帝、皇后坐的车。这句的意思是：班婕妤推辞了汉成帝同车游玩的要求。

④蔡琰泣胡笳：蔡琰即三国时的蔡文姬，是著名学者蔡邕的女儿，博学多才。她曾被匈奴人抢去，嫁给了匈奴的左贤王，生了两个儿子，后来曹操派人把她赎回。相传她曾写过一首《胡笳十八拍》来诉说自己不幸的命运。胡笳，一种乐器。这句的意思是：蔡琰用胡笳来倾诉她的不幸。

【点评】

前两句对得并不工，因为"志和"是个人名，而"博望"是张骞所封的爵位，"宅"对"槎"也有些勉强。"秋实"与"春华"倒是很常用的一个对仗，分别指秋天的果实与春天的花朵，也用来比喻人的修养。班婕妤与蔡琰的典故很有可比

中华传世藏书　李渔全集　笠翁对韵

性，因为二人都是女性，还都很有才。不过，这个对若改为"班姬悲团扇，蔡琰泣胡笳"，就更为贴切和工致了，因为班婕妤曾写过一首《团扇》诗，借秋扇来抒发自己幽居深宫的哀怨。

【原文】

深宵望冷沙场①月②，绝塞③听残野戍④笳⑤。

【注释】

①沙场：战场。

②这句的意思是：深夜里，在战场上望着那清冷的明月。

③绝塞：边塞。

④野戍：塞外驻兵的地方。

⑤笳：即胡笳，一种乐器。这句的意思是：在边塞听着那胡笳声断断续续。

【点评】

这个对句有鲜明的特点，即调整语序造成的新奇感。本来，正常的语序应该是"深宵望沙场冷月，绝塞听野戍残笳"。然而，这不符合诗的要求，因为七言古诗必须是前四字一停、后三字一停，而此句却是前三字一停、后四字一停，所以，只能把形容词调到前边去。这样恰巧造成了修辞的效果，"望冷沙场月"，似乎是主人公一直站在月下望，时间长了，把月亮都望冷了，下句也一样。这也是为了对仗而做调整所得到的副产品。

【原文】

珊枕①半床，月明时梦飞塞外②；

银筝③一曲，花落处人在天涯④。

【注释】

①珊枕：珊瑚做的枕头。

②这句的意思是：枕着珊瑚枕躺在床上，看着明朗的月光渐渐入睡，竟梦到了塞外。

③银筝：一种弦乐器，也叫秦筝。

④这句的意思是：听着那弹奏的银筝，想念在花落时节漂流在天涯的人。

【点评】

上节刚刚说过诗句应该上四下三的规则，这里就出现了上三下四的句子。不过，这也不奇怪，因为此书是为写古典诗词的人启蒙用的，诗没有上三下四的句法，但词中却有。虽然说，只要学会了诗的对仗，词的对仗也就会了，但是词有些特别的句法，如上三下四的，就不会从诗句中变化来。这一组对句中的后七字，如果读成上四下三，就没办法理解。

整个对句的意境清远优美，用词也很讲究。"珊枕""银筝"，给人一种很雍容华贵的感觉；"月明时"与"花落处"极富诗意；结尾"梦飞塞外"与"人在天涯"不但造语含蓄，而且工整漂亮。

七 阳

【原文】

红对白,绿对黄。昼永①对更长②。

龙飞对鲤跃,锦缆③对牙樯④。

【注释】

①昼永:白天很长。

②更长:夜晚长。

③锦缆:用锦缎做的船缆绳。

④牙樯:用象牙做的船桅杆。

【点评】

前两句是一个很巧妙的对子,因为不仅"红"与"白"对、"绿"与"黄"对,而且,两句之间也两两相对,即"红"与下句的"绿"相对,"白"与下句的"黄"相对。"龙飞"与"鲤跃"是顺理成章的好对仗,因为有"鲤鱼跃龙门"这个俗语,而这两个词在声调上又恰好是相对的。末句来自杜甫《秋兴八首》中的一句诗:"锦缆牙樯起白鸥",把"锦缆"和"牙樯"这两个词抽出来组对,倒是很贴切。

【原文】

云弁使①,雪衣娘②。故国对他乡。

雄文③能徙鳄④，艳曲为求凰⑤。

【注释】

①云弁使：指蜻蜓，因为蜻蜓头上好像戴了顶帽子似的。弁，帽子。

②雪衣娘：指白鹦鹉。据说唐玄宗时，岭南献上白色的鹦鹉，非常聪明，会说话，养在宫中，人们叫它雪衣娘。

③雄文：非常好的文章。

④徙鳄：让鳄鱼迁走。据说韩愈当年被贬到潮州，得知此地有鳄鱼伤人，便写了一篇《祭鳄鱼文》，告诫鳄鱼要迁徙到别的地方去，别再伤人，后来鳄鱼果然都迁走了。这句的意思是：韩愈的好文章能让鳄鱼迁徙而去。

⑤求凰：这里用的是司马相如的典故。西汉文学家司马相如到富商卓王孙家做客，爱上了卓王孙的女儿卓文君，便弹了一曲《凤求凰》来表达爱意，卓文君听后就与他私奔了。这句的意思是：司马相如弹奏深情的曲子，就是为了追求美人啊。

【点评】

前两句非常精妙，既严格对仗，又自然工整。首先，词面就很相配，"云"对"雪"，"弁"对"衣"。暗指的东西都是动物，也很相似。不但如此，所暗指的"鹦鹉"与"蜻蜓"均为同旁的联绵词，亦能相对。而韩愈与司马相如这两件事也选择得很好，因为两个典故中各有一个动物的名称，正好可以对上。

【原文】

九日①高峰惊落帽②，暮春③曲水④喜流觞⑤。

【注释】

①九日：指阴历九月九日重阳节。

②落帽：这里用了孟嘉的典故。东晋人孟嘉是大将军桓温的参军，在一次重阳节登高时，风把孟嘉的帽子吹掉了孟嘉却不知道，桓温等人都嘲笑他。这句的意思是：在九月九日重阳节登上高峰时，孟嘉的帽子被风吹落了还不知道。

③暮春：本指晚春，这是特指农历三月三日上巳节。

④曲水：弯曲的流水。

⑤流觞：这是上巳节的习俗，即人们围着曲水坐下，把酒杯放在水上漂流，流到谁前边谁就喝酒。觞，古时的酒杯。这句的意思是：上巳节找一处弯曲的流水来喝酒是多么快乐啊。

【点评】

在这组对句中，"九日"代指九月九日重阳节，而下句的"暮春"则代指三月三日上巳节，所以，"九日"与"暮春"作对其实还隐含了"九月九日"与"三月三日"的更为精巧的对仗。在这两句中，作者还选择了两个贴切且工整的形容词"惊"与"喜"，这两个词也把前后两句的典故所表达的情绪准确地概括出来了。

【原文】

僧占名山①，云绕双林藏古殿②；

客栖胜地，风飘万叶响空廊③。

【注释】

①僧占名山：佛教认为人的修行应该远离繁华之地，所以，寺庙一般都建立在深山老林之中，俗话说"天下名山僧占多"就是这个意思。

②这句的意思是：天下的名山都被和尚所占据，在云雾缭绕的深林之中，隐藏着古老的寺庙。

③这句的意思是：游客来到旅游胜地，空空的走廊中传来风吹叶落的声音。

【点评】

这两句空灵悠远，颇有诗意。"云绕双林藏古殿"很有画面感，特别是一个"藏"字，形象生动，也可以想象白云缭绕、树木葱茏之中，露出寺庙一角的情景。下句的"风飘万叶响空廊"则在这幅画面中又增加了些声音，显得很灵活，同时也映衬出此地的寂静。而且，"云绕"与"风飘"相对，十分自然，"藏"与"响"来对也很有韵味。

八 庚

【原文】

形对貌，色对声。夏邑对周京^①。
江云对渭树^②，玉磬^③对银筝。

【注释】

①夏邑、周京：指夏朝与周朝的京城。

②江云、渭树：杜甫《春日忆李白》诗中有"渭北春天树，江东日暮云"
一句。

③玉磬：玉做的磬。磬，一种打击乐器。

【点评】

"江云"与"渭树"出自杜甫的名句，本身就清新工整，也给人一种很有诗意
的感觉。末句的"磬"与"筝"都是乐器，因为有了前边的形容词，都显示出一
种华贵雍容的气息，作对也很适宜。

【原文】

人老老^①，我卿卿^②。晓燕对春莺。
玄霜春玉杵^③，白露贮金茎^④。

【注释】

①人老老：《孟子》中说："老吾老，以及人之老。"意思是说尊敬自己的老

人，进而要推广到尊敬别人的老人。人老老，意思是人人都尊敬老人。第一个"老"字是尊敬老人的意思。

②我卿卿：西晋大臣王衍的妻子叫王衍时就用"卿"来称呼，王衍说："为什么用这个字来称呼我？"妻子说："我不卿卿，谁复卿卿？"意思是说："我不用'卿'字来称呼你，谁用'卿'字来称呼你呀？"后人就用"卿卿我我"作为夫妻恩爱的典故。

③玄霜舂玉杵：唐代裴铏写过一篇小说叫《裴航》，说裴航回家时在船上遇到仙人云翘夫人，赠他一首诗，有一句是"一饮琼浆百感生，玄霜捣尽见云英"。后来裴航走到蓝桥，口渴了去一家要水喝，那家的少女就叫云英。裴航向那家的老太婆求亲，老太婆让他找一副玉做的杵臼来为自己捣仙药。裴航千方百计找到了玉杵臼，便娶了云英为妻，后来三人都成了神仙。玄霜，黑色的霜，形容要捣的药。这句的意思是：裴航要用玉做成的杵臼来为人捣药。

④白露贮金茎：这是汉武帝的故事。汉武帝以为饮了仙露就可以长生不老，便在长安的建章宫中建造了一尊非常高大的铜仙人，这个铜仙人捧着一个大盘子，为的是接所谓的仙露。金茎，指铜仙人，古代常用"金"字来代指所有的金属。这句的意思是：汉武帝用铜仙人捧着的盘子来收集天上降下的白露。

【点评】

前两句是绝妙的对句，从《孟子》中选来了"老老"，从《世说新语》中选来了"卿卿"，二者相对，别有风味。"老老"是尊敬老人，"卿卿"是爱自己的亲

人，相得益彰。而且，这两句都用了叠字的对仗法，更显有趣。就是前边所加的"人"与"我"也很合适，"人"是别人，"我"是自己。

末两句也颇为工致，"玄霜"与"白露""玉杵"与"金茎"，都很相称。这些字词均从典故中引来，能如此工稳，确实不易。当然，为了对得更妥当，作者还是改动了个别字，如"春"字，如果用"捣"，就全从《裴航》中来了，也更恰切，但下句的第三个字是"贮"，仄声，所以这里就必须是平声，改为"春"就合乎要求了。

【原文】

三箭三人唐将①勇②，一琴一鹤赵公③清④。

【注释】

①唐将：唐朝的将军，指薛仁贵。他英勇无敌，率军征辽东时三箭射死了对方三个大将。敌人闻风丧胆，唐军大胜。

②这句的意思是：唐朝大将薛仁贵多么勇猛，三支箭就射死了三个敌人。

③赵公：指宋代的赵汴。他为官十分清正，去成都上任时只骑了一匹马，平常也只有一张琴、一只鹤相随。

④这句的意思是：赵汴多么清正廉明啊，只有一张琴、一只鹤相随。

【点评】

薛仁贵与赵汴相对，一文一武，一勇猛，一清廉，可以说珠联璧合。更特别的是，作者在对仗中精心设置了几个数字，且让它们重复出现，以加强表达效果，这就是所谓的复辞法。同时，数字也恰好都是典故中本来就有的，应用得当，更加凸显这两人的特点：说薛仁贵三箭三人，当然是表示他的箭法很准；说赵汴一琴一鹤，则表示他为官清廉，没有多余的财物。所以，两个对句的最后一字也很确切，一个"勇"，一个"清"，极有概括力。

【原文】

帝业①独兴，尽道汉高②能用将③；

父书空读，谁言赵括④善知兵⑤。

【注释】

①帝业：帝王的基业。

②汉高：指汉高祖刘邦。刘邦善于用人，他曾说过，论出谋划策，他不如张良；论治理国家，他不如萧何；论带兵打仗，他不如韩信。但他能识才善用，所以会称霸天下。

③这句的意思是：汉高祖刘邦得到天下，人人都说他善于用人。

④赵括：战国时期赵国人，他的父亲赵奢是赵国的名将。赵奢死后，赵王想让赵括取代廉颇为将，蔺相如进谏说，赵括只会读他父亲的兵书，但不知道变化，所以不能做将领。赵王不听，结果在与秦国作战时大败，赵括也死在这一战中。这就是"纸上谈兵"的故事。

⑤这句的意思是：赵括白白地熟读了他父亲的兵书，谁说他会用兵呢。

【点评】

汉高祖刘邦在开始时只是一个没什么本事的小无赖，但最终却得到了天下，最主要的原因在于他善于用人。当时的盖世英才全到他身边来了，正是凭借这些人的帮助，他才打败了实力雄厚的项羽，从而独霸天下。拿他的这个特点与赵括来相对，真是非常鲜明，别有趣味。赵括说起兵法来头头是道，但到了战场上却只知道兵书上说如何如何，不懂得因地制宜。全句对仗很工整，特别是一个"尽道"，一个"谁言"，非常贴切。

九 青

【原文】

庚对甲，己对丁①。魏阙②对彤廷③。

梅妻对鹤子④，珠箔⑤对银屏。

【注释】

①庚、甲、己、丁：均为天干中的字。中国古代用天干地支法纪年，天干十个，包括甲、乙、丙、丁等；地支十二个，包括子、丑、寅、卯等。

②魏阙：古代皇宫大门两边高大的楼，用来代指朝廷。

③彤廷：古代朝堂上的地面被染成红色，故称彤廷，代指朝廷。

④梅妻、鹤子：北宋诗人林逋隐居在杭州西湖的孤山，非常喜爱梅花和鹤，终身未娶，人们说他以梅为妻，以鹤为子。

⑤珠箔：珠帘。

【点评】

前两句是用天干来相对，虽然工整，却没什么意思。最后两句倒都是非常现成的，作者信手拈来，便成妙对。"梅妻鹤子"来自关于林逋的传说，早有这个说法；而"珠箔银屏"则来自白居易《长恨歌》中"珠箔银屏迤逦开"句，作者借用了这两处的典故，并把词拆开来组对，的确很有会心。

【原文】

鸳浴沼①，鹭飞汀②。鸿雁对鹡鸰③。

人间寿者相④，天上老人星⑤。

【注释】

①鸳浴沼：鸳鸯在池塘里戏水。沼，小池塘。

②鹭飞汀：白鹭飞上水岸。汀，水边的岸。

③鹡鸰：一种鸟的名字，古人常用来比喻兄弟。

④这句的意思是：人间长寿的人在相貌上就看得出来。

⑤这句的意思是：天上有个南极老人星，掌管人间的寿命。

【点评】

前两句颇为精巧。鸳鸯与白鹭，都是惹人喜爱的水鸟，"浴沼"与"飞汀"又都切合它们的生活习性，"浴"与"飞"，一下一上，"沼"与"汀"，一水一岸，都很合适。最有特点的是，这个对子还运用了同旁法中的竖同法，首字都同用了鸟字底，末字同用了三点水，很有意思。

【原文】

八月好修攀桂斧①，三春须系护花铃②。

【注释】

①八月好修攀桂斧：桂斧来自道教传说，据说汉代的吴刚学仙时犯了过失，被罚在月亮里砍桂树，那棵桂树边被砍，边复合。这里是借用传说来写考进士的事。古代科举考试一般在八月，人们把考中叫作"攀桂"或"折桂"，所以这里用"好

修攀桂斧"比喻好好学习，准备去考试。这句的意思是：到了八月科考的日子，每个人都应该把自己的"斧子"磨一磨。

②三春须系护花铃：唐玄宗的哥哥宁王很爱花，所以，在春天的时候，他在花梢上系上金铃，有蜜蜂或鸟雀来了就叫人摇动金铃来吓唬它们。三春，指春天。这句的意思是：春天的时候，要是爱惜花的话，就给花系上护花铃。

【点评】

"八月"其实就代指了秋天，恰与下句的"三春"相对。"好修"和"须系"两个词用得十分恰当，在语气上都是肯定性的，但又是劝告性的，十分委婉，以此来对，自然工整。"攀桂斧"对"护花铃"，最是别出心裁，当然，这里的"攀"字因为要照顾全句获取科举功名的意思，故不能用"斫"或"砍"字，但是用了"攀"却又与"斧"字不大对应，不过，能对得这么巧妙，也不错了。

【原文】

江阁秋登，一水净连天际碧^①；
石栏晓倚，群山秀向雨余青^②。

【注释】

①这句的意思是：秋日登上江边的阁楼，远远望去，只见一条澄净的水流远远地接着天边，使天边也变得一片碧绿。

②这句的意思是：早晨，倚靠着石栏杆，看雨后的青山更加秀丽青翠。

【点评】

这组对仗意境优美，诗意盎然。"江阁秋登"与"石栏晓倚"互为对应，一种萧然自得的神情也隐隐约约透露出来。"一水"与"群山"对比极为鲜明，而且很

中华传世藏书

李渔全集

笠翁对韵

有画面感：江水澄清，远连天边，色调清新；下句写群山被雨洗过之后，更为青翠。上句末字落在了"碧"上，下句落在了"青"上，这两个字同中有异——相同的是，都是指绿的颜色，而不同的是，"碧"形容水更好些，因为有透明清澈的意思。

十　蒸

【原文】

谈对吐①，谓对称②。冉闵③对颜曾④。

侯嬴⑤对伯嚭⑥，祖逖⑦对孙登⑧。

【注释】

①谈、吐：就是说话。

②谓、称：都指称呼。

③冉闵：孔子有四大弟子，即冉有、闵子骞、颜回、曾参。这里说的是冉有与闵子骞。冉有性情谦和，擅长政事；闵子骞待人真诚，有德行。

④颜曾：孔子四大弟子的另两位。颜是指颜回，睿智好学，是弟子中最贤的一个；曾指曾参，非常孝顺，曾写过《孝经》。

⑤侯嬴：战国时期魏国都城大梁的守门人，魏国公子信陵君对他非常好，认为他是个杰出的人，后来在窃符救赵一事中，他以生命报答了信陵君的知遇之恩。

⑥伯嚭：春秋时期的楚国人，伯州犁的孙子，他跑到吴国，吴王夫差让他做太宰，所以也叫太宰嚭。他是个贪财误国的奸臣，吴国打败越国时俘虏了越王勾践，但勾践贿赂了伯嚭，伯嚭就劝吴王放了勾践。后来，勾践卧薪尝胆，终于灭了吴国。

⑦祖逖：东晋时期人，小时候就为了收复中原而刻苦努力，有闻鸡起舞的故事。

⑧孙登：晋初的隐士。

【点评】

最后两句是作者有意识在历史人物中挑选出来用于对仗的。虽然这些人本身并没有什么联系，朝代不同，经历不同，但作者别有趣味地发现他们在姓氏上的特别之处，便拿来对比了。侯嬴姓"侯"，而伯嚭姓"伯"，这两个姓氏均为古代爵位的用字，"侯"是侯爵，"伯"是伯爵。祖逖与孙登的情况也一样，作者把姓氏中的"祖"与"孙"当作辈分中的"祖、孙"来对了。这就是很成功的借对法。

【原文】

抛白纻①，宴红绫②。胜友③对良朋。

争名如逐鹿④，谋利似趋蝇⑤。

【注释】

①抛白纻：唐代裴思谦考中进士后，用红笺纸写名字到处散播。有人写诗说他"利市裼衫抛白纻，风流名字写红笺"，意思是说他中了进士便把自己的粗布衣服扔了，把名字写在红笺上以示风流。白纻是白麻布制成的衣服，是普通人穿的衣服。

②宴红绫：唐代御膳中以红绫饼最为贵重，有一次进士考试后，皇帝命御膳房给新中的进士一人做一枚红绫饼。

③胜友：很有地位的朋友。

④逐鹿：《史记》中有"秦失其鹿，天下共逐之"的句子，指在战场上争夺厮

杀。比喻争夺天下。这句的意思是：争夺名利就好像在战场上拼杀一样。

⑤趋蝇：苍蝇很喜欢往想吃的东西上附，所以，把追名逐利的人比喻为苍蝇。这句的意思是：谋算利益就好像苍蝇。

【点评】

前两句是一个很妙的对子："白纻"与"红绫"从字面上来看，都指一种织物，色彩对比也很鲜明，对得工稳妥帖；从隐含意义上来说，"白纻"代指贫贱的景况，"红绫"则是富贵的象征，且这两则典故都与科举有关，裴思谦考中进士后便"抛白纻"，有运气的新进士会得到红绫饼的赏赐。末两句虽然工整，但上下句说的是同一件事，稍显呆板。

【原文】

仁杰姨①惭周②不仕③，王陵母④识汉方兴⑤。

【注释】

①仁杰姨：唐代大清官狄仁杰是武则天的宰相，他的姨母卢氏有个儿子，从未到过京城。狄仁杰在假日探望姨母时，曾问表弟有什么要求，他可以帮助，谁知姨母说："我就这一个儿子，并不想让他去侍奉女皇帝。"狄仁杰大为惭愧。

②周：武则天当了皇帝后，把唐朝国号改为周，她死后，又改回为唐。

③仕：当官。这句的意思是：狄仁杰的姨母认为武则天的周不好而不让儿子出来当官。

④王陵母：在秦末楚汉相争的时候，王陵是刘邦的将军，项羽抓住了王陵的母亲，想让她招降王陵。正好有刘邦的使者来，王陵的母亲就对使者说，回去告诉王陵要好好辅佐刘邦，然后就自杀了。

⑤这句的意思是：王陵的母亲在汉刚刚兴起来的时候，就知道汉终会得到

天下。

【点评】

作者精心选择了两个贤惠的母亲来组成对仗，很有新意。武则天代唐兴周，许多人都采取了不合作的态度，狄仁杰的姨母就是这样的人，因为唐朝开国一百余年，还在强盛时期，还没有失去民心。而王陵的母亲就更不容易了，在汉王刚刚起兵、楚方势力十分强大的时候，她就坚定地让自己的儿子辅佐汉王。在对句中，作者说"识汉方兴"，就是说王陵的母亲知道汉终会得到天下，但其实还是一种气节。这两个事情本身就很有可比性，而从字面上作者也巧妙构思，用了上三下四的句法，上三正好是主人公的身份，下四则是事迹，对得很工致。

【原文】

句写穷愁，浣花①寄迹②传工部③；

诗吟变乱，凝碧④伤心叹右丞⑤。

【注释】

①浣花：成都西郊的浣花溪。杜甫晚年流浪到四川，曾居住在这里。

②寄迹：暂寄踪迹。

③工部：指杜甫，他曾做官为检校工部员外郎，后人称他为杜工部。这句的意思是：杜甫曾在浣花溪居住，他的每句诗都是忧国忧民的穷愁之词。

④凝碧：这是说唐代诗人王维。"安史之乱"中，王维被乱军抓住，关在洛阳。后来唐朝平定了"安史之乱"，凡是被叛军捉去的官员都给定罪，而王维在狱中曾写《凝碧池诗》来思念皇帝，皇帝看到这首诗，就免了他的罪。

⑤右丞：指王维，他曾当过尚书右丞的官，所以后世叫他王右丞。这句的意思是：王维那首伤心的《凝碧池诗》是在哀叹战乱啊。

412

【点评】

用杜甫和王维来作对句实在是别出心裁。这两位都是唐代最为著名的大诗人，而且都经历了"安史之乱"的全过程，也都见证了唐王朝由盛而衰的转折，所以，他们的痛苦也是同一类的。对句的前四字便是这一痛苦的表现，"句写穷愁""诗吟变乱"，既有很工的对仗，也有很好的概括。后七字中，地名"浣花"溪与"凝碧"池是作者费了心思找到的对仗，也很巧妙了，而他把"工部"与"右丞"这两个官名放在最后来对，显得更为工稳别致。

十一　尤

【原文】

鱼对鸟，鸽对鸠。翠馆对红楼。

七贤①对三友②，爱日③对悲秋④。

【注释】

①七贤：指魏晋时期的七位名士嵇康、阮籍、山涛、向秀、刘伶、阮咸、王戎。他们常常聚集在竹林中，所以也叫竹林七贤。

②三友：孔子说："益者三友，友直、友谅、友多闻。"就是说，好的朋友有三种，正直的朋友、宽容的朋友和见多识广的朋友。也有"岁寒三友"的说法，指松、竹、梅。

③爱日：指爱惜时光。

④悲秋：秋天景色荒凉，容易引起人的悲愁，所以叫悲秋。

【点评】

鱼是水中游的，鸟是天上飞的，对仗自然恰切。"鸽"与"鸠"因为是同旁，字面上也显工整。"翠馆"与"红楼"都是指华美的建筑，而且，一个用"翠"，一个用"红"，很是相配。"七贤"和"三友"用两个数字对上了两种特定的说法，以"贤"来对"友"也很别致。"爱日"对"悲秋"从感情色彩上说，一喜一悲，非常鲜明。

414

【原文】

虎类狗①，蚁如牛②。列辟③对诸侯。

陈唱临春乐④，隋歌清夜游⑤。

【注释】

①虎类狗：东汉时期的马援曾告诫自己的侄子，要学习龙伯高的行为，不要学习杜季良，学习龙伯高如果学得不好，起码还是个谨慎小心的人，就像学着画天鹅不成还能像个鸭子；而学杜季良不成的话，就可能堕落为流里流气的人。就好比学着画老虎不成，却像狗了。娄，就是像的意思。

②蚁如牛：晋朝时人殷浩耳朵有病，听床下有蚂蚁的声音，还以为是牛在争斗。

③列辟：许多王侯。辟，指国王。

④陈唱临春乐：南朝时期陈国的最后一个皇帝陈叔宝，曾经为他所宠爱的妃子张丽华建造了临春、

结绮、望仙等楼阁，并日夜在里边嬉戏，唱《玉树后庭花》。这里的"临春乐"就是指临春阁里的乐事。这句的意思是：陈后主在临春阁里唱着《玉树后庭花》。

⑤隋歌清夜游：隋炀帝非常喜欢在有月亮的晚上骑马游西苑，冬天就剪彩纸为花，夏天就放萤火，唱清夜曲。这句的意思是：隋炀帝在西苑游玩时爱唱清夜曲。

【点评】

前两句真是绝妙，都是用了两个动物来对，所以，不但上句与下句是对仗，就

是每句本身也是对仗的。而且，这个对子还不只是字面形式上的，就其意义而言，都用了古代的典故，这也是很贴切的。最后两句则选取了两个亡国的皇帝来对，也很有可比性。陈后主常唱的《玉树后庭花》在中国历史上已经成为亡国之音的代表，而在这一点上作者也找到了对应点：隋炀帝的故事很多，唱清夜曲正好与陈后主配对。整个对句工稳而流丽。

【原文】

空中事业麒麟阁①，地下文章鹦鹉洲②。

【注释】

①空中事业麒麟阁：汉宣帝为了表彰有功的大臣，便把以前的功臣霍光、苏武等十一个人的图像画在了麒麟阁上。说"空中事业"，是因为麒麟阁很高，好像在空中。这句的意思是：那高高立在空中的麒麟阁上，画上了功臣的图像。

②地下文章鹦鹉洲：这说的是汉末的祢衡。祢衡很有才，性格也很刚毅。曹操要召见他，他不去。曹操恨得想杀他，但因为他是个才子，怕杀了会有人反对，便在大宴宾客时让他敲鼓。他当众裸身击鼓。曹操更生气，把他送给刘表。刘表知道曹操想让自己杀了祢衡，便又把祢衡送给了黄祖。黄祖果然杀了祢衡。祢衡曾写过《鹦鹉赋》，所以，江洲也叫鹦鹉洲，祢衡死后被埋在这里。这句的意思是：那写了《鹦鹉赋》的著名才子祢衡啊，就被埋在鹦鹉洲下。

【点评】

这是作者精心构思的一个对句。两件事的选择其实就是为了对仗。其中，最为巧妙的是"麒麟"与"鹦鹉"，都是同旁的联绵词，放在句中相对，尤显工稳别致。"文章"与"事业"在古代是一个人做出成就的两种途径，对得很好。"空中"与"地下"两个词从字面来看非常工整，当然，这是为了对句硬加上的对仗，与原

416

来的典故不是很贴切，但能如此工整，也很不容易。

【原文】

旷野平原，猎士①马蹄轻似箭②；

斜风细雨，牧童牛背稳如舟③。

【注释】

①猎士：打猎的人。

②这句的意思是：在那广袤的平原野地上，猎人的马蹄轻快得像箭一样。

③这句的意思是：在斜风细雨之中，放牛孩子骑在牛背上，稳当得像船一样。

【点评】

这个对句不仅属对工稳，意境也很好。在前四字中，"旷野平原"显得稍有些生硬，不如"斜风细雨"那么自然妥帖，但是二者相对也已经很好了。"猎士"对"牧童"，很有意趣，"马蹄"对"牛背"，更为工切，"轻似箭"与"稳如舟"也形容准得当。整个对仗给读者展示出一幅悠闲自得的乡村生活图景，而且，末句颇含深意。在中国古代，"牛背稳如舟"是个常用的说法，是与"伴君如伴虎"相对的，意思是说出去做官还不如在家放牛自在安全。

十二 侵

【原文】

登对眺①，涉②对临③。瑞雪④对甘霖⑤。

主欢对民乐，交浅⑥对言深⑦。

【注释】

①眺：从高处往远处看。

②涉：徒步地走过，一般指从水上经过。

③临：接近，来到。

④瑞雪：应时的好雪。

⑤甘霖：指久旱以后所下的雨。

⑥交浅：交情一般。

⑦言深：推心置腹地说话。

【点评】

"瑞雪"与"甘霖"都是非常及时的降雪或降雨，"瑞"有吉祥的意思，"甘"有甘甜的意思，二者相对，自然而工整。"主欢"对"民乐"也是如此，皇帝高兴与百姓快乐，字面与意义上都很好。末句则非常现成，因为本来就有"交浅言深"的成语，指对一个交情还不够深的人说过于亲近、交心的话，当然，这里组成对仗后把两个词分割开来，就是交情浅与交情深的对比，也很巧妙。

【原文】

耻三战①，乐七擒②。顾曲③对知音④。

大车行槛槛⑤，驷马骤骎骎⑥。

【注释】

①耻三战：春秋时期鲁国有一个很勇敢的人叫曹沫，鲁庄公让他当大将与霸主齐国作战，打了三仗都败了。鲁庄公害怕了，便割地求和。在齐桓公与鲁庄公会盟的时候，曹沫突然抓住了齐桓公，并掏出了匕首，威胁他把鲁国的土地还给鲁国，齐桓公只好答应。

②乐七擒：三国时，诸葛亮到南方去征伐，七次生擒酋长孟获，七次释放，使他心悦诚服，不再背叛。

③顾曲：三国时的吴国大将周瑜精通音律，弹曲的人稍有疏误，他一定会知道，就会回头来看，所以当时有俗话说："曲有误，周郎顾。"

④知音：懂得音乐的内涵的人，引申为知心朋友。

⑤大车行槛槛：大车，指古代用于载重的牛车。槛槛，形容车走的时候发出的声音。这句的意思是：大车在前进的时候因为装载沉重而发出咯吱咯吱的声音。

⑥驷马骤骎骎：驷，指由四匹马来拉的车。骎骎，形容马跑得很快的样子。这句的意思是：四匹马拉一辆车跑得很快。

【点评】

前两句对得非常绝妙。"七擒孟获"的故事已经脍炙人口，为人所熟知，可作者却别具慧眼地发现了"三战"的典故来和它相对，很是贴切。而且，前边各加上"耻"和"乐"字，不仅对仗更为工整，还恰当地形容了这两个典故。"顾曲"与"知音"从意义上讲是一样的，但这两个词却各有一个典故，对得也很好。最后两

句说的都是马拉车的事，均用了一个重复的字，具有绘声绘色的效果。此外，末句五个字全是"马"字旁，这也是同旁法的一个好例子。

【原文】

紫电青虹腾剑气①，高山流水识琴心②。

【注释】

①紫电青虹腾剑气：唐初著名诗人王勃在《滕王阁序》中说："紫电青霜，王将军之武库。"是夸王将军的兵器库里都是宝剑，闪烁着像紫电青霜一样的光芒。这句的意思是：宝剑的光芒就像紫色的闪电或青色的彩虹一样。

②高山流水识琴心：战国时俞伯牙会弹琴，而钟子期很会听琴。伯牙心里想着高山，刚一弹琴，子期就听出来了，说："好美妙的琴声啊，像那巍峨的高山！"伯牙心中想着流水，子期又说："好美妙的琴声啊，像那连绵不绝的流水！"后来钟子期死了，伯牙便把琴摔坏，从此再也不弹琴了。这句的意思是：

听弹琴的声音就知道他心中高山流水的志向。

【点评】

剑与琴是中国古人必备的两件装饰品，这标志着他既有豪侠之气，又多才多艺。以此二者为核心来组织对仗，当然很合适。对句开头，作者就用了相关典故来修饰这两个核心词，以"紫电青虹"形容宝剑所闪耀的光芒，以"高山流水"形容琴声的美妙与悠扬，都很贴切，对得也很好。而在核心词后，作者又各补充了一个很妙的字——"剑"后是"气"，一把宝剑最有传奇色彩的就是能发出一种剑气，"琴"后则是"心"，琴声能表达人的内心情感。全句对仗工稳，意脉连贯。

【原文】

屈子^①怀君，极浦^②吟风悲泽畔^③；
王郎忆友^④，扁舟^⑤卧雪访山阴^⑥。

【注释】

①屈子：指屈原。他是战国时期楚国人，也是中国历史上最早的伟大诗人。曾因奸臣陷害而被楚王流放外地，但他一直怀念着楚王，关心着自己的国家，最后，在楚国被秦国打败时，他跳汨罗江自杀。

②极浦：遥远的水边。浦，水边。

③这句的意思是：屈原思念楚王，就在那遥远的水边吟诵悲哀的诗句。

④王郎忆友：王郎指的是东晋名士王徽之，他是大书法家王羲之的第五个儿子，很有才名。他辞官后居住在山阴，有一天晚上下了大雪，他半夜起来喝酒赏雪，兴致很高，忽然想起了住在郯县的朋友戴逵，便连夜乘小船去拜访。走了一夜才到戴逵家门前，他却没进去就返身回家了。人家问他为什么不进去与主人见面，他说："我有兴致了就来，没有兴致了就回去，为什么一定要见戴逵呢？"

⑤扁舟：小船。

⑥山阴：县名，今浙江省绍兴县。这句的意思是：王徽之看着大雪，忽然想念朋友，便乘了小船离开山阴去拜访他。

【点评】

屈原自古以来一直是忠君爱国的典范，他的伟大诗篇也都是这种感情的自然流

露；王徽之则是典型的魏晋名士风度，几乎所有讲魏晋人放诞风流的，都要举他的这一则故事作例子，将这两个人放在一起对比倒别有韵味。"屈子怀君"对"王郎忆友"，语句顺畅，工整稳妥。下边的七个字稍觉费力。就上句来说，"极浦"与"泽畔"语意重复，只是这两个词都曾出现在屈原的作品中，所以，才拉到这里来；下句"卧雪访山阴"也不太通，因为本来王徽之是住在山阴的，他要访的是住在郯县的朋友。这也是为了对韵才这样说的，由于要押"十二侵"的韵，"郯"显然是不行的。不过，若将"访"换作"返"字，就顺理成章了。

中华传世藏书

李渔全集

全李笠
藏渔翁
康全对
熙集韵

十三 覃

【原文】

宫对阙，座对龛①。水北对天南。

蜃楼②对蚁郡③，伟论对高谈④。

【注释】

①龛：供奉神佛的小阁子。

②蜃楼：在海洋或沙漠上空，由于水气折射而形成的楼观街市等幻景，叫作海市蜃楼。古人不知道其中的科学道理，以为是一种叫作蜃的巨大动物吐气所化。

③蚁郡：出自唐代李公佐的传奇小说《南柯太守传》。故事讲的是淳于棼的家南边有一棵大槐树，他常常与朋友在树下喝酒，一天喝得大醉，睡了过去。忽然有两个使者来，说是奉槐安国王之命来邀请他。他跟着去了，被国王招为驸马，又封为南柯郡的太守。他当了二十年太守，后来回到都城，权力越来越大，国王不满意了，便叫使者把他送回去。他忽然醒来，发现原来是一场梦，太阳还没有落下呢。于是来看那棵大树，下边果然有洞穴，里面有众多的蚂蚁，而所谓的南柯郡，就是槐树向南的一个树枝。

④伟论、高谈：都是高谈阔论的意思。

【点评】

在现代汉语中，"宫阙"常是一个词，因为这两个字的意思是一样的。而"座"其实也是供神的地方，与"龛"意义相同。"蜃楼"与"蚁郡"对得很妙，两个词中的第一个字都是一种动物，第二个字都是一种建筑的名称，而且，这两个词还都有一个独特的典故。其实，就从深层含义上而言，二者也是有可比性的：都含有虚幻的景象的意思。

【原文】

遴杞梓①，树梗楠②。得一③对函三④。

八宝珊瑚枕⑤，双珠玳瑁簪⑥。

【注释】

①遴杞梓：选拔人才的意思。遴，选拔。杞、梓，两种质地优良的木材，古人用来比喻优秀的人才。

②树梗楠：比喻培养人才。树，种植，培养。梗、楠，两种优良的木材，生于南方

③得一："一"是道家的概念，指代一种道。《老子》说"天得一以清，地得一以宁，神得一以灵"，就是说道这个东西，天得到一个就变清了，地得到一个就安宁了，神得到一个就有灵了。

④函三：《易》是儒家经典之

一，东汉著名经学家郑玄曾说《易》这个名字有三个意思，所以这里说"函三"。

⑤这句的意思是：用珊瑚做的八宝枕头。

⑥玳瑁：一种海龟，甲壳可以做工艺品。簪：古代妇女用来绾头发的一种饰品。这句的意思是：用玳瑁做的有两个珠子的簪子。

【点评】

前两句说的都是选拔和培育人才的事，而且都是用树木来比喻，再加上全对六个字中有五个字都是木旁，显得极为整齐对称。最后两句则用两件精美的装饰品来对仗，"八宝"与"双珠"等于都有一个数字，而"枕"与"簪"都是人们日常的生活用品，"珊瑚"与"玳瑁"是同旁，对得非常周严。

【原文】

仪①封疆吏②知尼父③，函谷关人④识老聃⑤。

【注释】

①仪：春秋时卫国的一个地名。

②封疆吏：守卫边疆的官员。

③知尼父：理解孔子。尼父，就是孔子，孔子字仲尼，所以称尼父。他率领弟子到卫国去，卫国守仪地的官员来求见，见过后便对孔子的弟子说：你们不要因为跟随着老师四处奔波而苦恼，上天将让孔子制礼作乐的。这句的意思是：在卫国的仪地当官的人能够理解孔子。

④函谷关人：指春秋时期把守函谷关的关令尹喜。

⑤老聃：就是老子。老子名叫李耳，字聃。据说老子在周朝居住了很久，认为周朝不行了，便要走。函谷关的关令尹喜看见有紫气从东边而来，知道要有圣人从这儿经过了，不久，果然看见老子骑着青牛来过关。尹喜便要老子给他写本书。于是老子写了上下两篇，共五千个字，就是现在的《道德经》（又称《老子》）。这句的意思是：守函谷关的尹喜能认出圣人老子。

【点评】

这个对仗很绝妙。中国儒家和道家都有令后人景仰的圣人，一个是孔子，一个是老子，而且这两个人都对中国文化有着深远的影响，把他们放在一起来对比应该是很好的对仗材料，不过，就是难于选择要对的事情。而作者却很巧妙地从圣人在最初还不知名时被人所了解这个角度来对仗，所以，对得非常自然而不生硬，也很工整。

【原文】

贾岛诗狂[①]，手拟敲门行处想[②]；

张颠草圣[③]，头能濡墨[④]写时酣[⑤]。

【注释】

①贾岛诗狂：晚唐诗人贾岛作诗非常用功，所以称为诗狂。

②手拟敲门行处想：这是贾岛作诗用心的最为著名的典故，他有一次骑着驴外出，忽然想到了一句诗"鸟宿池边树，僧敲月下门"，刚开始想用"僧推月下门"，后又想用"敲"，于是便在驴背上用手一会儿推，一会儿敲，反复比较，不小心冲撞了韩愈。他告知缘由，韩愈说还是用"敲"字好。"推敲"这个词就是从这儿来的。这句的意思是：作诗入迷的贾岛，骑着驴边走边用手模拟"推"和"敲"的姿势，考虑用哪个字更好。

③张颠草圣：指唐代著名书法家张旭。他的草书写得很好，被称为草圣；又因为他往往在大醉后写字，故又叫张颠。颠，同"癫"。

④头能濡墨：传说张旭经常用头发蘸墨来写字。濡，蘸。这句的意思是：草圣张旭能用头发蘸墨写字，还写得酣畅淋漓。

【点评】

写诗与书法是古代文人最重要的活动，所以，在这两个领域中也产生了许多特立独行的人，其中就有苦吟的诗人贾岛和癫狂的书法家张旭。二人一个写诗，一个写字，一个癫，一个狂，放入对句，意趣十足。表现这两个人癫狂状态的地方很多，作者精心地捕捉到了可以组成对仗的点，那就是他们的手和头。这样，对仗就非常别致而工整了。

十四 盐

【原文】

人对己，爱对嫌。举止对观瞻①。

四知②对三语③，义正④对辞严⑤。

【注释】

①观瞻：指站在高处四下眺望，也指显露于外的形象。

②四知：这是汉朝清官杨震的故事，也是古代官吏廉洁的著名典故。据说杨震当青州刺史时，举荐了一个秀才。这位秀才晚上带了金子来酬谢，并说夜间无人知晓，请他收下。杨震说："天知，地知，你知，我知，怎么能说无人知晓呢！"

③三语：晋朝太尉王戎问阮瞻儒家与道家的异同，阮瞻回答说："将无同。"意思是说，或许没有什么不同吧。王戎很满意，聘他做了掾，就是幕僚。后人因为他只说了三个字而做了掾，所以叫他"三语掾"。

④义正：道理很正确。

⑤辞严：语言很严厉。

【点评】

在首句中，"人"是指别人，"己"指自我，也就是"他人"对"自我"。"举止"与"观瞻"两词意思基本相同，都是指一个人的行为举止给别人留下的印象，其实也是一种自我与他人的关系。末句是很现成的，从成语"义正辞严"中拆来。"四知"与"三语"相对则别出心裁，用了两个与数字有关的典故，贴切而自然。

【原文】

勤雪案①，课风檐②。漏箭对书笺。

文繁归獭祭③，体艳④别香奁⑤。

【注释】

①勤雪案：在落了雪的书桌上也要勤奋学习。案，书桌。

②课风檐：在刮风的屋檐下也要好好做功课。

③獭祭：獭是指水獭，喜欢吃鱼，常把自己逮到的鱼井然有序地摆在岸边，如同陈列祭祀的供品，人们称之为獭祭鱼。后人把写文章喜欢罗列典故的做法叫作"獭祭"。这句的意思是：写文章用的典故太繁多便叫作"獭祭"。

④体艳：文章写得艳丽。

⑤香奁：本指妇女的梳妆盒，唐代诗人韩偓喜欢写艳丽的诗，他的诗集名叫《香奁集》，后来人们便把这种诗称为"香奁体"。这句的意思是：文章写得艳丽那就是"香奁体"了。

【点评】

前两句都是让人好好学习的，"勤"与"课"都有动词"学习"的意思，就是

429

说无论在什么样的环境下，都要努力学习。"雪案"与"风檐"对得很漂亮。而"漏箭"与"书笺"相对则有点不知所云，因为不但在意义上没有关联，就是在字面上也没有什么值得放在一起对仗的地方。末两句对得中规中矩，二者都是写文章的一种风格，而且，都可以用一个词来形容，所以还算工整。

【原文】

昨夜题梅更一字①，早春来燕卷重帘②。

【注释】

①昨夜题梅更一字：唐代诗人齐己写了一首《早梅》诗，其中说"前村深雪里，昨夜数枝开"。另一位唐代诗人郑谷把"数枝开"改为"一枝开"，更为绝妙，齐己也大为叹服，当时人称郑谷为"一字师"。这句的意思是：齐己写诗咏昨夜的梅花，经郑谷改动一个字后大为增色。

②这句的意思是：春天刚刚开始，就卷起了那重重的门帘，来等燕子回来。

【点评】

这个对句中最妙的是"一"与"重"字的对仗。"一"既是数字，又是所引典故的核心，故不能改成别的字来适应下句，只能在下句同样位置也用数字来对。但是下句此处又无法用数字，不能说"卷一帘"或"卷十帘""卷数帘"等，所以，这里选用了一个"重"字，虽然不是数字，却隐含有数字的意思，非常巧妙。

【原文】

诗以史名①，愁里悲歌怀杜甫②；
笔经人索③，梦中显晦④老江淹⑤。

【注释】

①诗以史名：杜甫是唐代最伟大的诗人，由于他的诗作深刻地反映了当时的社会现实，可以当作历史来看，因此被后人称为"诗史"。

②这句的意思是：被称为"诗史"的杜甫是用悲愁的歌声来反映生活的。

③笔经人索：这里用的是江淹的典故，即"江郎才尽"。见前"四支"注。

④显晦：显是显达、顺利，指江淹得到五色笔后的文才。晦是阴暗、不顺利，指江淹失去五色笔后也失去了文才。

⑤这句的意思是：江淹梦中得到五色笔，从而文才出众，被人从梦中要去五色笔后，他似乎变老了，失去了文才。

【点评】

这个对句有些普通。"诗以史名"是说杜甫的诗被后人赋予史的内容，而"笔经人索"虽然与上句对上了，可文理不太顺畅。"愁里"和"梦中"是作者有意设置的对仗，自然工整。杜甫与江淹是人名，前者叠韵，后者同旁。只是"悲歌"与"显晦""怀"与"老"对得不够严密。

中华传世藏书 李渔全集 笠翁对韵

431

十五　咸

【原文】

栽对植，薙对芟①。二伯②对三监③。

朝臣④对国老⑤，职事⑥对官衔⑦。

【注释】

①薙、芟：都是拔除、铲除野草的意思。

②二伯：指西周初年，代替年幼的周成王掌管国政的周公与召公。伯，诸侯之长。

③三监：周武王灭了商朝后，把商纣王的儿子武庚封在商都，并派自己的三个弟弟管叔、蔡叔和霍叔来监督他，称为三监。

④朝臣：在朝的大臣。

⑤国老：退休的大臣。

⑥职事：一个官员所应该管理的事务，这个事务与官衔不一定有直接关系。

⑦官衔：一个官员的官位品级。

【点评】

前两句不仅各自是一字对，互相之间也成了三字对。句内的对是正对，两句之间则是反对，前句都指栽种，后句都指拔除。"朝臣"与"国老"也是很工的对子，因为说朝臣，是指他还在职位上，而国老则已经退休了。"职事"对"官衔"也很好，二者既有联系，又有区别，一个人也许会被封很高的官，但他管的事也许会很少，甚至有些官位就只有官衔而没有职事。像这样用同中有异的词组成的对仗，是最经得起推敲的。

【原文】

鹿麌麌①，兔毚毚②。启牍对开缄③。

绿杨莺睍睆④，红杏燕呢喃⑤。

【注释】

①麌麌：兽群聚集的样子。

②兔毚毚：狡猾的兔子。

③启牍、开缄：都是开启信件的意思。牍，本指上面写字的木简，后指公文与信件。缄，封上信封。

④睍睆：明亮美好的样子。这句的意思是：在绿色的杨树下藏身的黄莺是那么美丽。

⑤呢喃：形容燕子的叫声。这句的意思是：在结了红杏的杏树旁，有双双燕子在呢喃。

【点评】

这一组对句很有特点。"启牍"与"开缄"虽然也对得很工，但一是没有什么意义，二是它与整组对句的情调不合，显得不大搭调。其余对句则都与动物有关，而且，都是在描摹动物的某种情态，如鹿用"麌麌"，兔用"毚毚"，莺用"睍睆"，燕用"呢喃"。不仅如此，这些词还都使用了一些特殊的对法，如前两个用了叠字法，而后两个用了同旁法。虽然这组对句中的生僻字多了些，但还是能感觉到对仗的工整与特别的。

【原文】

半篱白酒娱陶令①，一枕黄粱②度吕岩③。

【注释】

①陶令：指的是东晋诗人陶渊明。陶渊明曾做过彭泽令，所以称为陶令。他很喜欢喝酒，写过一组著名的诗叫《饮酒》，其中一句说"采菊东篱下，悠然见南山"，最为有名。这句的意思是：有酒有菊，就能让陶渊明感觉到快乐了。

②一枕黄粱：唐代有一篇传奇小说叫《枕中记》，讲了卢生被吕翁度化的故事：热衷功名的卢生在邯郸道上遇到了吕翁，并在吕翁给的青瓷枕上入梦，梦中娶了有权有势的妻子，又中了进士，出将入相，享尽了人间富贵，醒来方知是大梦一场，而店主人蒸的黄粱饭还没有熟。

③吕岩：指的是传说中八仙里的吕洞宾，也即"一枕黄粱"重的吕翁。这句的意思是：仙人吕岩只用了一枕黄粱梦就把卢生点化了。

【点评】

这个对句的最初触发点也许来自"白酒"与"黄粱"两个词，因为它们实在太般配了，从颜色到组词方式到意义，无不珠联璧合，所以，作者就以这两个词为核心来寻找合适的例子，于是找到了陶渊明和吕岩，虽然也还算工致，但是，上句的"半篱白酒"实在让人费解。作者为了与"一枕黄粱"来对，只好用了个"半"字，虽然这个"半"字已经很巧妙了，可放在这里还是不大合适。下句中的"度吕岩"也不恰切，因为本应说"度卢生"，但要押"十五咸"的韵，就只好颠倒过来说了。

【原文】

九夏①炎飙②，长日风亭留客骑③；

三冬④寒冽⑤，漫天雪浪驻征帆⑥。

【注释】

①九夏：指夏天最为炎热的九十天。

②炎飙：非常热的风。

③这句的意思是：炎热的夏天，那整天吹着的热风使得旅客都躲在亭子里不出来。

④三冬：冬天最为寒冷的日子

⑤寒冽：寒冷。

⑥这句的意思是：冬天最冷的日子，漫天的大雪和水上的大浪让要出行的帆船都不敢出行。

【点评】

夏天和冬天是大自然提供的很好的对仗，一个炎热，一个寒冷。民间有三伏三九之说，就是说夏天最热的是三伏，而冬天最冷的是三九，作者也便从这里入手来构思对句了。夏天的三伏共有九十天，所以说"九夏"，用来对下句的"三冬"。"长日"和"漫天"对得很好，看似不经意，但实际上很工整，很见功力。而"留"与"驻"字也用得十分恰当。